AF292981

© 2017
Herstellung und Verlag: BoD – Books on Demand,
Norderstedt.
ISBN: 9783744820912
© by T.R. Bruscha

Kapitel 1

Statisches Piepsen erfüllte die immense Lagerhalle. Weiße Planen unterteilten sie, wehten unregelmäßig unter den Ausstößen altertümlicher Abluftsysteme. Hing ein Gutteil von ihnen präzise an den vorgesehenen Fixierungen, litten andere an den Folgeerscheinungen vieler Jahre. Einige, aus ihren Verankerungen gerissen, schliffen am Boden. Vereinzelt fanden sich lange Risse und Schmutzflecken auf ehemals weißer Farbe. Indes verliehen ihr milchweiße Nebelschwaden den Hauch von Unwirklichkeit.

Einstmals voneinander abgetrennte Areale fügten sich durch abgerissene Planen zu einem Ganzen. Sie gaben den Blick auf mannshohe, silberfarbene, Kapseln frei, verfügten über integrierte Zahlenfelder im oberen Drittel. Im Minutentakt aktualisierten sich die darin aufflackernden Symbole, hoben sich dunkelrot vom Silbergrau des Untergrundes ab.

Winzige Eiskristalle bedeckten durchgehend die Halle mit einer unwirklichen Schicht aus Frost und Eis. An ihrem Ende stotterte halbherzig ein altertümliches Kühlaggregat vor sich hin, tagein, tagaus, im stetig gleichen Rhythmus. Aus dessen Inneren erklangen kratzende, schnaufende Geräusche. Dass es noch funktionierte, ähnelte einem Wunder. Es hätte vor vielen Jahren einer gründlichen Wartung unterzogen gehört.

Neben ihm tropfte Flüssigkeit träge in eine gefrorene Pfütze und bildete eine dünne Eisschicht. Innerhalb der separierten Ecke überzog eine dicke, schützende Frostschicht alles bis hinauf zur Hallendecke. Raureif und Unmengen an Eiszapfen bedeckten die dort platzierten Kapseln und beschwerten daneben hängende Plastikplanen.

Enervierendes Klopfen durchbrach jahrelange Stille, hallte, einem Echo gleich, von den Wänden zurück. Dumpf erklangen hämmernde Schläge gegen stabiles Material. Knirschend und schwerfällig öffnete sich eine massive Metalltür.

Zum ersten Mal seit Ewigkeiten strömte frischer Sauerstoff in die
Halle, wirbelte den Bodennebel auf. Gemächlich traten zwei Gestalten
ein, zogen eine Bahre mit sich, deren altersschwache, winzige Räder
beim Abschreiten der Kapseln quietschten. Bei jeder Bewegung
raschelten dezent ihre silberfarbenen Overalls.
Unter gleichfarbigen Helmen zeigte sich keinerlei emotionale Regung.
Ohne Hast schritten sie die Reihen ab, bevor sie vor einer separierten
Kapsel stehen blieben. Zierliche Eisblumen formten sich auf dessen
Zahlenschloss zu komplexen Mustern. Darunter schimmernde Symbole
ließen sich nur schwer identifizieren.

Gleichgültig derartiger Schönheit gegenüber wischte eine der beiden
Gestalten eilig über die Scheibe. Zauberhafte Winterblüten
verwandelten sich in hauchdünne Schlieren, brachte deutlich
erkennbare Zeichen zum Vorschein. Dicke, behandschuhte Finger
betätigten sie in lange einstudierter Abfolge. Anschließend trat die
Figur im Overall zurück, wartete geduldig auf das Kommende.

Heftiges Zischen, unterstrichen von metallisch dominierten
Geräuschen, erklang. Rostiges Knirschen entriegelte lautstark den
Schließmechanismus, gab den Zugang zum Geheimnis preis. In jenem
Moment, in dem sich der Deckel hob, entströmte weißlicher Rauch.
Sacht sank er hinab, verschmolz mit dem Bodennebel.

In der Kapselhülle schwebte ein milchig getrübter Behälter, in feinste
Fäden eingesponnen. Von leichten Eiskristallen umgeben, schob ein
stabiler Greifarm den Kokon knirschend aus der Kapsel. Zäh fließende
Sekunden verstrichen, bevor er über der Bahre zum Stillstand kam.
Elegant schwenkte er um, legte die Fracht sanft auf die Bare und
brachte dadurch die Räder zum Ächzen.

Schläuche und dünne, mehrfarbige Röhren verbanden das Gefäß mit
dessen ursprünglicher Lagerstätte. Schwungvoll riss die größere Gestalt
sie aus ihrer Verankerung. Losgelöst von jeglicher Fixierung schlugen
sie gegen die Rückwand der Kammer. Gleichzeitig löste sich die letzte
Klammer des Metallarmes, der sich augenblicklich dezent in die Kapsel
zurückzog. Sacht kehrte der Deckel in seine Ursprungsposition zurück.

Knirschenden Schrittes traten die Gestalten den Rückweg an.
Bedächtig, permanent auf ihr Frachtgut achtend, kamen sie nur
langsam voran. Der Transport kostete sie offensichtlich viel Kraft und
Energie. Gleichzeitig verwandelte sich das Quietschen altersschwacher
Räder in dumpfes Ächzen und die Bare schwankte unter zusätzlichem
Gewicht. Dabei zogen sie an bereits geöffneten Kapseln vorbei, deren
Greifarme mit einer hauchzarten Schicht Raureif überzogen, vor sich
hindämmerten.

Erste Anzeichen beginnender Eiskristalle an der Stahltür verwiesen auf
die Oberherrschaft klirrender Kälte. Unmittelbar nach ihrem
Aufschließen begann der Frost damit, sie zurückzuerobern. Trotz
hohem Krafteinsatz fiel es den beiden schwer, sie zu bewegen. Es
dauerte Minuten, bis sie sich allmählich öffnen ließ. Von außen drang
dezentes Licht in die frostige Märchenlandschaft. Ein paar Eisflocken
begleiteten die Gestalten mit ihrer Fracht, wirbelten um sie herum, als
sie die Halle verließen. Ächzend schloss sich die Tür hinter ihnen.
Märchenhafte Stille übernahm die Regentschaft. Winterliche Ruhe,
einzig durchbrochen von seufzenden Maschinengeräuschen, kehrte
zurück.

Kapitel 2

Fröstelnd rollte sie sich zusammen. Kälte überzog ihren klammen Körper mit Gänsehaut. Schlotternd schlugen ihre Zähne aufeinander, bis sie vermeinte, nur noch aus Eis zu bestehen. Ihrer Sinne größtenteils beraubt, fehlten ihrem Gehirn notwendige Informationen.

Schleppend besserte sich ihr Zustand. Eindrücke kamen hinzu, Fehlinformationen verringerten sich. Erkannte sie anfangs ausschließlich dunkle Schatten vor hellgrauem Hintergrund, verbesserte sich allmählich ihre Wahrnehmung. Blasse Umrisse bekamen Farbe, erhielten Konturen. Im Zuge dessen ließ die eisige Kälte in ihr nach. Zitternde Muskeln beruhigten sich. Das Gefühl zu erfrieren verschwand.

Düstere Träume wandelten sich zu bedrohlichen Szenarien, retteten sich, schaurigen Gespinsten gleich, in ihren Wachzustand hinüber. Verängstigt zog sie in den Momenten des Erwachens die duftende, kuschelweiche Decke über den Kopf. Ähnlich einem Kleinkind vermochte sie dabei nicht, zwischen Realität und Traumbildern zu unterscheiden. Blitzartig kniff sie die Augen zusammen, versuchte nochmals, einzuschlafen. Bald dämmerte sie weg, seufzte im Halbschlaf auf, tauchte in eine erneute Traumphase ein.

Unter der Bettdecke roch sie Veilchenduft, schmeckte Karamell, durchzogen mit Schokolade. Vereinzelt vernahm sie den Klang von Messingschalen, hörte zwitschernde Vögel sich um ein Revier streiten, vermeinte, behutsame Berührungen an der Stirn zu fühlen. Sanfte, unverständliche Worte drangen an ihr Ohr, die sie nicht verstand. Geborgenheit umgab sie, hüllte sie schützend ein.

Allmählich erhöhten sich die Wachphasen, in denen sich Hunger in ihren Eingeweiden bemerkbar machte. Massiver Energiemangel schwächte ihre Glieder, quälte sie. Mehrmals probierte sie sich, im Halbschlaf umzudrehen. Jedes Mal scheiterte sie daran kläglich. In einem halbwegs wachen Moment versuchte sie sich aufsetzen. Eine

Schmerzsalve jagte durch ihren Körper, über sie hinweg, schleuderte sie in eine traumlose Phase.

Beim nächsten Erwachen verzichtete sie vorerst auf einen Folgeversuch. Stattdessen versuchte sie mit brennenden Augen, ihr Umfeld wahrzunehmen. An der Wand ihr gegenüber bemerkte sie ein ockerfarbenes Feld inmitten pastellgrün gestrichener Mauern, in dem sich rötliche Linien bewegten. In regelmäßigen Abständen glitt daraus ein bläulich gehaltenes Licht, das ihren Körper von Kopf bis Fuß überstrich.

Obwohl sie weder Tür noch Fenster sah, herrschte ausreichende Beleuchtung, dezentes, angenehmes Licht strahlte indirekt von der Decke, tauchte den Raum Wärme. Neben einem niedrigen Mauerstück entdeckte sie ein Waschbecken, in dessen Nähe sie die Toilette vermutete. Erstaunt registrierte sie das vollkommene Fehlen zusätzlicher Möbelstücke. Bevor sie über den spartanischen Zustand des Raumes nachzudenken vermochte, verfiel sie in einen eigenartigen Dämmerzustand. Wie in einem Fieberdelirium nahm sie Personen wahr, die sich um sie zu kümmern schienen. Daneben bemerkte sie Seltsames, das sie nicht in einem Krankenzimmer erwartete. Viel zu fantastisch wirkten jene Wesen, die sie besuchten.

Beim ersten Mal drangen leise zischende Geräusche an ihr Ohr. Leichter Brandgeruch stieg in ihre Nase. Erstaunt registrierte sie einen Drachen, der auf ihrem Bett herum hüpfte, und es dabei in massive Schwingungen versetzte. Wie ein Leuchtkäfer glühte er aus eigener Kraft, ließ seine Schuppen in den verschiedensten Farben schillern. Kurz hielt er inne, zwinkerte sie an. Quirlig, sprang er zu ihrer geballten Faust, versuchte daran einen Klammergriff. Mit der Größe eines Babykätzchens misslang ihm dieses Vorhaben gründlich. Dafür schlugen sich nadelspitze Krallen in ihre Finger, bevor er zu Boden hopste und unter ihrer Schlafstätte verschwand. Trotz pochender Schmerzen begann sie herzhaft zu lachen, was wiederum in einem heftigen Hustenanfall endete.

Das nächste Mal lag sie auf ihrer linken Seite, fühlte einen eisig kalten
Lufthauch im Nacken. Schwarzgrauer Nebel waberte auf, verdichtete
sich, ehe er den kompletten Raum ausfüllte. Gleichzeitig dunkelte das
Licht deutlich wahrnehmbar ab. Aus den Nebelschwaden formte sich
eine Gestalt, die sie nicht zu definieren vermochte. Purer Schrecken
entstieg ihr, wallte an ihr Bett, versuchte, unter ihre Decke zu kriechen.
Verängstigt sah sie die Nebelfigur einen Ausläufer formen, der sie zu
ergreifen trachtete. Flink zog sie die Bettdecke über ihren Kopf,
verbarg sich darunter, in der Hoffnung, sie damit vertreiben zu können.
Mehrere Minuten hielt sie sich versteckt, bis sie es wagte
hervorzulugen. Bibbernd vor Angst kniff sie die Augen zusammen, bis
sie sah, dass sich der Nebel in Luft auflöste.

Bei diesen beiden blieb es nicht. Dutzende Besucher kamen. Manche
schienen einem Märchen entsprungen, andere wirkten wie normale
Menschen. Jeder löste ein Gefühl, bisweilen eine Stimmung in ihr aus,
die sie anfänglich nur sporadisch zuzuordnen vermochte. Umso
heftiger traf es sie nach den Gästen, wenn diese sie wieder alleine
zurückließen. Der Macht eines derartigen emotionalen Tornados hatte
sie nicht das Geringste entgegenzusetzen. Überrollt von dessen Wucht,
weinte oder lachte sie, kicherte, freute sich und vieles mehr.
Hirngespinsten gleich, bemühte sie sich, die Erinnerungen daran zu
vergessen, ihre Emotionen in den Griff zu bekommen. Vergebens.

Dazwischen tauchten vereinzelt real wirkende Bilder auf, vermittelten
ihr den Eindruck, ihr Erinnerungsvermögen käme zurück. Damit
verknüpfte Regungen drangen bis in ihr Herz vor, fühlten sich intensiv
und vertraut an. Griff sie nach ihnen, glitten sie ihr durch die Finger.
Verzweifelt versuchte sie, hinter den dichten Nebelschleier zu sehen,
der ihre Vergangenheit verbarg. Es gelang ihr nur spärlich, einzelne
Gedankenfetzen zu ergreifen. In einer davon erkannte sie Essenzielles.
„Erinya, ich heiße Erinya.“
Innerlich tanzte sie vor Freude. Unwillkürlich entfuhr ihr ein Lächeln,
das sie in den Schlaf mitnahm. In ihren Träumen woben die
Erinnerungsfetzen ein Netz, auf das sie im Wachzustand noch keinen
Zugriff hatte.

Fehlende Erinnerungen brachten sie nahezu zum Verzweifeln.
Daneben hatte sie mit einem weitaus unangenehmeren Problem zu
kämpfen. Übelkeit. Ihr Magen bemühte sich permanent, seinen Inhalt
loszuwerden. Grummeln und glucksende Geräusche aus ihrem Inneren
irritierten sie gründlich. Letztendlich erwachte sie mit dem Geschmack
von Erbrochenem in ihrem Mund. Angewidert verzog sie ihr Gesicht.
Es schmeckte widerlich.

Nach einer gefühlten Ewigkeit zogen sich die Nebelschleier in ihrem
Kopf zurück. Physisch wie psychisch fand sie sich längst auf dem Weg
der Besserung. Frische Energie durchfloss ihren geschundenen Körper,
den einige Narben zierten. Schwindelgefühl, Übelkeit und andere,
unangenehme Begleiter der letzten Zeit verschwanden langsam.

Ihr geschwächter Zustand blieb existierte. Jeder Versuch sich zu
bewegen kostete anfänglich viel Kraft und Willensstärke. Frustriert
kämpfte sich Erinya mühsam voran, zwischen Traum- und
Wachzustand pendelnd. Zu versagen kam für sie nicht infrage. Bald
bemerkte sie eine kontinuierliche Verbesserung sämtlicher Sinne. Dabei
spürte sie Empfindungen in nie zuvor gekannter Intensität. Zu Beginn
heillos damit überfordert, bemühte sie sich verzweifelt darum, ihre
Selbstkontrolle zurückzuerlangen.

Von Durst geplagt, musterte sie den Raum, entdeckte einen simplen
Beistelltisch an ihrer linken Bettkante. Kindliche Freude durchströmte
sie beim Anblick eines darauf stehenden lindgrünen Schnabelbechers.
Offensichtlich enthielt er für sie gedachte Flüssigkeit, griff danach,
führte ihn zitternd an ihre Lippen. Das darin enthaltene Getränk
erinnerte sie an Früchtetee mit leichter Zimtnote. In winzigen
Schlucken genoss sie den Tee, der ihre Kehle hinunter rann. Nie zuvor
berührte etwas derart Köstliches ihren Gaumen. Trotz einer leicht
scharfen Unternote trank es sich ausgesprochen angenehm.

Die ungewohnt anstrengende Bewegung erschöpfte sie zutiefst, und sie
lockerte unbewusst den Griff um den Trinkbecher. Ohne es verhindern
zu können, entglitt er ihr. Zu Boden polternd, prallte er mehrmals ab,

rollte in Richtung Mauervorsprung. Noch bevor sie sich entschließen konnte ihn aufzuheben, überrollte sie erneut der Schlaf.

Verwundert registrierte sie beim Erwachen erneut einen gefüllten Becher auf dem gleichen Beistelltischchen. Daneben stand eine Schale mit Löffel in ident, grünem Farbton. Vernehmlich knurrte ihr Magen, verlangte nach Nahrung, die sich verarbeiten ließ. Vorsichtig griff Erinya zu, versuchte, zusätzliche Unfälle ihres Geschirrs zu vermeiden. Der Vorsatz gestaltete sich schwerer als erwartet.

Geschmacksneutral, mit zäher Konsistenz widerstrebte alles in ihr, den Brei zu schlucken. Dessen ungeachtet bekam sie den Eindruck, ein Feuerwerk an Geschmack tobe in ihrem Mund. Anfänglich bitter verwandelte es sich in extreme Süße mit einem Unterton leichter Salzigkeit. Zäh brachte sie nur winzige Portionen die Speiseröhre hinab.

Erste Freude über die Speise verwandelte sich in eine Grimasse der Abscheu. Angewidert widerstand sie nur schwer der Versuchung, die Breischale an die Wand zu werfen. Stattdessen schlug sie sich wacker, würgte todesverachtend den Schleim hinunter. Noch beim Essen murrte ihr Magen. Ihre Eingeweide verkrampften sich, lösten Druck und Übelkeit aus. Nur mit Mühe behielt sie das Gegessene in sich.

In den folgenden Tagen gewöhnte sich ihr Körper an den Brei und verlangte sogar nach mehr. Geruchlich erinnerte er an eine Mischung verschiedenster Currysorten, unterlegt mit einem feinen Hauch Zimt. Ihre Zunge wiederum schmeckte Rosmarin, Oregano und Lavendel heraus, wobei dezente Untertöne anderer Gewürze vereinzelt durchdrangen. Direkt im Anschluss an das Essen versank sie meist in traumlosen Schlaf, woraus sie frisch ausgeruht erwachte.

Nicht nur die Nahrung änderte sich, sondern auch ihre Figur. Stachen anfangs ihre Rippen unter dem dünnen Krankenhaushemd deutlich hervor, veränderte sich der Zustand binnen kurzer Zeit. Ihre Kraft kehrte zurück, ließ den Körper regelrecht nach Bewegung gieren.

Endlich fühlte sie sich kräftig genug, schlug entschlossen die Decke
beiseite und schob gemächlich ihre Beine über die Bettkante.
Zentimeterweise tastete sie sich vorwärts, bis ihre Zehenspitzen kühlen
Boden wahrnahmen. Ohne darüber nachzudenken, setzte sie die
Fußsohlen auf den Zimmerboden, versuchte, mit Schwung
aufzustehen.

Wackelig stand sie für einen Moment neben dem Bett. Grinsend, auf
unsicheren Sohlen, mühte sie sich darum, das Gleichgewicht zu
wahren. Ungewohnt fühlte sich der Untergrund an. Kurzfristig
vermeinte sie, ihren eigenen Herzschlag zu fühlen. Irritiert sah sie
hinab, schüttelte verwirrt den Kopf.

Trotz parkettähnlicher Struktur erinnerte sie der Grund
unter ihren Füßen an einen kuscheligen Teppich. Vorsichtig tapste sie
in Richtung Waschbecken, stellte bedächtig einen Fuß vor den anderen.
Innerlich triumphierend griff sie nach dem Becken. Bevor Erinya in
Jubel ausbrechen konnte, verließ sie jegliche Kraft. Ihr Kreislauf
erschlaffte. Schwarze Sternchen zogen vor ihren Augen auf.
Schwindelgefühl setzte ein und sie schachmatt. Stechend durchzog
Schmerz ihren Körper, trieb ihr die Tränen in die Augen. Noch
bevor sie reagieren konnte, hüllte Schwärze sie ein, zog sie hinab in eine
alles verzehrende Ohnmacht.

Im Moment des Erwachens wähnte sich Erinya in der Hölle. Jede Faser
ihres Körpers durchdrang heftiges Pochen im Rhythmus des
Herzschlages. Winzigste Kopfbewegungen schossen feurige Blitze
durch sie hindurch. Stöhnen drang an ihr Ohr. Anfänglich wusste sie
diese Geräusche nicht zuzuordnen, bis sie verstand, dass sie ihrer
eigenen Kehle entstammten. Vorsichtig an ihre Stirn tastend, stieg
Übelkeit in ihr auf. Augenblicklich zog sie den Finger zurück.

„Aufstehen! Hoch mit dir!“
Murmelnd, sich damit anfeuernd, bugsierte sie sich Minuten später
erneut aus dem Bett. Zu Beginn klappte es nur mühsam, das
Gleichgewicht beizubehalten. Von Mal zu Mal fiel es ihr leichter, bis sie
mühelos ihre Schritte setzte. Wie ein Kleinkind lernte sie, sich besser

einzuschätzen und ihren Körper zu kontrollieren. Physisch wie psychisch kehrte so etwas wie Stabilität ein.

„Blödes Zimmer!"
Grummelnd saß sie am Bett, schlug frustriert auf ihr Kissen ein, ärgerte sich dabei gründlich.
„Haben die hier keine Fenster? Ist doch lächerlich, dass es nicht einmal eine Tür gibt! Ich will den Himmel sehen! Hört ihr mich?"
Kräftig ausholend, warf Erinya ihr Polster an die gegenüberliegende Wand, hockte sich trotzig auf die Matratze.
„Wo sind die Sterne? Ich will die Sterne sehen!"
Deprimiert stützte sie dabei den Kopf auf ihre aufgestellten Beine, umklammerte diese zusätzlich mit den Armen. Nur mühsam hielt sie ihre Tränen zurück.
„Gebt mir zumindest einen Spiegel!"
Überdeutlich trat Frust zutage. Gedankenverloren, mit sich und der Welt hadernd, übersah sie, wie sich die Wand ihr gegenüber auflöste und den Blick auf das Dahinterliegende freigab. Bemerkte nicht, wie eine ältere, weiß gewandete Frau an ihr Bett trat.

Schweigend nahm sie den Polster in die Hand, legte ihn auf dem Mauervorsprung ab, trat einige Schritte beiseite und strich über das Mauerwerk neben sich. Wie zuvor verschwand die Wand, löste sich auf, gab den Blick auf einen kleinen Schrank voller Tücher und Kleidung frei. Daraus entnahm sie ein frisches Kissen. Für einen winzigen Moment hielt sie inne, schien zu überlegen, ob sie es Erinya reichen sollte, entschied sich dann jedoch, es auf ihr das Kopfende des Bettes zu legen.

Verwundert folgte Erinya ihr mit den Augen. Irgendwoher kannte sie die Frau, doch woher? Schlagartig fielen ihr die Traumbilder ein. Ihr hatte sie Essen und Trinken zu verdanken. Stets hatte sie ihren geschmeidigen Gang bewundert, der sie an eine Ballerina erinnerte.

Silberfäden durchzogen ihre, zu einem straffen Dutt hochgesteckten Haare. Vereinzelte Härchen wagten sich mutig daraus hervor, umrahmten ihr ausgemergeltes Gesicht. Schmerz schimmerte durch ihre Augen, fehlende Lachfältchen ließen sie hartherzig wirken. Jede Bewegung brachte tief sitzenden Kummer zum Vorschein. Erinya spürte ihn, wie eine unsichtbare Aura, die die Frau umgab.

Schaudernd schlug sie eine unendliche Woge der Traurigkeit in ihren Bann, ließ sie frösteln. Lag auf ihren Lippen ein verhaltenes Lächeln, so blieben die Augen kalt wie die eines toten Fisches.

Weißer, fließender Stoff schmiegte sich an den schlanken Körper, erinnerte sie an die einfache Kleidung einer Krankenschwester. Erst jetzt bemerkte Erinya hinter der Frau die Türöffnung und riss die Augen auf. Von einigen blinkenden Lichtern und vereinzelten Schatten in der Dunkelheit abgesehen, erblickte sie nur ein dunkles Loch, in das sie starrte.

„Nun? Wie fühlen Sie sich?"
Sanft, mit gütig klingendem Unterton sah die Fremde sie an.
„Wo bin ich?"
„Beantworten Sie erst meine Frage. Wie fühlen Sie sich?"
Mürrisch brachte Erinya nur ein „Geht halbwegs" über die Lippen. Schnippisch fuhr sie gleich darauf fort. „Und wo bin ich hier?"
„In Sicherheit und in guten Händen!"
„Schön und gut, und sonst? Ist das ein Raumschiff? Für mich sieht es nach einer Krankenstation aus, liege ich richtig?"
„Stimmt, das hier ist eine Krankenstation. Aber glauben Sie mir, Sie sind hier in guter Obhut!"
„Na schön, und wer sind Sie?"
„Sie können mich Isadora nennen. Ich kümmere mich um Sie, seit Sie hier sind!"
„Und seit wann bin ich hier?"
Ärger begann sich in ihr aufzustauen. Musste sie ihr jede Information einzeln aus der Nase ziehen?

Statt einer Antwort griff Isadora nach Erinyas linker Hand und zog sie zu sich. Leicht klopfte sie gegen den Daumenknochen. Unter ihrer Haut kribbelte es, Poren öffneten sich, entließen dünne weißliche Drähte, die sich nach außen bohrten. Windend bewegten sie sich wie

Spülwürmer, entschlüpften der Hand und fielen in eine von Isadora
gehaltene Schale. Weiß schlängelten sie sich übereinander.

Entsetzen stand in Erinyas Gesicht geschrieben. Angewidert fehlten ihr
die Worte. Kreidebleich saß sie wie gelähmt auf dem Bett, zog
blitzschnell ihre Hand zurück, sobald Isadora sie losließ.
„Was .... ist ... das?“
Zittern durchdrang ihre Stimme. Schaudernd wandte sie sich vom
Anblick der beweglichen Drahtwürmer ab. Eiskalt rann es ihr den
Rücken hinunter, beim Gedanken, wie lange sie diese Würmer bereits
in sich trug.
„Ganz simpel gesagt handelt es sich um Medizin.“
„Igitt.“
Darauf erntete sie nicht mehr als ein halbherziges Lächeln der
Schwester.

Mit der Schale in der Hand trat diese einige Schritte zurück. An ihr
vorbei schlenderte ein Mann, ebenso in Weiß gekleidet, wie sie.
„Scheint beinahe, als hätten wir das Schlimmste überstanden. Meinen
Sie das nicht auch, Schwester?“
Die Arme hinter dem Rücken verschränkt, stellte er sich an Erinyas
Bett. Väterlich besorgt sah er sie mit gütigem Blick an. Leicht
angegraute Schläfen verliehen ihm einen Hauch von Autorität. Schlank
und drahtig stand er vor ihr. An seinem Körper gab es kein
offensichtliches Gramm Fett zu viel.

Isadora reichte ihm die Schale mit den, nach wie vor aktiven,
Drahtwürmern. Konzentriert blickte er die Würmer an, bevor er sie
zurückreichte.
„Sämtliche Werte sprechen für sich und wie Sie selber schon bemerkt
haben, geht es Ihnen tatsächlich besser. Wie kommen Sie mit dem
Gehen zurecht?“
„Haben Sie mich etwa beobachtet?“
„Natürlich stehen Sie hier unter Beobachtung. Es ist in unser aller
Interesse, uns gut um Sie zu kümmern. Doch ich kann Sie beruhigen,
Sie werden bald wieder fit sein.“

Jedes einzelne Wort durchdrang ein angenehmer Unterton, den sie nicht zuzuordnen vermochte. Für einen Moment schloss sie ihre Augen und hatte das Bild eines stattlichen Königs vor sich, der selbstbewusst sein Volk regierte. Das brachte sie zum Schmunzeln. Wirkte die Stimme des Arztes so auf sie?

Im Gegensatz zur Schwester schien ihm das Lächeln ins Gesicht gemeißelt, ließ die Lachfalten um Lippen und Augen ausgeprägter erscheinen. Sie passten wunderbar zu ihm, unterstrichen den Eindruck wahrer Lebensfreude.

Lächelnd reichte er ihr die Hand, die Erinya beherzt ergriff. Kühl umschlossen seine schlanken, knotigen Finger ihre eigenen.
„Schön Sie wieder unter den Lebenden zu sehen. Wir haben uns ernsthafte Sorgen gemacht, dass wir Sie vielleicht nicht mehr retten könnten."
Leichte Besorgnis erschien für einen Moment in seinen Augen, bevor er erneut das typische Lächeln aufsetzte.
„Sie können mich Doktor Lazaar nennen. Ihre Rettung war zwar nicht ganz einfach, aber Sie dürften eine Überlebenskünstlerin sein!"

„Warum gerettet? Was ist passiert? Warum bin ich hier?"
„Viele Fragen. Etwas zu viele für den Moment. Sie werden auf jede einzelne davon Antworten erhalten, sobald die Zeit dafür reif ist. Im Augenblick ist sie das noch nicht."

Erinyas Gesicht sprach Bände. Leicht verdrehte sie die Augen und gab Unverständliches von sich. Deutlich sarkastisch kamen ihr Worte in den Sinn, die sie besser verschwieg.
„Mit anderen Worten, Sie sagen mir nicht, was ich wissen will?"
„Noch nicht, in ein paar Tagen schon. Sie brauchen derzeit!"
„Ruhe hatte ich hier genug. Ich langweile mich, und zwar gründlich", vermeldete sie murrend. Für einen Sekundenbruchteil gefror dem Arzt das Lächeln im Gesicht. Woraufhin Erinya gedanklich feststellte, dass Fröhlichkeit definitiv besser zu ihm passte.

Erst jetzt bemerkte sie, wie das Sprechen sie anstrengte. Immer deutlicher fühlte sie unangenehmes Kratzen im Hals, versuchte, es mit Tee aus dem Schnabelbecher wegzuspülen.

„Ihre Genesung geht schneller voran, als wir erwarteten. In einigen Tagen sollten Sie wieder gänzlich auf den Beinen sein, wenn ich mir Ihren Heilungsfortschritt ansehe. Bis dahin bekommen Sie noch Ruhe und Erholung verordnet. Verstehen wir uns?“
Scheinbar fiel es ihm schwer, ernst zu bleiben.

„Was könnte ich hier denn schon tun? Ich langweile mich fast zu Tode. Das nervt! Wie soll ich mich erholen, wenn ich mich so sehr langweile?“
Anklagend sah sie ihn an, grummelte Unverständliches in sich hinein und senkte anschließend den Blick zu Boden. Offensichtlicher Frust drang durch ihre Stimme. Doktor Lazaars Lächeln formte sich zu einem nicht zu übersehenden Grinsen, das von einem Ohr zum anderen reichte. Obwohl er auf sie ausgesprochen charmant wirkte, sie völlig aus der Fassung brachte, hielt sie sich mit zusätzlichen Kommentaren zurück.

„Wenn ich schon sonst zu tun bekomme, dann geben Sie mir zumindest einen Spiegel. Ich will wenigstens wissen, wie ich aussehe!“
Sacht griff sie an ihre Schädeldecke, spürte den flauschigen Flaum auf ihrem Haupt, der die Wiederkehr einst wallender Haarpracht ankündete.

„Natürlich verstehe ich Sie, besser, als Sie glauben. Beschäftigung ist für den Geist notwendig. Unterforderung zerstört vieles, das wir als Menschen einst erschaffen haben. Trotzdem hat Ihre Genesung im Augenblick Vorrang. Ist das für Sie nachvollziehbar?“
Ohne ihre Zustimmung abzuwarten, legte er seine Hand auf ihre Stirn, strich sanft darüber.
„Alles zu seiner Zeit. Haben Sie etwas Geduld. Schlafen Sie, träumen Sie. Ruhen Sie sich aus. Vielleicht wünschen Sie sich eines Tages die jetzige Ruhe zurück. Können wir uns darauf einigen?“

Leichte Entspannung überkam Erinya. Verständnisvoll ruhte sein Blick auf ihr, gab ihr das Gefühl, ihm blindlings vertrauen zu können. Von einem Augenblick zum anderen ließ die Anspannung in Nacken und Rücken nach. Ruhe kehrte ein. Müde sank Erinya in ihr Kissen zurück, fühlte sich von der Situation gründlich überfordert. Wie konnte eine simple Unterhaltung nur so anstrengend sein?

„Was ist das Letzte, an das Sie sich erinnern können?"
„Was meinen Sie?"
„Das Letzte, bevor Sie hier erwacht sind."
„Ich weiß es nicht. Ehrlich!"
Chaos herrschte in ihrem Kopf. Vereinzelt erschienen real wirkende Bilder vor ihrem inneren Auge. Zu greifen vermochte sie sie nicht. Erinnerungsfetzen wirbelten Realität und Fantasiegebilde durcheinander. Erinya starrte in die Luft, versuchte, auftauchende Abbildungen ihrer Erinnerung zu ordnen. Verzweifelt erkannte sie die schiere Größe dieser Aufgabe.

„Das ist schwierig. Ich erinnere mich an nichts. Es gibt zwar vereinzelt Bilder und Personen, nur kann ich sie nicht zuordnen. Das ist Mist. Ich will mich ja erinnern, nur wie soll das gehen, wenn die Erinnerungen ständig verschwinden? Mit kommt es vor, als würde meine eigene Vergangenheit vor mir weglaufen."
Schwer schluckte sie, spürte einen Kloß in ihrem Hals entstehen.
„Kennen Sie das, Doktor?"

Schweigend setzte er sich neben sie auf die Bettkante, hielt für einen Augenblick inne. Erneut ergriff er ihre Hand, umschloss sie und sah sie aus wasserblauen Augen an.
„Als Arzt bekomme ich des Öfteren Fälle von Gedächtnisverlust, die behandelt gehören. Ich kann daher Ihre Situation nachvollziehen. In den letzten Jahren haben sich unsere Behandlungsmethoden stark verbessert. Wir können inzwischen alle Erinnerungen zurückholen, die der Patient wünscht. Daher versichere ich Ihnen, es wird alles gut werden. Es ist nur notwendig, dass Sie mir vertrauen. Können Sie das?"
In seiner Stimme schwang etwas Einschmeichelndes mit, lullte sie ein.

Wortlos nickte sie nur, setzte mehrmals an zu sprechen. Geduldig wartete Doktor Lazaar.

„Wissen Sie, ich versuche, mich zu erinnern. Aber ich kann nichts greifen. Ich grabe in meinen Erinnerungen, ohne Antworten zu bekommen. Ich sehe Bilder, die ich nicht verstehe, geschweige denn erklären kann. Sie verwirren mich, geben mir Informationen, die nicht stimmen können."
Nachdenklich hielt sie für einen Moment inne.

„Es gab da eine Zugfahrt, an die ich mich erinnere. Der Zug war alt, keine moderne Magnetschwebebahn, sondern fuhr auf Schienen. Am Platz mir gegenüber gab es einige Löcher im ausgebleichten, bläulichen Bezug. Ich kann mich noch deutlich an etwas erinnern, das nach alten Leuten roch."
„Gab es noch andere Passagiere im Zug?"
„Nicht, dass ich wüsste. Soweit ich das Bild rekapitulieren kann, saß ich allein im Abteil."
„Können Sie mir sagen, wo dieser Zug entlang fuhr?"
„Nicht genau. Die Fenster waren verschmutzt. Es ging vorbei an Feldern mit Erntemaschinen. Weiter weg gab es Berge voller Nebelschwaden. Nur wo das gewesen sein soll, könnte ich beim besten Willen nicht sagen. Da bin ich definitiv überfragt."
Sie schluckte.
„Das ist doch verrückt. Meinen Sie, ich drehe durch?"
„Nein, machen Sie sich keine Sorgen. In einem Fall wie dem Ihren ist das absolut normal! Gibt es noch mehr, an das Sie sich erinnern?"
„Sicher, aber ich kann im Moment nicht einmal sagen, ob die Erinnerungen real sind."

Bedauernd senkte Erinya den Blick, fühlte an ihrer linken Wange die nasse Spur einer Träne. Unangenehm berührt saß sie mit angezogenen Beinen unter der Decke und merkte erst viel zu spät, dass sie weinte. Schluchzend saß sie auf dem Bett, vergaß, dass sich der Arzt und die Schwester noch im Zimmer aufhielten.

Sanft zog Doktor Lazaar sie zu sich und drückte dabei ihren Kopf an seine Schulter. Hemmungslos öffneten sich die Schleusen, ließen sie bittere Tränen vergießen. Flüsternd sprach er beruhigend auf sie ein, strich ihr leicht über den Rücken. Tröstend hielt er sie im Arm, bis schließlich der Tränenfluss versiegte.

Rasch zog sie sich aus der Umarmung zurück.
„Besser?"
Aus der Kitteltasche holte Doktor Lazaar ein Taschentuch, wischte ihr damit die Tränen von den Wangen.
„Atmen Sie tief ein und aus!"
Gehorsam folgte sie der Anweisung. Nach ein paar Atemzügen fühlte sie sich besser.

„Machen Sie sich keine Sorgen. Für Ihren Gesundheitszustand ist das absolut normal. Bei Gedächtnisverlust dieser Intensität kommt es im Regelfall zu massiven Erinnerungslücken. Erst nach Tagen kehren rudimentäre Erinnerungen zurück. In einzelnen Fällen kann das auch länger dauern. Aber sie gehen niemals hundertprozentig verloren."

Er setzte erneut sein kurzfristig entschwundenes Lächeln auf.
„Lassen Sie sich ausreichend Zeit. Achten Sie darauf, sich nicht zu überanstrengen! Höchstwahrscheinlich kommen Ihre Erinnerungen schneller zurück, als Sie denken! Überfordern Sie sich nicht, sondern genießen Sie die Ruhe, die Sie jetzt haben."

Aufmunternd lächelte er sie an, strahlte Hoffnung aus. Entschlossen den Raum zu verlassen stand er auf. Gedankenverloren blieb er stehen, drehte sich um und sah Erinya erneut an.
„Ach ja, das hätte ich beinahe vergessen."

Aus der linken Tasche des leicht speckigen Arztkittels förderte er ein Päckchen zutage. Nachdenklich hob er es in Augenhöhe und drehte es in der eigenen Hand, bevor er es ihr reichte.
„Das ist für Sie. Es wird ihnen helfen, sich zu erinnern. Geben Sie dem Heilungsprozess eine Chance, in Ordnung?"

Ohne eine Antwort abzuwarten, verließ er den Raum. Sprachlos blieb
sie auf dem Bett sitzen. Die komplette Zeit über hatte Isadora
schweigend hinter dem Arzt gestanden. Noch immer hielt sie die
Schale mit den Drahtwürmern in der Hand. Wie zuvor wirkte sie kalt
und hartherzig. Zusammengepresste, dünne Lippen, unterstrichen
diesen Eindruck.

„Das Päckchen stellt ein Willkommensgeschenk dar. Glauben Sie mir,
Sie finden rasch eine sinnvolle Verwendung dafür. Nutzen Sie es weise,
es ist ein ausgezeichnetes Mittel um das Gedächtnis anzukurbeln.“
Schnippisch im Unterton, klangen die Worte beinahe anklagend.
„Ich habe noch etwas für Sie!“
Die Schale auf dem Mauervorsprung ablegend, griff sie erneut in das
Fach, zog einen Packen daraus hervor, den sie auf Erinyas Bett legte.
„Die Krankenhaushemden brauchen Sie nicht mehr zu tragen.
Nehmen Sie das hier!“
„Darf ich Sie noch etwas fragen?“
„Natürlich.“
„Wann bekomme ich endlich vernünftiges Essen?“
„Es wird nicht mehr lange dauern. Ihr Magen ist einfach noch nicht so
weit, dass er feste Nahrung gut verarbeiten kann.“
„Und was ist mit den Tees? Etwas Abwechslung wäre auch nicht
schlecht, der jetzige schmeckt langweilig.“
„Was Sie schmecken, sind die Nährstoffe, die Ihnen bei der
Regenerierung helfen sollen. Aber ich sehe zu, was sich machen lässt.“
Erinyas verärgertes Gesicht quittierte sie lediglich mit einer erschöpft
wirkenden Miene. Leicht gebeugt drehte sie sich um, griff nach Kissen
und Schale.
„Armes Kind“, murmelte sie in sich hinein.
„Was haben Sie gesagt?“
„Nichts.“

Ohne sich auf eine Diskussion einzulassen, hob sie ihre linke Braue
und folgte dem Arzt. Hinter ihr manifestierte sich die Wand erneut.
Zurück blieb eine verdatterte, junge Frau mit einem Päckchen. Was
hatte sie erwartet? Nach wie vor fehlten Antworten.

Mehr aus Langeweile, denn aus Neugierde heraus, begutachtete sie das Geschenk, hielt sie es erst in der Hand, schüttelte es, versuchte, den Inhalt zu erraten. Mit Leichtigkeit ließ sich das darum herumgewickelte Papier lösen. Darin fand sie ein dezentes, handliches Notizbuch mit anthrazitfarbenem Umschlag.

Erinya hob es an die Nase, roch daran. Der elegant gestaltete Einband schien in ihrer Hand zu pulsieren, strahlte Wärme aus. Es gefiel ihr, entsprach ihrem Stil und Geschmack. Darin verarbeitetes Papier ähnelte Büttenpapier, dem sie einst beim Arbeiten den Vorzug gab. Weiß, mit eierschalenfarbenem Unterton, griff es sich angenehm in an, lud ein, es mit Bildern und Worten zu füllen.

An den Buchrücken entdeckte sie einen Stift im gleichen Anthrazit. Wispern erklang in ihrem Kopf, als sie ihn berührte. Ihre Hand kribbelte, innerlich entstand Unruhe. Verwirrt ließ sie ihn los, augenblicklich endeten diese Empfindungen.
„Was zum ....“
Dafür fehlten ihr die Worte. Mehrmals griff sie nach dem Stift. Jedes Mal kamen die gleichen Wahrnehmungen zurück.

Anfänglich hatte Erinya nicht die geringste Idee, was der Arzt ihr mit diesem Geschenk sagen wollte, begriff dann schlagartig. Es sollte ihre Erinnerungen ankurbeln, ihr helfen, die eigene Vergangenheit zu finden. Lächelnd saß sie mit dem Buch in der Hand auf ihrem Bett und dachte über den ersten Eintrag nach. Aufgeregt freute sie sich darauf, es zu befüllen.

Wie erschlagen fühlte sie sich von den Bildern, die unvermittelt in ihrem Kopf auftauchten. Sie schloss die Augen, versuchte, sie zu fassen. Schneeflocken gleich schwebten sie vor ihr. Wie aus dem Nichts erstanden immer mehr davon, bis sie glaubte, in einem Schneesturm zu versinken. Blitzschnell umschwirrten sie die Flocken, bevor sie sacht zu Boden sanken, wo sie allmählich zu versickern drohten.

Dieser Macht hatte sie nicht das Geringste entgegenzusetzen. Nur langsam beruhigte sich das Toben, bis der Blizzard sich legte. Nach wie

vor stoben die Bilder ziellos durcheinander, tanzten um sie herum.
Dabei merkte sie nicht, wie sich ein Lächeln auf ihre Lippen stahl. Tief
in ihrem Innern spürte sie das Kleinkind in sich, das sich noch von
einem herbstlichen Laubhaufen gefallener Blätter beeindrucken ließ. Sie
vermisste diese Unbeschwertheit und Lebensfreude, das Gefühl alles zu
schaffen. Entzückt griff sie zu, doch erneut entzog es sich ihr und
tauchte unter. Spielerisch fasste sie in das Bilderchaos, versuchte
blindlings, eines davon zu sich heranzuziehen.
„Wollt ihr wohl hierbleiben?“

In Gedanken lachend, erkannte sie immer deutlicher hauchfeine
Unterschiede. Etliche Bilder erschienen blasser. Zu einigen fühlte sie
eine unerklärliche Verbindung, während andere sie gründlich abstießen.
Bei manchen schien generell etwas nicht zu stimmen, doch blieb ihr der
Grund dafür verborgen.

Anfänglich verwirrte sie diese Vielfalt, bis eine der Flocken genau vor
ihrer Nase herumtanzte.
„Dich kriege ich!“
Grinsend schob sie vorsichtig ihre Hand nach vor, packte blitzschnell
zu, spürte, wie die Schneeflocke zwischen ihren Fingern versuchte
auszubrechen. Jaulende Klagelaute ertönten in ihrem Ohr, bis die
Gegenwehr abflaute. Lächelnd hob sie die Hand, öffnete sie. Erstaunt
sah sie auf ihre blanke Handfläche. Erinya fühlte ein Stechen in ihrem
Herzen, riss die Augen auf.
Der Stift entfiel ihrem Griff. Die Bilder entschwanden, gaben den Blick
auf das Zimmer frei. Erstaunlich klar im Kopf runzelte sie die Stirn,
verstand nicht, wohin die Schneeflocken verschwunden waren.
Nachdenklich senkte sie ihr Haupt, sah dabei auf ihren Schoß, auf dem
der Schreibstift lag. Erneut nahm sie ihn in die Hand, woraufhin der
Schneesturm wieder entfachte.

Schlagartig begriff sie. Das Notizbuch griff auf ihre Erinnerungen zu,
auf Bilder, die sie bewusst nicht wahrnahm. Jetzt wusste sie, womit sie
das Buch füllen würde. Binnen Minuten entstand auf der ersten leeren
Seite eine Zeichnung des Bilderschneesturms. Mitten darin hockte ein

Schemen auf dem Bett und versuchte nach den einzelnen Flocken zu haschen. Ungewohnt anstrengend gestaltete sich das Zeichnen für sie, kostete erstaunlich viel Energie. Erschöpft fielen ihr bald schon die Augen zu. Der Stift kullerte aus ihrer Hand, blieb neben dem aufgeschlagenen Notizbuch auf ihrem Schoß liegen.

Unruhig träumend, wälzte sie sich im Bett herum, bis Decke, Buch und Schreibstift am Boden landeten. Wie gerädert erwachte sie aus dem Schlaf. Wiederholt hatte sie von Dingen geträumt, die sie ängstigten, aber sich nicht greifen ließen. Ihr Kissen, nass von Tränen, hielt es umklammert, wie ein Kleinkind einen Teddybären. Feuchte Wangen und leicht geschwollene Augen zeugten von einer Sturzflut an Tränen. Innerlich spürte sie, wie der Stift Erinnerungen aufwühlte, die besser in der Vergangenheit verblieben. Zu viel Schmerz hing an ihnen.

Wie gewohnt schwanden ihre Träume erneut binnen Sekunden dahin. Zurück blieb ein kalter Schauer, der ihr über den Rücken jagte. In all den Traumbildern nahm sie nur eines bewusster wahr. Es rief Angstschweiß in ihr hervor. Panisch griff sie zum Fußboden, hob Stift und Notizbuch auf und begann zu zeichnen, bevor es endgültig verschwand. Aus abgrundtiefer Schwärze löste sich der Schemen eines kalkweißen Gesichtes. Ausdruckslos, bar jeglicher Regung, traf sie der Anblick bis in ihr Innerstes, vermittelte ihr, absolute Wertlosigkeit. Schockiert schlug sie das Buch zu. Noch immer traf sie der Blick dieser leeren Augen. Ihr Herzschlag raste vor Angst dahin.

Es dauerte, bis sie sich genug gesammelt hatte, sich ausreichend klar im Kopf fühlte.
„Das war nur ein Traum! Nicht mehr als nur ein dummer Traum!“
Krampfhaft hielt Erinya ihre Augen offen und starrte die gegenüberliegende Wand an. Gleichzeitig begann sie sich zu fragen, wie Isadora die Tür geöffnet hatte.
„Wie haben die das nur gemacht?“
Annähernd unhörbar stand sie auf, tastete sich am Mauerwerk entlang. Es gab keine Vertiefungen, keine Öffnungen, keine noch so kleine Ritze. Frustriert gab sie auf, holt sich stattdessen aus dem Fach frische

Kleidung. Ihre alten Sachen rochen übel vom langen Tragen. Froh sie loszuwerden, hängte sie auf den kleinen Mauervorsprung.

Hose und Shirt fühlten sich bequem, anschmiegsam weich an. Dünn wie ein Negligé verfügte das Material nur über geringes Eigengewicht. Obwohl ihr der helle beige Farbton nicht gefiel, freute sich Erinya darüber, normalere Kleidung zu bekommen. Auf die typische Krankenhauskluft verzichtete sie gerne. Federleicht fließend schmiegte sich der Stoff an ihren Körper, hüllte ihn auf angenehme Weise ein.

Sie verspürte weder Hunger noch Durst, vielmehr die Neugierde auf etwas, das sich im Zimmer verbergen mochte. Entschlossen tastete sie weiter die Wände ab. Anfänglich blieben ihr die Geheimnisse des Raumes verborgen, bis sie zufälligerweise über zwei Kastennischen stolperte. Gähnende Leere starrte ihr daraus entgegen.

„Das ist alles? Nicht mehr? Echt jetzt?“
Frust erklang in ihrer Stimme. Enttäuscht warf sie sich bäuchlings auf das Bett und dachte nach. Wie von Zauberhand löste sich schräg gegenüber, ein Stück der Mauer auf, gab einen kleineren, sonnendurchfluteten Bereich frei. Mit ausreichender Helligkeit versorgt, stellten die Deckenlichter ihre Arbeit ein. Fasziniert sah Erinya in das Sonnenlicht, in dem Staubflocken tanzten, sie regelrecht verzauberten. Wie lange hatte sie die Sonne nicht mehr gesehen?

Staunend trat sie zu den hohen Fenstern. Lächelnd, mit Tränen in den Augen, erblickte sie einen weitläufigen, hellen Park. Mitten im gepflegten Rasen lag ein kleiner See mit frisch erblühten Seerosen. Einige säuberlich angelegte Wege schlängelten sich durch das Gras, vorbei an Baumalleen und farbenfrohen Blumenbeeten. Ungehindert wärmte die Sonne die Grünfläche, nur vereinzelt zogen Schönwetterwolken am Himmelsgestirn vorüber.

„Wie wunderschön!“
Innerlich vor Freude aufseufzend, vermochte sie sich an dieser Schönheit kaum sattzusehen. Nach Minuten, die wie im Flug vergingen, zog sie sich ein paar Schritte zurück, stolperte um ein Haar. Den Sturz

fing ein bequemer, ausladender Stuhl auf, den es vorher noch nicht gab.
„Was zum ...“
Langsam schien sich der Sessel zu verändern, sich an ihren Körper
anzupassen. Obwohl sie es nicht direkt sah, fühlte sie leichte
Vibrationen im samtig-weichen Material. Irritiert saß sie darauf, bis das
Vibrieren nachließ. An einer optimalen Stelle stehend, genoss sie den
friedvollen Anblick der Natur, ohne über dieses seltsame Möbelstück
nachzudenken.

Was sie sah, gefiel ihr. Hielt sie sich auf der Erde auf? Ähnliche Gärten
kannte sie aus dem ehemaligen England, in dem Parks erstaunlich viel
Aufmerksamkeit und Pflege bekamen. Nicht nur der Rasen, sondern
auch Sträucher nebst einigen, kräftig gestutzten Bäumen luden zum
Verweilen ein.
Im sauberen, klaren Seewasser spiegelte sich die Sonne, lud zum
Träumen ein. Je länger sie auf dieses idyllische Bild sah, umso mehr
entschwanden die düsteren Traumbilder aus ihrem Kopf. Zum ersten
Mal entspannte sie sich, fühlte den Frieden in ihrem Herzen Einzug
haltend. Innerlich verband sie eine Art Normalität mit diesem Anblick,
den sie sich nicht zu erklären vermochte.

Tief im Innersten berührte sie etwas, das sie bewahren wollte. Ihre
Gedanken vergessend, zeichnete sie, füllte das Büchlein mit Bildern.
Jede einzelne Skizze brachte einen Funken in ihr zum Klingeln. Sie
wollte sich an ihre eigene Vergangenheit erinnern. Mit jeder Seite, die
sie befüllte, tauchten weitere Erinnerungsfetzen auf, die sie nicht
verstand.
Noch fehlte das Gesamtbild. Stundenlang konzentrierte sie sich
ausschließlich auf das Buch. Beim Befüllen der Blätter unterschied sie
nicht zwischen real oder Traum.

Erst Stunden später spürte sie die Präsenz einer anderen Person in ihrer
Nähe. Auf leisen Schritten stellte Isadora frischen Tee, zusammen mit
einem kleinen Teller winzig wirkender Küchlein, auf ihr
Beistelltischchen. Ohne Erinya zu beachten, schnappte sie sich das
verschwitzte Krankenhaushemd, drehte sich um und verließ den Raum.

Verdattert saß Erinya weiterhin im Sessel, sah ihr verwundert nach, bevor sie mit den Schultern zuckte und sich erneut dem Notizbuch widmete.

Hoch konzentriert befüllte sie die Seiten mit Kritzeleien. Einzelne, unzusammenhängende Worte fanden sich einsam mitten in Bildern, die sie nicht verstand. Unmengen an Skizzen und Begriffen ergaben auf den ersten Blick keinerlei Nutzen. Trotz aller Bemühungen vermochte sie nicht, das Puzzle zusammen zusetzen. Immer tiefer vergrub sie sich in das Buch. Von Zeit zu Zeit blätterte sie zurück, vervollständigte Bilder, fing die nächsten an. Hunger begann in ihren Eingeweiden zu rumoren. Gähnend legte sie den Stift beiseite. Ihr Körper forderte seinen Tribut.

Ausgiebig nutzte sie in den folgenden Tagen das Notizbuch, versank immer tiefer in ihrer Arbeit. Deutlich spürte sie ihr Zeichentalent zurückkehren, erkannte, wie sie jedes noch so kleine Detail korrekt wiederzugeben vermochte. Eine Fülle an Bildern erwuchs. Fremdartige Maschinen, Geräte, die sie nie zuvor gesehen hatte, dominierten. Vereinzelt entstanden wunderschöne Landschaften, derer sie sich nicht erinnerte.
Fantastische Szenen mit Drachen und anderen seltsamen Kreaturen schob sie in das Land der Träume. Dazwischen erstanden Dutzende von Porträts. Zwischen unbekannten Gesichtern gab es ein lächelndes Konterfei von Doktor Lazaar, ebenso wie eine grimmig dreinschauende Isadora. Selbst der Anblick ihrer eigenen Zeichnung von der Schwester jagte ihr eisige Schauer über den Rücken. Mit den Stunden fiel es ihr immer schwerer, Erinnerungsflocken zu fassen. Die anfängliche Faszination des Schneesturms hatte sich längst gelegt. Sie benötigte eine Pause.

Seufzend legte sie den Stift beiseite, beobachtete den Park. Sie liebte den Anblick, freute sich darauf, im Rasen sitzend Steinchen in das Seewasser zu werfen. Nach wie vor strahlte die Sonne herab, brach sich im Wasser, ließ es wie Myriaden Diamanten auf der Oberfläche glitzern.

Mit dem Buch in der Hand stand sie auf, trat an das Panoramafenster
heran. Sehnsucht lag in ihren Augen. Wie lange hatte sie schon kein
Gras mehr unter ihren Füßen gespürt?
„Wie gerne wäre ich jetzt da draußen.“
Melancholie ergriff sie für einen Augenblick. Sie vermisste es, die
nackten Zehen in frisches Gras zu graben, darin herumzuwühlen. Der
Geruch nach Erde, ein sanfter Windhauch, der ihre Nase umwehte,
Sonnenstrahlen auf ihrer Haut, all das fehlte ihr. Ständig in diesem
Zimmer eingesperrt zu sein, verscheuchte die positive Laune
allmählich. Dezente Schwermut kehrte schleichend ein, traf sie tief.

Erst Stunden später, in denen sie vereinzelte Erinnerungsflocken
ergriff, erkannte sie eine Veränderung im Schneesturm. Einige der
Flocken kamen zu ihr, umschwirrten sie, ließen sich einfacher fangen
denn je zuvor. Außergewöhnlich detailgetreu erstand daraufhin das
Abbild eines alten Friedhofes. Uralte Bäume spendeten Schatten,
standen zwischen teils windschiefen Grabsteinen. Einzelne Grabplatten
wiesen Brüche auf, viele von ihnen überwucherten längst Efeuranken.
Dazwischen wachten gütige Engelsstatuen über die Verstorbenen. Über
allem lag der Charme naturbelassener Verwilderung. Frieden strömte
ihr entgegen. Es berührte etwas tief in ihrem Herzen, das sie nicht
verstand. Innerlich wusste sie, dass sie die Seele des Totenackers
eingefangen hatte.

Wo andere Erinnerungen versagten, vermochte sie den Friedhof leicht
zuzuordnen. Ein Schwung an Erinnerungsfetzen öffnete sich,
überströmte sie mit Emotionen. Nach dem Tod ihrer Großmutter
besuchte Erinya regelmäßig den Platz, sprach mit ihr, holte Rat bei ihr
ein. Sorgsam pflegte sie ihre Grabstelle, pflanzte Blumen und
kümmerte sich um das Grablicht. Innig mit ihr verbunden, verwand sie
nie deren Dahinscheiden. Eines Tages nahm sie einen Block mit. Die
Ruhe inmitten der Gräber ließ sie aufblühen, brachte ihr Zeichentalent
zum Vorschein.

In wiederkehrenden Abständen fand ihre Mutter sie dort, setzte sich zu
ihr auf die altertümliche, moosbewachsene Bank. Kummer stand in den

Augen der frühzeitig gealterten Frau, die sich für ihr einziges Kind nur das Beste wünschte. Besorgnis erklang in ihrer Stimme, wenn sie Erinya aufforderte, endlich den Totenacker zu verlassen. Für ein Mädchen ihres Alters sei es einfach nicht normal, sich immerfort auf menschenleeren Friedhöfen aufzuhalten. Stattdessen sei ihr Platz unter Gleichaltrigen. Alt würde sie noch früh genug, sie solle ihr Leben genießen, anstatt ständig zwischen Gräbern zu sitzen. Regelmäßig entstand deswegen Streit, dabei wollte Erinya doch nur die Erinnerung an die Verstorbene bewahren.

„Mama, wie konntest du nur. Ich wollte dich stolz machen, nicht eine Nummer unter vielen sein. Ich wollte frei und stark sein, nicht schwach wie die anderen, die nur Saufen und Party im Kopf hatten."

Es schmerzte, diese Erinnerung erneut zu durchleben, sich der Streitereien zu vergegenwärtigen, die sie mit ihrer Mutter führte. Sie bevorzugte Ruhe, zog sich gern vor dem kindischen Hickhack ihrer Altersgenossen zurück. Ihre Mutter dagegen bestand darauf, dass sie ein normales Kind haben wollte, mit normalen Hobbys und einem normalen Freundeskreis.

Eines Tages begann Erinya damit vorzugeben auf Veranstaltungen und Feste zu gehen, nur um endlich in Frieden gelassen zu werden. In ihrer Tasche befand sich kein Schluck Alkohol, sondern ihre Lernmaterialien. In hellen Vollmondnächten zog es sie hinaus auf eine Anhöhe, mit wunderschönem Ausblick auf die Großstadt. Mitten in der Dunkelheit sternenklarer Nächte erhellten zauberhafte Lichter den Bereich der Stadt, brachten sie zum Träumen. Dort gewann sie Abstand zur versifften, schmierigen Metropole Europas, die sich nach den ersten Völkerwanderungen zu einem Schandfleck entwickelte. Die dort lebenden Menschen hatten in ihrer Zeit längst keine Hoffnung mehr, zu vieles hatte Europa damals in den Untergang getrieben.

An manchen Tagen, in denen Eiseskälte alles in ihren klammen Fingern hielt, zog sie sich in eine der letzten alten Kirchen zurück. Lächelnd erinnerte sich Erinya der oft stundenlangen, philosophischen

Unterhaltungen mit den Priestern. Doch meistens zog sie Nächtens den Friedhof vor, in denen nur Käuzchen Geräusche von sich gaben.

In Gedanken erfreut, ihre Tochter sei letztendlich doch zur Vernunft gekommen, fragte ihre Mutter niemals nach, wo sie sich herumtrieb.
„Wieso konntet ihr mich nicht einfach als das akzeptieren, was ich war? Ihr hättet stolz sein müssen auf mich! Ich habe mehr erreicht, als alle anderen meines Jahrgangs, hatte eine gute Ausbildung, gute Noten und eine Zukunft. Wie viele der anderen landeten im Gefängnis oder in der Leichenhalle?“
Vor dem Panoramafenster kauernd, die Beine umklammernd, wischte sich Erinya mit dem Ärmel die Tränenspur von ihrer linken Wange.

Hinter ihr, auf dem Stuhl sitzend, beobachtete sie Doktor Lazaar schweigend. Er spürte, wie sie weinte, wie ihr Körper dabei zitterte, legte ihr beruhigend die Hand auf die rechte Schulter. Erschrocken zuckte Erinya zusammen, ließ um ein Haar ihr Notizbuch fallen.
„Wo kommen Sie denn her? Ich habe Sie gar nicht kommen hören.“
„Man sagt mir nach, ich sei leise. Ich wollte nur wissen, wie es Ihnen geht, ob Sie alles bekommen, was Sie brauchen. Fühlen Sie sich hier wohl?“
„Wann darf ich hier raus?“
„Sie wollen in den Park?“
„Ja.“
„Sie vermissen das Grün?“
Mitfühlend sah er sie mit wasserblauen Augen an.
„Wer nicht?“
„Ein wenig Geduld noch! Spüren Sie noch Schmerzen?“
Leicht schüttelte Erinya den Kopf.
„Nein, die sind zum Glück vorbei.“
„Das freut mich zu hören.“

Auf das Buch deutend sah er sie fragend an.
„Darf ich es mir ansehen? Bitte.“

Seinem strahlenden Lächeln, dem Dackelblick, der sie an einen Welpen erinnerte, vermochte sie die Bitte nicht abzuschlagen. Schweigend reichte sie ihm das Büchlein, ließ ihn durchblättern.

„Viel ist nicht drin. Ich kritzele nur rum. Ich bin mir nicht einmal sicher, ob das überhaupt Sinn ergibt.“

„In allem steckt ein Sinn, mal mehr, mal weniger. Manchmal, auch wenn wir das nicht für möglich halten, sind es vor allem Kleinigkeiten, die die Wahrheit in sich bergen.“

Ohne jegliche Regung betrachtete er die Bilder, gab das Notizbuch anschließend zurück.

„Ihr Zeichentalent ist eine Gabe. Liegt es bei Ihnen in der Familie oder haben Sie es erlernt?“

„Ich bin mir nicht sicher, aber ich glaube, ich habe es von meiner Großmutter.“

Wissend lächelte er sie an.

„Das dachte ich mir. Derartige Talente entspringen so gut wie immer der Familie. Sie können stolz auf sich sein. Solch lebensechte Zeichnungen habe ich schon lange nicht mehr gesehen. Das ist einfach fantastisch.“

Bewunderung lag in seinem Blick. Erinya schwieg, wusste nicht, was sie darauf antworten sollte.

„Oh, habe ich was Falsches gesagt?“

Besorgt griff er nach ihrer Hand.

„Nein, es ist nur ...“

„... die Erinnerung? Es ist gut, wenn diese sie berühren, dann sind Sie auf dem richtigen Weg. Es freut mich, dass das Willkommensgeschenk seinen Zweck erfüllt. Darf ich Ihnen noch etwas zeigen?“

„Was denn?“

„Sie sind ja mit dem Notizbuch nahezu fertig. Bitte!“

Schweigend reichte sie es ihm erneut. Das Buch in der linken Hand haltend, löste er den Umschlag vom Deckel, schlug ihn zurück. Unter ihm bisher verborgen, entdeckte sie einen kleinen Riegel, den Doktor

Lazaar leicht zurückzog. Dezentes bläuliches Schimmern umgab den Riegel, als würden darin Daten verarbeitet werden. Wenige Augenblicke später legte Doktor Lazaar den Umschlag wieder zurück und reichte ihr das Buch erneut.

„Öffnen Sie es!"

Gehorsam tat sie wie geheißen. Erstaunen stand in ihren Augen, als sie erkannte, dass ihre Zeichnungen entschwunden waren.

„Was ist passiert?"

„Mit dieser Funktion können Sie das Buch immer wieder neu nutzen. Die Bilder können Sie natürlich aussortieren oder aufbewahren. Sehen Sie!"

Er tippte das Buch an der Seite an, woraufhin sich daraus ein Gespinst entspann. An jeder einzelnen hauchfeinen Wurzel hing ein durchsichtiges, leicht bläulich schimmerndes Blatt.

„Wenn Sie die Blätter berühren, können Sie sie vergrößern, verkleinern, verschieben oder auch löschen. Es ist ein praktischer Speicher. Sollten Sie den Wunsch danach verspüren, können Sie natürlich auch die Bilder wieder in das Buch ziehen. Manchmal ist das ganz hilfreich."

Lächelnd drückte er noch einmal auf die gleiche Buchstelle.

„Wie haben Sie das gemacht?"

Erinya blickte erstaunt und leicht verwirrt auf den Platz, wo kurz zuvor noch das Geflecht existiert hatte.

„Wie kann das funktionieren?"

„Das ist einfache, simple Technik. Es gab eine Zeit, als noch unendlich viel Papier verschwendet wurde. Diese Technologie ist eine Weiterentwicklung dessen, was manche wollten und andere nicht herzugeben bereit waren. Sie werden bald schon merken, dass das Modell hier ...." auf das Buch deutend ".... für Sie nahezu unverzichtbar werden könnte. Ich bin damit aufgewachsen und es ist ständig bei mir. Früher gab es Ähnliches, das Menschen ständig mit sich trugen. Sie nannten es, glaube ich, Smartphone oder Laptop, manche trugen Notizhefte mit sich, Taschenkalender und vieles mehr. Dieses Buch ist eine simple Basiseinheit, doch sie reicht gänzlich aus um sämtliche Basisbedürfnisse ausreichend zu befriedigen."

Während er sprach, zeigte er ihr noch einmal die ganze Funktion des Buches, erklärte ihr, wie sie mit den Dingen sinnvoll arbeiten konnte. Erstaunt bemerkte Erinya, wie wenig sie bisher von diesem Notizbuch tatsächlich wusste.

„Wie zapft es dann die Erinnerungen an?"

„Es hilft Ihnen einfach nur, indem Sie ihre Gedanken und Bilder aufzeichnen. Sie haben diese Option hervorragend genutzt."

„Vermutlich."

„Es ist schön, zu sehen, wenn unsere Arbeit hier auch von Erfolg gekrönt wird. Und bei Ihnen sehe ich, dass dem so ist. Kommen wir jetzt aber zu einem anderen Thema. Wenn Sie wollen, dürfen sie ab jetzt auch das Zimmer verlassen. Sie sind fit und gesund genug. Doch bleiben Sie auf dem Stockwerk. Zumindest bis auf Weiteres."

„Tatsächlich? Warum erst jetzt?"

„Denken Sie einmal nach. Warum waren in Klöstern die Zellen meist karg eingerichtet?"

„Aus Sparsamkeit? Um zu Gott zu finden?"

„Nein, sondern damit Mönche und Nonnen sich auf ihr Innerstes konzentrieren konnten. Es gab keine relevanten Ablenkungen. Das gleiche Prinzip gilt auch hier. Doch bei diesen Fortschritten brauchen Sie die strenge Abgeschiedenheit nicht mehr. Die ersten Schritte haben Sie längst geschafft. Der Kontakt zu anderen wird Ihnen beim nächsten Schritt helfen."

„Die bekamen vermutlich aber auch keinen Lagerkoller."

Herzhaftes Lachen brach sich aus seiner Kehle.

„Nein, vermutlich nicht. Aber Sie auch nicht."

Obwohl es sie freute, fühlte sie sich nicht ganz wohl dabei. Gab es einen Haken, den sie auf den ersten Blick nicht erkannte?

„Bleiben Sie einfach auf dem Stockwerk! Sofern sich Ihr Gesundheitszustand hält, dürfen Sie in ein paar Tagen auch aus dem

Gebäude und in den Park. Können wir uns darauf einigen?"
Schweigend nickte Erinya. Sie fühlte sich mehr als nur bereit, wollte
endlich raus.

„Gut! Wenn Sie das Gefühl haben, Ihr Kreislauf bricht weg oder es
geht Ihnen anderweitig nicht gut, verschwinden Sie augenblicklich
zurück in ihr Zimmer. Wenn Sie draußen der grünen Linie folgen,
kommen Sie direkt in den Speisebereich. Dort finden Sie alles Nötige.
Sie dürfen sich im Stockwerk gerne umsehen."
Für einen Augenblick fror sein Lächeln ein, Ernst lag in seinen Augen.
„Bedenken Sie, für Ihren Körper ist es immer noch eine ernste
Belastung. In den Kapseln, auf der Reise und all die anderen Umstände
haben Ihnen kräftig zugesetzt. Kommen Sie, ich zeige Ihnen noch, wie
die Tür aufgeht!"
Neugierig folgte ihm Erinya bis zur Wand, wo er an einer Stelle leicht
über die Struktur fuhr. Leise löste sich die Struktur vor ihr auf und gab
eine Tür frei.
„Fahren Sie noch einmal drüber, dann können Sie die Tür wieder
schließen. Ist doch alles ganz einfach, oder? Außer Ihnen kann nur das
Personal die Tür öffnen. Nutzen Sie die Zeit, sehen Sie sich etwas hier
auf dem Stockwerk um. Ich bin mir sicher, Sie werden sich
ausgesprochen wohlfühlen."
Erinya nickte nur stumm, bevor er sie alleine ließ. Sie freute sich darauf,
endlich etwas Auslauf zu bekommen.

Alleine in ihrem Zimmer zurückbleibend, griff sie noch einmal in das
Fach mit den frischen Kleidungsstücken. Darin herum kramend zog sie
Hausschuhe und einen Bademantel heraus. Im Gegensatz zu Hose und
Shirt konnte sie sich in Hausschuhe und Bademantel richtiggehend
hineinkuscheln. Leicht flauschig und in gleichem fad-beigen Farbton
gehalten, ergänzten sie einander hervorragend.
Die ersten Schritte aus dem Raum hinaus fühlten sich leicht und
beschwingt an. Bereits nach wenigen Metern merkte Erinya, wie ihr
Kreislauf aufjaulte. Stur setzte sie einen Schritt vor den anderen, folgte

der grünen Linie, wie Doktor Lazaar ihr angeraten hatte. Bereits nach wenigen Metern hielt sie inne, merkte, wie ihr Kraft fehlte. Das sollte sie bei Gelegenheit ändern.

Sich an der Wand abstützend, schlich sie langsam nach vor, bis sie in einen hellen, sonnendurchfluteten Bereich gelangte. Mitten in einer abgerundeten Fläche standen einige Tische mit Stühlen, das Licht drang durch hohe Panoramafenster in den Raum, an den Wänden entdeckte sie ein hübsch hergerichtetes Buffet.
Himmelblaue Vorhänge ergänzten marineblaue Tischtücher und Stuhlpolster. Blumenarrangement und pastellgelb gestrichene Wände erschlugen Enya beinahe.

Auf ihren knurrenden Magen hörend, widmete sie sich erst einmal dem gut ausgestatteten Buffet. Unter durchsichtigen Deckeln lagen weiches Gebäck, Aufschnitt und Aufstriche verschiedenster Art und Farbe. Den Großteil des Buffets jedoch nahmen Salate, Früchte sowie Möglichkeiten ein Müsli zu mischen, ein. Aus einem Zapfhahn ließen sich Wasser, Tee oder Shakes ziehen.

Sauberes, eierschalenfarbenes Geschirr stand direkt daneben. Die Fülle überwältigte sie anfangs, bis sie sich dann doch einen Teller nahm und ein kleines Müsli mit Nüssen, Agavensirup und etwas Milch zusammenstellte. Über alles streute sie eine Prise Zimt. Endlich konnte sie ihr Essen wieder nach eigenem Gutdünken mischen. Wenigstens gab ihr das einen kleinen Hauch an Eigenständigkeit zurück. Noch warm fühlte sich das Gebäck in ihrer Hand an, als käme es direkt aus dem Backofen. Es roch unglaublich verführerisch, so sehr, dass sie am liebsten noch direkt vor dem Buffet hineingebissen hätte. Mit einer Tasse Tee setzte sie sich an einen der Tische und begann langsam, aber genüsslich, ihr Essen zu verspeisen.

Mit den zugeführten Nährstoffen stabilisierte sich auch ihr Kreislauf wieder. Jetzt fühlte sie sich auch wohl genug und hatte wieder ausreichend Aufmerksamkeit um sich genauer umzusehen. Sie war, buchstäblich, alleine. Dabei hatte sie sich auch auf Austausch gefreut, den sie im Augenblick nicht bekam.

Hell und freundlich angelegt, mit Blick direkt auf den See nur mit einem anderen Blickwinkel, lächelte Erinya trotzdem. Immerhin war zumindest die Umgebung eine andere und das Essen ebenfalls. Gedankenverloren blickte sie während des Essens weiterhin aus dem Fenster. Erst, als sie eine Hand auf ihrer Schulter spürte, zuckte Erinya zusammen. Gleichzeitig erklang eine heisere, aber doch wohlvertraute Stimme.
„Na? Auch wieder wach?"

Einen Augenblick später knallte eine Tasse neben ihrem Tablett auf den Tisch, ein Mann um die 20, wie sie mit leichtem Flaum auf dem Kopf, in der gleichen Kleidung wie sie, setzte sich ungefragt neben sie. Seine, vor Lebensfreude blitzenden Augen, wirkten müde, als hätte er viele Nächte lang durchgemacht. Der rabenschwarze Haarflaum gab ihm etwas Verwegenes, harmonierte aber mit seinen grünblauen Augen. Etwas zu schwungvoll landeten einige Tropfen aus seiner Tasse auf dem Tischtuch, hinterließen eine kleine, bräunliche Pfütze.
Mit der Schulter zuckend, wischte er mit dem Ärmel über die Tropfen. Das Material des Bademantels saugte augenblicklich die Flüssigkeit auf und hinterließ nur Trockenheit. Im Gegensatz zu ihr schien er auf das Essen verzichten zu wollen, blickte aber gebannt auf ihren Teller.
„Na du hast aber mächtig Hunger."
Darauf antwortete sie nur mit einem Nicken, woraufhin er seinen Kopf in die Arme stützte und sie erwartungsvoll, wenn auch schweigend anblickte.
„Woher kenne ich dich nur?"
In Gedanken ging sie ihre Erinnerungen durch, doch obwohl sein Gesicht ihr bekannt vorkam, konnte sie beim besten Willen nicht sagen, wer er sein könnte. Nach einigen peinlichen Minuten des Schweigens gingen seine Mundwinkel leicht nach unten. Das Grinsen

entschwand aus seinen Mundwinkeln, machte einer leichten
Trauermine Platz, enttäuscht zogen sich seine Mundwinkel gen Boden.
„Sag bloß, du hast mich vergessen?"
„Scheint fast so. Ich weiß echt nicht, wer du bist."
„Ich kann mich noch gut dran erinnern, wie du mit deinem
Wellensittich auf der Gangway warst. Hast auch vergessen, welche
Streiterei der Vogel ausgelöst hat?"
„Irgendwie schon ..."
„Ich hab mich vor Lachen fast zerkugelt, als du mit denen fast zum
Streiten angefangen hast. Es war so unglaublich witzig, wie du dich
aufgeregt hast, nur weil du den Sittich nicht mitnehmen durftest. Fast
hätten sie dich deswegen rausgeschmissen."
Dabei brach er in schallendes Gelächter aus. Es war zu lustig, wie sie in
seiner Erinnerung ähnlich einem Gummiball auf und ab sprang, nur
weil sie ihren Willen nicht bekam.
„Ich kann mich an vieles nicht mehr erinnern."
„Du hast echt vergessen, wie du mit dem Personal gestritten hast?"
Ungläubig riss er seine Augen auf, blickte sie verdattert an.
„Bei dem Zirkus, den du dort aufgeführt hast, musst du wirklich viel
vergessen haben. Nach egal jetzt. Ich bin Ryan."
„Was ist aus dem Sittich geworden?"
„Den hast du schließlich freigelassen. Du dürftest nur komplett
ignoriert haben, dass Haustierverbot herrschte."
Dumpf gab es da noch eine Stelle in ihrem Gedächtnis, das ihr sagte,
dass nur nützliche Tiere mitdürften, also solche für die Forschungs-
und Besiedelungspläne brauchbar. Sittiche gehörten definitiv nicht
dazu.

„Wenn wir uns dort zum ersten Mal getroffen haben, dann sorry, aber
du weißt selber, wie viele neue Gesichter dort waren. Du kannst
wirklich nicht erwarten, dass ich mich an alle erinnere."
„Oh, keine Sorge, das tue ich nicht. Du bist mir auch nur wegen der
Sache mit dem Sittich in Erinnerung. Dafür aber unvergesslich. Und es
bringt mich nach wie vor zum Lachen. Dafür danke ich dir."
Breit grinsend sah er sie an.

„Wie lange bist du schon hier?“
„Keine Ahnung. Mich lassen sie erst seit einigen Tagen aus dem
Zimmer. Du kannst dir nicht vorstellen, wie langweilig es ist,
niemanden zum Reden zu haben. Und die olle Schwester ist ja sowieso
ein Kapitel für sich. Die mag mich nicht.“
Schmollend zog er seine Lippen zu einer Grimasse, als würde er auf
eine saure Zitrone beißen.

„Die ist wirklich etwas seltsam. Ständig hab ich den Eindruck, dass sie
bissig wird, wenn man sie von der falschen Seite her anspricht. Auf
mich macht sie den Eindruck einer alten Zicke, die einen immer
anschaut, als wolle sie einen sofort umbringen.“
„Ich weiß, was du meinst. Mir macht sie eine Gänsehaut. Generell tut
sich hier nicht viel. Es ist einfach langweilig.“
„Ist das nicht normal für Krankenhäuser? Da ist es doch fast überall
ruhig und still.“
„Aber so still? Die meiste Zeit kommt es mir vor, als wäre ich einem
Geisterhaus.“
Zustimmend nickte Erinya.
„Bist du die ganze Zeit schon alleine?“
„Nö. Letzte Woche gab es da noch eine Frau, die muss auch so an die
20 oder 22 gewesen sein. Die hatte auch eine Glatze und im Endeffekt,
kamen wir dann drauf, war sie auch auf dem gleichen Schiff. Dann
verschwand sie plötzlich und seither hab ich sie nicht mehr gesehen.
Mir hat auch keiner gesagt, wo sie hin ist. Die sagen einem hier absolut
gar nichts.“

Erinya schob den inzwischen leeren Teller beiseite, zog die Tasse zu
sich heran und hob sie ebenso wie Ryan hoch.
„Hat sie irgendetwas erzählt? Von hier oder von sich selber?“
„Nicht viel. Das bisschen Zeit das wir miteinander verbrachten, gibt
nicht viel her an Informationen. Sie war damals schon viel zackiger und
fitter als ich. Vermutlich haben sie sie nach draußen gebracht. Wo das
draußen auch immer sein mag. Ich hab nur rausbekommen, dass sie
mal Ingenieurin gewesen sein musste. Aber sie hat selber mit ihren
Erinnerungslücken zu kämpfen gehabt.“

„Mit anderen Worten, wir sind hier ganz schön alleine. Na das kann ja heiter werden."
Frustriert rümpfte Erinya die Nase, das hatte sie so eigentlich nicht erwartet.

Schweigend blickte sie Ryan an, etwas Undefinierbares stand ihr in die Augen geschrieben. Dann stützte sie, wie er, den Kopf in die Arme und blickte an ihm vorbei in den Park hinaus.
„Konntest du herausfinden, auf welchem Planeten wir sind? Vielleicht, welches Jahr wir haben?"
„Nein. Nichts. Ich weiß gar nichts."
Frust stand ihnen beiden in die Augen geschrieben. Plötzlich erschöpft wirkend erhob sich Ryan von seinem Stuhl, zog einen Stock zu sich heran, den er offensichtlich als Unterstützung beim Gehen nutzte. Er wirkte alt und gebrechlich, als er aufstand und mit seiner Tasse in der Hand Anstalten machte zu gehen.
„Kannst mich ja später besuchen, mein Zimmer liegt nur ein kleines Stück den Gang runter."
„Meines auch, in die Richtung!"
Erinya deutete dabei in die entgegengesetzte Richtung, sah ihm zu, wie er in sein Zimmer zurück wankte. Wie ihr schien auch ihm Energie zu fehlen, die Muskulatur vernachlässigt und schlaff. Seine offensichtlichen Anstrengungen konnte sie erkennen, seine Probleme mit dem Kreislauf hingegen nur erahnen.

Nachdenklich blickte sie nach draußen, nahm das, was er ihr erzählt hatte auf und dachte darüber nach. Es war schwer, sich vorzustellen, was hier tatsächlich vor sich ging und wo sie sein könnten, wenn sie einfach keine Informationen bekam. Trotz der guten Nahrung fühlte sie aufkommende Schwäche, die sie zu übermannen drohte. Bevor sie hier zusammenbrach, wollte sie dann doch lieber in ihr eigenes Zimmer zurück.

Im Grunde war sie froh, als sie wieder zurück in ihrem Zimmer auf dem Bett saß und die Tür schloss. Für den ersten Ausflug war es ganz

passabel gelaufen. Erschöpft schlief sie nach wenigen Augenblicken
ein.

Dunkelheit umfing den Raum, selbst die dezenten Lichter hatten sich
zurückgezogen. Durch das Panoramafenster drang lediglich gedämpftes
Licht in den Raum. Wie in jeder Schlafphase dunkelte es ab.
Müde wollte sich Erinya die Augen reiben, herzhaft gähnend versuchte
sie aufzumachen und sich aus dem Bett zu hieven, in dem sie noch in
Kleidung eingeschlafen war. Doch sie konnte nicht. Es brauchte einen
Augenblick, bis sie sich im Zimmer orientieren konnte.

In ihrem gemütlichen Stuhl saß eine Gestalt, die in den Park hinaus zu
blicken schien, hielt in der Hand ein Buch und kritzelte darin herum.
Wut durchdrang die junge Frau. Hatte der Arzt nicht gesagt,
nur sie und das Personal könnten herein? Wer also war das?

Ihre steifen Glieder verhinderten, dass sie aufstand und sich der Gestalt
entgegenwerfen konnte. Mürrisch wollte Erinya noch etwas sagen,
konnte es jedoch nicht. Das Wollen alleine reichte völlig aus, um die
Gestalt dazu zu bringen, dass diese sich zu ihr drehte. Rot glühende
Augen blickten sie an, gaben ihr das Gefühl, sie wäre in der Hölle
gelandet. Diese Augen machten ihr Angst, Erinya fühlte sich hilflos
und verloren. Negative Emotionen gingen von der Gestalt aus, und
doch schien sie ihr unglaublich vertraut zu sein. Wieso hatte sie nur den
Eindruck, sie zu kennen?

Bevor sie etwas tun oder sagen konnte, wurde alles schwarz um sie.
Das nächste Mal, als sie die Augen aufschlug, strömte altbekannte
Helligkeit durch das Zimmer.
„Was für ein verrückter Traum. Bin ich froh, dass die nicht echt war.“
Erleichtert erhob sie sich und trat an das Fenster. Alles wirkte ruhig
und friedlich wie zuvor. Dann nahm sie sich das Buch in die Hand und
glaubte in eine tiefe Grube zu fallen. Sie steckte den Stift immer an den
Buchrücken, diesmal jedoch lag er im Buch selber wie ein Lesezeichen
eingeklemmt. Der Moment, in dem sie die Seite aufschlug, in der der
Stift lag, fühlte sie sich wie vom Blitz getroffen.

Vor sich erblickte sie das Porträt einer hübschen, jungen Frau. Zarte,
wenngleich auch jungenhafte Züge umwehte langes, wallendes Haar.
Spitzbübisches Funkeln stand in lebensfroh strahlenden Augen
geschrieben. Selbst Herzen aus Stein konnte dieses Lächeln zum
Schmelzen bringen. Versetzt hinter ihr entdeckte sie eine zweite Frau,
die ihr wie aus dem Gesicht geschnitten schien, als blicke sie in einen
Spiegel. Die Ähnlichkeit zwischen ihnen war so hoch, dass sie
Schwestern sein könnten. Die Zweite sollte ganz offensichtlich sie
selber sein, doch wer war die andere? Innerlich spürte sie eine
Verbundenheit, die sie nicht einmal ansatzweise erklären konnte. Sie
bemerke nicht einmal die Tränen, die ihr die Wange hinabrollte. Das
Bild schien eine Erinnerung anzuzapfen, die sie nicht zuordnen konnte,
obwohl sie ihr Innerstes zutiefst berührte.

„Wer bist du?“
Flüsternd stellte sie sich diese Frage, griff zu ihrem Stift und versank im
Gestöber der Bilderflocken. So sehr sie sich bemühte, alles glitt ihr aus
den Fingern. Flocken schwirrten um sie herum, ohne sich greifen zu
lassen. Obwohl sie spürte, wie das Bild eine Bedeutung haben müsste,
entdeckte sie nichts in ihren Erinnerungen, das ihr zeigte, wer die Frau
sein könnte. Selbst den schemenhaften Schatten, den sie in der Nacht
gesehen hatte, entdeckte sie nicht mehr, so, als wäre er einfach nicht da
gewesen. Die Details jenes nächtlichen Besuches verblassten. Was
blieb, versuchte sie möglichst detailgetreu in das Büchlein zu bannen,
bis nur noch die rot glühenden Augen blieben und sie ängstigten.

Nachdenklich blieb sie auf ihrem Stuhl sitzen, vergaß dabei
sogar ihren knurrenden Magen, befand etwas Ablenkung würde ihr gut
tun. Obwohl sie nicht hungrig war, beschloss Erinya dann doch, den
Raum zu verlassen und sich etwas zu essen zu holen. Vielleicht brachte
Ryan sie auf andere Gedanken.

Mit dem Buch in der Hand stellte sie sich eine Kleinigkeit aus dem
Buffet zusammen und setzte sich auf einen Stuhl direkt neben dem
Fenster. Tatsächlich dauerte es nicht lange, bis sich Ryan mit seinem
spitzbübischen Grinsen und einer Tasse Tee an ihren Tisch setzte. Die

kleine Narbe über seiner linken Braue pulsierte leicht.
„Heute besser?"
Erinya nickte, irgendwie schon. Andererseits hatte sie immer noch
keine Antwort auf ihre Fragen, die ihr doch unter den Nägeln
brannten.

„Weißt du, wir müssen eine Menge wert sein, wenn die sich das alles
leisten können für zwei einzelne Personen. So richtig exklusiv halt."
„Oder sie haben es endlich geschafft, die Sache mit der Übervölkerung
in den Griff zu kriegen."
„Herrlich, wir spekulieren also wieder? Nicht immer so schweigsam
und mürrisch."
„Ist mir eigentlich ziemlich egal. Ich will nur endlich wissen, wo wir
hier sind und was mit den anderen passiert ist."
„Gute Frage. Ich weiß nur, ich bin aufgewacht und konnte mich erst
einmal an gar nichts erinnern. Dir ging es vermutlich ganz ähnlich, oder
nicht?"
Statt einer Antwort nickte sie nur.
„Dann ging es mir so dreckig, dass ich denen mehrmals den Boden
vollgereiert hab. Irgendwann konnte ich das Essen endlich in mir
behalten und wäre dem Arzt fast an die Gurgel gesprungen. Nur das
Warum weiß ich nicht mehr."
Die Vorstellung fand Erinya köstlich, brachte sie fast zum Lachen, als
sie sich dieses Bild vergegenwärtigte.

„Vielleicht gehört es zum Vertrag, den wir unterschrieben haben.
Denkbar wäre es doch. Oder? Immerhin wussten wir damals schon,
dass sie uns nicht alle Einzelheiten sagen würden."
„Ja, klar, das weiß ich auch. Aber weißt du, ob sie uns die Wahrheit
sagten? Vielleicht sind wir nicht einmal im All und alles war nur
erstunken und erlogen."
„Dann wären die ganzen Kontakte zu den früheren Kolonien nicht da.
Also etwas an deiner Theorie funktioniert eindeutig nicht."

Nach der Erstbesiedelung von Proxima Centauri gab es weitläufige
Pläne auch andere Planeten zu besiedeln. Wie oft sie in den

Nachrichten und den Werbungen nach freiwilligen Kolonisten gesucht hatten, konnte Erinya nicht einmal annähernd vermuten, geschweige denn sagen. Medien berichteten von erfolgreichen Besiedelungen, möglichen Neuanfängen, die sie mit der Besiedelung Amerikas durch die Pilgerväter verglichen. Mit Geld winkte keiner, die Hoffnung auf einen unabhängigen Neuanfang war weitaus reizvoller. Mehr Raum, mehr Möglichkeiten, frische, saubere Luft und sich selber sinnvoll einbringen zu können und Freiheit lockte die meisten, auch sie beide.

„Die meiste Zeit hab ich die Gerüchte ignoriert, aber da waren sie immer. Meist mit mahnender, leiser Stimme. Im Grund genommen können wir ohnehin nur spekulieren, solange sie uns nichts erzählen.“ Verärgert schlug er mit einem Löffel auf den Tisch.
„Nicht einmal die Sterne kann ich sehen. Nur die Sonne. Und die verrät einem nicht, wo wir sind!“
Wütend lehnte er sich zurück, verschränkte die Arme, während er an die Decke starrte. In all seine Jahren als Soldat hatte er ein extrem gutes Bauchgefühl entwickelt, das ihn noch nie zuvor betrogen hatte. Hier stimmte etwas überhaupt nicht. Etwas, das er noch nicht benennen konnte, jedoch massives Unbehagen in ihm verursachte. Auf diesem Weg schien Erholen und Entspannung kaum möglich zu sein. Wo könnte er denn schon ansetzen, wenn es kein Wissen gab? Außer seinem Bauchgefühl wusste er doch gar nichts.

„Bringt es denn etwas, sich jetzt die ganze Zeit zu ärgern? Ich bin ja mal froh, dass wir zumindest uns zum Reden haben.“
Dabei stand sie auf und drehte sich in Richtung Buffet.
„Möchtest du noch etwas trinken? Dein Becher ist leer!“
Mürrisch nickte Ryan nur, reichte ihn ihr aber nicht. Zu viel Wut steckte in seinem Bauch. Schulterzuckend nahm sie den Becher vom Tisch, schenkte sich und ihm beim Buffet noch Tee nach. Zurück beim Tisch legte sie ihre Hand auf seine Schulter, versuchte, ihn auf diesem Weg aufzumuntern.
„Wir können es akut ohnehin nicht ändern.“
„Wer weiß!“
Ryan zuckte nur mit den Schultern, schwieg aber weitestgehend.

Wortkarg antwortete er auf weitere Versuche ihrerseits. Fast schon
verzweifelt grub sie in ihren Gedanken nach Worten, die sie sagen
konnte, um das Gespräch wieder zu entfachen. Mit Worten tat sie sich
schwer, konnte sich mit zeichnen weitaus besser ausdrücken.
Schließlich beließ sie es bei den Versuchen und zog sich in ihr Zimmer
zurück.

„Verdammt noch eins, wo ist es?“
Entfuhr Erinya in ihrem Raum, als sie merkte, dass sie ihr Buch nicht
wie sonst auch auf den Stuhl gelegt hatte. Dann dämmerte ihr, dass sie
es im Essensbereich liegen gelassen hatte. Was an sich ja kein Problem
darstellen sollte, weil es ohnehin kaum Menschen hier gab. Dennoch
beeilte sich Erinya, möglichst rasch den Platz aufzusuchen und sah, wie
Ryan das Buch durchblätterte.
„Was zum ...“
Wütend blitzte sie ihn an, versuchte, es aus seinen Händen zu reißen.
„... wirst du es mir wohl zurückgeben?“
„Schämst du dich dafür?“
„Wieso?“
Verdattert hatte Erinya es bereits in der Hand und hielt inne, obwohl
sie es am liebsten sofort an sich reißen wollte, wusste nicht so recht,
wie sie sich verhalten sollte. Einen Augenblick später hatte sie das Buch
an sich gerissen und er einen rot glühenden Handabdruck auf der
linken Backe. Dabei hatte ihr Kopf einen eigenartigen, dunklen Rotton
angenommen, der sie beinahe explodieren ließ. Wütend funkelte sie ihn
an.
„Au! Spinnst du?“
„Nein, aber es gehört sich nicht die Nase in fremder Leute Sachen zu
stecken.“
Ryan grinste sie breit an, lächelte dann.
„Also das kannst du eindeutig besser. Hast richtig nachgelassen. Weißt
du das?“
„Wieso?“
„Du hast mir schon einmal eine gescheuert. Die hatte damals richtig
gezwirbelt. Dagegen ist das hier Peanuts.“
Dabei rieb er sich die Wange, während sich Erinya, mit dem Buch in

der Hand, auf ihren Stuhl setzte.

„Ach komm, schau nicht so drein. Sag bloß du, kannst dich nicht mehr
an die Ohrfeige erinnern, die du mir vor dem Abflug verpasst hast?
Wenn ja, dann stell dich dort in die Ecke und schäm dich eine Runde!"
Wobei er in Richtung der abgerundeten Mauer mit den
Panoramafenstern deutete.

Lauthals lachte Ryan auf, an die schallende Ohrfeige konnte er sich
noch verdammt gut erinnern. Selber schuld, wenn auch im Spaß, so
hatte er sie doch provoziert und sie damit verdient.
„Weißt du, du hast richtig viel Talent für das Zeichnen.
Hast du studiert?"
„Nein, vermutlich nicht."
„Warum nicht? Du hättest dir als Künstlerin sicher einen guten Namen
machen können. Du hast richtig viel Talent dafür."
„Es ist kompliziert, wenn man zwar Talent hat, aber davon nicht leben
kann. Es braucht die Notwendigkeit eines einfachen Jobs, um sich
seinen Lebensunterhalt finanzieren zu können. Es bringt einem einfach
nicht das nötige Geld, um einen zu erhalten!"

„Komm schon, Kindchen, das sind doch nicht deine Worte!"
Traurigkeit erschien in ihren Augen. Längst wusste sie nicht mehr, wie
oft ihre Mutter ihr das gesagt hatte. Wie oft sie sie vom Friedhof
abgeholt hatte und ihr sagte, sie sollte sich lieber mit etwas Handfestem
ein gutes Einkommen sichern. Die genauen Worte hatte sie nicht mehr
im Kopf, den Sinn hingegen, sehr wohl. Genau dieser Sinn quälte sie
nach bis jetzt.
„Wo bist du dann gelandet?"
„Buchhaltung."
„Wie langweilig. Konntest du dich gegen deine Eltern nur nicht
durchsetzen? Kreative Menschen in ein Büro zu sperren ist der Tod des
Talent!"
Erinya zuckte nur mit den Schultern, eigentlich wollte sie nicht darüber
reden. Wieso kamen immer die negativen Erinnerungen zuerst zurück?

„Siehst du das auch?“

Aufgeregt gestikulierte Erinya in Richtung Park. Hinter einem der unzähligen Büsche, die etwas im Windschatten mehrerer riesig wirkender Weiden wuchsen, schien ein dunkler Schatten zu stehen und sie zu beobachten. Noch während sie aus dem Fenster blickte, öffnete sie die Datenspeicher des Buches und zog ein Bild des Parkes hervor, das sie aus genau diesem Blickwinkel gezeichnet hatte.

„Was machst du da?“

Ryan ignorierend zog sie das Bild größer, bis es groß genug erschien, um sie miteinander zu vergleichen.

„Ha, ich wusste es. Da ist eine lebende Person draußen!“

„Wo!“

„Sieh genau hin! Da drüben!“

Das Buch zuklappend deutete sie in Richtung des Schattens.

„Dort ist er. Siehst du ihn?“

„Das ist nur ein Schatten, bewegt sich nicht.“

„Oh doch, ich bin ja nicht verrückt.“

Völlig von sich überzeugt bemühte sich Erinya, schnellstmöglich das Ende des Ganges zu erreichen, bis sie merkte, dass sie nur im Kreis gegangen war.

„Was zum ...“

„Keine Chance. Du kommst hier nicht raus, wenn die das nicht wollen! Ich hab es selber schon versucht.“

Grummelnd setzte sich Erinya wieder auf den Platz, der Schatten hatte inzwischen das Weite gesucht und war verschwunden. Möglicherweise hatte sie sich das auch nur eingebildet, doch tatsächlich konnte sie es nicht sagen.

Lediglich die Gänsehaut, die noch über ihren Rücken kroch und dafür sorgte, dass sie fror, blieb zurück. Sie hatte ihn gesehen, warum er nicht? War er blind? Erstaunt verglich sie erneut Buch und Park miteinander und beschloss, dass der Schatten sich wieder zurückgezogen haben musste. Für die nächste Zeit blieb es das einzige, tatsächlich Auffällige.

Einiges morgens gesellte sich Doktor Lazaar zu ihnen.

„Schön, dass Sie sich so gut verstehen. Wie fühlen Sie sich?“

„Na wie schon. Wann können wir endlich hier raus?“
Lächelnd blickte er beide an.
„Heute. Kommen Sie, ich zeige Ihnen, wie Sie in den Park kommen.
Eines gleich vorweg. Bleiben Sie auf dem Parkareal! Darauf muss ich
bestehen!“

Aufgeregt sprang Erinya vom Stuhl.
„Wo ist der Ausgang? Wie kommen wir raus?“
„Folgen Sie mir!“
Doktor Lazaar drehte sich auf dem Absatz um und verließ den
Speisebereich, dabei konnte er gar nicht so schnell schauen, wie die
beiden hinter ihm standen.

Nach wenigen Metern standen sie vor einer Wand, die sich, wie die Tür
zu ihren Räumen, nahezu selbsttätig verschwand. Dahinter fand sich
eine bequeme Schräge, die sie hinuntergingen. Der Arzt brachte sie zu
einer Terrasse mit einem Tisch und mehreren Stühlen. Die, mit
Ornamenten verzierten Möbelstücke wirkten robust, sauber. In
eierschalenfarbenem Weiß gehalten, standen sie auf einer hölzernen
Fläche, deren Kanten von kleineren Büschen gesäumt, im Rasen
mündeten.
Mitten auf der Terrasse blieb Erinya stehen, schloss die Augen und
roch etwas, das sie schon lange vermisst hatte. Sie hatte das Gefühl
mitten in einem Wald zu stehen, kurz nach einem heftigen Regenguss,
der die trockene Erde mit Wasser versorgte. Sie liebte diesen Geruch
mehr als alles andere, kam darüber sogar ins Träumen, vergaß beinahe,
wo sie im Augenblick tatsächlich stand. Erst, als sie Doktor Lazaars
Stimme vernahm, öffnete sie wieder die Augen.

„Sie können sich hier aufhalten, wenn Sie das wollen. Aber bleiben Sie
auf dem Areal!“
Ohne Weiteres von sich zu geben, ließ er die beiden alleine.
Staunend sahen sich Erinya und Ryan an. Ihre Freude ließ sich nicht
mit Worten ausdrücken.
„Wollen wir uns das ansehen?“
Die ersten Schritte auf dem weichen Rasen war das Schönste, das sie

seit sehr langer Zeit erlebt hatte. Die Hausschuhe blieben am Rasen liegen, barfuß genoss sie Gras und Erde unter bloßen Zehen. Der reine Sauerstoff, der in ihre Lungen kroch und die mangelnde Energie in ihrem Körper machten sie schwindelig. Ryan folgend, vergaß sie völlig auf die Hausschuhe.

Binnen weniger Stunden erkannten sie, wie immens groß der Park sein musste. Endlich die Schönheit des Parks tatsächlich genießen zu können, war etwas ganz Besonderes, weit besser, als ihn nur von den Fenstern aus zu beobachten. Anfänglich fühlten sie sich von den Gerüchen nach frisch gemähtem Gras und Blumen fast wie erschlagen.

Ryan folgend, vergaß sie völlig auf die Hausschuhe.
Binnen weniger Stunden erkannten sie die immense Größe des Park. Anfänglich fühlten sie sich von den Gerüchen nach frisch gemähtem Gras und Blumen fast erschlagen, während jeder neue Duft den Funken einer Erinnerung hervorrief.

Binnen weniger Tage kam Erinya auch mit den Zeichnungen kaum mehr voran. Lieber genoss sie die kleinen, unbeschwerten Lacher, die ihnen das Leben zu etwas Besonderem machten. Der Park half ihnen bei der Regeneration, nicht jedoch bei ihrem Erinnerungsvermögen. Längst hatten sie die Tage aufgehört zu zählen.

Gemeinsam ließen sie sich häufig am Rande des Sees nieder, ließen Steine über das Wasser tanzen, erfreuten sich am Glitzern der Sonne, die sich in der Wasseroberfläche spiegelte. Mit einem großen Tuch, das ihnen als Unterlage diente und weichen, bequemen Schuhen, deren Schnitt Sportschuhen ähnelte, allerdings im gleichen beige-weißen Ton, begannen sie bald schon morgendliche Runden zu drehen. Aus gemütlichem Wandern wurde bald schon morgendliches Lauftraining.

Ihre Körper wurden stärken, längst brauchte Ryan keinen Stock mehr. Selbst die Haare wuchsen wieder, was Ryan nicht unbedingt freute. Er begann sich darüber aufzuregen, dass es keinen Friseur zu geben schien. Dabei verpassten ihm seine rabenschwarzen Haare jugendliches Aussehen, das er wohl gern vermieden hätte. Lediglich einen Rasierer für das Gesicht hatte er bekommen, den er schließlich auch am Kopfhaar ausprobierte und sich damit eine Frisur zauberte, die Erinya zum herzhaften Lachen brachte, bis sie ihm den Rasierer abnahm und ihm die Haare selbst schnitt. Sie selbst legte keinen sonderlichen Wert darauf länger als nötig mit Glatze herumzulaufen.

„Irgendwie fehlt etwas.“
„Und was? Ist doch herrlich hier.“
„Ich weiß nicht, hast du in letzter Zeit die Schwester oder den Arzt gesehen?“
„Nein.“
„Wer füllt ständig das Essen nach? Oder kümmert sich um den ganzen anderen Kram? Ich hab gestern meinen Teebecher genau hier vergessen und jetzt ist er weg. Als wären alle um uns herum unsichtbar.“
Mit angezogenen Beinen saß Erinya auf der Decke vor dem See und blickte in die Seerosen, die anfänglich so gut gefallen hatten.
„Keine Ahnung. Es interessiert mich auch nicht sonderlich.“
„Und die Frage nach den Informationen? Hast du das auch abgehakt?“
Kurz dachte Ryan nach, schüttelte den Kopf.
„Nein, das nicht, aber vergessen.“

Nachdenklich blickte er in den Himmel zur Sonne hinauf.
„Ist dir eigentlich schon mal aufgefallen, dass sich der Sonnenstand nie verändert? Die Schatten scheinen immer an der gleichen Stelle zu sein. Und hast du irgendein Insekt hier bemerkt? Einen Schmetterling, eine Biene oder auch nur eine Ameise?“

Erstaunt riss Ryan die Augen auf, hatte sie recht?
„Was ist mit Vogelgezwitscher? Und wo sind die anderen Patienten? Ein normales Krankenhaus ist das hier ganz sicher nicht.“
Insgeheim stimmte er ihr zu, bestätigte sie doch eigentlich nur sein grummelndes Bauchgefühl, schloss die Augen, legte sich zurück. Die Arme hinter dem Kopf verschränkt genoss Ryan die Sonnenwärme, während er ihre Worte sickern ließ.

Erst, als ein Schatten über ihm stand und ihm das Sonnenlicht stahl,
öffnete er die Augen. Erst dachte er, es sei Erinya, die ihm vielleicht ein
Getränk gebracht hätte, bemerkte dann jedoch, dass ein fremder,
Bursch über ihm hockte und in den See blickte. Er wirkte müde, aber
lächelte.
In seiner Hand hielt er einen kleinen Teller mit etwas Gebäck und eine
Tasse mit einem Inhalt, der nach Kakao roch.
„Wo hast du das her?“
„Vom Buffet?“
„Kakao?“
„Ja.“
„Verflixt. Den hab ich nie gefunden.“
„Darf ich mich zu dir setzen?“
Schweigend deutete Ryan auf Erinyas Platz. Wenn sie unterwegs war,
sollte es ihm recht sein, aber sich nicht darüber beschweren,
dass ihr Platz dann besetzt sei.
„Hy, ich bin Fynn.“
Meinte der Junge, nachdem er den Teller abgestellt hatte und Ryan die
Hand reichte.
„Wie lange bist du schon hier und warum hab ich dich bisher noch
nicht gesehen?“
„Keine Ahnung. Wo bist du untergebracht?“
Kauend deutete Fynn Richtung Haupthaus, in dem sie auch
untergebracht waren. Die ersten Stoppeln zeigten karottenroten
Farbton, sein käsiges Gesicht strotzte vor Unmengen an
Sommersprossen.

„Es ist wirklich schön hier. Bist du allein?“
„Nein, mit dir wären wir zu dritt.“
„Hallo, wer bist du?“
Hinter einer Hecke tauchte Erinya auf, hielt dem Jungen ihre Hand hin.
„Ich bin Erinya“, stutzte kurz „wo hast du den Kakao her?“
„Ähm, vom Buffet?“
„Ich mag auch einen, komm, zeig mir wo!“
Ohne Widerspruch zu dulden, etwas ungeduldig, wippte Erinya auf
ihren Sohlen. Fynn, der sich eben erst gesetzt hatte, stand ächzend auf,

begleitete sie zum Buffet, während sich Ryan seine Tasse mit Kakao schnappte. Grinsend schlürfte er ihn in langsamen Zügen, genoss, was er schmeckte. Er konnte nicht einmal ansatzweise vermuten, wie lange er schon keinen mehr bekommen hatte. Ohne Schuldgefühle leerte er den Becher, folgte den beiden anschließend jedoch. Kam gerade noch rechtzeitig, um den neuen Behälter zu sehen, der voller Kakao zu sein schien.

„Fynn, du brauchst einen Neuen!"

Es war das Köstlichste, das sie alle seit Langem getrunken hatten.

„Komm mit raus und erzähl uns etwas von dir!"

Fynns grüne Augen ließen ihn schüchtern erscheinen, in sich gekehrt, als wäre er geistig irgendwo, nur nicht am Ort, wo er gerade seine Füße auf dem Boden stellte. Auf den ersten Blick wirkte er verträumt, als würde seine Realität einer anderen Dimension entspringen. Auf den zweiten Blick merkten sie, dass seine Aufmerksamkeit immer wieder für Sekundenbruchteile entschwand, er sah in den Park hinein, als würde er etwas sehen, das ihm Angst machte. Während sie mit frischem Kakao in der Hand in Richtung des Sees schlenderten, schwieg Fynn die meiste Zeit. Dabei war nur nicht offensichtlich, warum. Hatte er Angst oder war er einfach nur ein allgemein unsicherer Typ?

Für einen Moment kam er aus dem Gleichgewicht. Ryan fing ihn auf, hielt ihn fest.

„Mein Kreislauf war auch schon einmal besser."

„Das kommt einem doch so ungemein bekannt vor."

Murmelte Ryan in seinen inexistenten Bart.

„Das kennen wir beide auch, vergeht aber nach einiger Zeit."

„Seit wann dürft ihr raus? Ich hab euch schon ein paar Mal vom Fenster aus gesehen, aber ihr mich offensichtlich nicht."

„Genau wissen wir das auch nicht, aber sicher schon eine knappe Woche. Wie kommst du hierher?"

„Keine Ahnung. Ich weiß nur, dass ich irgendwann einmal in meinem Zimmer aufgewacht bin und mir fürchterlich schlecht war."

Ihm schien das Reden ziemlich schwerzufallen, als fehlte ihm noch sämtliche Kraft dafür. Teilweise kamen die Worte stotternd aus seinem Mund, dann dachte er sekundenlang über andere Wörter nach.

„Wisst ihr, wo wir hier sind? Die wollen mir darauf einfach keine Antwort geben."

„Nein, wir hatten eigentlich gedacht, dass du vielleicht etwas weißt, von dem wir keine Ahnung haben."

„Wissen nicht. Aber mir kommt vor, als würde ich manchmal ihre Stimmen hören. Die von der ollen alten Isadora und dem Arzt. Vielleicht träume ich auch nur, aber immer wieder reden sie von einem „Herz". Ich hab wirklich keine Ahnung, was sie damit meinen."

„Gratuliere, dann weißt du mehr als wir."

Schweigend warf Fynn einige Steine in das Seewasser.

„Ist schön hier. Die Luft ist gut. Besser als drinnen."

„Erinnerst du dich an vorher?"

„Nicht wirklich, sieht alles wie in einem Traum aus. Kann sein, muss nicht sein. Ich sehe meist bunte Schleier, hinter denen verschwommen etwas steckt. Stimmen, die ich nicht verstehe und viel Geschrei. Es ist wie in einem schrecklichen Albtraum."

Fynn senkte den Kopf. Er fühlte sich unwohl, wenn er sich der Erinnerungen bewusst stellte. Sie machten ihm unglaublich viel Angst, auch, wenn er nicht wusste, warum. Er mochte es nicht darüber zu sprechen, schon gar nicht mit Menschen, die er erst seit wenigen Minuten kannte.

„Mach dir keinen Kopf drum. Wir kennen das selber. Hätte ja sein können."

Für einen Moment herrschte Schweigen, bevor Erinya Fynn ihr Notizbuch reichte.

„Sieh es dir mal durch! Sag mir, ob du darin etwas wiedererkennst!"

Den Kakao genießend blickte sie zu den Seerosen, die nach wie vor völlig unverändert an der exakt gleichen Stelle im See ihren Platz einnahmen. Nachdem sie es Ryan schon gezeigt hatte, half es vielleicht auch Fynn einen Teil zum Puzzle beizutragen, das sich einfach nicht zu lösen schien.

Ihr Buch war voller einfacher, aber detailgetreuer Bilder, oftmalig auf

den Datenspeicher geladen. Manche von ihnen wirkten krakelig, andere schlicht und klar im Detail. Vereinzelt fanden sich widerliche Fratzen dazwischen, die ihr, nach wie vor, eine Gänsehaut verursachten.
Manche der Bilder strömten unglaublichen Frieden aus.
„Nein, ich kann mich an nichts davon erinnern. Eigentlich kann ich mich an gar nichts erinnern."
Traurig reichte Fynn ihr das Buch zurück, übergab ihr seines, das, bis auf seinen Namen gänzlich leer war.
„Ehrlich jetzt? Na vielleicht brauchst du einfach noch eine Weile. Ist egal, das wird schon werden."
Mit diesen Worten verschränkte Erinya die Arme hinter ihrem Kopf und legte sich auf den Rücken, das Buch als Kissen nutzend. Ihr Blick ging in Richtung der Büsche, wo sie nach wie vor, den Schemen vermutete, aber seither nie mehr gesehen hatte.
„Irgendwann kriege ich dich schon noch."
Dachte sich Erinya, während sie die Büsche weiterhin beobachtete.

In den folgenden Tagen verbrachten sie viel Zeit zusammen. Fynns Zimmer lag in einem bisher abgetrennten Bereich, den sie jetzt das erste Mal zu Gesicht bekommen hatten. Doch wie Ryan und sie hatte auch er freien Blick auf den See.
Gemeinsam arbeiteten sie daran, Erinnerungsfetzen abzugleichen.
Nach wie vor blieb ihnen eine Lösung verwehrt. Während Erinyas Buch immer mehr Zeichnungen und vereinzelt auch Worte aufnahm, blieb es bei Fynn praktisch leer, als könnte oder wollte er sich nicht erinnern. Ryans Buch wiederum wirkte chaotisch, zumindest erschien es Erinya so. Seine Art der Ordnung kam der eines alten Veteranen gleich, vereinzelt fanden sich abgehackte Begriffe, dazwischen detaillierteste Skizzen von Waffen verschiedenster Art und aus verschiedenen Epochen. Zwischen einer Wikingerstreitaxt fanden sich Maschinengewehre ebenso wie ein simpler Knüppel oder Morgensterne. Mit Notizen, oftmals von militärischem Slang übersät, fehlte ihm schlichtweg jegliches Künstlerische, das sich in Erinyas Skizzen widerspiegelte.

Als sie schon beinahe damit abgeschlossen hatten, dass sich tatsächlich jemand um sie kümmern könnte, stand Isadora eines Morgens vor ihnen. Mit ihrem üblichen grimmigen Gesichtsausdruck bat sie das Trio, ihr zu folgen. Wortlos, sämtliche Fragen ignorierend, eilte sie forschen Schrittes voran und geleitete sie zu einem neuen Eingang, als den üblicherweise genutzten.
Dezent klopfte sie an eine der wenigen, klassischen Türen. Erstaunt nahmen sie dies zur Kenntnis, hatten sie sich doch längst an die neue Art der Tür gewöhnt. Nur einen Augenblick später öffnete Isadora die Tür und deutete ihnen, dass sie eintreten sollten. Sie selbst blieb draußen, schloss hinter ihnen wieder sacht die Tür.

Erstaunt sahen sie sich im Zimmer um. Wie ihre Räume wirkte auch dieses Zimmer hell und freundlich. Einige Topfpflanzen durchbrachen den ewig gleichen Farbton, gaben dem Zimmer etwas Wohltuendes. Neben einem hellblauen Paravent, einem Tisch und zwei Sesseln fanden sich nur noch ein Sofa und ein vollgestopftes Bücherregal.

„Schön Sie zu sehen." Erklang es hinter dem Paravent, bevor Doktor Lazaar dahinter hervorkam. Seine Hände steckten in einem Handtuch, mit dem er sie offensichtlich trocken rieb, bevor er es unter dem Tisch verstaute. Sichtlich zufrieden blickte er die Drei an.
„Nehmen Sie doch Platz! Bitte!"
Auf die Sitzgelegenheiten deutend, setzte er sich schließlich selber in seinen Schreibtischstuhl, der wohl auch schon bessere Tage gesehen hatte. Die gesamte Wand hinter dem Arzt bestand aus einem einzigen großen Panoramafenster.

„Sitzen Sie alle gut? Wollen Sie was zu trinken? Nein? Auch gut."
Er blickt alle drei der Reihe nach an.
„Ihr Zustand ist ausgezeichnet, viel besser, als wir anfangs erhofft und erwartet hatten. Ihre Regeneration geht weitaus schneller voran, als wir dachten. Darauf können Sie ehrlich stolz sein. Mir ist natürlich bewusst, dass es viele Fragen von Ihrer Seite gibt."
„Definitiv!" Entfuhr es Erinya, bevor sie das Gesagte realisierte, woraufhin ein heiteres Lachen von Doktor Lazaar kam.

„Dann hören Sie mir einfach zu! Sie haben ausreichend Gewicht und
Kondition zugelegt. Psychisch sind sie stabil genug, dass Sie die
Wahrheit vertragen können. Eine Frage an Sie alle: Können Sie mir
sagen, aus welchem Grund Sie bisher keine Antworten erhielten?"
Schweigen war die einzige Antwort, die er bekam.
„Nun gut. Sie haben also nicht einmal eine Vermutung. Schön. Dann
verrate ich Ihnen wieso."

Um es spannender zu machen, schwieg er für einen Augenblick, bevor
er fortfuhr.
„Wie glauben Sie, würde ein Mensch des Mittelalters auf das 20.
Jahrhundert reagieren? Was ist mit einem einfachen Bauern des 17.
Jahrhunderts, der mitten in einen der Weltkriege katapultiert würde? Es
ist ein schwer verdaulicher Schock. Nicht nur, weil die Technik und die
Gesellschaft sich verändert haben, sondern auch, weil die
Luftzusammensetzung mit seiner eigenen nicht zu 100 % kompatibel
ist. Sie alle sind in Ihren Räumen anfangs an die neue Luftmischung
gewöhnt worden. Sie kommen aus einer Ära verdreckter Luft. Heute ist
alles reiner und sauberer als zu Ihrer Zeit. Wir haben keine
Übervölkerung mehr, die alles verbraucht, dafür Pflanzen, die mehr
produzieren, als wir benötigen."
„Denken Sie ernsthaft, wir hätten das nicht verkraftet?"
„Vielleicht hätten Sie das. Aber ich bin für Sie verantwortlich.
Erfahrungswerte haben gezeigt, dass erst eine gewisse Ruhephase nötig
ist, damit Sie wirklich bereit sind. Sie sind nicht die Ersten, die wir aus
den Kapseln geholt haben und Sie werden nicht die Letzten sein."
Er schwieg, ließ sie die Informationen erst einmal setzen, bevor er
fortfuhr.
„Welches Jahr, glauben Sie, schreiben wir?"
Schweigen.
„Keine Ahnung? Nicht einmal eine Vermutung?"
Fragende Blicke antworteten ihm.
„Sie waren über 500 Jahre unterwegs."
„Bitte was?"

Verdutzt blickten sie ihn schweigend an.

„Und bevor Sie fragen, wir sind hier auf der Erde, nun ja, zumindest auf dem Bereich, den die Kriege eurer Generationen noch heil ließen."

„Aber ..."

„... wie? Eigentlich ist es simpel. Ihr Schiff, die Corus, hatte ihren Kurs programmiert. Anfangs lief auch alles gut, zumindest, wenn man den Unterlagen und dem Logbuch glauben darf. Mit der Zeit driftete sie aus unbekannten Gründen ab und verließ ihren Kurs. In den ersten Jahren hätte das noch korrigiert werden können, aber später nicht mehr. Irgendwann blieb das Schiff mitten in einem Asteroidengürtel hängen, wo es vor etlichen Jahren geborgen und zur Erde zurückgebracht wurde. Irgendwann blieb das Schiff mitten in einem Asteroidengürtel hängen, wo es vor etlichen Jahren geborgen und zur Erde zurückgebracht wurde. Sie hatten Glück, dass wir Sie noch lebend bergen konnten. Ich kann Ihnen versichern, das traf nicht alle Passagiere. Viele Kapseln gingen nach Meteroiteneinschlägen verloren, trieben durch den Asteroidengürtel. Sie gehören zu den Glücklichen, deren Kapseln unbeschädigt waren und denen wir zu helfen vermochten."

Noch im Moment des Sprechens öffnete sich die Tür leise hinter ihnen. Nur Erinya, die schräg zum Arzt auf dem Sofa saß, bekam das aus den Augenwinkeln heraus mit, reagierte aber erst nicht, weil sie Doktor Lazaar zuhörte. Natürlich war es faszinierend, was sich in all den Jahren wohl ereignet haben mochte. So wie die Welt sich zwischen Mittelalter und dem 20. Jahrhundert verändert hatte, war dies ganz sicher auch hier der Fall gewesen. Schweigend schloss der Neuankömmling die Tür und blieb, mit dem Rücken daran gelehnt, dort in lässiger Haltung stehen.

Wie sehr sich ein Lächeln verändern konnte, stellte Doktor Lazaar unter Beweis, als er ihn zu sich heranwinkte. Es erschien nicht mehr großväterlich besorgt, sondern vielmehr professionell wie unter Kollegen.

„Bitte!"

Dabei deutete er auf den Platz neben seinem Schreibtisch.

Geschmeidig in der Bewegung glitt der Bursche zu ihm, stellte sich an den Platz und grinste dabei wie ein Ölgötze. Lässig an den Tisch gelehnt stand er da und wartete.

„Meine Lieben, das ist Morttan. Einer unserer fähigsten Köpfe für die Eingliederung. Er wird Ihnen helfen, sich in der, für Sie neuen Welt leichter zurechtzufinden. Unsere Aufgabe besteht nicht nur darin, Sie auf Ihre Zukunft vorzubereiten, sondern Ihnen zudem zu helfen, einen Platz in dieser Welt zu finden und diesen auszufüllen."

Morttans Rastazöpfe hingen ihm leicht ins Gesicht, während er das Trio einschätzend anblickte. Seine milchkaffeefarbene Haut ließ keinerlei Schluss auf sein wahres Alter zu. Alles in allem wirkte der stattliche Mann sympathisch und gewinnend. Bei diesem Anblick schmolz Erinya nahezu dahin, riss sich aber sofort wieder am Riemen. Eigentlich war er doch gar nicht ihr Typ, oder hatte sich das inzwischen geändert?

„Das sind also die Neuen. Hallo, meine Lieben, ich bin Morttan."
Sein satter, tiefer Timbre klang ausgesprochen sympathisch.
„Ab heute kümmer ich mich um euch. Ich werde euer Ansprechpartner sein."

Jedem von ihnen reichte er seine Hand zum Willkommensgruß.
„Vieles hier wird euch überraschen. Glaubt mir, selbst nach vielen Jahren wird sich das nicht ändern. Ich stamme, wie ihr, aus dem 21. Jahrhundert. Mein Schiff ging genauso, wie eures verloren. Dann päppelten sie mich hier auf und fragten mich, ob ich nicht sie Stelle eines Lehrers und Vermittlers einnehmen wolle. Natürlich hab ich zugesagt. Ich hab mich hier all die Zeit geborgen und sicher gefühlt. Doch wenn ihr glaubt, es endet jemals hier Neues zu entdecken, das könnt ihr getrost abhaken. Auf den Punkt gebracht, die Zukunft ist faszinierend."

Er stellte sich gerade hin, hielt die Hände leicht gefaltet, obwohl beim Sprechen ständig der Eindruck entstand, die Hände würden ein Eigenleben führen. Sein ganzer Körper schien durch und durch keine

Ruhe zu finden, wirkte quirlig wie eine junge Katze, deren Interesse nur
im Spielen bestand.
„Fragen kommen früh genug. Ihr werdet viele haben, mehr als ihr jetzt
für möglich haltet. Also dann kommt mal mit!"
Federnden Schrittes schwebte er beinahe zur Tür, öffnete diese, trat
hinaus und wartete auf dem Gang auf sie. Leicht skeptisch
blickten Erinya, Ryan und Fynn Doktor Lazaar an. Lächelnd bedeutete
er ihnen, sie möchten Morttan doch folgen. Das letzte, das sie von ihm
sahen, war, wie er sich wieder seiner Arbeit zu widmen schien, indem er
ein bläulich hinterlegtes Feld aufrief, in dem sie selbst von der Ferne
her gelblich wirkende Symbole erkannten. Zu lesen verstand sie keiner.
Um ihn herum poppten verschiedene gleichfarbige Kreise auf, die um
ihn herum zu schwirren begannen, mit denen er offensichtlich
tagtäglich arbeitete.

Flotten Schrittes ging Morttan voran, blickte mehrmals hinter sich,
ob die Drei in ihren eierschalenfarbenen Kleidern, ihm auch
brav folgten. Durch verschiedene Gänge brachte
er sie zu ihren Unterkünften zurück.
„Holt das, was ihr euch mitnehmen wollt, ich
bringe euch in eure neuen Quartiere. Ihr habt keine Eile, ich warte
auf euch im Speisebereich."
Gesagt getan verschwand er und ließ die Drei alleine zurück.
„Na, das war ja seltsam. Aber ich bin nicht böse, dass wir hier
rauskommen. Eine neue Unterkunft kann ja auch ganz schön spaßig
sein."
„Definitiv. Also dann, holen wir unser Zeugs. Auch, wenn es nicht viel
ist."

„Was sollen wir denn holen? Außer dem Notizbuch haben wir doch
gar keine privaten Sachen."
„Stimmt auch wieder."
Augenblicke später verschwanden die Burschen in ihren Zimmern,
während Erinya, die ihr Notizbuch ohnehin ständig bei sich trug, folgte
sie Morttan, nahm sich Kakao und setzte sich dann mit der vollen
Tasse zu ihm an den Tisch. Wie sie hatte auch Morttan seine Hände

um eine Tasse geschlungen, blickte auf den Park hinaus. Die schlanken Finger trommelten in einem eigenwilligen Rhythmus gegen das Material, das Erinya für Porzellan hielt, aber nicht sein konnte, weil sie bereits in der Vergangenheit mehrmals einen Becher fallen gelassen hatte und dieser nie in Scherben zerbrochen war.

„Wie war deine Reise?"
Vom Park den Blick abwendend, sah er sie an. Wirkte er vorher geistig abwesend, blickte er nun klar in ihre Richtung. Erinya hatte den Eindruck, er wäre in Gedanken in Träumen versunken.
„Vermisst du die Vergangenheit? Wie bist du damit zurechtgekommen?"
„Man gewöhnt sich dran. Schneller als man es anfangs vermutet. Ihr werdet das auch sehen. Anfangs denkt man, alles ist neu und fremdartig, alles wirkt chaotisch, nichts bleibt. Und dann macht es eines Tages Klick und ihr versteht, wie die Welt hier funktioniert."
„Hattest du Angst?"
Morttan hielt für einen Moment inne, bevor er antwortete.
„Natürlich. Aber das hat jeder anfänglich. Ich begleite seit Jahren die Eingefrorenen, helfe ihnen bei der Eingliederung. Angst ist anfangs etwas vollkommen Normales. Aber sie vergeht. Und dann freut ihr euch über die Welt, in der ihr seid. Die Möglichkeiten hier sind faszinierend."
„Hat die Menschheit inzwischen Kontakt zu Außerirdischen?"
Darauf lachte er nur noch.
„Das werdet ihr schon noch alles erfahren, vielleicht sogar schneller, als du glaubst, Erinya. Ihr habt so lange Zeit gewartet, da kommt es doch auf ein paar Stunden auch nicht mehr an, oder?"
Die letzten Worte hörten auch Ryan und Fynn noch blickten Erinya, die ihnen schräg gegenübersaß an. Ryan bekam einen erstaunlich fragenden Blick und hob entsprechend fragend auch die Arme. Jeder der beiden Burschen hatte lediglich sein Notizbuch bei sich.
„Wenn ihr noch etwas trinken wollt, dann tut das, wenn nicht, dann lasst uns gehen!"

Morttan brachte sie aus dem Gebäude, führte sie durch verschiedene Wege an eine Pforte, die ihnen bisher nicht aufgefallen war, dabei hatten sie genau diese Strecke als morgendlichen Laufrunde über die letzten Tage hinweg genutzt.

„Kommt schon, worauf wartet ihr?“

Vor dem Portal, kaum mehr als drei Meter breit, führte er sie auf einem weichen Waldboden leicht verschlungene Wege entlang. Dieser Teil des Parks wirkte älter und mit mehr Efeu überzogen. Einige der Stellen an denen sie vorbei kamen, wirkten verzaubert, schienen einem der alten Märchen zu entstammen, die sie zuletzt in ihren Kindertagen gehört hatten. Gemütlich schlenderte Morttan den Weg entlang, ließ ihnen ausreichend Zeit ihr neues Umfeld erstaunt zu betrachten.

„Ihr habt den Eingang übersehen, hab ich recht?“

Grinsend drehte er sich um und ging rückwärts weiter. Auf ihre Antwort wartete er nicht.

„Tröstet euch, das ging mir anfangs ganz genau so. Ist für alle Neuen das Beste!“

Wenige Augenblicke später standen sie vor einem größeren Gebäude. Dessen Dach passte sich harmonisch in das Umfeld ein. An den Mauern rankten sich zierliche Blüten hoch, die zu einer Pflanze gehörten, die Erinya noch nie zuvor gesehen hatte. Schillernde Farben boten den Erstaunten den Anblick eines wahren Blütenmeeres. So gestutzt der Rasen und die Büsche um das Gebäude herum auch waren, so kräftig zeigte sich der Wildwuchs dieser Pflanze am Gebäude. Fenster und Türen schillerten wie Seifenblasen, schienen ständig Struktur und Formgebung zu verändern. Erstaunt folgten sie Morttan in das Gebäude, traten durch die Tür, ohne diese zu öffnen.

„Was …“

„Am einfachsten könnt ihr die Tür als eine Art wärme- und schallisolierendes Hologramm betrachten, ebenso wie die Fenster. Aber das könnt ihr alles später noch begutachten. Kommt jetzt!“

Hinter der Tür gab es einen kurzen Gang, der in einen größeren Begrüßungsraum mündete. Wie auch draußen gab es auch an diesen Wänden die gleiche Pflanze, die bis zur Decke hinauf reichte. Innerhalb der Wände wirkten die Farben noch intensiver als im Freien. Im Raum verteilt gab es einige Sitzgelegenheiten, die meisten davon wirkten bequem und luden zum Sitzen ein. Selbst ohne Fenster gab es ausreichend Licht, ohne, dass sie die Lichtquelle erkennen konnten.

„Seht euch hier ruhig um. Das ist euer neues Heim. Wenn ihr diesem Gang folgt, kommt ihr zu den Unterkünften. Wählt euch ein Zimmer, das euch behagt. Es wird euch einladen.“
Immer noch den Becher in der Hand machte er es sich auf einem der Sitzgelegenheiten, einem weichen, großen Kissen in Lila, gemütlich. Wartete, während das Trio sich in die angegebene Richtung begab. Wie Morttan gesagt hatte, fanden sie bald schon im Gang etliche der Seifenblasen. Einige von ihnen schimmerten durchsichtig, die Räume dahinter wirkten unbenutzt. Andere schillerten in verschiedenen Farben, aber immer in sich einheitlich. Besonders Erinya fühlte sich irritiert vom ständigen Wabbern der Blasen.

Sie verdrehte die Augen, während sie den Gang entlang schlenderte und soweit als möglich den Blick in Räume warf. Die meisten der Zimmer fühlten sich kalt und steril an. In diesen mochte sie eigentlich nicht leben. Dann entdeckte sie einen Raum, von dem etwas Unerklärliches ausging. Vorsichtig berührte sie die Seifenblase, glitt durch sie hindurch und stand einen Augenblick später im Zimmer. Die durchsichtige Blase veränderte sich, nahm einen kräftigen Violettton an. Obwohl die Wand keine offensichtlichen Fenster hatte, schien Sonne in den Raum. An einem Teil der Wände fanden sich die gleichen Ranken wie in der Eingangshalle.

„Ihr seid seltsam.“
In sich hinein murmelnd, strich sie über die zarten Blüten, spürte einen Energiefunken auf sie überspringen. Blitzschnell ließ sie die Blüten los, stolperte erschrocken ein paar Schritte zurück und landete schließlich auf dem Bett. Die Blüten, die sie berührt hatte, schimmerten dunkler, wurden aber mit den Sekunden wieder heller und schienen, wie zuvor, aus sich heraus zu strahlen.
„Was zum ...“

Staunend trat sie wieder näher, bis sie nur noch Zentimeter davon entfernt war, lächelte und verstand. Sie hatte ihr Zimmer gefunden. Kaum verließ sie den Raum, verblasste die intensive Violettfärbung, blieb nur noch leicht im Farbton übrig. Als letzte kam sie zu Morttan zurück. Ryan und Fynn waren längst wieder bei ihm.

„Gut, ihr habt also eure Räume gefunden. Sehr schön. Wie gefallen sie euch?"
„Was sind das für eigenartige Pflanzen?"
Dabei deutete Erinya auf die Ranken.
„Lichterketten, so heißen sie umgangssprachlich. Eigentlich kommen sie von einem anderen Planeten, gehören dort zu den wenigen Lebewesen. Wie Glühwürmchen spenden sie bei Dunkelheit Licht, das sie Untertag von der Sonne nehmen. Sie sind wie Batterien, aber sie leben. Seid also nett zu ihnen! Sie sind friedlich und wir haben sie seit Jahrhunderten bei uns. Die tun niemandem etwas zuleide, besonders, wenn man sie pfleglich behandelt. Sie sind dankbare Geschöpfe, haben Gefühle, aber keinen Verstand."
Lächelnd streichelte er sanft über die Ranken, die sich leicht zu bewegen schienen.
„Erstaunlich. Was es nicht alles gibt."
„Ja? Die sind vom ersten kolonisierten Planeten."
„Es hieß doch, auf Proxima Centauri gäbe es kein höher entwickeltes Leben."
„Ja, das stimmt auch. Zumindest dachte man das anfangs. Nach den ersten 30 Jahren entdeckten Kolonisten diese Ranken und begannen sie für sich zu nutzen. Sie waren es, die Sauerstoff spendeten, die die Luft entgifteten und nicht zuletzt für Licht auf der Nachtseite sorgten."
„Also ich hab davon nichts mitbekommen."
Mürrisch hockte Ryan auf einem anderen der großen Kissen.
„Natürlich nicht. Wenn wir die Logbuchdaten der Corus richtig entziffern konnten, dann wart ihr bereits knappe zwei Jahre unterwegs. Natürlich konntet ihr davon nichts wissen. Aber das ist auch nur ein erster Eindruck."
Wie auf Kommando nickten sie.
„Fürs Erste die wichtigsten Regeln. Dieser Bereich ist für alle, ohne

Ausnahme. Hier könnt ihr euch unterhalten, mit anderen treffen, ihr seid nicht die Einzigen, die hier einquartiert sind. Auch ich habe mein Zimmer hier, wie schon erwähnt. Doch ihr werdet sie nur selten zu Gesicht bekommen. Viele bereiten sich auf ihr späteres Leben vor oder sind einfach nur viel unterwegs. Was hier an Essen und Trinken ist, steht zur freien Entnahme. Später zeige ich euch auch mal den Markt, doch die Lebensmittel, die ihr dort ersteht, bringt ihr besser in euren eigenen Zimmern unter. Jeder Raum verfügt über einen eigenen kleinen Kühlbereich, den ich euch zu nutzen empfehle. Sanitärbereiche findet ihr am Ende des Ganges und für alles andere seht euch am besten hier um. Das Gebäude ist größer, als es den Anschein hat. Ihr dürft überall hin, außer in die Zimmer der anderen, sofern sie euch nicht hereinbitten. Soweit verstanden?"

Wieder nickte das Trio.

„Gut. Also wenn ihr keine Fragen mehr habt, dann solltet ihr euch heute erst einmal in aller Ruhe häuslich einrichten. Ab morgen habt ihr einen ziemlich vollen Terminkalender."

Lächelnd stand er auf, deutete eine Verbeugung an und ließ die Drei alleine zurück. Diese wussten zwar für den ersten Moment nicht so recht mit der aktuellen Situation anzufangen, aber das machte nichts.

Tatsächlich schien es, als wären sie alleine in diesem großen Haus. Doch mehr als den großen Raum, ihre Zimmer und ein paar leere Räume, in denen Musikinstrumente und weiche Teppiche zu finden waren, gab es nicht.

Die erste Nacht in ihren neuen Zimmern schliefen sie tief und fest, glitten rasch traumlos in den Schlaf. Es gab nichts, das sie im Augenblick beunruhigte.

Der nächste Morgen weckte Erinya mit strahlendem Sonnenschein. Obwohl sie wach war, blieb sie noch einige Minuten mit geschlossenen Augen liegen. Sie genoss die, dank der Wurzeln, sauerstoffreiche Luft. Ihr kam es fast so vor, als hätte sie die Nacht unter Bäumen verbracht, so wie sie es früher öfter gemacht hatte. Gähnend streckte sie sich schließlich, zog sich ihren Bademantel über und schlurfte in den Aufenthaltsraum hinunter. Ryan und Fynn schlugen sich längst am

Tisch die Bäuche mit Essen voll.

„Ausgeschlafen? Wie kann man eigentlich nur so lange pennen? Das Geheimnis solltest du mir wirklich einmal verraten, Schlafmütze!"

„Wieso Geheimnis? Da gibt es keines."

Mürrisch holte sich Erinya einen Becher und etwas Kaffee. Nach den ersten Schlucken ging es ihr bereits bedeutend besser. Noch immer leicht verschlafen, setzte sie sich zu den beiden, griff sich eine der Früchte aus der Obstschale und biss hinein. Auf den ersten Blick wirkte die Frucht wie ein ganz durchschnittlicher, roter Apfel. Anfänglich wusste sie mit dem Geschmack nur wenig anzufangen. Auf ihrer Zunge schmeckte sie eine eigenwillige Mischung aus Zimt und Kardamom. Je länger sie die Fruchtstücke kaute, umso süßlicher entwickelte sich deren Geschmack, bis er sie an überreife Walderdbeeren erinnerte.

„Gar nicht mal schlecht."

Sich die Finger ableckend, wollte sie schon nach einer zweiten Frucht greifen, hielt sich dann aber zurück. Obwohl sie eigentlich gerne aß, war sie vollkommen satt.

Keiner von ihnen hatte bemerkt, dass Morttan bereits seit geraumer Zeit an die Wand gelehnt, bei ihnen war. Erst, als er zu ihnen trat, und sich an ihren Tisch setzte, blickten sie ihn an.

„So still? Seid ihr alle noch so verschlafen und müde?"

Statt einer Antwort erhielt er lediglich hochgezogene Brauen und mürrische Gesichter.

„Wie habt ihr geschlafen?"

„Das Bett ist zu weich! Wie soll man denn bei zu weicher Unterlage gut schlafen?"

Ryan warf ihm einen giftigen Blick zu.

„Die Betten passen sich an die jeweiligen Bedürfnisse an. Vielleicht hast du das heute Nacht nur einfach gebraucht."

„Schwachsinn. Ich brauche eine feste Unterlage!"

„War ja klar, dass du etwas zum Schimpfen findest!"

Meinte Erinya, als sie ihren Blick zu Ryan hob.

„Warum hast du dann die Unterlage nicht auf den Boden gelegt?"

„Hab ich doch! Hat nur nichts gebracht!"

„Nun, darum können wir uns auch noch ein anderes Mal kümmern.

Euer Tagesplan steht an und er ist dicht gedrängt. An eurer Stelle
würde ich mich jetzt sputen. In euren Zimmern findet ihr in den
Kästen frische Sachen! Umziehen, ab ins Badezimmer und dann wieder
zu mir! Hophop!"
Eher bedächtig standen sie schließlich doch auf und traten ihren Weg
in die Zimmer an.
„Wie kann der uns nur so rumkandieren? Das geht ja gar nicht."
„Warum nicht? Vielleicht war er mal Soldat. Ist eigentlich das Einzige,
das wirklich funktioniert!"
„Du alter .... arrrgh"
Um sich jeglichen weiteren Kommentar zu ersparen,
schluckte Erinya runter, was sie Ryan an den Kopf werfen wollte.
Tatsächlich entdeckten sie in frische Kleidungsstücke im Kasten.
Neben einem hellbeigefarbenen Overall lagen noch eine weiche,
bequeme Hose und ein paar Oberteile darin.

Die Morgentoilette war ebenfalls rasch erledigt und nur kurz darauf
fanden sie sich gemeinsam wieder in der Halle ein.
„Schön, haben wir es also geschafft. Gut! Was ....", in einer kleinen
Kunstpause in die Runde blickend, „interessiert euch wohl am meisten.
Na? Ich kann mir das schon ganz gut vorstellen. Denn die ersten
Fragen, die ich damals beantwortet haben wollte, war, wie die letzten
Jahrhunderte sich entwickelt haben. Liege dich damit richtig?"
Als Antwort erhielt er lediglich ein einheitliches, aber stilles
Kopfnicken.
„Gut, folgt mir!"
Morttan führte sie in eines, der leeren Zimmer, in denen nur weiche
Teppiche und ein paar Kissen in einer Ecke lagen.
„Was sollen wir hier?"
„Abwarten, Neugiernase!"
Im praktisch gleichen Atemzug flirrte die Luft
zwischen ihnen und Morttan. Aus dem Flirren erstand ein Abbild des
Sonnensystems, jedoch anders, als sie es aus ihrer eigenen Schulzeit
kannten.
„Das soll unser System sein? Das stimmt doch nicht!"

Entrüstet sprang Erinya auf, trat zu Morttan und deutete auf die
Planeten.

„Die Erde ist blau, nicht so rötlich-grün. Und die Kontinente stimmen
nicht. Merkur, Venus, Erde, Mars, Jupiter, Saturn, Uranus, Neptun. Die
Erde hat nur einen einzigen Mond, nicht die Zwei, die hier aufscheinen.
Wo ist der Jupiter? Überhaupt stimmen die Farben doch gar nicht. Und
noch dazu gibt es keinen so großen Asteroidengürtel, der unser System
umkreist."
„Sieh genauer hin, Erinya!"
Ein zweites Modell erstand, nahm an der Stelle des Ersten den Platz
ein. Dieses Modell kannte sie, hatten es in der letzten Schulstufe
wochenlang diskutiert und besprochen. Hier stimmten die Vorgaben,
Bewegungen und Farben.

„DAS ist das richtige System!"
„Bist du dir sicher?"
„Natürlich. Ich weiß, was ich gelernt habe."
„Du weißt aber auch, dass Lehrer immer nur das vermitteln können,
was sie selber wissen. Sieh noch einmal genau hin."
Im Zeitraffer veränderten sich Farben und Kontinente der Erde. Groß
genug, dass sie gut erkennen konnte, wie sich die Dinge veränderten,
nahm sie auch mehr an Details wahr. Blau wandelte sich zu
schmutzigem Grau, dann zu Braun und kehrte zu klarem, fast schon
kristallinem Blau zurück, das den Blick weit in die Tiefen der Ozeane
ermöglichte. Australien verschwand unter Wasser. Japan und viele
andere kleinere Inselgruppen taten es dem Kontinent gleich. An
anderer Stelle erhoben sich neue Inseln und Landflächen, die es zuvor
nicht gab. Mitten in Südamerika klaffte von einem Augenblick zum
nächsten ein riesiges Loch, das binnen Sekunden zu einem großen See
mutierte. Gleichzeitig büßten Asien und Afrika einen Teil ihrer
Landfläche ein, während Nordamerika sich in Richtung Europa
ausdehnte. Das Weiß der Pole schmolz bis auf winzige Kleinigkeiten

Während der Wandlung veränderte sich das Modell des Mars. Die rote
Fläche nahm einen etwas helleren Farbton an. Stellenweise tauchten

grüne und blaue Flecken auf, die aber rasch wieder entschwanden. Zurück blieb, wie zuvor, der gleiche Rotton. Im gleichen Zeitraum zerbröselte der Jupiter. Diese kleinen Brösel verteilten sich über das Sonnensystem, wandelten sich zu einem Asteroidengürtel, der wie die Planeten die Sonne umkreiste. Ein größerer Brocken schlitterte in Richtung Erde und begann diese, neben dem Mond zu umkreisen, bis das Sonnensystem von vorhin wieder vor ihr erschien.

Schockiert stand Erinya erst einmal schweigend da.
„Und das alles innerhalb von ein paar Jahrhunderten?"
„Wie kam es dazu?"
Neugierig geworden stand Fynn auf, trat zu Erinya und Morttan.
„Na was wohl, es gab Kriege, neue Waffen und die mussten ausgetestet werden. Habe ich recht, Morttan?"
„Nicht ganz. Natürlich waren sie ein Teil des Problems, aber nicht das Einzige. Erderwärmung, Klimaveränderung, Übervölkerung und nicht zuletzt auch noch Asteroideneinschläge. Natürlich gab es dazwischen auch noch einige andere Problemen. Das Sonnensystem und ganz besonders die Erde bekam das volle Programm ab. Wobei das eigentliche Problem auf die Menschheit zurückzuführen war. In unseren Generationen, als alles noch möglich schien, trotz der ganzen Kriege, als die Expansion ins All startete, gab es die ersten Probleme. Diese weiteten sich aus und brachten die Menschheit schließlich in die Bredouille. Generationen nach uns, nach den letzten Kriegen, lernten aus unseren Fehlern - endlich einmal. Sie schufen Wetterkontrollen, steckten viel Geld in hilfreiche Programme und vieles mehr. Allerdings mussten sie fast von vorne wieder anfangen. Ein Gutteil des ganzen Wissens ging in der Zeit der großen Kriege völlig verloren. Bis heute wird daran gearbeitet, die Fehler der Vergangenheit zu beheben. Seht nach draußen, hinaus in den Park. Aus dem Übel entstand eine Welt, in der jeder wirklich gern lebt. Es brauchte viele Jahrhunderte, bis die Menschheit lernte, friedlich und harmonisch miteinander umzugehen."
„Wenn wir alle aus dieser, ach so grausamen Epoche stammen, ist das dann nicht ein Risiko?"
„Natürlich, ihr alle seid, wie ich, als Erwachsene auf die Schiffe gekommen. Kinder wurden bis zuletzt nicht dafür zugelassen. Aber

darauf sind sie hier gut vorbereitet. Im Endeffekt hat sich noch jeder
gut integrieren können. Nach all der langen Zeit besagt das nur, dass es
so gut wie immer auf das Umfeld ankommt. Diese Gesellschaft, unsere
Welt, in der auch ihr jetzt lebt, ist aufgeschlossen und offenherzig. Wir
können alle gut miteinander umgehen.“
„Gibt es keine Konflikte?“
„Doch, natürlich gibt es die auch jetzt noch, aber wir haben uns das
Universum erschlossen. Es ist groß genug, dass keiner auf engem Raum
miteinander leben muss, wenn er das nicht möchte. Die Lösung heißt
schlichtweg - Platz haben. Stehen ausreichend Platz und Ressourcen
zur Verfügung, ist das größte Konfliktpotenzial verschwunden.“

Mit diesen Worten holte er sich ein Kissen aus der Ecke, setzte sich auf
den Teppich, gleichzeitig verblasste auch das Sonnensystem. Erinya
und Fynn folgten seinem Beispiel, setzten sich wieder neben Ryan.

„Ich werde euch in den nächsten Tagen die Welt hier zeigen. Wenn
etwas unklar ist, dann fragt mich, denn genau dafür bin ich da. Vieles
kennt ihr jetzt noch nicht, würde mich wundern, wenn ihr nicht davon
genauso überrascht wäret, wie ich es in der ersten Zeit war. Für mich
war so gut wie alles komplett neu, ich musste erst einmal umdenken
lernen. Das ist anfangs gar nicht so einfach, wie man denkt. Aber mit
der Zeit klappt es immer besser. Körperlich und gesundheitlich
seid ihr ausreichend vorbereitet worden. Jeder
von euch hat Nanoboter in seinem Blut, die euch helfen.“

„Wie bitte?“
Wütend funkelte ihn Erinya an.
„Wie kommt ihr dazu?“
„Anders hätten euch die Ärzte nicht wecken können. Ihr wäret
elendiglich zugrunde gegangen. Die ersten Neuerweckten verendeten
kläglich, bevor ihnen Hilfe zuteilwerden konnte. Daraus lernten die
Ärzte. Doch macht euch keine Sorgen.
Die Nanoboter helfen euch lediglich, euch körperlich anzupassen.
Sonst nichts.“
Nach wie vor verärgert nahm Erinya die Erklärung zwar zur Kenntnis,

aber zufrieden war sie mit der Sache keineswegs, dennoch schwieg sie auf diesen Punkt bezogen. Vergessen würde sie das nicht, denn Zustimmung hatte sie dazu nicht gegeben.

„Wie können wir das Teil wieder einschalten? Wie funktioniert es?"
Fynn, dessen stoppelige Haare sein stets blasses Gesicht längst wie ein Heiligenschein zu umrahmen schien, wirkte an der ganzen Holografie überaus interessiert.
„Das ist anfangs kompliziert. Könnt ihr euch gut auf eine Sache konzentrieren? Stellt euch vor, was das Modul zeigen soll, das bekommt ihr zu sehen."
„Erklärt aber nicht, wie es funktioniert."
„Im Moment versteht ihr die Grundlagen noch nicht. Ihr werdet Zeit brauchen, um die Basis zu begreifen. Die Grundkenntnisse lassen sich binnen weniger Tage verstehen. Das Modul verbindet sich, wenn ihr so wollt, mit eurem Geist, filtert daraus die Informationen und spiegelt wieder, was ihr sehen wollt."
„Wie Telepathie?"
„Nanoboter sind keine Telepathiehelfer, aber sie bringen euch den Zugang. Möchtest du es mal probieren? Konzentrier dich darauf, was du sehen willst, Fynn!"
Auf die Stirn des Jungen traten Schweißtropfen. Langsam sickerten diese hinab, bis der Shirtkragen sie aufsaugte.

Mitten im Raum entstand der blasse Abklatsch einer längst vergangenen Erde. Im Gegensatz zu Morttans stabilem Sonnensystem flackerte es durchgehend, bekam keine ausreichend stabile Konsistenz. Dadurch wirkte der Planet mehr wie eine Kerzenflamme, die nahe am Ausgehen war und schließlich tatsächlich verschwand. Im gleichen Moment sank Fynn erschöpft in sich zusammen, atmete schwer.

„Für den ersten Versuch ganz passabel. Ich hab damals weit weniger geschafft. Hast du für Technik Interesse?"
„Ich hätte später als Ingenieur arbeiten sollen."
„Dann hast du gute Voraussetzungen. Anfangs braucht es besonders viel Konzentration und Kraft. Je öfter ihr damit arbeitet, umso leichter

fällt es euch. Im Endeffekt werdet ihr nicht mal mehr den Hauch einer
Anstrengung wahrnehmen.“

„Nanoboter scheinen ja hier längst Alltag zu sein.“
„Bedingt. Vor den großen Kriegen begannen Wissenschaftler damit,
intensiv mit Nanobotern zu experimentieren. Alles musste kleiner und
noch kleiner werden, daneben verblasste sogar die Gentechnik,
bis sie anfingen, beides zu kreuzen. Dass das auf Dauer nicht gut ging,
könnt ihreuch sicher vorstellen. Großartige Ideen wurden, wie so oft
umfunktioniert. Einerseits halfen sie den Mars, Proxima Centauri und
andere Planeten zu besiedeln. Andererseits wurden sie zur Auslöschung
ganzer Menschengruppen herangezogen.
Nach dem zweiten großen Krieg waren Teile Asiens, der Norden
Europas und ein Teil des ehemaligen arabischen Raumes komplett
entvölkert. Was bis heute nicht nachvollzogen werden kann, ist, warum
gerade Afrika und Amerika kaum Schäden davon trugen. Später
verstanden die Wissenschaftler, dass die Nanoboter auf gewisse
genetische Merkmale programmiert wurden und in dem Moment
verschwanden, als genau dieser genetische Zweig vernichtet war.“

Morttan schluckte, es berührte ihn immer, wenn er davon erzählte,
nicht zuletzt, weil er herausgefunden hatte, dass auch ein Teil seiner
Familie daran zugrunde ging. Hätte er damals gelebt, wäre er ein
Weiteres von Milliarden Opfern der Geno-Nanoboter geworden. Doch
das musste er ihnen ja nicht auf die Nase binden, befand Morttan.
Darüber zu reden fiel ihm nicht leicht.

„Während dieser Genozide ereigneten sich verschiedenste politische
und wirtschaftliche Umwälzungen, die weitere Kriege mich sich
brachten. Ein anderer Stamm dieser zerstörerischen Nanoboter wurde
weiter entwickelt. Inzwischen sind sie längst Teil des menschlichen
Bioorganismus geworden, ohne die wir kaum leben könnten. Mit der
Zeit trifft dies auch auf Erweckte wie euch zu. Ihr gehört zu ganz
wenigen, die davon völlig ausgenommen sind. Noch ist unbekannt,
warum manche sich schneller anpassen, als andere.“
„Mit anderen Worten, sie haben die Menschen verändert.“

„Nicht verändert. Sie helfen uns. Eine Kleinigkeit gibt es noch,
die sie beherrschen. Mit ihrer Hilfe können wir kommunizieren. Sie
dienen, sofern darauf Wert gelegt wird, auch um uns einander ohne
Worte mitzuteilen.“
„Wie Telefone?“

Schweigen folgte. So viele Jahrhunderte wollten schließlich erst einmal
verdaut werden. Morttan verstand dies, kannte es aus eigener
Erfahrung. Immerhin war er einer der Ersten gewesen, die erfolgreich
aufgetaut und in die Gesellschaft integriert wurden. Vor ihm gab es
unglaublich viele Fehlschläge, wie er später erfuhr. Die Welt hatte sich
gravierend verändert. Ein zurück würde es nicht mehr geben, egal, wie
sehr sich das so manch einer wünschte. Wie viele aus den Schiffen
hatte er schon begleitet? Längst hatte er den Überblick darüber
verloren. Manchmal, so wie jetzt, spürte er Sentimentalität aufkeimen.

„Wie wollt ihr uns in eine so fremde Welt integrieren? Ihr sagt doch
selber, dass wir eigentlich Dinosaurier sind, die von nichts eine Ahnung
haben.“
„Nehmen wir einmal dich, Ryan. Du warst Soldat, wie mir gesagt
wurde. Ist das korrekt?“
Ryans Narbe begann wieder zu pulsieren, die Emotionen in ihm
machten ihn nervös, aber er nickt.
„Ja, das war ich. Einige Jahre ging es von einem Konflikt zum
nächsten. Ich war ständig auf Achse. Unsere Einheit gehörte zu den
Ersten, die Pulswaffen ausgehändigt bekamen.“
„Wie schnell hast du dich daran gewöhnt?“
„Ging schnell.“
„Dann kannst du dich auch an unsere modernen Waffensysteme
gewöhnen, oder dich dem Sicherheitsbereich anschließen. Gute
Kämpfer sind auch heute noch willkommen.“
Diese Worte erinnerten ihn an eine Zeit, die er nur zu gerne vergessen
würde, es aber nie wirklich konnte. Manchmal erinnerte er sich im
Schlaf wieder an diese Dinge, zu sehr hatten sie sich eingeprägt,
kehrten auch als erste Erinnerungen wieder.
„Und du Fynn, was war deine Aufgabe? Ingenieur?“

„Ja, aber die Technik ...“

„... kannst du erlernen. Vieles der modernen Technik beruht auf alten Mitteln und Methoden. Die Grundzüge sind die Gleichen geblieben. Und du, Erinya, du bist künstlerisch begabt, auch dafür lässt sich etwas finden. Macht euch darum keine Sorgen. Wir helfen euch dabei euch zu organisieren, was euch liegt! Heutzutage arbeitet keiner mehr in einer Tätigkeit, die er nicht machen möchte, nur des Geldes wegen. So gut wie jeder geht seiner Berufung nach. Und das ist doch die Zukunft, die wir uns damals alle erträumt haben. Wir haben jetzt die Freiheit unseren Weg zu gehen, der im Herzen schwebt.“

„Aber wie?“

„Das System ist komplex, aber nachvollziehbar. Wir haben viele Planeten besiedelt, am einfachsten lässt es sich so erklären, dass jeder Planet einen Schwerpunkt hat. Da sind die Planeten, die besonders viel Wert auf Traditionen und Handwerk legen, andere, die sich vor allem der Wissenschaft widmet, die nächsten kümmern sich um Austausch und daneben gibt es noch sehr viel mehr. Unsere Welt ist größer und fairer geworden. Aber das werdet ihr noch alles zeitgerecht erfahren und sehen.“

„Morttan hast du einen Moment Zeit?“

In der offenen Tür stand eine junge Frau, deren hübsches Gesicht von Haaren umrahmt war, die in allen möglichen Farben schimmerten und schillerten. Ihr blasser Teint wirkte zwar bezaubernd, aber etwas an ihr stimmte nicht.

„Natürlich, Trasha.“

Schon trat er die ersten Schritte zu ihr, als er sich noch an das Trio wandte.

„Übt ruhig ein wenig mit dem Modul. Seht es euch genau an, betrachtet es, ihr werdet eines Tages damit arbeiten.“

Flotten Schrittes war er auch schon aus dem Zimmer und ließ sie alleine.

„Na das kann ja heiter werden. Wie wollen die das inzwischen hinbekommen haben? Normalerweise klappt das doch nur, wenn es jemanden gibt, der die ganze Drecksarbeit erledigt, oder irre ich mich?“

Nachdenklich blickte Erinya in die Runde, etwas irritierte sie an diesem System. Aber wenn es wirklich stimmte, was er da erzählte, dann war es doch für sie einfach die perfekte Welt. Keine Buchhaltung mehr, kein Büro mehr, sondern ihre wirklichen Talente und Fähigkeiten einbringen. War nicht das eine Art wirklich glücklich zu leben, das zu tun, was man wirklich gut konnte und es auch machen wollte?

„Wie viel schlimmer kann es hier denn schon sein? Habt ihr vergessen, in welcher Welt wir aufwuchsen? Habt ihr vergessen, dass „Heimat" längst nur noch auf dem Papier existierte? Seit den großen Völkerwanderungen Anfang des 21. Jahrhunderts verlor sich doch die Bindung. Hat auch nur einer von uns damals das Port Patriotismus mit etwas Positivem in Verbindung gesetzt? Wie viele fühlten sich verloren und heimatlos? Habt ihr vergessen, wie es war, als das eigene Volk von den Regierenden verraten und als „Volksverräter" bezeichnet wurde? Wie viele Politiker sind über uns einfache Leute drübergefahren, nur um die eigene Machtposition zu festigen? Selbst wir erkannten doch damals nicht das ganze Ausmaß der Sache. Wir waren doch alle damals nur noch Sklaven, die brav ihren Obolus löhnen sollten, um den herrschenden Kasten ein gutes Leben zu ermöglichen. Wie kam es sonst zu den Aufständen und Bürgerkriegen?"

Erinya verstand gut, was Ryan meinte. Sie nickte nur, während sich Fynn eher zurückhielt. Ihre eigene Meinung stand seiner kaum nach, aber gefühlsmäßig behielt sie diese dann doch lieber für sich.
„Macht es wirklich Sinn, jetzt darüber nachzudenken? Diese Zeit ist doch längst vergangen, viel wichtiger ist, wie die Welt jetzt aussieht. Oder irre ich mich?"
„Etwas Skepsis ist nie verkehrt! Sonst hätte ich in all meinen Einsätzen nicht überlebt. Vorsicht und Wissen sind der Schlüssel zum Überleben. Das wird hier nicht anders sein! Es dreht sich darum, wie eine Situation für dich selbst greifbarer wird und wie du damit umgehst!"
„Darüber mag ich jetzt nicht reden. Erklär mir das ein anderes Mal, in Ordnung?"

„Glaubst du, ein Mensch des Mittelalters hätte unsere damalige Epoche verstanden? Er wäre sich fremd vorgekommen, aber das Grundprinzip war gleich. Einige wenige hatten das Sagen, die anderen kuschten. Kämpfe gab es da wie dort, und ob derjenige an Gott oder den Kapitalismus oder etwas anderes glaubte, spielt im Grunde keine Rolle für ihn. Lediglich das Drumherum ändert sich."

Schweigend, ihren eigenen Gedanken nachhängend, dachten Fynn und Erinya über Ryans Worte nach. Lag er wirklich so daneben? Auch Ryan schwieg, blickte aus dem Fenster, hinaus in die Sonne, die den Park in bunten Farben erstrahlen ließ, gleichzeitig aber daran arbeitete, das Sonnensystem wieder zum Leben zu erwecken. Er wollte noch einmal die Erde sehen, doch was er zu sehen bekam, war lediglich Flirren und Flimmern. Aufmerksam geworden blickte Fynn auf, versuchte, selber daran zu arbeiten. Im Gegensatz zu Ryan schuf er das erste Bild des Sonnensystems zurück, zog die Erde näher heran, betrachtete die Kontinente und zoomte noch ein Stück weiter hinein.

„Das ist wirklich erstaunlich. Seht einmal genau hin. Es gibt hier kaum Gebäude, die Erde scheint die Übervölkerung in den Griff bekommen zu haben."
„Möglich, aber spielt das für uns jetzt eine Rolle?"
„Vielleicht. Hast du uns gefunden?"
„Ja! Seht mal hierher!"
Er brachte ihnen das ehemalige Europa nahe. Größtenteils existierte der Kontinent nicht mehr, vieles war von Wasser gänzlich überschwemmt, die Alpen und andere, höher gelegene Regionen standen nach wie vor stolz als Inseln mitten im Meer. Ihre Region schien auf der ehemaligen Engelsinsel zu ruhen, mitten im Ozean, ein kleiner Fleck Landmasse, verschont von den Unbillen der Zeit.

„Wie hast du das gefunden?"
„Das war gar nicht so schwer ..."
„... du hast dich einfach nur auf das konzentriert, was du sehen wolltest, Fynn."
An die Türschwelle gelehnt stand Morttan, lächelte und kam näher.
„Gut gemacht. Du hast es verstanden. Macht euch vertraut damit, dass

ihr damit nicht nur auf diese Bilder Zugriff habt, sondern praktisch auf
alles, was wir in den Datensystem gespeichert haben, zumindest solange
ihr nicht zu weit von der Erde entfernt seid."
„Auch alte Aufzeichnungen? Dinge von früher?"
„Unser Archiv ist riesig, aber es ließ sich nicht alles bergen. Viele
Lücken verhindern bis heute einen gänzlich kompakten
Zusammenhang der Geschichte. Wir sind unter anderem dafür
zuständig, diese Lücken zu füllen. Zumindest so gut wir dies
vermögen."
Skeptisch blickten sie ihn an.
„Das ist kein Zwang, den gibt es in dieser Form heute nicht mehr, weil
er nicht mehr nötig ist. Alles ist auf freiwilliger Basis, doch ich kann
euch versichern, bisher wollte noch jeder mithelfen."

Noch während er sprach, rief er Unmengen an Gesichtern auf.
„Ihr könnt hier nachsehen, wie es mit euren Familien weiterging. Ich
möchte euch nur darauf hinweisen, dass es für euch auch verstörend
sein kann, wenn man feststellt, dass die eigene Familienlinie ausgelöscht
wurde. So gut es möglich war, wurde auch das in den letzten
Jahrhunderten rekonstruiert. Ihr habt den ganzen Tag zur Verfügung.
Nutzt den Tag! Ist nur ein gut gemeinter Hinweis, ich weiß, wovon ich
rede. Und nun entschuldigt mich, ich habe noch einiges zu erledigen.
Wenn es wirklich etwas Dringendes gibt, dann ruft mich. Ich
höre euch schon."

Mit diesen Worten drehte er sich um und verließ den Raum. Sollten sie
sich erst einmal alleine mit den Dingen auseinandersetzen. Es war
besser, als wenn er ihnen alles bis ins kleinste Detail zeigen würde. Ihre
eigene Neugierde würde sie schneller an ihr Ziel bringen, jeder Neue
wollte austesten und ausprobieren, so wie er damals. Zurück im
Hauptraum verschwamm vor ihm eine der Mauern und gab den Blick
auf einen weiteren Gang frei. Dezenter und einfacher gehalten
versprühte dieser nicht den Charme und die Wohlfühlatmosphäre des
Gebäudes. Morttan trat ein, sorgte dafür, dass sich die Wand hinter ihm
wieder schloss. Schnurstraks ging er an einigen offensichtlichen und

weniger erkennbaren Türen vorbei, bis er vor einer stand, die er nur zu gut kannte.

Dahinter fand sich ein kleines, kahles Zimmer, karg eingerichtet und rein auf Funktionalität beschränkt, stand darin lediglich ein einfacher, wenn auch bequem wirkender Stuhl, in den er sich setzte. Bequem zurücklehnend konzentrierte er sich auf das Trio. Anfänglich die Neuen gänzlich allein zu lassen hatte bereits mehrmals zu Problemen geführt, so jedoch führte er seine Aufgabe getreulich aus und hielt sie unter Beobachtung. Er musste einfach mehr über sie in Erfahrung bringen. Das Holo-System konnte anfangs ziemlich kompliziert und verstörend werden, wenn die falschen Informationen geladen wurden. Gerade Anfänger sahen oft Dinge, die der Geist unterbewusst erfahren wollte und das ging bereits mehr als einmal schief.

Binnen weniger Minuten hatten sie allesamt ihre Anverwandten gesucht und gefunden. Traurigkeit schien in den Augen auf, keiner ihrer Familien hatte auf die Jahrhunderte gerechnet, tatsächlich überlebt. Fynns Familie starb durch Seuchen aus, Ryans Familie wiederum entschwand in die Tiefen des Alls und Erinyas Familie hatte keine weiteren Nachkommen.

„War aber zu erwarten, oder?“
Zustimmend nickten sie, Erinya die eigenen Beine umklammernd haltend, Fynn an die Wand gelehnt und die Augen halb geschlossen, als würde er dösen. Ryan trat an das Panoramafenster heran, das er mit einem einzigen Wischen etwas verkleinerte. Es gab keinen Blick auf den See, den er inzwischen fast täglich aufgesucht hatte, dafür blickte er auf eine große Wiese, in der winzige Blumen blühten und die Rasenfläche mit Farbtupfern übersäte. Mitten in der Wiese, direkt neben einer großen Weide, von deren Ästen, die im Wind leicht wehten, überschattet, stand eine alte Statue. Efeu überwachsen, drangen nur noch wenige helle Stellen durch. Ein an sich romantisch verklärtes Bild, das er vor sich sah, aber nicht so recht mochte. Er spürte nur in seinem Inneren, dass es da etwas gab, das ihnen keiner hier zeigen wollte.

„Irgendwann finde ich es heraus ...“

In sich hinein murmelnd, starrte er die Statue an, drehte sich wieder um und sah, wie Erinya gerade dabei war, die alten Werbesprüche aufzurufen. Ihrem versteinerten Gesichtsausdruck zufolge konnte er nicht einmal annähernd einschätzen, wie sie sich im Augenblick fühlen mochte. Sachte erklang Musik in seinem Ohr, als die Werbebanner aufschienen.

„Kommen Sie zu uns, wir bringen Sie in eine fantastische Zukunft. Wollen Sie frei und unbeschwert leben? Wollen Sie alle Sorgen vergessen und für sich eine Chance auf Leben ergattern? Wenn ja, dann sind Sie bei uns genau richtig.“

„Wollen Sie Platz zum Leben? Weit weg von Kriegen und Sorgen, die die Erde plagen? Wir verhelfen Ihnen dazu. Kommen Sie zu uns, wir bieten Ihnen eine faire Chance im Weltall! Melden Sie sich im Rekrutierungsbüro. Unsere Leute helfen Ihnen!“

Diese und einige weitere Sprüche drangen durcheinander in seine Gehirnwindungen. Sie klangen ganz ähnlich denen, die die Armee anwandte, um an Personal zu kommen. Es klang alles so verführerisch, so gut, aber die Wahrheit dahinter war eine andere.

Oh, natürlich hatte er sich freiwillig gemeldet und durchaus auch auf den Weg gefreut, aber er hätte sich niemals träumen lassen in so einer Welt zu landen. War da noch Angst in seinem Herzen? Vermutlich nicht, eher Neugierde und eben ein eigenartiges Gefühl in der Bauchgegend. Die Bilder, die Fynn und Erinya aufriefen, erinnerten ihn sehr deutlich an die damalige Rekrutierungswelle von Auswanderwilligen. Es war unglaublich, wie viele die massiv übervölkerte Erde wirklich verlassen wollten. Die Gründe dahinter waren so unterschiedlich wie die Menschen, die die Tickets bekamen. Trotz verschiedenster Seuchen und der Geno-Nanoboter, der Kriege und unerklärlicher Todesfälle kamen Jahr für Jahr mehr Kinder zur Welt, als Menschen starben. Für die Regierungen war es eine billige und einfache Lösung das Problem der Übervölkerung zu lösen. Dementsprechend unterstützen sie das Projekt des Auswanderns, trugen ihre Konflikte aber in das Weltall hinaus. Doch viele dachten auch laut darüber nach, dass die Regierungen auf diesem Weg ihre unliebsamen Gegner loswerden wollten.

„Ryan, sieh doch mal!"
Erinya stand vor dem Holobild, auf dem soeben eine Menschentraube in den Erstsammelbecken eintrudelte. Langsam bewegten sie sich nach vorne. Wie von Zauberhand vergrößerte sich etwas, bis die Gesichter deutlicher und erkennbar wurden. Und er sich selber sah. Staunend betrachtete er diese uralte Aufzeichnung, in der er noch seine Armeeuniform trug, mit seinem Seesack, den er für die Frachtkammer abzugeben hatte, und einem hoffnungsvollen Blick.

„Lange her ..."
„Kannst du dich noch an diesen Moment erinnern, als wir aufgerufen wurden? Wie ist es euch ergangen, als ihr in die Kapseln gestiegen seid? Ich habe gedacht, ich sterbe, als es immer kälter wurde. Und dann noch diese Stimme, die uns einen guten Schlaf wünschte."
„Das muss ich wohl verschlafen haben."
„Na auch gut."
Er erinnerte sich an das Pfeifen und Schnauben verschiedenster Gerätschaften, die ihn bis weit in den Tiefschlaf begleiteten. Einige Male, wobei er das auf Träume schob, spürte er, wie das ganze Schiff durchgeschüttelt wurde. Bis jetzt begleitete ihn das Schnauben der Maschinen, das Piepsen und Fiepsen, das ihm durch Mark und Bein ging. Manchmal, sogar jetzt, erschien es sich seiner wieder zu erinnern und drang als Nachklang in sein Ohr.

Erst nach Stunden merkten sie, wie rasch die Zeit verstrichen war. Knurrende Mägen verkündeten Hunger und trieben sie dazu, mit dem Holo-Modul aufzuhören zu spielen. Sie würden auch später und in den folgenden Tagen, noch ausreichend Zeit dafür finden.

Die frische Luft zwischen den Bäumen tat ihnen gut, trotz der sauerstoffdurchlässigen Materialien. Vielleicht lag es auch einfach nur an der Bewegung unter freiem Himmel. Trotz einer gut verbrachten Nacht, in der all die neuen Eindrücke erst verarbeitet werden wollten,

waren sie frei sich wieder mit dem nächsten Thema näher
auseinanderzusetzen.

Ziellos über weiche Wege schlendernd, vorbei an wunderschönen
Plätzen voller Blumen und sanft abfallender Hügel, standen sie
schließlich vor einer großen Wiese, hinter der sich eine noch größere
Halle erstreckte, zumindest vermuteten sie dies, da die meiste Fläche
aber von Efeu und anderen Pflanzen überwuchert war, ließ es sich
nicht mit Bestimmtheit sagen.

Auf der Wiese entdeckten sie einige Personen, die offensichtlich
miteinander trainierten. Ohne, dass Erinya das nachprüfen musste,
wusste sie, dass Ryan schlagartig ein Funkeln in den Augen hatte. Das
sah sie immer dann, wenn er etwas vor sich hatte, das ihm unglaublich
gut gefiel, aus dem Umstand heraus, dass dies so gut wie immer in
irgendeiner Form mit Wettkampf oder Training zu tun hatte. Neben
diesen wenigen Personen, die Bewegungen ausführten, die nicht einmal
Ryan kannte, obwohl er eine Unmenge an Kampfsportarten
kennengelernt hatte, gab es andere, die verschiedene Bewegungsabläufe
einstudierten.

Während Ryan in seinem Element zu sein schien, verkrampfte sich
Erinyas Magen und auch Fynn wirkte nicht unbedingt besonders
begeistert.
„Hier könnt ihr Training nach euren Vorlieben bekommen. Viele der
Trainer sind aus unserer Epoche. Ihr werdet aber auch auf Trainer und
Schüler treffen, die euch Dinge beibringen werden, die ihr im Moment
gar nicht für möglich haltet. Die Nanoboter in euch helfen euch auch
hier. Besonders, wenn es um Bewegungsabläufe geht, die ihr euch
eintrainieren wollt. Sie sorgen auch dafür, dass eure Reflexe jetzt besser
sind, als sie es jemals waren. Auf den Punkt gebracht, machen sie euch
das Training um einiges einfacher, als ihr im Moment für möglich
haltet.“

Weiter in Richtung des Trainingsgeländes schlendernd, hielt er sich
zurück, wollte, dass die Drei erst einmal einen eigenen Eindruck
gewinnen sollten. Vereinzelt warfen einige der Trainierenden Morttan

einen Gruß zu, die meisten jedoch blieben konzentriert auf dem, was
sie im Augenblick taten.

„Kommt, ihr könnt ohnehin jederzeit hierher und ich würde es euch
auch anraten. Auch, wenn ihr nicht unbedingt sportbegeistert seid, so
solltet ihr doch zumindest ab und zu, hierher gehen. Es geht ja nicht
nur darum zu trainieren, sondern auch erste Kontakte zu knüpfen. Die
hier Trainierenden leben allesamt auf dem Areal. Wie sie dürft auch ihr
in Kürze das Areal verlassen. Versprochen.“
Fügte Morttan noch hinzu, als er Erinyas skeptischen Blick auffing.

Ganz in Nähe des Sportareals fand sich eine Halle, die unter dichtem
Blätterdach erst einmal gar nicht aufgefallen war. Auf den ersten Blick
wirkte sie dezent und karg, bis sie die Halle betraten. Trotz einer
großen Grundfläche schien es kaum Platz zu geben, alles war
vollgestopft bis weit in den Raum hinein mit Glaskästen. In diesen
lagen unterschiedlichste Gerätschaften, die sie nur teilweise kannten.
Einige von ihnen stammten aus der Steinzeit, andere erzählten richtige
Geschichte, wie Ausweise oder sogar ein Smartphone, das Erinya einst
gern gehabt hätte, sie es sich aber aus Geldmangel einfach nicht leisten
konnte. Damals blieb es für sie nicht mehr als nur Wunschdenken.

Andere Objekte kannten sie überhaupt nicht, schienen entweder
außerirdischen Ursprungs zu sein oder späteren Epochen zu
entstammen.
„Seht euch in aller Ruhe um. Das ist durchaus, um später folgendes
Wissen zu verstehen. Lasst euch ausreichend Zeit dafür.“
„Was soll dieses Sammelsurium?“
„Das ist ein Museum. Das meiste davon sind Dinge, die Reisende
in ihren Schiffen dabei hatten, einiges wurde gefunden, vieles uns
zugetragen. Sagen wir einfach, es ist ein Blick in die Vergangenheit.
Folgt mir!“
Mit diesen Worten verschwand er in den Tiefen der Halle.

Fasziniert bestaunten sie die verschiedensten Objekte, an
denen sie vorbei kamen. Am Ende der Halle standen sie vor einem
dunklen, samtartigen Vorhang. Sein tiefer Blauton könnte ebenso gut

ins Grünliche gehen, der Übergang zwischen den Farben erschien nur marginal. Hinter dem Vorhang entdeckten sie Morttan auf einem Stuhl, an die Wand gelehnt. Die Augen geschlossen schien er zu dösen.

„Und? Habt ihr etwas Interessantes gefunden?"
Noch immer mit geschlossenen Augen sprach er sie an.
Waren sie wirklich so laut gewesen? Dann öffnete er die Augen, sah die Drei an und deutete auf die Stühle neben seinem.
„Gut, ihr habt jetzt einmal gesehen, was war. Überrascht?"
„Kommt drauf an. Keiner von uns Dreien ist ein reiner Theoretiker. Museen sind ja schön und gut, aber wie viel Sinn ergeben sie, wenn die Informationen doch auch mit dem Holo-Modul abgerufen werden können?"
„Gute Frage. Warum denkt ihr, wollte ich, dass ihr euch den Bereich anseht?"
„Keine Ahnung. Du kannst es uns auch einfach sagen!"
„Ihr mögt keine Ratespiele, oder?"
Schwungvoll schwang er nach vorne mit dem Stuhl, sprang beinahe auf und ging vor ihnen auf und ab, dachte dabei offensichtlich nach, oder wartete auf Antwort.

„Nichts? Auch gut. Dann erkläre ich euch die Sache einfach einmal. Das Museum selbst ist nicht viel mehr als ein Sammelsurium. Einigen unserer Neuzugänge hilft es, indem sie die alten Dinge ansehen und auch in die Hand nehmen können. Vieles davon hat mit der menschlichen Psyche zu tun, die bis heute nicht gänzlich erforscht werden konnte. Dieser Bereich des Museums wird euch sicher mehr interessieren. Auf diese Daten hattet ihr noch keinen Zugriff, für den Erstkontakt ist dieser Raum hier zuständig. So könnt ihr erkennen, wie ihr euch bei diesem Anblick fühlt. Er ist abgesichert und geschützt, passieren kann hier rein gar nichts."
„Schön und gut, aber was soll es sein? Hier sind doch nur ein paar Stühle und einige leere Podeste."

„Etwas Geduld! Bedenkt eines, genau wie ich, wart auch ihr auf den
ersten Schiffen, die ins All geschickt wurden. Während einige ihr Ziel
erreichten, und begannen neue Planeten zu besiedeln oder auch
Raumstationen zu bauen, gingen andere verloren. Darunter waren wir
alle. Erfolgreiche Siedler lernten mit der Zeit auch Fremdvölker
kennen, unter einigen von ihnen entstanden erst zaghafte, dann enge
Bande. Wir schickten Botschafter zu ihnen, sie schickten sie zu uns.
Vereinzelt kam es zu Konflikten, manchmal zu Kriegen, aber im
Endeffekt sind wir mit allen jetzt mehr oder weniger gut in Kontakt.
Nur einige wenige zogen es vor, den Kontakt zu uns zu beenden. Was
damals nicht berücksichtigt wurde, waren die Konsequenzen der
Ausreise. Wir hatten doch allesamt keine Ahnung, keine vernünftige
Bewaffnung. Im Grunde waren wir alle wie kleine Kinder, die von
nichts eine Ahnung hatten. Vielen Fremdvölkern stießen unsere Pläne
sauer auf, durch uns Erdlinge verloren einige von ihnen Teile ihres
Territoriums. Vereinzelt zerstörten unsere Siedler aus Unwissenheit
auch Siedlungen von Außerirdischen. Es ging damals sehr viel schief.
Irgendwann gründete sich eine Allianz unter den Völkern, die bis heute
besteht. Nicht jedes Volk nimmt daran teil, aber die Allianz wird
respektiert und akzeptiert.“
„Na großartig, also haben unsere Leute es mal wieder vergeigt.“
„Nicht so ganz. Natürlich gingen dem jetzigen Frieden schwere
Konflikte und große Missverständnisse voraus. Menschliche Söldner,
die auf Fremdvölker-Kriegsschiffen anheuerten, brachten auch nicht
gerade Positives mit sich und sorgten dafür, dass die Menschheit auch
in die Krieg der Fremdvölker, die uns vorher nichts angingen,
verwickelt wurden. Dazu kamen noch Seuchen und Krankheiten,
denen das menschliche Genom einfach nicht standhalten konnte. Es
war einfach nicht stark genug. Mit den Jahren und diplomatischem
Geschick begann erst ein brüchiger Frieden, der mit der Zeit stabiler
wurde. Inzwischen sind viele unserer heutigen Erdbewohner
Mischlinge, das rein menschliche Genom ist eine Rarität geworden, bei
so gut wie allen finden sich Gene von Fremdvölkern.“

„Das ist ja mal wieder typisch menschlich!“
Fynn versuchte ein Lachen zu unterdrücken, auch wenn ihm das nicht

wirklich gelang. Grinsend saß er in seinem Sessel, hörte Morttan zu und versuchte die ganze Zeit nur verschiedene Kommentare zu unterdrücken. Dafür, dass er sonst eher ruhig und zurückhaltend schien, verblüffte er damit Morttan gründlich.

„Sei es, wie es sei. Ich zeige euch hier nun die aktuellen Botschafter der Fremdvölker. Freundlicherweise erklären sie sich bei den Neubesetzungen ihrer Ämter dazu bereit, jeweils eine Grußbotschaft für unser Museum zu spendieren. Und nun, seht zu, mit wem ihr es in Zukunft zu tun bekommen werdet!"

Vor ihren Augen erstand auf einem der Podeste eine androgyne Gestalt. Ihr langer, wallender Umhang hüllte sie ein. Der Kopf steckte unter einer Kapuze, die kaum mehr als bleiche Haut, blitzende Augen und undefinierbare Gesichtszüge erkennen ließ. Es schien beinahe, als stünde die Gestalt unter einer Art Sichtschutz. Verschwommen präsentierte sich das Antlitz, das sie sofort vergaßen, wenn sie wegsahen.

„Das hier ist zwar kein Botschafter, aber ihr werdet ihnen immer wieder begegnen. Die Saruzi sind Händler. Doch seid vorsichtig. Sie neigen dazu, einen kräftig übers Ohr zu hauen und wenn ihr den Schaden bemerkt, dann ist es längst zu spät. Es gibt keinerlei Möglichkeit etwas gegen sie zu unternehmen, den Grund dafür, könnt ihr euch mit Sicherheit denken."
Grinsend trat Morttan etwas beiseite, ließ sie die Gestalt betrachten, die ihnen allesamt eine Gänsehaut verursachte.
„Einst waren diese Wesen Menschen wie wir. Doch dann begannen sie sich mit den Fremdvölkern zu mischen, die Kompatibilität war unglaublich hoch, gleiches galt auch für die Fruchtbarkeit. Im Endeffekt entstand daraus eine ganz neue Spezies. Sie sind nicht gefährlich, aber ganz schön gerissen."

Auf einem zweiten Podest erstand eine kleinere, bulligere und kräftiger wirkende Gestalt. Wie der Saruzi trug auch diese Gestalt eine Art dunkler Kutte, gegürtet mit einem breiten Stoffstreifen. Auf dem kahlen Kopf und den kräftigen Oberarmen fanden sich verschiedenste

Verzierungen, die zu leben schienen. Sie bewegten sich, veränderten sich stetig.

„Sie sind harmlos. Erinnert ihr euch noch an asiatische Mönche? Das sind ganz ähnliche Geschöpfe. Geboren werden sie mit diesen Symbolen", wobei er auf die Verzierungen deutete. „Die zeigen einem genau an, für welche Richtung er bestimmt ist. Sie geben den Weg an, den das Neugeborene gehen wird. Von diesem Volk, den Hasora, werdet ihr ausnahmslos nur Priester, wie ihn, zu Gesicht bekommen. Sie sind die Vertreter ihres Volkes. Ich persönlich habe noch keinen einzigen von ihnen getroffen, aber sie sollen lammfromm und sehr friedlich sein - zumindest, wenn sie nicht gereizt werden. Ihr Glauben ist unglaublich komplex. Ich verstehe ihn nicht. Aber was sie so besonders macht, sind die Geschichten, die sie erzählen. Im Grunde sind sie als reisende Märchenerzähler unterwegs und sie können einem die Märchen so erzählen, dass man darin gänzlich aufgeht, als wäre man mitten in der Geschichte. Selbst trockene Büromaterie wird durch sie so lebendig, dass man glaubt, die trockenen Texte hätten etwas Faszinierendes an sich. Es ist unser Glück, dass sie vollkommen neutral sind."

„Das hätte ich in meinem damaligen Job gebraucht", murrte Erinya halblaut.

„Lasst euch aber niemals auf etwas Ernsthaftes mit ihnen ein. Wer das tut verfällt ihnen. Manche der Hasora haben einen Rattenschwanz an Verehrern um sich, auch wenn sie das selber so gar nicht wollen. Zumindest gehören sie zu den am meisten gereisten Völker der Galaxis, manche munkeln gar, dass sie vom anderen Ende des Universum stammen. Ich für meinen Teil halte das für ziemlichen Humbug."

Noch während sie erstaunt die beiden ersten Podeste betrachteten, formte sich auf dem nächsten bereits ein Pärchen, scheinbar weiblich und männlich, aber gerade einmal einen Meter groß.

Obwohl sie menschlich wirkten, schienen sie es nicht zu sein, wie der leicht grünliche Schimmer auf ihrer Haut zeigte. Die ganze Haut erschien, als würde sie leicht vibrieren, dabei waren sie derart minimal,

dass sie auf den ersten Blick nicht einmal auffielen. Erst, wenn der
Blick mehr fixierte, ließ es sich erkennen.

„Diese nennen sich Onahsew, der eigentliche Name ist viel zu
kompliziert, um ihn auszusprechen. An sich sind es friedliche Wesen,
die mit Krieg nichts zu tun haben wollen. Ihre Art benötigt immer
einen Wirt, sonst gehen sie zugrunde. Doch sie töten den Wirten nicht,
sondern fördern ihn, bringen ihn auf dessen höchstmögliche
Entwicklungsstufe.“
Verwundert betrachtet vor allem Erinya die beiden auf dem Podest
genau. Sie vermeinte eine Art Fiepen, ein leises Piepsen zu hören, das
immer dann erklingt, wenn eine Art Klingeln im Ohr zu vernehmen ist.
„Was macht sie zu etwas Besonderem?“

„Die Onahsew sind die einzige uns bekannte, pflanzenbasierte Spezies.
Sie sind nicht viel größer als ein Samenkorn, das in den Wirt gepflanzt
wird. Darin ist die ganze Persönlichkeit mit all ihrem Wissen enthalten.
Mit dem Wirten gehen sie eine untrennbare Symbiose ein, für die sie
nur die vielversprechendsten Wesen auswählen. Es ist eine Ehre mit
ihnen zu leben, denn sie haben uns allen eine Unmenge positiver Dinge
mitgegeben. Abgesehen davon, dass es ihnen unmöglich ist,
eigenständig zu leben, sind sie die freundlichsten, friedliebendsten und
hilfsbereitesten Geschöpfe, die es nur gibt. Meist arbeiten sie als
Vermittler. Immer, wenn es Streit gibt oder Konflikte, die unlösbar
scheinen, beruhigen sie die Konfliktparteien auf eine ungemein sanfte
Weise.“

Nach und nach lernten sie auf diese Art viele neue Wesen kennen, die
sie erst einmal für völlig fantastisch erachteten. Manche der Wesen
sahen einem Menschen zum Verwechseln ähnlich, andere wiederum
wirkten so fremdartig, dass sie erst einmal nicht für lebende Wesen
gehalten wurden. Staunen trat in ihre Augen, als sie der Vielfalt gewahr
wurden, die sie auf den Podesten erblickten. Jedes einzelne dieser
Geschöpfe löste Emotionen aus, mal mehr, mal weniger. Besonders
Fynn schien es zu spüren. Vor einigen graute es ihnen allen, bei
anderen löste sie ein eigenartiges Gefühl in der Magengrube aus.

Wieder andere strömten eine Welle an Hilfsbereitschaft aus, die sie nicht zu erklären vermochten.

„Beim ersten Anblick haut einen das schon aus den Socken. Ging mir auch nicht anders. Doch daran gewöhnt ihr euch schon noch. Bei einigen werdet ihr feststellen, dass sie sehr seltsam sind. Doch wie überall sind nicht immer alle gleich. Viele der Völker sind noch jetzt so in sich gespalten, wie wir Menschen damals. Hier ist eine Menge anders, als unsere Filmemacher uns damals zeigten. Verzichtet darauf euch an den Filmen zu orientieren, das wird nämlich nicht klappen."
„Ich kann mich noch gut erinnern, welche Probleme die ganzen Völkerwanderungen und die Durchmischungen hatten. Jetzt sag bitte nicht, dass hier alles friedlich ist."
„Oh, anfangs natürlich nicht. Es gab ausreichend Vorfälle, bei denen wir Menschen Angriffe durchführten, aber auch angegriffen wurden. Meist ging es um Kolonien, Rohstoffe und Ressourcen jeglicher Art. Aber mit der Zeit legte sich das auch. Wir Menschen gehören längst zu den beliebteren Völkern, weil wir uns mit so gut wie allen anderen längst geeinigt haben. Das klingt jetzt vielleicht etwas eigen, aber die Menschheit hat in den letzten 200 Jahren erstaunlich viel aufgeholt."
„Ja sicher, das glaub ich, sobald ich es sehe!"
Äußerst skeptisch warf Ryan auch ein paar Worte ein. Er kannte die menschliche Natur viel zu gut, als dass er dies als reale Wahrheit ansehen könnte und würde. Der Mensch würde niemals wirklich Frieden geben, das lag einfach nicht in seinen Genen.

„Vielleicht, mein lieber Ryan, solltest du dir das noch einmal durch den Kopf gehen lassen. Die Menschheit hat sich seit der damaligen Zeit sehr verändert."
„Nein, das glaube ich nicht. Der Mensch als Spezies hat sich über viele Jahrhunderte nicht wirklich verändert. Die Grundstruktur, die Basis, blieb gleich."
„Du übersiehst nur, dass seit damals einiges an außerirdischen Genen in die der Menschen eingeflossen ist. Reinrassige Menschen gibt es kaum mehr, wenn, dann sind es fast nur noch Aufgetaute, wie wir."
„Humbug. Die menschlichen Gene sind stark, daran ändern auch die

Gene der Fremdvölker nichts."
„Wenn du meinst … Ryan, ich schlage vor, du lernst erst einmal die
Welt hier kennen, bevor du dich auf Urteile einlässt!"
Ernst geworden blickte Morttan ihn an.

„Vergesst für den Moment, wie die Menschheit einst war. Ihr habt
bisher noch nicht viel kennengelernt. Darum werden wir uns morgen
kümmern. Es ist an der Zeit, dass ihr einen Blick in das Heute werft! Es
ist natürlich schwer sich vorzustellen, dass die Menschheit sich
verändert haben könnte. Aber das hat sie, mehr als ihr glaubt. Wir
haben alle in dunklen Epochen gelebt, keiner von uns erfuhr, wie sich
wahre Hoffnung anfühlte. Hier werdet ihr es kennenlernen! Ich will,
dass ihr euch den Rest des Tages Zeit nehmt! Seht euch das Museum
genauer an, geht zum Übungsplatz, wenn ihr wollt, aber
überlegt euch auch, was ihr als Erstes erleben und erfahren möchtet.
Lasst vor allem das Schubladendenken bleiben, es wird euch hier nichts
bringen, geschweige denn euch helfen. Die Menschheit hat sich durch
den Kontakt zu den Fremdvölkern zum Guten verändert. Auch, wenn
es lange gedauert hat, aber schließlich wurden die Generationen
schlauer und lernten!"

Morttan machte sich schon bereit zu gehen, überlegte, ob er ihnen
noch etwas zu sagen gedachte, überlegte und verschwand dann wortlos.
Er hielt es für klüger, sie nun fürs Erste mit sich selber alleine zu lassen.

Noch bevor die Drei irgendetwas darauf erwidern konnten,
war Morttan bereits aus ihrem Sichtfeld verschwunden.
„Erstaunlich, was es nicht so alles gibt."
Fynn fasste als Erstes klare Worte..
„Ich muss raus hier, das ist mir etwas zu viel!"
Schnell hatte Fynn bereits den Raum
verlassen, Morttan hinterherlaufend, diesen aber nicht mehr einholend,
blieb er vor der Halle stehen. Bereits bei den ersten Vertretern der
Fremdvölkern hatte er sich sichtlich unwohl gefühlt, nervös gewirkt,
hatten seine tiefgründigen, grünen Augen einen leicht rötlichen Stich
angenommen. In strahlender Sonne stehend, atmete er tief ein, beugte

sich nach vor, drückte die Hände an die Knie, bis er wieder ruhig atmen konnte.

Wortlos legte Erinya ihm einfach nur die Hand auf seine linke Schulter, bedeutete ihm, mit ihr einfach durch den Park zu gehen, während sich Ryan noch in der Halle befand und mit den Fremdvölkern befasste. Zu zweit schlenderten sie schweigend durch den Park, quer über das saftige Gras, bis sie eher zufällig, wieder beim See angelangt waren.

Strahlende, sich im Seewasser brechende Sonnenstrahlen, die ansprechenden Seerosen und die vertraute Ruhe brachten Fynn dazu, sich wieder zu sammeln. Vor dem See sank er zu Boden, setzte sich, wie er es so gerne tat, im Schneidersitz auf den Rasen. Erinya spürte lediglich, sie sollte bei ihm in der Nähe bleiben. Schweigend ließ sie sich neben ihm nieder, merkte, wie myriadenfaches Glitzern im Wasser ihre Stimmung hob. Innerlich begann sie, sich richtig gut zu fühlen.

Auch der Geruch nach frisch geschnittenem Gras und frischer Sommerluft, die ihr mit einem Windhauch um die Nase strich, sorgten für Wohlbefinden und Glück in ihrem Herzen. Dass es Fynn ganz ähnlich erging, erkannte sie an seinem zarten Lächeln, das er immer dann aufsetzte, wenn er sich ausgeglichen fühlte. Schlagartig wurde er wieder ernst.

„Ryan hat in einem Punkt sehr wohl recht."
„Womit denn?"
„Der Mensch als Spezies ändert sich nicht. Menschen waren immer die gefährlichsten Raubtiere, das ändern auch neu hinzugefügte Gene nichts, es sei denn, die Gene gehören noch stärkeren Räubern an."
„Vielleicht seht ihr auch beide einfach nur Gespenster, wo es keine gibt. Schon mal daran gedacht?"
Wortlos schüttelte er den Kopf, blickte dann wieder auf das Wasser hinaus.
„Ich weiß nicht so recht, was hier nicht stimmt, aber das, was sie uns zeigen, was sie uns erfahren lassen ... etwas stimmt ganz eindeutig nicht."
„Und was ist mit Morttan? Der stammt doch aus unserer Zeit!"

„Glaubst du? Bist du dir da wirklich sicher?“
Fynns Blick wirkte unheimlich auf sie. Etwas lag in seinen Augen, das
sie nicht verstand, ihr aber Angst einjagte.
„Er wirkt sympathisch und bemüht. Das ist wohl wahr, ich sehe es
ganz genau so. Aber da ist etwas an ihm und seiner Art, die ich nicht
verstehe und das irritiert mich!“

Schweigend, ihm zuhörend, hing Erinya längst ihren eigenen Gedanken
nach. Lag es nur an diesem Umfeld? An dem, was sie gezeigt bekamen?
Eine Welt wie diese war für sie doch der Traum schlechthin.
Statt Fynn etwas darauf zu antworten, stand sie auf, trat an den See und
hob einige der leicht abgeflachten Steine hoch, die sie einzeln über das
Wasser tanzen ließ. Die wenigen Seerosen, die sie dabei traf, blieben
davon gänzlich unbeeindruckt.
„So viele Jahrhunderte können vieles verändern, vielleicht
macht euch ja auch nur die neue Welt hier zu schaffen.“
„Wer weiß, ist doch ohnehin nur Spekulation.“

Aufseufzend legte er seine Handflächen auf die Knie, schloss die
Augen und begann zu meditieren. Binnen Augenblicke hatte er sich so
tief in sich selbst versenkt, dass selbst lautes Anbrüllen ihn nicht mehr
aufwecken würde. Dementsprechend frustriert schnaubte Erinya und
ließ sich neben ihm ins Gras plumpsen.

Erst, als ein Schatten ihre Augen verdunkelte, sah sie auf. Dem
Geschmack nach Teppich in ihrem Mund musste sie eingeschlafen
sein. Ryan, über ihr stehend und das Sonnenlicht verdeckend, ließ sich
neben sie fallen.
„Du blutest ja.“
„Ist mir gar nicht aufgefallen.“
„Ja, im Mundwinkel! Bist du gegen eine Tür gelaufen?“
„Nein.“
„Trainieren, richtig?“
Daraufhin nickte er nur noch und begann breit zu grinsen.
„Hat aber Spaß gemacht.“
„Ich weiß, du hast ja keine anderen Hobbys!“

Schallendes Gelächter entrang sich ihrer Kehle. Erst, als sie sich den
Bauch vor Lachen halten musste, hörte sie auf.
„Du bist der Einzige von uns Dreien, der weiß, wo er später
hinkommt!"
Grinsend nickte er, wischte sich den Blutsfaden aus dem Mundwinkel.
„Ja, ich denke, du hast recht!"

Sie fühlten sich müde, selbst Erinya, die einige Zeit auf dem Rasen, mit
hinter dem Nacken verschränkten Armen, geschlafen hatte. Hunger
hatten sie keinen, dafür riefen die Betten nach ihnen. Jeder zog sich in
sein eigenes Zimmer zurück.

„Erinya!"
Leise seufzend erklang die klagende Stimme, riss Erinya aus dem
Schlaf. Doch da gab es niemanden. Sie stand alleine im Zimmer. Kaum
schlief sie für einen Moment ein, hörte sie die gleichen, klagenden
Worte wieder und wieder. Nach dem dritten Mal verließ sie ihr Bett,
blickte aus dem Fenster hinaus in den Park, dessen Rasen längst von
einem zarten Leuchten erhellt, der Nacht die völlige Dunkelheit raubte.

Stand dort, mitten im Park eine Gestalt und winkte ihr zu? Bei genauer
Betrachtung handelte es sich dabei aber auch nur um die gleiche
efeubewachsene Statue, die ihr Untertags so gut gefiel, obwohl
es ihr schien, als würde sie sich bewegen.
Ganz traute Erinya der Sache dann doch nicht, wie deutlich erklang die
Stimme doch aus Richtung der Statue.
„Erinya!"
Hellwach rannte sie in die Halle und verließ das Gebäude.
Um sie herum herrschte Stille, über ihr schienen die Monde,
erleuchteten das Gras. Leichtfüßig eilte sie zur Statue, die sich nicht im
Geringsten bewegt hatte. Den Blick umherschweifend, gab es nichts,
das ihr auffiel.

Nächtliche Natur mochte sie seit jeher schon, doch dieser Park war
wirklich etwas Besonderes. Nachts roch es nach Regen, der von
trockener Erde aufgesaugt, die Sinne zu betäuben schien. Es war der
lieblichste Geruch, den sie je gerochen hatte. Verträumt setzte sie sich

zu Füßen der Statue, blickte hinauf zu den Sternen und schlief, an die Statue gelehnt, schließlich ein.

Ryan, der ebenfalls nicht schlafen konnte und in der Halle saß, verfolgte erstaunt ihren Auftritt. Neugierig geworden verließ auch er die Halle. Längst hatte er vergessen, wie zauberhaft Nächte sein konnten. An die Mauer gelehnt blickte er hinauf zu den Sternen. Seit seiner Zeit hatten sich die Gestirne verändert. Bis zum Morgen blieb er sitzen, als sich der Horizont erst violett und danach immer rötlicher färbte. Allmählich kroch das Tageslicht hervor. Diese Stunden hatte er immer besonders gemacht. Die frühen Morgenstunden gehörten zu den ruhigsten des ganzen Tages.

Grinsend stand Ryan neben ihr, einen Becher über sie haltend. Der lauwarme Inhalt verteilte sich rasch über ihren Kopf und ließ sie wie einen begossenen Pudel dasitzen.
„Du ... Na warte, wenn ich dich erwische!“
Noch mitten im Satz sprang Erinya auf. Ryan, bereits auf dem Sprung zurück, nahm die Beine in die Hand und lief vor ihr weg in Richtung des Gebäudes. Lachend holte Erinya ihn ein, warf sich auf ihn und Ryan in den Rasen. Gemeinsam über das Gras kullernd, kamen sie schließlich zum Stillstand. „Na wie war die Nacht draußen? Gut geschlafen?“
„Ja. Erstaunlich gut. Ich hatte den Unterschied völlig vergessen.“
Zufrieden grinsend stand sie auf, klopfte sich etwas Erde
von ihrer Kleidung. Gemütlich setzte sie ihre Schritte in Richtung Gebäude, gefolgt von Ryan.
„Das mit dem Nassmachen war aber nicht notwendig gewesen, hättest auch anders machen können!“
„Ach komm, das war doch lustig. Hast richtig herzig ausgesehen, wie so das Wasser an dir abgeperlt ist.“
Bei dieser Meldung begann er breit zu grinsen, konnte sich das Lachen nicht verbeißen.

Kaum, dass sich Erinya frischgemacht und neue Kleidung übergezogen hatte, kam sie in die Halle, in der bereits Morttan und die anderen auf sie warteten. Fröhlich blickte Morttan in die Runde.

„Kinder, ihr seht ja aus. Habt ihr nicht schlafen können? Ihr wirkt so unausgeruht!"

„Ach nein, wirklich?"

Sarkasmus triefte regelrecht greifbar durch den Raum.

„Na, vielleicht war euch das gestern ja auch ein kleines bisschen zu viel. Hatten wir hier alles schon."

Beruhigend erklang seine Stimme, als er sich an den Tisch setzte und einen kleinen Beutel hervorholte.

„So meine Lieben. Das hier ist für euch. Heute geht es zum ersten Mal wirklich raus."

Elegant griff er in den Beutel, holte etwas daraus hervor, öffnete die Handfläche. Darauf fanden sich drei kleinere Scheiben, die er an Erinya, Ryan und Fynn reichte.

„Heute geht es zum Markt! Ihr werdet euch auch etwas dort leisten können. Auf diesen Scheiben findet ihr ausreichend Krediteinheiten um euch etwas Persönliches, nach eurem Geschmack leisten zu können. Aber es sollte nur eine einzige Sache sein. Soweit verstanden?"

Wie auf Kommando nickten sie gleichzeitig. Freuten sich Ryan und Eyna bereits darauf, fühlte sich Fynns Magen flau an. Tief in ihm gab es noch das Gefühl von gestern, das er bis jetzt nicht zu erklären vermochte.

„Und jetzt - hop, hop! Ihr wollt doch nicht die ganze Zeit verschlafen. Der erste Kontakt, und das werdet ihr noch merken, ist immer der Eindrucksvollste. Ihr werdet staunen! Und jetzt, los mit euch!"

Schlagartig entschwanden noch Reste von Schlaf aus ihren Köpfen, Adrenalin überflutete sie im nächsten Sekundenbruchteil, die Aufregung wurde groß.

Ohne noch einen Augenblick zu vergeuden, stand Morttan bereits an der Tür, bis sich die Drei endlich zu ihm gesellten. Manchmal wirkte er, als könnte er fliegen, so elegant und flott kam er von der Stelle, erschien er ihnen doch wie ein gut trainierter Tänzer. Eines Tages, stellte Erinya fest, sollte sie ihn vielleicht einmal danach fragen, ob er Tanz studiert hatte. Den Gedanken verscheuchte sie augenblicklich wieder, brachte sich in Positur, ließ sich hinter die Jungs etwas zurückfallen. Sie hatte noch ein ofenwarmes, duftendes Gebäck in der Hand, wollte es nicht einfach auf dem Tisch zurücklassen.

Für einen Augenblick hatte sie den Eindruck, dass sich hinter ihr ein Schatten bewegte und eine Gestalt vorbeihuschte. Doch schnell tat sie es wieder als Hirngespinst ab. Kopfschüttelnd folgte sie ihren Kameraden nach draußen, die bereits flotten Schrittes beinahe hinter der nächsten Hecke verschwunden waren. Eilig rannte sie ihnen nach, den Markt wollte sie nicht verpassen. So sehr sie die Ruhe und Abgeschiedenheit dieses Areals auch mochte und schätzte, doch irgendwann musste sie tatsächlich auch mal die neue Welt kennenlernen. Vielleicht gefiel sie ihr sogar. Nur würde sie das erst feststellen können, wenn sie den Markt auch tatsächlich gesehen hatte.

Kapitel 3

Nach all der langen Zeit auf ihrem Areal waren sie im ersten Moment von all den vielen Lebewesen einfach überfordert. Sprachlos starrten sie in die Menge hinein, die sie völlig zu ignorieren schien. Besonders Fynn wirkte, als würde er sich lieber wieder in sich selbst zurückziehen. Doch jetzt waren sie schon einmal da und wollten schließlich wissen, was da so vor sich ging. Morttan hatte recht. Wie sollten sie sonst den Zugang zur neuen Welt finden, wenn nicht durch den direkten Kontakt?

Obwohl der Marktplatz bei Weitem nicht die Größe des Areals erreichte, fühlten sie sich im ersten Moment wie erschlagen. An den Seiten standen Unmengen Marktständen, viele davon mit Schutztüchern vor dem Sonnenlicht versehen, andere nicht. Fremdartige Gerüche drangen an ihre Nase, heftig und intensiv. Die Lautstärke der Wesen waren sie nicht mehr gewohnt, überforderte sie beinahe.

Dicht an dicht gedrängt, herrschte zwischen den Ständen hektisches Treiben. Bei den meisten Besuchern handelte es sich ganz offensichtlich um Menschen. Vereinzelt huschten Gestalten zwischen den Menschen hindurch, die anscheinend zu den Fremdvölkern gehörten.

„Kommt schon!"
Leicht drängend schlängelte sich Morttan durch die Masse, dicht gefolgt von seinen Schützlingen, die sich noch reichlich verloren vorkamen. Ihre Nase rümpfend fiel Erinyas Blick immer wieder auf einiges an Abfall, der sich in den Ecken sammelte. Trotz vehementer Bemühungen, alles ordentlich und sauber zu halten, sah das Ambiente speckig und stark abgenutzt aus.

Für sie war es wie ein Schock nach der Zeit im klinisch sauberen Areal. Nicht, dass sie etwas gegen Schmutz einzuwenden hätte, aber Müll musste es nicht unbedingt sein. Zudem fehlte ihr das Grün des Areals.

Es erinnerte sie ein wenig an ihre Zeit in der alten, versifften irdischen Stadt, die vielleicht einmal sauber und gepflegt war, aber immer mehr zum Slum verkam. Wer es sich leisten konnte, hatte zu ihrer Zeit der Stadt längst den Rücken gekehrt.

Mitten unter all den Marktständen entdeckte sie Lokale und Cafés, bevölkert von Personen, die sich teils besonders lautstark miteinander unterhielten. Morttan steuerte eines davon genau an.

Die Wesen um sie herum schienen von ihnen nicht die geringste Notiz zu nehmen. Ihr Blick streifte unruhig herum, fühlte sich beobachtet, bis sie eine Gestalt zwischen zwei Ständen entdeckte. An eine Mauer gelehnt, den Kopf unter einer Kapuze verborgen, erkannte sie nicht viel mehr als ein kleines Grübchen im Kinn, alles andere blieb im Schatten verborgen. Obwohl sie es nichts sicher zu sagen vermochte, gewann sie binnen eines Sekundenbruchteiles den Eindruck, dass der Blick der Gestalt sie brennend anzustarren schien. Für einen winzigen Moment schien es ihr, als wäre ein fremder Geist in ihrem Kopf. Flüchtig, ihre Gedanken streifend, war dieser Eindruck einen winzigen Augenblick später wieder entschwunden. Der nächste Moment, in dem sie wieder klar denken konnte und ihren Blick zur Kapuzengestalt warf, war diese bereits entschwunden.

Verwirrt schüttelte Erinya den Kopf. Hatte sie sich das nur eingebildet? Für einen Sekundenbruchteil glaubte sie die Gestalt zwischen den anderen Marktgästen zu sehen, eine schleichende, beinahe schwebende, in dezent schimmerndes Grau gehüllte Gestalt, die zwischen anderen Marktbesuchern regelrecht untertauchte. Irritiert schüttelte Erinya den Kopf. Vielleicht hatte sie sich das nur eingebildet. Sie sollte sich lieber ihren Freunden anschließen, stellte aber fest, dass sie alleine, mitten unter Fremden stand.

„Sei tapfer! Die findest du schon!"
In sich hinein murmelnd, hielt sie Ausschau nach ihren Begleitern. Panik begann in ihr aufzuwallen. Zu viele Menschen um sich herum hatte sie schon damals nicht ausstehen können. Völlig überfordert fühlte sie sich, als sie schließlich Ryan an einem Stand entdeckte, der

soeben mitten in Verhandlungen zu stecken schien. Ihn beobachtend
bemerkte Erinya, wie genau er die ganzen Dolche und andere, ihr völlig
unbekannte Objekte, betrachtete. Er ließ sich genau vorzeigen, wie
diese funktionierten und eilte dann mit einem kleinen, hübsch
verzierten Dolch vom Stand weg. Rasch steckte er ihn in seine
Kleidung. Der Händler hinter dem Tisch, ein jugendlich wirkender
Asiate mit leicht rötlichen Haaren, grinste von einem Ohr zum
anderen, als hätte er soeben einen tollen Gewinn gemacht.
„Das hat sich wohl bis jetzt nicht geändert!"
Stirnrunzelnd, leise in sich hinein murmelnd, verlor sie Ryan wieder aus
den Augen.
„Nun denn, wenn ich sie eh nicht finde, dann kann ich mich genauso
gut auch allein hier umsehen!"

Neugierig betrachtete sie die verschiedensten angebotenen Güter. Wie
früher warben auch hier die Händler lautstark für ihre Waren. Je lauter
der Händler rief, umso schneller eilte sie an dessen Stand vorbei. Es
gab Dinge darunter, bei denen sie nicht einmal ansatzweise wusste, was
es sein könnte, oder welchen Zweck sie erfüllen würden. Ein einziger
Stand fiel ihr dann doch auf, den sie sich genauer zu Gemüte führte.
Die Händlerin dahinter wirkte ruhig und gelassen. Während sie hinter
ihrem Tisch saß, arbeitete sie daran Schmuck herzustellen. So voll der
Markt auch war, an diesem Stand gab es kein Gedränge. Erleichtert trat
Erinya näher heran, besah die ausgestellten Schmuckstücke.
Bewundernd betrachtete sie die zierlichen Objekte. Obwohl sie selber
Schmuck nicht mochte, gab es einige ausgefallene Modelle, die ihr ins
Auge stachen.

Zierlich und elegant wirkten die Ketten auf sie, während das
Sonnenlicht sich in den Steinen spiegelte. Doch erst, als ein
unscheinbares Stück ihre Aufmerksamkeit erregte,
beugte Erinya ihren Kopf näher nach vor. Neben ein paar Ringen sah
sie einen hübschen, kleinen, smaragdgrünen Anhänger. Davon
angezogen vergaß sie ihr Umfeld völlig um sich herum. Als hätte sie
keinen eigenen Willen mehr, beugte sie sich vor, hob den Anhänger
hoch und betrachtete ihn genauer. Von ihm ging leichtes Pulsieren aus,

er fühlte sich warm und lebendig in ihrer Hand an, beinahe als würde er leben. Völlig in den Anblick versunken vergaß sie alles um sich herum, nur noch der Stein in ihrer Hand hatte für sie Wert. Innerlich spürte sie eine Vertrautheit, die sie noch nie zuvor in ihrem Herzen gefühlt hatte.

„Wie heißt du, Schätzchen?"
„Erinya. Warum?"
„Der Stein mag dich."
„Wieso?"
„Spürst du es nicht?"
Den Stein zurücklegend, blickte Erinya die Verkäuferin hinter dem Tisch an. Die ganze Zeit über hatte sie den Blick auf ihrem Schoß und den darin liegenden zukünftigen Schmuckstücken gehabt. Erst jetzt hob sie den Blick und sah Erinya an. Ihr bernsteinfarbenen Augen wirkten wie die einer Katze, auf Erinya beinahe hypnotisierend, als würde sie alles um sich herum bis ins kleinste Detail wahrnehmen.
„Ich bin Scrolana."
Erinya zunickend, hob sie den Anhänger hoch und reichte ihn ihr.
„Er will bei dir sein. Er mag dich."
Verwirrung trat in ihre Augen. War das nur eine neue Verkaufstaktik?
„Er will nicht gekauft werden. Siehst du, wie er strahlt? Das ist eine Shan'Shy Stein. Schon mal von denen gehört?"
„Nein."
„Sie sind stur und dickköpfig. Wenn sie sich etwas in den Kopf setzen, dann merkst du das schon. Manche von ihnen sind der Meinung, sie wollen nicht verkauft, sondern verschenkt werden. Bei dem war ich mir bis jetzt nur nicht sicher. Nimm ihn mit. Du kannst ihn haben. Er ist geschenkt, aber behandle in pfleglich, in Ordnung?"
Erinya blickte verwirrt drein, wusste nicht, was sie akut davon halten sollte.

„Du wirst reisen und er möchte dabei sein."
„Wie will er das wissen?"
„Hör ihm zu. Er singt. Er sagt dir, was er will."
„Okaaaaaay ...."
Lang gezogen betont, etwas Derartiges nicht erwartet, nahm sie den

Stein entgegen.
„Und ....“
„Ich will nichts dafür haben. Das würde dem Sinn eines Geschenks
doch widersprechen.“
Lächelnd wandte sich Scrolana wieder ihrer Arbeit
zu, Erinya ignorierend.

Nachdenklich verließ Erinya mit dem Stein in der Hand den
Marktstand. Derartige Freundlichkeit und Freigiebigkeit, ohne etwas
dafür zu erwarten, hatte sie nie zuvor kennengelernt.
Den Shan'Shy Stein in der Hand haltend, fühlte sich dieser warm und
leicht vibrierend an. Doch die ganze Zeit ihn so haltend, wollte sie
dann auch nicht und gab ihn in eine Tasche ihres Overalls. Von ihm
ging Wärme aus und auch der Eindruck, dass er sacht schnurren würde.

„Was bist du nur für ein eigenartiges Ding.“
Wieder machte sie sich auf die Suche nach ihren Begleitern, ab und zu
ein leichtes Schnurren an ihrem Herzen spürend. Zwischen der ganzen
Menge an Wesen durchschlängelnd fand sie keinen weiteren Stand, der
auch nur ansatzweise etwas hatte, das ihr so sehr ins Auge stach wie
dieser Stein. Je weiter sie kam, umso deutlicher merkte Erinya,
wie ihr all die Eindrücke langsam doch zu viel wurden. Längst an Ruhe
gewöhnt, begannen die Geräusche, Gerüche und das ganze Umfeld
Unwohlsein zu verursachen. Von einem Sekundenbruchteil zum
anderen explodierte in ihrem Kopf eine wahre Bombe an
Kopfschmerzen, verzog das Gesicht, versuchte den Schmerz
auf ihre Art in den Griff zu bekommen. Nur langsam wurde er leichter,
blieb aber, nach wie vor, latent vorhanden.

Während Fynn sich die ganze Zeit an Morttan dranhängte, glitt Ryan
beinahe durch die Menge. Als Soldat hatte er viel Zeit in weitaus
größeren Menschenmengen zugebracht, vor allem in den ehemaligen
südöstlichen Staaten, die über lange Jahrzehnte hinweg ständig im
kriegerischen Zustand ihre einstige Blüte längst hinter sich gelassen
hatten. Das Meiste, das auf den Ständen angeboten wurde, schien nicht
viel mehr als wertloser Plunder zu sein, Schmuck oder Geschirr.

Vereinzelt gab es Markstände, die Essbares anboten, vieles davon erinnerte sie an zubereitete Insekten.

Er wusste gut, wie er in diesem Gedränge zurechtkam. Vermutlich waren Fremdvölker den Menschen in dieser Hinsicht nicht unähnlich. Zufrieden hielt er die Hand über das Messer, das er erworben hatte. Der Asiate hatte, soweit er es beurteilen konnte, nichts als Plunder angeboten, bis auf diesen einen Dolch. Er kannte Waffen gut genug, um dies auch entsprechend einzuschätzen. Die meisten in der Menge wirkten zivil, einige Fremdvölker schienen darunter zu sein, wobei er bei einigen nicht einmal sagen konnte, wie sie sich vorwärts bewegten. Einige in der Menge trugen ganz offen Waffen bei sich, zumindest, soweit er diese als Waffen einschätzen konnte. Zu seiner Zeit war es Zivilisten gänzlich untersagt, Waffen auch nur zu besitzen. Selbst Messer durften nur unter ganz strengen Auflagen gekauft werden.

Erstaunt nahm er die Menge wahr, analysierte, beobachtete und hatte binnen weniger Zeit seine Meinung zu den Anwesenden. Ryan spekulierte darüber, dass die Menschheit einfach ein klein wenig liberaler geworden sein könnte. Nur, wozu brauchten sie dann noch Soldaten? Das verstand er nicht so ganz.

In Gedanken versunken, dennoch die Umgebung im Auge behaltend, nahm er aus dem Augenwinkel einen Schatten wahr. Sein Bauchgefühl schlug Alarm, sein Nacken brüllte vor Schmerz auf. Stöhnend brach Ryan in die Knie, stand mit schmerzverzerrtem Gesicht wieder auf. Ein kurzer Rundblick zeigte ihm jedoch keine Bedrohung.

Für einen winzigen Moment sondierte Ryan sein näheres Umfeld und nahm den gleichen Schatten wie zuvor wahr. Zurückgezogen hinter einem Stand, in einer Nische verborgen, bemühte er sich mit seinem Umfeld zu verschmelzen. Ryan ignorierend drehte sich der Schatten um, tauchte in eine Nebengasse ein, wo er verschwand.

Wütend über die Situation eilte Ryan dem Schatten nach. Was auch immer passiert war, das war ein tatsächlicher Angriff auf ihn und seine Person und das galt es zu ahnden. Die Nebengasse endete in einer

Sackgasse. Rund um ihn herum gab es nur einige Häuser, aber keinen weiteren Weg mehr nach draußen. Die Wände wirkten kahl, es gab keine Türen, keine Fenster, nichts, wohin sich der Schatten hätte flüchten können.

Sich umblickend, versuchte Ryan herauszufinden, wo der Schatten sein könnte, entdeckte jedoch nichts. Dementsprechend verärgert schlug er gegen eine der Wände, drehte sich in Richtung des Marktes und stand plötzlich vor drei Gestalten, die, wie die Erste, ebenfalls in einer Kutte gewandet, kaum mehr als einen Schatten darstellte.

„Menschlein, gib uns den Dolch!"
Die mittlere Gestalt zog die Kapuze zurück. Darunter kam ein Gesicht zum Vorschein, das ihn stark an eine Echse erinnerte. Kantige Gesichtszüge und eine schmale, vorschnellende Zunge vervollständigten dieses Gesamtbild. Auch die beiden Gestalten hinter ihm wirkten wie Echsen. „Komm schon, Menschlein, gib uns den Dolch. Du hast dafür doch ohnehin keine Verwendung!"
Lachend umkreisten sie Ryan, der sich augenblicklich in Abwehrstellung begab. Unbewusst nahm er, wie er es so lange trainiert hatte, eine Kampfposition ein, ging leicht in die Knie, die Fäuste geballt, den rechten Arm nach rückwärts gezogen spürte er seinen Körper mit Adrenalin vollpumpen. Das Leben floss in einer lange vermissten Intensität durch seinen Körper, er fühlte sich wach, wie schon lange nicht mehr.

Fast schon automatisch setzte es Hiebe, Schläge und Tritte in einer nicht unbedingt netten Art und Weise. Natürlich kannte Ryan auch diverse Wettkampfmodi. Doch wie jeder Soldat in seiner Einheit bevorzugte auch er den Straßenkampf, der weniger lang dauerte, aber besonders effektiv wirkte. Binnen weniger Sekunden lag der Echsenköpfige auf dem Boden, Ryans Fuß an seinem Hals.

„Lass los! Du kannst den Dolch behalten!"
„Was sollte der Schwachsinn dann? Der Dolch war billig, ihr hättet ihn auch kaufen können."
„Ach, darum ging es nich! Du hast ein Kriegerherz! Ging darum, wie

sehr!“

„Und was soll das Ganze?“

„Komm mit Menschlein! Aber schweig drüber! Sonst ....“

Mit diesen Worten zog er einen imaginären Strich über seine eigene
Kehle. Neugierig geworden reichte Ryan dem Fremden die Hand und
zog ihn zu sich nach oben.

„Na schön, ihr wollt mir also ein Geheimnis zeigen, habe ich recht?“

„Jap. Aber schweig drüber, gibt nur wenige Fremde, denen wir zeigen!“
Ein lispelnder Unterton erklang in der Stimme und bei dem Gesagten
mit. Doch irgendwo versteckt schwang auch so etwas wie Freude oder
leichter Stolz mit.

„Du schweigst?“

Wortlos nickte Ryan.

Nur einen winzigen Moment darauf traten sie an eine Wand heran. Vor
ihnen öffnete sich die Mauer, gab einen Eingang frei, den Ryan nicht
gesehen hatte. Wobei er jedoch vermutetet, dass es ähnlich wie die
Türen im Areal lief. Hinter ihnen eilte er eine Treppe hinab. Anfänglich
roch es leicht modrig, bis der Duft nach Kerzen alles überwog. Bereits
am Anfang der Teppe hörte er Geräusche, die er nur zu gut kannte.
Aufregung trat in sein Herz, ließ es schneller schlagen als zuvor beim
Kampf.

„Reinkommen!“

Gehorsam folgte Ryan der Stimme, trat in eine Halle, in der eine Menge
an Echsenköpfigen etwas trainierten, das er noch nie in seinem Leben
gesehen hatte.

„Komm! Setzen!“

Wieder folgte Ryan dem Befehl, ließ sich am Rand auf eine der Bänke
nieder.

„Gut geschlagen oben! Bin Shak´klwey und du Mensch?“

„Ryan. Wer seid ihr?“

„Söldner! Sagen die oben. Soldaten, Krieger, Künstler, was du hören
magst.“

Daraufhin grinste Ryan breit. Eigentlich waren sie genau richtig für ihn.
Bei den Shailielia fühlte er sich jetzt schon gut aufgehoben.
Während die trainierenden Shailielia aufeinander einprügelten, ließ
Ryan seinen Blick schweifen. Kerzenlicht versetzte den Raum, der Teil
eines Höhlensystems sein musste, in einen eigenartigen Zustand.
Zierlich wirkten die Gestalten in den Trainingsklamotten, ihre dunkle,
lederartige Haut schimmerte leicht im Kerzenschein. Bei den meisten
fanden sich violette und grünblaue Flecken, die ganz offensichtlich von
verschiedenen Prügeleien stammten. Auf seinem Platz hockend sah er
den Shailielia zu. Erst nach geraumer Zeit erkannte Ryan, dass er der
einzige Nicht-Shailielia war. Das gab dem Ganzen noch einmal einen
ganz besonderen Hauch Exklusivität.

Natürlich juckte es ihn in den Fingern, einfach mitzumischen. Wie zwei
der Shailielia miteinander auf Matte rangen, sich beinahe ebenbürtig,
der Kampf über viele Minuten hinzog, war er richtig versucht
aufzuspringen und mitzumachen. Schließlich standen die Kontrahenten
auf, drückten sich aneinander, schlugen sich gegenseitig auf die
Schultern, nickten einander zu und gingen auseinander.
„Guter Kampf! Ebenbürtig! Und? Gefällt?“
„Ja, und wie!“
„Mensch, tritt herbei!“

Kräftig erklang die Stimme des leicht gebeugt
stehenden Shailielia mitten auf der Trainingsfläche. Unter seinen Füßen
wirbelte Staub auf. Im Kerzenlicht schimmerten seine winzig kleinen
Schuppen graubraun. Obwohl er wie eine zierliche Puppe wirkte, leicht
gebeugt stand, ging von ihm eine Ausstrahlung aus, die Ryan stark
beeindruckte. Siegessicher und selbstbewusst stand er mitten im Raum,
grinste dabei dreckig.
Seine Kleidung hielt ein purpurfarbener Gürtel, reichte ihm bis zu den
Kniekehlen.
„Mensch! Tritt herbei!“ Seine Aufforderung wiederholend stand er
noch immer da.
„Geh! Besser für dich!“
Mit fiesem Unterton grinste Shak´klwey ihn an.

„Geh!"

Wider besseren Wissens ignorierte Ryan sein Bauchgefühl und trat in
den Kampfring. Rings um ihn herum begannen die Shailielia, in einem
einfachen Rhythmus auf den Boden zu stampfen. Ryans Blut begann
zu kochen, fuhr der Rhythmus ihm doch direkt ins Herz. Es schlug
schneller.

Binnen weniger Augenblicke sah er hoch und stürzte sich auf den
Alten, der nur einen einzigen Schritt beiseitetrat. Ryan stolperte,
überschlug sich, nutzte den Schwung und stand wieder auf. Schmerz
schoss durch sein linkes Knie, nahm ihm die Luft zum Atmen.
Ignorierend stellte er sich lauernd auf. Er hatte eindeutig die
Geschmeidigkeit des Alten unterschätzt. Schneller als gedacht landete
er vor dessen Füßen auf dem Boden. Diesmal durchfuhr der Schmerz
sein Kreuz, der Boden war härter als erwartet. Johlen erklang von den
Zuschauerbänken. Das wollte sich Ryan nun auch nicht gefallen lassen.

Ohne groß nachzudenken, stürzte er sich wieder auf den Alten,
unterlief dessen Griff, schnappte sich dessen Knie und brachte ihn zu
Fall. Woraufhin das Gejohle sich noch eine Spur verstärkte.
Minutenlang rangen sie auf dem staubigen Erdboden, kaum ließ er den
Alten los, stand dieser auch schon wieder und warf sich wie ein Ringer
auf Ryan, der wiederum eine Rolle in Angriff nahm und dabei den
Alten auf den Boden knallen ließ.

Der Kampf forderte ihn und seine Kenntnisse heraus. Anfänglich ließ
keiner der beiden Erschöpfungsanzeichen erkennen. Doch mit den
Minuten wurden ihre Bewegungen langsamer, bis beide, erschöpft
einander gegenüberstanden und sich kaum mehr zu rühren
vermochten.

Wortlos ließ der Alte Ryan stehen, der sich nur noch wunderte. Er
hatte gut gekämpft, fand der Alte es nicht einmal für wert noch ein
einziges Wort zu verlieren? Obwohl er völlig erschöpft und fertig war,
fühlte er sich so aufgekratzt, aber auch energiegeladen, wie schon lange
nicht mehr. Gleichzeitig litt er an einem Brummschädel, der
seinesgleichen suchte. Dennoch war er mehr als nur zufrieden mit sich

selbst und seiner Leistung. Geschenkt hatte er dem Alten nicht das
Geringste. Humpelnd trat er den Rückzug an, setzte sich wieder zu
Shak´klwey. Das Johlen und Stampfen hatte längst wieder aufgehört,
die anderen standen bereits wieder im Ring und übten miteinander.

„Gut gemacht, Ryan.“
„Er sieht das scheinbar anders.“
„Nein. Ist Ehrenbezeugung für guten Kämpfer!“
„Warum ist er dann wortlos gegangen?“
„Er Meister!“
Noch während Ryan über eine passende Antwort nachdachte, kam ein
weiterer Shailielia zu ihnen, trat vor Ryan.
„Mitkommen, Mensch!“
Wortlos stieß ihm Shak´klwey in die Rippen. Das verstand Ryan auch
so. Ebenso wortlos stand er auf und folgte dem anderen Shailielia, der
ihn zu dem Alten brachte, mit dem er sich zuvor noch geschlagen
hatte.

„Rein!“
Er selber hob nur den schweren Vorhang beiseite, führte Ryan in einen
karg eingerichteten Raum. Auf dem Boden fanden sich nicht mehr als
ein paar Sitzmatten, ein niedriges Tischchen mit kleinen Teeschalen
sowie einigen aufgehängten Waffen.
„Setzen, Mensch!“
Erst, als Ryan sich auf eine der Matten setzte, folgte ihm der Alte,
setzte sich ihm gegenüber.
„Tee?“
Höflich nickte Ryan, hoffte vorsichtig, damit auch das Richtige zu tun.
Mit den Gastfreundschaftsregeln der Fremdvölker kannte er sich
einfach nicht aus.
„Hier!“

Eine der Tassen schob der Alte ihm zu, die andere hob er an seine
eigenen Lippen. Als Ryan den darin enthaltenen, lauwarmen Tee
probierte, zog es ihm alles zusammen, erinnerte ihn der Geschmack
doch an Bittergurke und die war ihm schlichtweg viel zu bitter. Tapfer

nahm er ein paar kleinere Schlucke und stellte die Tasse anschließend wieder auf dem Tisch ab.

„Du bist Krieger, guter Kämpfer. Du darfst wiederkommen!"

„Wow, vielen Dank. Wie werdet Ihr üblicherweise angesprochen?"

„Salisc, in Menschensprache bedeutet Lehrer! Mach Training gut, dann du wirst gut!"

Schweigend freute sich Ryan. Er wusste noch von seinen früheren Ausbildnern, dass in so einem Fall Schweigen Gold war.

„Nun geh! Komme in den nächsten Tagen erneut. Shak´klwey wird dich weisen!"

Gehorsam, mit einer leicht angedeuteten Verbeugung, verließ Ryan den Raum, grinste breit von einem Ohr zum anderen, als er Shak´klwey gegenübertrat.

„Ich werde hier trainieren dürfen!"

„Wusste, du bist talentiert. Komm! Stoß an!"

Mit diesen Worten reichte ihm Shak´klwey einen Becher, schenkte braune Flüssigkeit in diesen und einen zweiten, stürzte den Inhalt selber sofort hinunter. Ryan, der ebenfalls in einem Sitz alles schluckte, hustete.Wie Feuer brannte es in seiner Kehle.

„Was .... ist .... das?"

Darauf erntete er nur herzhaftes Lachen.

„Willkommensgruß, Mensch! Komm morgen wieder, ich werde hier sein!"

Ryan erkannte, dass es für ihn an der Zeit war zu gehen. Die anderen würden ohnehin schon auf ihn warten. Tatsächlich entdeckte er, kaum, dass er wieder auf dem Marktgebiet stand, Erinya.

„Was ist dir denn passiert?"

Vorsichtig griff sie nach der Platzwunde auf seiner Stirn.

Kommentarlos zuckte Ryan etwas zurück.

„Das? War nichts!"

„Jaja, natürlich. Du hast dich nur geprügelt, kannst es ruhig sagen. Ich bin ja nicht deine Mutter!"

Ryan schwieg, vorerst wollte er das noch für sich behalten.

„Weißt du, wo die anderen sind?“
„Ja, komm mit!“
Wenige Meter von ihnen entfernt saßen Morttan und Fynn in einem
kleinen Lokal, hatten Getränke vor sich auf dem Tisch stehen. Beide
unterhielten sich, doch so leise, dass niemand es verstand. Erst, als sie
sich neben die beiden setzten, sahen Morttan und Fynn auf.

„Seid ihr fündig geworden?“
Einstimmig nickten Erinya und Ryan.
„Du hast dich geprügelt, Ryan?“
„Nein, hab ich nicht.“
„Du bist verprügelt worden?“
„Nein, das auch nicht.“
„Dann sag mir doch mal, wie das da auf deine Stirn kommt!“
„Ich werde ab morgen hier trainieren.“
„Wo?“
„Bei den Shailielia. Deren Salisc“, dabei betonte er Salisc mit
besonderem Stolz, „hat mich als Schüler akzeptiert.“
Schweigend betrachtete ihn Morttan, so lange, bis Ryan das Grinsen
leicht einfror.
„Du hast keine Ahnung, worauf du dich eingelassen. Habe ich recht?“
„Warum?“
Skeptisch blickte ihn Morttan an, griff dann unaufgefordert nach Ryans
Hand und drehte die Handfläche nach oben. Auf dieser entdeckte
Ryan ein kleines Symbol, das genauso gut ein etwas eigenartiges
Muttermal hätte sein können. Doch er hatte dort keines.
„Damit mein Lieber, hast du dich an sie gebunden. Aber wenn
der Salisc dich als Schüler aufgenommen hat, dann darfst du durchaus
zufrieden mit dir sein. Das ist eine Leistung, die nicht jeder schafft. Du
hast deinen Weg gefunden und gewählt. Doch mach dir eines klar! Eine
einzige Sache! Wer sich an sie bindet, kommt niemals wieder
von ihnen weg!“

Glücklich wirkte Morttan nicht bei dieser Eröffnung, doch er musste
Ryans Entscheidung akzeptieren, wie sie gefallen war.

„Was ist an denen denn so schlimm?"
„Nicht viel. In vielen Kriegen standen sie als Söldner auf der Seite der
Erde. Doch mit der Zeit übernehmen sie dein ganzes Leben. Es ist wie
die Sekten von früher, mit dem Unterschied, dass du von ihnen nur
durch den Tod rauskommst. Dafür wiederum hast du überall
Unterstützung, wo sie sich aufhalten. Es ist also in deinem Ermessen,
ob du das als gut oder schlecht empfindest. Sie waren so gut wie immer
auf Seite der Menschheit. Eigentlich hättest du es weitaus schlimmer
treffen können. Hier!"

Noch im Moment des Redens schob Morttan ihm und Erinya einen
Becher leicht dampfender Flüssigkeit hin, die wirkte, als läge ein Hauch
von Nebel auf der Flüssigkeit. Geschmacklich erinnerte Erinya der
erste Schluck an flüssige Erdnussbutter. Ryan, der mit dem Geschmack
jedoch nur sehr wenig anzufangen vermochte, probierte es, verzog
angewidert den Mund und schob es sofort wieder beiseite.
„Eigenartiges Gebräu. Das mag ich nicht. Aber..."
und schon zogen sich die Mundwinkel wieder nach oben „... ansonsten
ist es hier wirklich großartig. Ich denke, es könnte mir hier wirklich gut
gefallen."
„Bist du gegen den Salisc angetreten oder einen seiner Schüler?"
„Den Salisc."
„Warte, bevor du das wiederholst. Beim ersten Mal sind sie gnädig und
geduldig. Dabei zeigen sie noch nicht ihr wahres Können. Aber beim
zweiten Mal wirst du richtig gefordert werden. Das kann schon auch
mal nach hinten losgehen. Wir hatten einen Fall, in dem der Salisc den
anderen so verprügelte, dass dieser wochenlang noch unter der
Schlägerei litt. Wir mussten ihm sein Auge ersetzen und mit dem
Gehör hat es auch nicht mehr geklappt."
„Das ist Risiko, aber das ganze Leben ist ein Risiko, oder nicht? Seit
dem Tag unserer Geburt leben wir das Risiko. Doch nur so lernen wir
alle. Oder hat sich das auch geändert in den letzten Jahrhunderten?"
„Nein, das nicht. Aber sei dennoch gewarnt. Gar so einfach,
wie du vermutest, sind die Shailielia auch nicht zu handeln.
Aber sie haben Ehre und stehen zu ihrem Wort. Das trifft es sowohl
im Negativen als auch im Positiven. Du verstehst?"

Daraufhin nickte Ryan nur noch. Er verstand sehr gut. Erinnerte es ihn doch an seine eigenen Kumpel von damals. Ein Mann ein Wort, hieß es damals nicht umsonst. In seiner Einheit war es Usus zu dem zu stehen, was man versprach. Alles andere wäre ein absoluter Affront und ein NoGo gewesen. So wurden sie ausgebildet, was sie wiederum vom zivilen Bereich abgrenzte, in dem, dank Bestechlichkeit und miserablen Einkommensmöglichkeiten längst wieder Korruption und Zwangsverheiratung unter den Wohlhabenderen Einzug gehalten hatten, nur um ihr Vermögen weiter zusammenzuhalten. Ehre und Vertrauen galten unter den Kameraden.

„Jedenfalls musst du dir über eines im Klaren sein. Du wirst dich mit ihnen messen und in den Kämpfen auch weiterhin bewähren müssen. Versagst du, kann es sein, dass sie dich umbringen. Du wirst stark sein müssen. Schwäche sehen sie nicht gerne. Als Mensch bist du einer der wenigen, der nicht ihrer Spezies angehört. Obwohl sie zu unseren besten Verbündeten gehören, leben sie noch einen eigenen Ehrenkodex, den du wohl übernehmen musst. Auch, wenn wir von ihnen wirklich viel gelernt haben, so wissen wir noch immer nicht wirklich, wie sie ihren Ehrbegriff sehen. Auf den Punkt gebracht, du wirst ein ziemlich dickes Fell brauchen.“

„Und? Sollte mich das denn stören? Ich bin kämpfen gewohnt!“ „Das schon, aber wie gesagt, die sind ein klein wenig anders, als du jetzt vielleicht vermutest. Dafür kannst du überall in der Galaxis zu einem von ihnen hingehen. Die Wahrscheinlichkeit bei einem Hilfegesuch auf Ablehnung zu stoßen ist ausgesprochen gering. Die halten stärker zusammen als Pech und Schwefel. Gleiches wird aber auch von dir gefordert, wenn jemand zu dir kommt. Das haben sie dir auch erklärt?“ Darauf grinste Ryan nur noch, auf sein persönliches Bauchgefühl hatte er sich bisher immer verlassen können. Bei den Shailielia hatte es sich bisher nur positiv geäußert. Egal, was Morttan zu vermelden hatte.

„Ihr scheint ja alle zufrieden zu sein. Für heute ist es genug. Aber ab morgen könnt ihr euch auch hier nach Herzenslust frei bewegen. Ab jetzt stehen euch die Tore des Areals offen. Für den Anfang

bekommt ihr in regelmäßigen Abständen etwas auf den Chip geladen.
Es ist nicht viel, aber ausreichend. Das Wichtigste
bekommt ihr ohnehin von uns noch für eine Weile gestellt. Es liegt
dann natürlich an euch, wie ihr den Weg weitergehen wollt und werdet.
Aber dazu kommen wir noch. Nur eines ist zu beachten - ausnahmslos!
Keine Fremden auf dem Areal!"
„Warum nicht?"
„Das begreift ihr noch. Vorerst reicht es zu wissen, dass das Areal ein
Ort der Ruhe und der Regeneration darstellt. Könnt ihr euch
regenerieren, wenn es so hektisch zugeht wie hier?"
Morttan deutete zur Masse an Lebewesen hinter sich auf dem
Marktplatz.
„Es ist einfach wichtig, dass ihr das beherzigt. Haben wir uns
verstanden?"
Langsam nicken sie. Es war nachvollziehbar, dass Ruhe erwünscht ist.
Sie merkten selbst den gravierenden Unterschied zwischen hier und
dort. Ernst blickte Morttan sie an, sie mussten begreifen, dass es keine
Ausnahme gab. Kam einmal einer durch, dann würden andere folgen
und das durfte einfach nicht sein. Doch mit alledem würde er sich noch
ein anderes Mal befassen. Im Moment schätzte er die Drei durchaus
vernünftig, und ziemlich erledigt, ein. Sie würden mit Sicherheit gut
und tief schlafen.

Wirre Träume verfolgten sie, rissen Erinya ständig aus dem Schlaf,
sorgten dafür, dass sie kaum wieder einschlief und meist nur einem
miserablen Halbdämmerschlaf dahinschlummerte. Ächzend und müde
setzte sie sich weit vor der Morgendämmerung in ihrem Bett auf, zog
sich den Morgenmantel über und schlurfte in Richtung Halle. Mit einer
Tasse Ersatzkaffee in der Hand, ließ sie sich dann in eines der großen
Sitzkissen gleiten, sank tief darin ein. Um ihren Hals pulsierte der Stein,
den sie inzwischen an eine improvisierte Kette gehängt hatte. Wärme
strahlte von ihm aus.

Gähnend blickte sie aus dem Panoramafenster, hinaus in den noch
dunklen Park. Wirklich wach zu werden schien ihr im Augenblick ein

Ding der Unmöglichkeit zu sein. Tapfer versuchte sie sich
wachzuhalten, schlummerte aber auch jetzt wieder ein.

„Erinya!"
Wieder vermeinte sie, die gleiche Stimme wie zuletzt zu hören. Dabei
begriff sie bis jetzt nicht, woher die Stimme kam. Irgendetwas in ihr rief
nach ihr, zog sie nach draußen. Doch die Müdigkeit schlug so stark
durch, dass sie es im Augenblick vorzog, lieber doch auf dem Sitzkissen
zu bleiben. Der Moment, als die Sonne langsam aber sicher aufging und
der neue Tag anbrach, schlief Erinya für kurze, traumlose Zeit ein. Die
Tasse kullerte von ihrem Schoß auf den Boden, der Inhalt ergoss sich
auf den Untergrund. Leise schnarchend nahm sie davon nichts wahr.
Erst, als ihr die Sonne direkt in das Gesicht schien, wachte sie auf,
diesmal ausgeruht, wenn auch mit leichten Rückenschmerzen.
Immerhin waren diese Sitzgelegenheiten auch nicht zum Schlafen,
sondern zum Sitzen gedacht.

Noch während sie versuchte etwas schlaftrunken aufzustehen, sah sie,
dass sich hinter ihr bereits Ryan am Essen bedient hatte. Eine der
Früchte aus der Schale, die sie bis jetzt nicht identifizieren, geschweige
denn zuordnen konnte, hatte er in der Hand. Leicht rötlich gefärbt,
schillernd wie eine Seifenblase, spielte Ryan mit ihr, warf sie hoch, fing
sie wieder auf, beinahe wie ein Jongleur. Irgendwann entglitt sie dann
seiner Hand, kullerte auf dem Boden und ein kleines Stück in Richtung
Fenster. Schulterzuckend hob er sie hoch, legte sie zurück in die Schale.
Federnden Schrittes, als sei das alles nur ein Spiel, holte er sich aus
einem der Schränke einen Becher, füllte diesen mit einem der Getränke
aus den großen Behältern an der Wand. Er roch daran, schien Gefallen
daran zu finden und leerte alles in einem Zug die Kehle hinunter.
„Na der muss aber Durst haben", dachte Erinya.
Nur einen Augenblick später verschluckte sich Ryan, lief im Gesicht
knallrot an, hustete und rang nach Atem, bis er sich kurz darauf wieder
beruhigte.

„Na? Wann wirst du eigentlich mal in kleineren Schlucken trinken statt
dich jedesmal in einen Hustenanfall zu flüchten?"

Prustend lachte sie über ihn, selber längst rot im Gesicht. Dafür war sie nun hellwach und das hatte ja auch so seine Vorteile.

Es dauerte nicht lange, bis sich Morttan zu ihnen gesellte. Erst einige Minuten darauf schlich auch ein massiv verschlafen wirkender Fynn herbei, der sich noch sehr schwer damit tat, die Augen offenzuhalten.
„Warst du die ganze Nacht wach?"
Besorgt sah ihn Morttan an.
„Ja, aber ist egal. Ich bin, was das betrifft, gut ihm Nehmen. Hab nur einfach nicht richtig schlafen können."
Verstehend nickte Erinya ganz leicht. Es ging ihm wohl ganz ähnlich wie ihr in der Nacht. Kommentarlos brachte sie ihm einen Becher mit einem ähnlichen Getränk, wie ihres.
„Trink! Das tut dir gut!"
Erst schnupperte Fynn daran, trank dann einzelne, kleine Schlucke und verzog dann das Gesicht. Zufrieden lächelnd trank er den Becher leer. Er mochte den Geschmack von Anis durchmischt mit Vanille sonst nicht, aber Erinya hatte wohl ein Händchen für ein derartiges Mischverhältnis.
„Wow, das ist echt gut. Was ist das?"
„Ein altes Rezept meiner Großmutter. Mit dem, was ich hier gefunden habe, kommt das halbwegs hin. Hier fehlt eindeutig Sherry."
„Ach ja... Sherry."
Wieherndes Gelächter entrang sich Ryans Kehle.
„Mein alter Kommandant kannte wohl deine Großmutter."
„Wer weiß, wer weiß ..."
Ohne weiter darauf einzugehen, brachte Erinya den Becher zurück, holte sich selber noch ein frisches Getränk.
„Gut, meine Lieben. Sei es, wie es sei, über die Getränkemixturen könnt ihr euch auch ein anderes Mal unterhalten. Jetzt jedenfalls macht euch einmal startklar! Wir gehen zur Schule!"

Unterschiedlicher hätten die Reaktionen jetzt nicht ausfallen können. Während Erinya ein leichtes Lächeln auf die Lippen zauberte, Fynn mit versteinerter Miene auf seinem Platz mit dem Becher in der Hand saß fielen Ryans Mundwinkel deutlich nach unten. Schule hatte er noch nie gemocht, sie immer nur als notwendiges Übel empfunden.

„Leute, kriegt euch mal wieder ein. Es ist nicht die Art von Schule, wie wir sie damals hatten. Das kann ich euch versichern. Schule ist hier ein Ort des Wissens, das nach wie vor. Aber das Wissen wird hier ganz anders vermittelt. Vertraut mir einfach! Ich denke, das wird euch allen Dreien gefallen."

Morttan stand auf, drehte sich in Richtung Ausgang, auch sein Gesicht hatte sich zu einer eigenartigen Grimasse verzogen. Noch sehr deutlich erinnerte er sich an die ersten Unterrichtseinheiten, bis er begriffen hatte. Ohne sich noch einmal umzudrehen, ging er voran, wartete nicht darauf, dass sie ihm folgten. Er wusste, sie würden schon kommen. Neugier war nun einmal eine böse Sache, der kaum jemand widerstehen konnte, vor allem, dann nicht, wenn man selber aus einer anderen Zeit stammte und einfach alles für einen neu war.

Ganz in der Nähe hielt er vor einem Gebäude inne, das im Dickicht der Bäume beinahe völlig verschwand. Es schien auf den ersten Blick, als wäre es in die Umgebung wunderbar integriert. Doch bei genauerem Hinsehen wurde offensichtlich, dass das Gebäude Teil eines lebenden Organismus sein musste. Überall von den Wänden hingen Ranken, einige mit Blüten, andere ohne. Viele davon wehten leicht in einem nicht existierenden Wind, zeugten von beunruhigenden Eigenleben. Auf dem Boden und den wenigen Liegeflächen, deren Existenz erst auf den zweiten Blick offensichtlich wurde, wuchs weiches Moos.

„Wählt euch eine der Liegeflächen aus! Diese Schule ist mit allen anderen auf der Erde vernetzt, dafür sorgen sie hier."

Dabei deutete er auf die Ranken, die den Eindruck vermittelten, als wären sie weit mehr, als nur Teile einer Pflanze. Doch noch, bevor sie weiter darüber nachdenken konnte, hatte sie sich bereits eine der Liegen ausgewählt und setzte sich darauf.
„Bleibt sitzen oder legt euch hin, wie ihr das als bequemer empfindet."

Über allem schimmerte es dezent grünlich. Obwohl die Liegen der Struktur nach kaltem Marmor aussahen, fühlten sie sich warm und wie ein Teil eines großen Organismus an. Für den Bruchteil einer Sekunde glaubten sie, einen Herzschlag zu spüren. Woraufhin Fynn nahe dran war, wieder aufzuspringen.

„Nein, ist schon gut, bleib auf der Liege. Es ist alles in Ordnung. Mach dir keine Sorgen!"
Nur widerwillig setzte sich Fynn zurück auf die Liege. Wohl fühlte er sich nicht. Nach mehreren Atemzügen wurden ihnen die Augen schwer. Samtweiche Wärme erfüllte ihren Körper, Ruhe und Ausgeglichenheit den Geist. Ihre Atemzüge verlangsamten sich, bis sie beinahe schliefen. Nur mühsam öffnete Fynn die Augen, schloss sie aber augenblicklich wieder.

Kühle umwehte Erinyas Gesicht. Sie roch Raureif, hörte das Knirschen von Eiskristallen unter ihren Füßen brechen. Vor ihren Augen kristallisierte sich ein winterzauberhafter Wald voller Schnee. Stille umgab sie, eine unglaubliche Stille, die sie nur einmal als Jugendliche mitten im Winter erlebt hatte. Diese Stille tat beinahe in ihren Ohren weh, sie hörte, wie ihr Körper den Sauerstoff einsog. Völlig verzaubert stand sie staunend da, mitten umgeben von Bäumen, an deren Ästen zentimeterdick Schnee hing. Feinste Schneeflocken umstoben sie. Wie verzaubert stand sie für einen Augenblick da, wusste nicht,
was sie sagen sollte, wie sie sich das zu erklären vermochte. Doch eines wusste sie ganz genau. Es war perfekt. Ein absoluter Traum. Tiefstes Glück durchfuhr ihr Herz.

Mitten vor sich begann sie etwas zu sehen, leicht rötliche Farbe, zwischen den Bäumen. Noch vor einem kleinen, eisbedeckten Rinnsal, in das von oben Wasser tropfte. Die dünne Eisschicht brach in dem Moment, in dem sie danach griff. Glucksend strömte das Wasser voran, an ihr vorbei. Mühelos sprang Erinya über das Bächlein, fühlte sich wieder wie ein kleines Kind, eilte auf die rötliche Farbe zu, wollte wissen, was es war, das da zwischen den Bäumen hindurchschimmert und wie ein schlagendes Herz nach ihr zu rufen schien.

Die einzigen Geräusche, die sie wahrnahm, waren ihre Schritte auf dem frisch gefallenen Schnee. Der Himmel, leicht bewölkt, ließ vereinzelt die Sonne durchscheinen. Alles schien grau in grau, bis auf die strahlende Weiße des Schnees. Nirgendwo entdeckte sie Schatten, alles wirkte klar, als wäre der Winter zum Leben erwacht. Um sie herum standen vereinzelte Bäume, die ihre Schneelast abzuschütteln begannen.

Noch bevor sie das rote Glimmen erreicht hatte, bemerkte sie Nebelgestalten zwischen den Bäumen dahinhuschend. Durchscheinend, kaum wahrnehmbar, hielt sie sie erst für Trugbilder, doch immer mehr und mehr von ihnen tauchten vor ihr auf, bis sie sich von ihnen umringt wähnte. Sie erinnerten sie an jene Geschichten, die sie einst über die Raunächte gelesen hatte. Erinya mochte den Winter. Obwohl sie Furcht einflößend wirkten, blieben die Nebelgestalten in sicherer Entfernung, kamen nicht an sie heran. Schritt vor Schritt setzend, trat Erinya an das Glimmen heran.

Die ganze Zeit fröstelte sie leicht, fühlte sich ungemein belebt davon. Die weiße Fahne ihres Atems brachte sie zum Lächeln. Wenige Schritte vor dem Glimmen vernahm sie knisterndes Feuer. Warmer Rauch stieg ihr in die Nase, brachte ihre Augen zum Tränen. Erinya lächelte, hier fühlte sie sich wohl, erinnerte es sie doch an eine kurze, intensive, unbeschwerte Zeit, in der sie noch zu träumen gewagt hatte.

Das Glimmen, längst zu einem wärmenden Lagerfeuer gewandelt, stieß Funken aus, blies nach ihr, griff nach ihr, umfasste sie. Nur einen Augenblick später stand sie inmitten des Feuers. Es wärmte sie, berührte ihr Herz. Danach verlosch es, hinterließ kaum mehr, denn ein paar wenige Funken. Erinya griff nach ihnen, sog sie in sich auf. Einen Herzschlag später stand sie in einer Leere, in Dunkelheit gehüllt, vor sich sah sie die gleichen Funken, die sie zu umschwirren schienen. Einer von ihnen wurde heller, die anderen begannen leicht zu verblassen. Nach diesem griff sie und stand wiederum in einer unendlich groß erscheinenden Bibliothek.

Stille herrschte vor. Die Titel der Bücher vermochte sie nicht zu erkennen, doch im Herzen spürte sie, welches das richtige war. Nach genau diesem griff sie, erblickte eine Fülle an Wissen in kleinsten Bildern, die mit ihr zu verschmelzen begannen. Tief nach Luft japsend erfüllte sie Wissen, pflanzte sich in ihren Kopf, verband sich mit ihr.

Kaum mehr als einen Augenblick später riss Erinya die Augen wieder auf, blickte Morttan an, der bequem an der Wand gelehnt ein gutes Auge auf seine Schützlinge hatte. Sein Lächeln beruhigte Erinya etwas. In ihrem Kopf drehte sich alles. Wie zuvor fühlte sich auch jetzt ihre Unterlage weich und leicht pulsierend an.
„Was …"
Morttan bedeutete ihr ruhig zu sein, legte dazu seinen Finger auf den Mund. Schweigend trat er zu ihr, legte ihr beruhigend die Hand auf die Schulter.
„Später!"
Im Flüsterton gesprochen, wirkte dieses eine, einzige Wort beinahe beschwörend. Erinya hatte Fragen, aber spürte, es sei im Augenblick klüger zu schweigen.

Nur wenig später setzte sich Fynn auf. Ryan brauchte etwas länger, seine Hände bewegten sich in einer Art Rhythmus, den keiner von ihnen verstand. Doch auch er schlug die Augen auf und blickte verwirrt durch den Raum. Über den Burschen schienen die Ranken leicht zu pulsieren. Nichts davon nahm sie wirklich bewusst wahr, dachte, es sei reine Einbildung.

„Gut. Ihr seid wieder da. Was habt ihr gesehen?"
Schweigen.
„Ernsthaft, was habt ihr gesehen?"
Wieder Schweigen.
„In dieser „Schule" erlernen wir Fähigkeiten, Wissen, Kenntnisse. Wir lernen mit allen Sinnen, mit Haut und Haaren, nicht wie zu unserer Zeit nur auf dem Stuhl sitzend theoretische Kenntnisse. Was ihr gesehen habt, ist jenes Bild, das euch am leichtesten das Wissen zu vermitteln vermag. Was ihr ergriffen habt, ist die wichtigste Lektion, die

unsere „Schule“ für euch ausgewählt hat.“
Noch immer Schweigen.
„Ihr werdet euch daran gewöhnen. Hier lernt jeder gerne. Nicht wie
damals. Es ist immer etwas Besonderes und ein Erlebnis
sondergleichen. Wisst ihr, was die „Schule“ euch gelehrt hat?“
Als einzige Antwort erhielt Morttan nur ein einstimmiges
Kopfschütteln.

„Nun gut, das ist anfangs durchaus üblich. Ihr werdet es bald schon
besser im Kopf haben und bewahren. Hier werdet ihr euren Weg für
euch selber erwählen können. Ihr werdet merken, dass ihr innerlich
genau spürt, wohin euch euer Weg zu führen gewillt ist. Kein großes
Gerate, sondern direkt und intensiv. Es macht das Lernen logischer
und nachvollziehbarer.“

„Alles schön und gut, aber ich versteh nicht, was ich hier lernen soll.“
„Einfach alles. Das werdet ihr noch merken. Doch gebt darauf acht,
dass ihr nicht zu oft herkommt. Eure Gehirne sind noch nicht
ausreichend darauf trainiert. Es braucht etwas Zeit, bis es wirklich
schnell geht. Im Moment seid ihr wie kleine Kinder, die sich daran
gewöhnen müssen. Versteht ihr?“
Einstimmiges Nicken.
„Nun gut. Anfangs werdet ihr etwas Kopfweh verspüren, doch das ist
in Ordnung. Sobald ihr daran gewöhnt seid, werdet ihr merken, es gibt
nichts, wie ihr besser lernen könnt.“
Lächelnd griff Morttan in seine Taschen, reichte jedem von ihnen ein
kleines Päckchen.
„Esst das! Euer Körper braucht eine Unmenge an Energie und genau
diese solltet ihr anschließend wieder aufnehmen. Sonst kann es sein,
dass ihr kollabiert und das wollen wir doch nicht, oder?“

Morttan hatte recht, er konnte nicht einmal richtig sehen, wie die
Nahrung in den Mägen der Drei verschwand. Gleiches galt auch für das
Wasser, das er ihnen reichte. Seit Jahrhunderten gingen diese Pflanzen
für kurze Momente eine Symbiose ein. Nur woher die Pflanzen ihre
Kraft und ihre Hilfsmöglichkeiten bezogen, wusste keiner so recht.

Manche Stimmen waren in den vergangenen Jahrhunderten laut geworden, dass es ein Parasit aus dem All sei, der nur den richtigen Moment für eine Übernahme abwartete, für andere schienen sie Boten der Götter zu sein. Vermutungen gab es viele, nur in einem waren sich schließlich alle einig. Nämlich, dass die Pflanzen eine großartige Aufgabe übernahmen. Vieles hatte sich durch sie zum Guten gewandt, hatte doch durch sie längst jeder die Möglichkeit alles an Wissen zu erwerben. Jeder konnte sich durch sie zu seinem Besten entfalten. Stolz wähnte sich die Erdennation darüber, gab es diese Ranken doch nur hier. Woran das lag, konnte keiner erklären, wobei die Vermutung auf die komplexe Zusammenstellung von Luft und Erdboden hinwies.

„Nun, sei es wie es sei. Hier seid ihr richtig, wenn ihr
Wissen erlangen wollt. Wo ihr trainieren könnt, habt ihr ja gesehen.
Gibt es vorerst Fragen?“
Ihm erschien es, als wären sie für den Moment mit allem ein klein wenig überfordert. An sich konnte er dies gut nachvollziehen. Anfangs ging es ihm ganz ähnlich, hatte er doch mit nichts dergleichen gerechnet, geschweige denn, dass ihm jemand geholfen hätte, alles zu verstehen.

Er wollte es natürlich besser machen, doch bis jetzt
wusste Morttan noch nicht so recht, wo die perfekte Gratwanderung zwischen Hilfestellung und Bevormundung lag. Es würde sich aber in den nächsten Tagen ohnehin weisen.
„Gut, wenn ihr keine Fragen habt, dann werde ich euch vorerst alleine lassen. Ihr wisst ja, wo ihr mich finden könnt.“
Mit diesen Worten verließ sie Morttan.

Kaum war er außer Sichtweite, stand Fynn wortlos auf und verließ die Schule. Er brauchte Zeit sich zu sammeln, musste erst über alles das nachdenken. Ryan nahm sich an ihm ein Beispiel. Doch wo Fynn sich zum Meditieren in den Schatten eines Baumes setzte, nahm Ryan seine Beine in die Hand und lief, so schnell er dies vermochte. Obwohl es nicht die Art von Schule war, die er kannte, musste er über das alles nachdenken. Allein gelassen, überlegte Erinya, ob sie den beiden folgen sollte, entschied sich dann jedoch dagegen. Sie begriff zwar noch nicht, was hier wirklich vor sich ging, aber etwas daran machte sich in ihr bemerkbar. Gemütlich lehnte sie sich zurück, schloss wieder die Augen und tauchte ein in den Winterwald.

An einigen Stellen im Wald schmolz der Schnee, machte einigen Schneeglöckchen Platz. Vereinzelt tropfte Wasser von den Bäumen. Frische Luft, wärmender, als die zuvor, drang an ihre Nase. Es roch nach Frühling. Erinya bückte sich nach unten, wollte eine der Blumen pflücken, doch noch, bevor sie dies tun konnte, sah sie aus ihrem Augenwinkel den Schatten vom letzten Mal. Ihm folgte sie, hatte sie doch das Gefühl, dass er sie rief.

Minutenlang eilte sie ihm nach, ohne zu erkennen, dass er keine Spuren im Schnee hinterließ. Immer wieder musste sie kleine Umwege nehmen, weil sie vor einem viel zu dichten Gebüsch stand, dann wieder lief sie über schneebedeckte Wiesen, offene Lichtungen und einen kleinen Hügel, von dem sie auf ein wunderschönes Tal hinabblicken konnte. Über allem lag der zauberhafte Duft des beginnenden Frühlings, in dem noch alles schlief, die Tiere noch träumten und die Natur erst zu erwachen begann.

Endlich erreichte sie den Schatten, der sich dazu herabließ, dann doch vor ihr stehen zu bleiben. Direkt in die Niederungen einer Ebene hinein eintauchte, vor dem Eingang zu einer Grotte blieb. Vor ihren Augen löste er sich in Luft auf, kaum, dass sie ihn beinahe zu greifen instand fühlte. Ihr Herz schlug schnell. In der Grotte vermochte sie nichts zu erkennen, außer Dunkelheit. Obwohl ihr Herz heftiger zu schlagen begann, trat sie in die Grotte, verließ den Bereich des Lichtes. Vorsichtig setzte sie Schritt für Schritt nach vor. Noch sah sie ausreichend, um ihre Schritte zu lenken.

Obwohl das Licht immer schwächer und schwächer wurde, bemerkte Erinya, wie selbst von den Wänden leichter Lichtschimmer zurückschlug, und die Grotte erhellte. Neugierig ging sie weiter, bis sie vor einer Stelle vollkommener Dunkelheit stand. Wie wild schlug ihr Herz, riss sie mit sich. Leicht griff Erinya nach vor, bis sie ihre Hand in der Dunkelheit entschwinden sah, bis sie spürte, dass etwas darin nach ihr griff.

Panisch riss sie an ihrer eigenen Hand, konnte sie jedoch nicht zurückziehen. Erst, der Moment, in dem sie die Augen aufschlagen wollte, begann alles um sie herum zu verschwinden. Angst blieb selbst in dem Moment zurück, als sie sich in der Schule wiederfand und nach Luft japste. Für den Bruchteil eines Momentes blieb sie erstarrt liegen, leicht zusammengekrümmt, bis sie merkte, wo sie sich tatsächlich aufhielt. Tief durchatmen setzte sie sich auf. Sie war zurück. Was sie da gesehen hatte, hatte ihr definitiv Angst eingejagt, doch was war es? Und vor allem, was sollte sie dadurch lernen? Gänsehaut kroch ihr den Rücken hinunter, etwas hatte sie in der Grotte gesehen, doch was?

Ihr Liegeplatz schien noch immer leicht zu pulsieren, in einem Farbton, den sie so noch nie zuvor gesehen hatte. Irritiert stand Erinya davor, und berührte die Ranken in ihrer Hand. Doch jetzt tat sich nichts mehr. Selbst das vorherige Pulsieren, leise schmachtende Seufzer, die sie zu vernehmen geglaubt hatte, war längst verstummt.

Vorerst hatte Erinya genug davon. Leicht wackelig auf den Beinen, hungrig und durstig, stand sie auf, verließ den Schulraum. Schritt für Schritt trat sie aus den Räumlichkeiten hinaus in die Sonne, die nach wie vor wärmend, zu ihr herab schien.

Erschöpft saß Erinya die Stunden danach in der großen Halle, fühlte sich völlig zermatscht. Es war kein Wunder, dass sie ihre Schüler nicht wie damals über viele Stunden in Sesseln hielten, sondern sie auf Liegen betteten. Rasch hatte sie einiges an Nahrung zu sich genommen.

„Junge, Junge, du siehst ja fertig aus."
Ryans süffisanten Tonfall erkannte Erinya überall wieder. Ohne sich umzudrehen, nickte sie nur noch.
„Kunststück. Du nicht?"
„Nö, das Laufen ist da eine richtige Hilfe. Es macht den Kopf frei und einen selber wieder fit."
„Hunger?"

Ohne auf Antwort zu warten, warf sie eine Frucht in seine Richtung, wohl wissend, er würde sie fangen.

„Musst du eigentlich immer dieses Zeug futtern? Das schmeckt so klebrig süß!"

„Und? Wenn du sie nicht willst, dann leg sie doch in die Schale zurück!"

„Ähm ... nö ..."

Einige Bissen später war die Frucht gegessen und in seinem Magen gelandet.

„Was ist mit Fynn?"

„Keine Ahnung, wo der abgeblieben ist."

„Egal. Wie wirst du weitermachen?"

„Ehrlich? Ich dachte, ich gehe gern zur Schule, aber wenn ich mir das heute so in Erinnerung rufe, bin ich mir da nicht mehr so sicher."

„Was ist passiert?"

„Keine Ahnung. Ich hab etwas gesehen, das ich nicht verstehe."

„Frag doch Morttan. Ich weiß jedenfalls, was ich machen werde."

„Wieso?"

„Schule ist so eine Sache für sich. Training liegt mir mehr."

„Du willst wieder zum Markt?"

„Definitiv."

„Gib auf dich Acht."

„Herzchen. Das tu ich doch immer. Nur rumsitzen ist reichlich öde."

„Na dann ...."

Weitere Worte ersparte sie sich lieber, verzichtete darauf noch etwas einzuwerfen. Ryan hatte schließlich nicht umsonst mehr als deutlich klargemacht, was er von Bequemlichkeit und Nichtstun hielt. Wenn es für ihn dazugehörte, sich blaue Flecken zu holen, vielleicht sogar etwas zu brechen, er war alt genug. Innerlich verdrehte sie nur die Augen. Sollte er doch tun, was er wollte.

Tatsächlich nutzte Ryan in den nächsten Tagen ausgiebig den Trainingsbereich der Shailielia. Wobei Shak´klwey sein vorrangiger Trainingspartner, einen ausgezeichneten Lehrer abgab. Wohingegen er den Salisc kaum zu Gesicht bekam. Einige wenige Male stand der Salisc neben ihnen, sah ihnen zu, wie sie sich gegenseitig in die Mangel nahmen, und Ryan dabei immer besser wurde. Vereinzelt griff er sogar ein, korrigierte Hand- und Fußhaltungen, doch im Großen und Ganzen hielt er sich zurück. Nur ein einziges Mal konnte Ryan einen Kampf des Salisc mit einem menschlichen Anwärter beobachten, der für den Menschen übel ausging. Brutal verprügelt, mit gebrochenem Handgelenk und einem ausgerenkten Kiefer, warfen ihn die Shailielia verächtlich auf die Straße.

Obwohl die Shailielia zierlich wirkten, waren es harte und fast immer ausgesprochen brutale Gegner. Einfach machten sie es ihm nicht, jeder Sieg musste hart erkämpft werden, doch auf genau diese war er unglaublich stolz. Während sich Fynn immer mehr weiterführende Meditationstechniken zuwandte, begleitete Erinya Ryan manchmal. Dabei musste sie sich stets zurückhalten, um sich nicht einzumischen. Was sie sah, wirkte, als würden sich die Kämpfer einfach nur durch den Fleischwolf drehen.

Meist steckte sie die Nase in ihr Notizbuch, wenn es ihr zu viel wurde. Die wenigen Male, in denen sie zum Kampf gebeten wurde, versuchte sie dankend abzulehnen, was ihr aber nichts half. Dafür wurden ihre Trainingspartner immer jünger, bis sie schließlich gegen ein Shailielia-Kind antrat, dessen Schuppen ihr immer noch die Haut aufriss. Allgemein nahm sie keiner der Shailielia wirklich ernst.

Selbst Morttan kam einige Male mit, zog sich manchmal mit dem Salisc in dessen Räumlichkeiten zurück. Ryan selbst hatte nur Augen für seine Trainingspartner, deren Wissen er aufsog wie ein Schwamm. Je härter sie ihm zusetzten, je schwerer er sich seinen Sieg erkämpfen musste, umso stolzer war er auf das Erreichte. Selbst, wenn sein Körper bereits nicht mehr konnte, er kurz vor Zusammenbrüchen stand, trainierte er weiter.

Wo andere ihn wohl längst für verrückt erachtet hätten, zog er sich damit das Wohlwollen des Salisc zu. Drill, Training und Schmerz gehörten für die Shailielia zum Werden ihres Selbst dazu. Stolz lebten sie ihre Kriegertraditionen in diesen Stunden. Ryan selbst merkte, je stärker er sich selber forderte, umso mehr erreichte er, umso größer wurden seine Fortschritte. Die Shailielia boten sich dafür als optimale Trainingspartner an, sie schonten weder den Gegner noch sich selbst.

Während Ryan sich dem Training und dem Geprügel hingab, saß Erinya bei ihm in den Publikumsrängen und beobachtete, zeichnete und grinste, wenn Ryan mal wieder verprügelt wurde. Ihr krampfte sich dabei regelmäßig der Magen um, wenn er selber einen Schlag in seinen bekam. Selbst das hielt sie in ihren Zeichnungen fest. So dauerte es denn auch nicht mehr lange, bis er geschunden und geschlagen, auf sie gestützt, zurück in die Halle humpelte. Sich ein Grinsen und böse Kommentare verkneifend, schwieg Erinya lieber.

Nach dem dritten Mal hatte sie schließlich genug und verzichtete darauf Ryan zu begleiten. Lieber nahm sie ihr Notizbuch, zog sich in den Park zurück, den sie noch immer nicht zur Gänze erforscht hatte. Immer wieder kam sie an Stellen, die sie zuvor nicht gesehen hatte, an denen sie vielleicht vorbei gegangen war oder die sie ignoriert hatte. Ohne richtig auf den Weg zu achten, landete sie schließlich vor der Linconia Statue. Immer wieder fand sie bei den Wanderungen diesen Punkt, als würde er sie beinahe magisch anziehen. Trotz der Möglichkeit sich den Markt anzusehen, zog es sie, nach wie vor, doch mehr in den Park. Warum? Das wusste Erinya selber nicht so genau.

Meist fühlte sie sich zwischen den Statuen im Hain wohl. Manchmal, wie in diesem Augenblick wiederum, verspürte sie Gänsehaut. Obwohl sich keiner außer ihr in diesem Hain aufhielt, fühlte sie sich beobachtet.

Meist mochte sie die Linconia Statue, fühlte sich von ihr inspiriert. Manchmal sprach sie sogar zu ihr, obwohl sie wusste, dass niemals Antwort kommen würde. Nie zuvor hatte sie den Eindruck bekommen, die Statuen wären lebendig, dieses Mal schon. Die gemeißelten Augen der Linconia Statue schienen sie zu verfolgen. Ihr Herz schlug schneller, während sie sich ihr langsam näherte.

Mitten im Park stand diese Statue, abgeschieden genug, monumental,
ein einstiger Kriegsherr in Uniform. Stolz aufragend
wusste Linconia vermutlich genau, was er tat, als er sich mit den ersten
Fremdvölkern anlegte - und verlor. Erst, als die Shailielia eingriffen und
sich auf die Seite der Erdlinge stellten, konnte ein erster, zerbrechlicher
Frieden ausgehandelt werden. Ihr wahres Alter ließ sich nicht einmal
schätzen. Überzogen von Efeuranken und anderen Pflanzen, wirkte sie
dem Verfall näher als dem Sein.

Selbst in den Unterlagen der Datenbanken hatte Erinya über diese
Statue nichts gefunden und selbst Morttan wusste nicht mehr, als das,
was er vor einigen Jahren auf der Inschrift gelesen hatte, die sich auf
dem Sockel der Statue wiederfand. Beinahe schien es, als hätte die
Menschheit Linconia vergessen oder wollte diese tun. Immer,
wenn sie vor der Statue stand, schien es Erinya, als wolle er ihr etwas
sagen, doch so intensiv und so stark hatte sie es noch nie zuvor
gespürt. Angst kroch in ihr auf.

„Komm!"
Wispernd, hörte sie dieses eine winzige Wort an ihrem Ohr, tat es für
Einbildung ab. Sprach die Statue wirklich zu ihr? Oder war es nicht viel
mehr als einfach nur Einbildung?
„Schwachsinn!"
Bevor sie sich von der Statue wegdrehte, sah sie ihr noch einmal direkt
in das steinerne Gesicht. Beinahe schien ihr, als wollte die Statue ihr
etwas mitteilen, als hätte sich der Gesichtsausdruck verändert. Um sie
herum begann alles zu flirren, veränderte sich. Als würden sich zwei
Ebenen überlappen, ident, bis auf winzige Kleinigkeiten, verschmolzen
sie vor ihr zu einem einheitlichen Ganzen.

„Was ist jetzt kaputt?"
Stille herrschte über allem, jegliches Geräusch ausgeschaltet fühlte sie
sich vollkommen taub an. Lediglich sehr leises Summen drang an ihr
Ohr, das sie aber mehr für eine Irrung hielt, denn es als real erachtete.
Flirrendes Rauschen wuchs sich zu einem tobenden Orkan aus. Stetig
steigender Lärmpegel drang an ihr Ohr. Schmerz kroch in ihren Kopf,

bohrende, hämmernde Pein entwickelte sich zu einer kristallklaren
Struktur, die sich wie eine Kopfpresse um ihren Schädel legte und
diesen zuzupressen begann.

So sehr sich Erinya auch dagegen wehrte, binnen kurzer Zeit verlor sie
den Kampf gegen diesen Orkan und brach in die Knie. Den Kopf
haltend, hoffte sie nur noch, dass alles möglichst bald vorbei sein möge.
Gleichzeitig ging ihr die Wahrnehmung verloren. Tränen schossen
aus ihren Augen, wie glühender Stahl bohrte sich der Lärm in jede
einzelne Faser ihres Seins. Weinend brach Erinya endgültig zusammen,
verlor ihr Bewusstsein. Schwärze hüllte sie ein, sorgte für Vergessen
und Ruhe, die sie so dringend benötigte.

Kaum schlug sie die Augen auf, blickte sie in die besorgten Gesichter
von Fynn und Ryan.
„Was ist passiert?“
„Wie ...“
„Wir haben dich hier gefunden. Du hast geschrien, warst aber nicht
ansprechbar. Du verhältst dich doch sonst nicht so. Also, was ist
passiert?“
„Ich kann mich nicht erinnern.“
Mit mulmigem Gefühl blickte sie auf die Linconia-Statue. Sie
schauderte, noch immer fühlte sie den Hauch von Gänsehaut
auf ihrem Rücken. Doch im Gegensatz zu vorhin erschien die Statue
nicht mehr, als nur eine Statue.

„Komm, steh mal auf!“
Folgsam tat sie, worum Ryan bat, stand vor der Statue, klopfte sich die
Kleidung ab. Leicht feuchte Erde hatte sich an den Stoff ihrer Kleidung
gebunden, färbte das immer noch eierschalenfarbene Shirt dunkler,
bräunlicher.
„Besser?“
Besorgt sah Ryan sie an. Er selber wusste, was er sich zumuten konnte
und wie belastbar er selber war, doch Erinya wirkte weitaus
zerbrechlicher, als er selbst.

„Wir bringen dich zum Arzt, komm!"
„Nein!"

Erstaunt ließ dieser sie los. Das tat sie doch sonst nicht. Irgendetwas
musste passiert sein, aber was?
„Wir gehen damit ganz sicher nicht zum Arzt. Mir geht es wieder gut."
„Sicher?"
„Natürlich!"
„Kommt, wir sollten gehen!"
Fynn, wirkte nervös, als wollte er am liebsten ganz wo anders sein. Er
selbst mied diesen Bereich des Parkes, so gut er dies vermochte.
Warum er das tat, wusste er jedoch selber nicht genau. Dieses Areal
verursachte ihm seit jeher Unbehagen.

Langsam traten sie den Rückzug zum Gebäude an. Erinya humpelte
leicht, hatte beim Fallen mit der Hüfte wohl einen Stein getroffen.
Schmerz traf sie bei jedem Schritt, schnitt tief ein. Doch genau das
machte sie wieder wach. Schritt für Schritt, auf Ryan gestützt,
kamen sie nur langsam vorwärts. Irgendetwas in ihr war anders,
seit sie wieder bei Bewusstsein war. Sie hörte ein eigenartiges Wispern
und Raunen, das sie aber nicht im Geringsten verstand.

„Da lang, wir müssen da lang!"
Etwas, tief in ihrem Inneren, rief sie, zog sie in eine Richtung an Schule
und Wohngebäude vorbei. Einige andere, die sich auf diesem Areal
vereinzelt aufhielten, ignorierend, humpelte sie bestimmt in eine
Richtung voran. An einer Stelle, weit hinter den Gebäuden,
trafen sie auf eine Mauer aus Efeu. Bisher hatte sie diesen Bereich
immer für die Außenmauer gehalten, doch jetzt spürte Erinya, dass
dem nicht so war. Innehaltend gebot sie den beiden, still zu sein. Ryan,
der etwas einwerfen wollte, deutete sie nur, er möge still sein. Innerlich
spürte Erinya die Richtung, in die sie gehen sollte.

Leicht strich, wie so oft, ein Windhauch an ihnen vorbei, bewegte die
Efeuranken. Für einen winzigen Augenblick blitzte hinter den
Efeuranken etwas Metallenes hervor. Ein winziger Lichtstrahl
schimmerte durch die Äste der Bäume, erhellte diesen winzig kleinen

Bereich.
„Seht mal!“

Aufgeregt wollte Erinya in die Richtung eilen, knickte jedoch um. Schneidender Schmerz stach ihr tief in den Körper. Einen Schrei unterdrückend biss sie die Zähne zusammen, humpelte weiter, hinter einige Büsche, die dieses Metallteil bisher immer ausnehmend gut verborgen hatten. Ihr Gefühl führte sie. Stur zog sie Ryan in die Richtung, bis beide vor den Ranken standen. Zitternd griff Erinya nach dem Efeu und hob die Ranken hoch. Triumphierend blickte sie auf eine altmodisch wirkende Metalltür. An den Seiten hatte sich längst Unmengen Rost angesetzt. Alt und verwittert hing sie in schiefen Angeln. Jahrhunderte hatten deutliche Spuren hinterlassen. Auf den ersten Blick wirkte die s erfassen, zu sehr konzentrierte sie sich auf den Weg vor sich. Etwas rief sie, Unruhe hatte sie erfasst in dem Moment, in dem sie den dunklen Gang betreten hatte. Alles in ihr schrie nach Frieden und Freiheit, zugleich zog etwas sie nach vorne, ließ sie einfach nicht mehr los, sondern griff weiter und stärker nach ihr, je tiefer sie vordrang. Bis sie schließlich aufhörte, jede einzelne der Türen zu öffnen. Sie wusste, dass sich hinter ihnen nichts davon verbarg, was nach ihr rief. Wie lange waren sie jetzt schon unterwegs? Stunden? Längst hatte Erinya jegliche Orientierung verloren, längst schon hatte sie die Schmerzen in ihrem Körper vergessen, die sie anfangs gequält hatten.

Nach einer gefühlten Ewigkeit, in der sie immer nur vorwärtsgegangen waren, spürte sie, dass sie sich ihrem Ziel näherte. Innerlich erfüllte sie beginnende Unruhe und zog sie mit sich.

Kapitel 4

„Erinya!"
Kaum wahrnehmbar vernahm sie ihren Namen. Nahezu gespenstisch
erklang er, unterlegt mit Wispern und Seufzen, als käme er aus einer
anderen Welt. Schaudernd blieb Erinya stehen, direkt vor einer Tür,
deren Griff erstaunlich blank poliert wirkte. Obwohl Staub,
Spinnweben und Schmutz fehlten, wirkte doch alles abgenutzt und alt.
Entsprechend erstaunt stand sie vor einer Tür mit sauber poliertem
Griff. Zögernd griff sie danach, drückte die Klinke nach unten und
öffnete die Tür vorsichtig einen winzigen Spalt.

Ganz im Gegensatz zu den vorherigen Räumen roch es darin nicht
erbärmlich nach schimmeligem, verdorbenem Gammelfleisch, sondern
klinisch sauber, nach Desinfektionsmittel. Seufzen und leises, kaum
wahrnehmbares Atmen drang an ihr Ohr. Mit einem einzigen Ruck
zog Erinya die Tür auf, riss sie beinahe im Schwung aus den Angeln.

Neben einigen piepsenden Geräten, die der Überwachung dienten,
stand mitten im Raum eine Liege. Für den ersten Moment schien die
Liegefläche leer, doch auf den Zweiten erkannte sie eine darauf
geschnallte Gestalt. Gleichmäßig hob und senkte sich ihr Brustkorb.
Schlief die Gestalt? Lag sie im Koma? Erinya konnte dies nicht
erkennen, der Blick auf die Geräte verriet ihr nur, dass sie von Medizin
einfach keine Ahnung hatte.

Beinahe ohne ihr eigenes Zutun setzte sie die Schritte in den Raum
hinein. Einerseits fürchtete sie, was sie sehen könnte, andererseits
wusste Erinya, dass sie es wissen wollte. Zaghaft, jederzeit bereit die
Flucht anzutreten, ging sie auf die Gestalt zu, wobei sie sich mit dem
Licht aus dem Gang begnügen musste.

Schweigend trat sie näher heran, spürte bei jedem Schritt wie
Traurigkeit sie zu umgarnen begann. Angst breitete sich tief in ihr aus,
wurde größer, steigerte sich in eine Intensität, die sie nicht mehr
bewältigen konnte. Nach nicht einmal zehn Schritten stand sie direkt

vor der Gestalt, deren Nacktheit nur durch ein dünnes Tuch bedeckt
wurde. Hell schimmernd durchzogen ihre silbergrau wirkende
Hautoberfläche dunkle Schlieren. Selbst feinstes Adergeäst war
erkennbar, vibrierte bei jedem Herzschlag, in dem erneut Blut durch die
Adern gepumpt wurde. Ihr kahler Kopf wirkte, im Verhältnis
zu ihrem zierlichen Körper, nahezu riesig.

Viel zu spät erkannte Erinya, dass sie längst ihre Hand auf die rechte
Schulter der Gestalt gelegt hatte, wunderte sich nur für einen Moment,
dass die Geräte schlagartig schnelleres Piepsen anzeigten, die roten
Linien aufgeregt auszuschlagen begannen.

Dabei übersah sie völlig, dass die Gestalt erst zögerlich, dann
blitzschnell ihre Hand packte, und sie, wie in den Zwingen eines
Schraubstocks fixierte. Panik keimte in Erinya auf, riss sie mit sich.
Obwohl sie schreien wollte, konnte sie nicht.

„Wo … ist … Fain?“
Kaum wahrnehmbar hörte Erinya diese drei Worte. Mühsam einem
Mund entrungen, dessen Zunge schwer in ihm lag.
„Wer ist Fain?“
„Fain…“
Verwirrt hielt Erinya inne, versuchte nicht einmal, sich loszureißen,
obwohl Panik sie nach wie vor fest im Griff hatte. Völlig gefangen
genommen von der drückenden Atmosphäre fiel es ihr für einen
Moment sehr schwer, sich nicht in völliger Panik zu verlieren.
Krampfhaft darum bemüht ihr restliches Bisschen an
Selbstbeherrschung zu wahren, schloss sie die Augen, atmete tief durch
und zog ihre Hand zurück. Zumindest versuchte sie dies,
bevor sie feststellte, dass der feste Griff der Gestalt sich nicht einmal
ansatzweise lösen ließ.

Im Moment dieser Erkenntnis entrang sich ein gellender
Schrei ihrer Kehle, ihre Selbstbeherrschung ging endgültig den Bach
runter. Noch bevor sie wusste, wie ihr geschah, legte sich bereits Ryans
Hand über ihrem Mund.
„Schhhhh!“

Nur dieses kleine Wörtchen „Schhh", brachte sie von ihrem Panikanfall zurück. Angst spürte sie zwar nach wie vor, doch die vertraute Stimme kannte sie und brachte sie tatsächlich dazu, sich wieder zu fassen.
„Kann ich die Hand runternehmen?"
Kaum wahrnehmbar flüsterte Ryan ihr die Frage ins Ohr. Ihm reichte ihr Nicken als Bestätigung. Langsam senkte er die Hand ab. Vermutlich sollten sie wohl nicht hier sein, umso wichtiger war es, keinerlei Aufsehen zu erregen. So gut er vermochte, versuchte er den Schein des „Nichtanwesens" zu wahren.

„Was für eine kranke Sch…"
Auch die Gestalt ließ Erinya nun los.
„Du hast … mich … vergessen, Schwester!"
„Morayn?"
„Wo … warst … du?"
„Morayn, wie kommst du hier her?"
„Wo … warst … du?"
Entsetzen zeigte sich in Erinyas Herzen, drang nach außen, und brachte sie zum Weinen.
„Was ist mit dir …"
„Wo … warst … du, Erinya? Ich … habe … Schmerzen! Große … Schmerzen!"
„Wie kann ich dir helfen?"
„Qualen … erlöse mich, bitte!"

Morayn fiel es offensichtlich schwer, die Worte zu formulieren. Ihre Lippen bewegten sich zitternd, flüsternd drangen die Worte aus dem Mund. Jedes Einzelne davon strengte sie offensichtlich an. Von heftigen Schmerzwellen begleitet schimmerten Tränen in den Augen der offensichtlich leidenden Gestalt.

„Erlöse … mich … von … den … bitte!"
Flehend sah Morayn sie an. Ihre Kraft schien dem Ende nahe zu sein.
„Ich kann das nicht, Schwester. Ich kann es einfach nicht. Bitte, zwing mich nicht, dich zu töten."
Sacht strich sie ihr über den kahlen Kopf, wusste nicht so recht, wie

sich verhalten sollte. Wie sehr ihre Zwillingsschwester litt, spürte sie mehr als deutlich. Gemeinsam hatten sie das Generationenschiff betreten, doch später nichts mehr über Morayns Verbleib erfahren und sie schließlich für tot gehalten.

„Bitte … erlöse … mich!"
„Ich kann nicht!"
Schluchzend stand sie neben ihrer Schwester, hielt ihre Hand fest, bemerkte dabei nicht, wie Morayn die rechte Hand dazu nutzte, ihr Laken vom Körper zu ziehen.
„Bitte … ich … bin … Experiment!"
Für einen winzigen Augenblick erstarrte Erinya und übergab sich neben der Liege. Selbst Ryan wusste nicht, was er sagen sollte. Hatte schon der vorherige Anblick etwas tief in ihm berührt, so machte ihn der jetzige absolut sprachlos.

Trotz einer dämmrigen Umgebung konnte er deutlich das schlagende Herz in Morayns Oberkörper erkennen. Aus dem Fleisch zog sich ein Netz freigelegter Adern, die im Herzen mündeten. Gleiches galt für den Unterkörper. Wie die Anatomiepuppen, die seine Ausbilder im Sanitätsunterricht nutzten, lagen auch hier die inneren Organe völlig frei. Wie Morayn damit leben konnte, blieb ihm ein unergründliches Rätsel.

„Bitte!"
Wie schwer es Erinya fallen würde, dieser Bitte nachzukommen, war offensichtlich, hatte er doch selbst eine ähnliche Situation bereits erlebt. Obwohl seine Großmutter damals schon weit über 80 war, hing sie damals an jenen Schläuchen, die für die ärmere Bevölkerung vorgesehen waren, die sich nicht mehr leisten konnten. Schweren Herzens ließ er schlussendlich die Stecker ziehen.

Wortlos zog er bei Morayn den Stecker, riss die Verbindungskabel aus dem Körper, drückte ihr gleich im Anschluss mit kräftigen Händen den Hals zu. Dankbar seufzend erschlaffte sie binnen eines Augenblickes unter seinen Händen.

Kaum brachen ihre Augen, packte er Erinya, die noch immer stocksteif neben ihrer Schwester stand. Mit ihrem Tod zerbrach etwas tief in ihr, eine Verbindung, die zeitlebens existiert hatte.

„ Morayn!"

„Komm jetzt, wir dürfen nicht hier sein, wenn sie kommen! Wir müssen hier weg! Sofort!"

Sie mussten hier weg, nicht nur von diesen Gängen, sondern von diesem Areal. Ryan zog die weinende Erinya mit sich, bis sie bei Fynn anlangten.

„Bring sie raus! Sofort!"

Schweigend trat Fynn den Rückzug an, froh, aus diesem Umfeld weg zu können.

„Und du?"

„Ich komme nach, es gibt etwas, das ich noch herausfinden muss! Geht! Redet mit niemandem! Wartet oben auf mich!"

Als Bestätigung nickte Fynn nur noch und zog Erinya kommentarlos mit sich. Beinahe schon im Eilschritt zog Ryan weitere Türen auf, traf immer öfters auf menschliche Gestalten in ähnlichem Zustand wie Morayn. Manche wirkten, als würden sie nur schlafen, andere hingegen überzogen Flechten, Krankheitssymptome oder Unmengen an Eiterbeulen. Meist lagen Herz und Organe frei, einige von ihnen lebten nur noch als Torso, vereinzelt sah er lebende Körper, die nur noch mit wenigen Adern und der Wirbelsäule mit dem Kopf verbunden waren. Je weiter er kam, umso schlimmer entstellt wirkten die Gestalten auf ihn.

Er wusste jetzt ausreichend, wollte den Rückzug antreten, sich Erinya und Fynn anschließen. Bereits am Rückweg vernahm er Stimmen, die sich ihm immer weiter näherten. Auf Konfrontation legte er im Augenblick keinen Wert, zog sich in eine der leeren Räume zurück, zog dabei die Tür fast völlig zu. Lediglich einen winzigen Spalt ließ Ryan offen.

Sein Herz schlug ihm bis zum Hals, während er wartete. Im Raum selber entdeckte er eine kurze Stange. Mit ihr ließ sich ausreichend Schaden anrichten, sofern es nötig wäre. Nur langsam kamen die

Stimmen näher, wobei er nicht verstand, was sie sagten. Selbst nach Minuten verstand er das Gesagte nicht. Die Sprache kannte er nicht.

Doch eine der Stimmen kam ihm überaus bekannt vor. Fester umklammerte Ryan die Stange, hob sie hoch, bereit jederzeit zuzuschlagen. Sarkastisch verzog er das Gesicht, als sich seine Vermutung bewahrheitete und Morttan neben einer Gestalt im Arztkittel sah. Wo sonst immer ein breites Grinsen existierte, herrschte längst Kaltblütigkeit.

„Du mieser kleiner …"
Ryans Gedanken rotierten bei der Vorstellung, was er jetzt mit Morttan am liebsten alles anstellen wollte, hielt sich dann aber doch lieber zurück. Gemächlich schlenderten die beiden weiter, unterhielten sich. Vereinzelt fielen Worte, die Ryan zu verstehen glaubte, einmal dachte er sogar, sie hätten seinen Namen genannt. Was ging hier vor? Wollte er das wirklich wissen? So langsam sie ihren Weg hierher schlenderten, so ruhig gingen sie in diesem Tempo an Ryan vorbei und verschwanden in einer Abzweigung, die er übersehen haben musste.

Pures Adrenalin durchströmte seinen Körper, hielt ihn wachsam. Vorsichtig drückte er die Tür auf, schlüpfte auf den Gang, eilte in Richtung Ausgang. So schnell ihn seine Füße trugen, stolperte er über die Treppenstufen, die er in der Dunkelheit nicht richtig wahrnahm, bis er endlich erste Sonnenstrahlen wahrnahm. Auf die Stange konnte Ryan getrost verzichten, warf sie im Gewölbegang zu Boden, drückte hinter sich die Tür wieder zu, lehnte sich an die Pforte, atmete tief durch, versuchte den Albtraum hinter sich zu bringen. Nur zu deutlich spürte er, sie konnten hier nicht bleiben.

Noch immer in Tränen aufgelöst hockte Erinya auf der Wiese, und weinte leise in sich hinein. Fynn versuchte sie zwar zu beruhigen, hatte damit aber keinen Erfolg. Erst, als Erinya keine Tränen mehr hatte, und sie beinahe in Fynns Armen einschlief, hörte sie auf. Längst griff Müdigkeit nach ihr. Weinen kostete sie jedesmal viel Energie.

„Deine Schwester?“
Fürsorglich hielt Fynn sie in seinen Armen, strich ihr über den Kopf.
„Morayn war meine Zwillingsschwester. Ich wusste nur nicht,
wo sie war. Jetzt wünschte ich mir, ich hätte sie niemals gefunden.“
Schluchzend brachte sie die Worte über ihre Lippen. Einerseits wusste
sie, es war richtig gewesen Morayns Bitte zu entsprechen, andererseits
fühlte sie sich schlecht. Unbeschreibliche Gefühle tobten in ihr.
„Es tut mir leid für dich!“

Durch den Tränenschleier drang Ryans Stimme zu ihr.
„Ich wünschte, es hätte eine andere Lösung gegeben. Aber, wir müssen
weg hier! Sofort!“
Ohne ihr Zeit zu geben mit dem Verlust fertig zu werden, zog
er Erinya hoch. Längst hatte er wieder einen Gutteil seiner früheren
Kraft zurück. Wie ein Fliegengewicht hing sie in seinen Armen, als
er sie mit sich schleifte, beinahe schon lief. Japsend eilte Fynn hinter
ihm her, obwohl er nicht verstand, warum Ryan ein derartiges Tempo
an den Tag legte, schwieg er, und versuchte möglichst nicht zu weit
zurückzufallen.

Erst, als sie auf dem Markt eintrafen, setzte Ryan Erinya ab, hielt an,
wartete auf Fynn, der sie längst schon aus den Augen verloren hatte.
„Kommt jetzt!“
„Was ist los? Warum die Hetzerei?“
„Wir sind dort nicht mehr sicher!“
„Warum?“
„Ratet mal, wen ich unten gesehen habe!“
Wut blitzte in Ryans Augen.
„Ich habe dort unten Morttan gesehen, wie er sich mit einem anderen
unterhielt. Im Übrigen, Erinya, Morayn war nicht das einzige Opfer.
Und wenn ich auch nur halbwegs richtig kombinieren kann, dann ist
jetzt klar, warum wir so gut wie nie jemanden, abgesehen vom
Personal, gesehen haben.“
„Warum?“
„Denk nach! Kombiniere!“
Wütend schlug Ryan mit der rechten Faust in die linke Handfläche.

„Sie nutzen sie für Experimente, Mensch!"
Die Stimme des alten Shailielia kannte Ryan nur zu gut.
„Wir wissen, was sie tun, aber schweigen. Nicht unsere Spezies. Du
unser Freund, unser Bruder!"
Dabei griff der alte Shailielia nach Ryans Hand, zog sie zu sich heran,
hielt sie an seine Brust, drückte die eigene Hand an Ryans Brust.

„Shiwaro! Warum habt ihr nichts gesagt?"
„Warum sollten wir? Ist deine Spezies, geht uns nichts an!"
„Warum dann jetzt?"
„Du steckst in Problemen. Kennst Geheimnis, wirst bald der Nächste
sein!"
„Kommt nicht in Frage. Ich lasse mich nicht auf so etwas ein. Diese
beiden hier auch nicht!"
„Kommt mit! Hier nicht sicher!"

Wenige Schritte später standen sie vor einer Wand. Wie so oft öffnete
sich auch hier ein Durchgang und ließ sie eintreten.
„Mein Heim, komm!"
Shiwaro wartete nur noch, bis Erinya und Fynn ebenfalls eingetreten
waren, und schloss hinter ihnen die Pforte.
„Kommt!"
Sanfte Klänge drangen aus den Tiefen der höhlenartigen Unterkunft.
Kerzen spendeten ausreichend Licht. Spartanisch eingerichtet, lediglich
mit einigen Sitzkissen, einem niedrig angebrachten Tisch sowie einigen
Waffen an den Wänden, wirkte der Raum karg.
„Tee?"

Ohne zu warten, begann er damit, Wasser aufzubrühen und den Tee
vorzubereiten, legte seinen Umhang ab, den er außerhalb von
Räumlichkeiten immer trug. Im sanften Kerzenlicht schimmerten seine
kleinen, zarten Schuppen rötlich-grün in einem ähnlichen Effekt wie
Perlmutt.

Bestickte Pflanzenfasern, die seine Familienzugehörigkeit und seinen
Rang bezeichneten, zierten den eierschalenfarbenen Grundton.
Farblich, aber betont dezent, hoben sich die Stickereien vom

Untergrund ab. Auf den ersten Blick wirkten sie chaotisch, doch wer
genauer hinsah, erkannte Funken, die für Feuer standen, Flocken, die
Wasser symbolisieren sollten und viele winzige Details mehr. Shiwaro
trug ein Kunstwerk an seinem Körper.

Einer kleineren Truhe entnahm Shiwaro eine Kanne, einen Beutel und
mehrere Tassen, die er sorgsam auf dem kleinen Tisch drapierte. Aus
dem Beutel entnahm er Teeblätter, bröselte diese in die Tassen, und
goss Wasser darauf. Binnen weniger Augenblicke durchzog betörender
Duft den Raum.

„Trinkt! Wird euch guttun!“
Selbst nach der vierten Tasse greifend, forderte er sie auf zu trinken.
Heiß und dampfend schmeckte er nicht nur besonders köstlich,
sondern hob auch die Stimmung, wie Erinya binnen weniger Minuten
am eigenen Leib erfuhr.
„Warum tust du das, Shiwaro?“
„Du Bruder, du Freund. Du sicher hier! Brüder bekommen Schutz,
wenn nötig. Du brauchst Schutz!“
„Erzähl! Du weißt doch mehr, als du sagst.“
„Natürlich. Wir nicht blind, wir sehen vieles, auch was Mensch mit
Mensch macht!“

„Warum schweigt ihr dann?“
„Ist nicht unser Volk! Wir sehen, wir lernen, wir verstehen, aber wir
mischen uns nicht ein. Ist nicht Shailielia Art.“
„Was wißt ihr?“
„Seit wir begonnen Menschen zu helfen, wir lernen wie Menschen
ticken. Wir verstehen, warum sie andere Menschen opfern. Wir nur
nicht verstehen, dass ihr so blind seid. Du nicht sicher dort. Wir
können dich retten!“
„Wie?“
„Wir bringen dich weg von Erde. In Sicherheit. Ist eure Entscheidung,
doch trefft sie bald. Ich lasse euch etwas allein!“
Geschmeidig erhob sich Shiwaro, sein Alter schien bei den

Bewegungen nicht einschätzbar, nur die Färbung seiner Schuppen
zeigte an, wie alt er tatsächlich war.

Schweigend sahen sich die Drei an.
„Was hat er gemeint?“
„Ihr habt es selber gehört. Wenn wir zurückgehen, dann bekommen
wir vermutlich richtig Probleme. Wollt ihr zurück?“
Leichenblass schüttelten Fynn und Erinya den Kopf.
„Keinesfalls. Mir reicht, was ich dort gesehen habe. Ich will nicht
wie Morayn enden.“
„Morttan war dort, er weiß ganz genau, was vor sich geht. Ich habe ihn
gesehen!“
„Denkst du, dem Shailielia hier ist zu trauen?“

Ohne zu zögern, nickte Ryan. Obwohl er den Grund nur vermuten
konnte, wusste er, ihm konnte er bedenkenlos sein Leben und das der
beiden anderen anvertrauen. Wie er, waren auch die Shailielia Krieger,
lebten den Kriegerehrenkodex, wie er selber auch. Es gab keinerlei
Heimtücke in ihrer Art, kein Falschspiel. Zumindest hatte er nichts
davon bisher gesehen. Auch, wenn nicht jeder Shailielia ehrlich sein
würde, aber dieser hier sehr wohl.

„Ja. Mehr als Morttan auf jeden Fall.“
„Wir sollten uns anhören, was er vorschlägt. Dann entscheiden wir. In
Ordnung?“
Besonnen wog Fynn seine Worte ab, bevor er sie aussprach.
„In Ordnung. Dann sehen wir die Dinge gleich.“
Schweigend warteten sie Shiwaros Rückkehr ab, der mit einer Handvoll
Früchte zurückkehrte, und sie ihnen anbot.
„Esst, gute Nahrung.“
„Danke. Was ist dein Vorschlag, Shiwaro?“
„Wir bringen euch weg hier, in Sicherheit. Wie ihr dort weitermacht,
eure Sache. Solange du unser Bruder bist, solange du unter Schutz!“
„In Ordnung. Wir nehmen dein Angebot an. Ich hoffe, wir können uns
eines Tages auch dafür revanchieren.“
„Brüder brauchen nicht revanchieren, nur für ihre Brüder da sein, wenn

Hilfe nötig! Du verstehst?"

Einstimmig nickten sie, Erinya griff nach Ryans Hand. Sie hatte Angst. Riesige Angst.

Beinahe wie im Traumzustand folgte sie Ryan. Zu sehr nahm sie der Tod ihrer Schwester mit. Am liebsten hätte sie sich in eine Ecke verkrochen, eine große Portion Vanilleeis mit Schokolade verdrückt und geheult. Doch Ryan trieb sie vorwärts. Sein Instinkt trieb wiederum ihn an. Zurück zum Areal wollte er nicht mehr. Es gab nichts, das er vermissen würde. Erinya würde sich zwar fürchterlich ärgern wegen ihres Notizbuches, doch das musste als Preis zurückgelassen werden. Es ging vermutlich um ihr Leben, vielleicht sogar um einiges mehr.

Shiwaro öffnete eine weitere Türe des Raums, bedeutete ihnen schweigend, sie mögen ihm folgen. Selbst hier hatten die Shailielia Kerzen aufgestellt. Wo der Gang unter dem Park nach Moder und Schimmel gerochen hatte, herrschte hier der Duft nach Wachs vor. Dezente Wärme, ausgehend vom Feuer der Kerzen, erwärmten die Gänge. Weich gestampfter Boden, roh behauene Wände und überall das flackernde Kerzenlicht verzauberten die Umgebung.

Vereinzelt erklangen Stimmen, ätherische Klänge, die sie nie zuvor gehört hatten. Fynn juckte es einige Male stehen zu bleiben und zu lauschen, wurde von Ryan jedoch sofort weiter bugsiert. Er wollte keine Zeit verlieren.
Kreuz und quer durch verschiedene Gänge huschend, hatte selbst Ryan bald die Orientierung verloren. Allein würde er nicht mehr zurückfinden. Selbst sein sonst so präzises Zeitgefühl hatte sich längst von ihm verabschiedet. Schlängelnd zogen sich die Gänge durch den Untergrund der Erde.

Einige der Höhlen vermeinte er zu kennen. An manchen entdeckte er Schriftzeichen, die sie einst selber genutzt hatten. Vereinzelt erkannte er Kriegsmaterial, das vermutlich als Dekoration diente, indem es die Wände zierte. Doch alles, was er zu sehen bekam, schien irgendeinen Nutzen zu haben, außer dem, dass es einfach nur hübsch aussah. So,

wie er die Shailielia bisher kennengelernt hatte, legten sie einfach nur
Wert auf schlichte Eleganz, die auch praktisch eingesetzt werden
konnte. Vieles davon glaubte er zu kennen, aber beschwören wollte er
dies nicht, dazugab es viel zu wenige, konkrete Hinweise, zumal sich
seit damals vieles verändert hatte.

Gefühlte Ewigkeiten später, in denen sich bereits die Beine bemerkbar
machten, gelangten sie in einen größeren Raum, ähnlich aufgebaut
wie Shiwaros Unterkunft.
„Wartet!"
Shiwaro entschwand erneut, kam wenige Augenblicke später mit einem
anderen, jünger wirkenden Shailielia zurück.
„Das Shieljo, wird euch weitergeleiten. Viel Glück!"
Mit verschränkten Armen stand dieser Shailielia vor ihnen,
bis Shiwaro den Raum verlassen hatte. Erst im Anschluss, nach einer
winzigen Verbeugung, die Ryan bereits als Ehrenbekundung
kennengelernt hatte, kam Shieljo näher heran, griff unter den Tisch und
zog eine dort befindliche Truhe hervor. Hübsch verziert zeigten
Schnitzereien Schlacht.

Shieljo klappte den Deckel auf, holte etwas daraus hervor, bevor sie die
Truhe wieder unter dem Tisch verstaute.
„Nehmen und anziehen! Sofort!"

Ungeduldig warf Shieljo jedem von ihnen einen kleinen Packen Stoff
zu. Kratzig fühlte sich der Stoff an, und roch leicht muffig.
„Anziehen, Menschen! Es eilt!"
Gehorsam, wenn auch mit zittrigen Händen, warfen sich Erinya und
Fynn die Umhänge über, Ryan folgte etwas eleganter. Diesen Tonfall
kannte er noch aus seiner Grundausbildung, sollte er die Rekruten doch
zur Eile anspornen. Bei den meisten klappte das auch binnen äußerst
kurzer Zeit tadellos.
„Mitkommen!"
Tief zogen sie sich die Kapuzen ins Gesicht, folgten Shieljo. Von
hellem Tageslicht geblendet, folgten sie ihm im Zickzack durch völlig
unbekannten Areale der Stadt. Wie der Markt, erschien auch dieser

Flecken der Stadt abgenutzt, abgewohnt und seit langer Zeit nicht mehr mit nötiger Sorgfalt gepflegt.

Bereits nach wenigen Minuten hörten sie Maschinengeräusche. Einige davon gingen quietschend durch Mark und Bein, erklangen wie Fingernägel auf einer Schiefertafel. Weit schlimmer als dieses, erklangen andere Geräusche, die sie nicht einmal benennen konnten. Eines hatten sie alle gemeinsam, sie waren laut, drangen brutal in ihren Kopf vor und verhießen nichts Gutes.

„Das ist schlimmer als die Abflughalle.“
Murrend trat Ray gegen einen kleinen Stein, diese Geräusche hatte er immer gehasst, ihnen aber nie wirklich entgehen können.
Selbst ihre kleinen Einmann-Düsenjäger, die sie im Militär genutzt hatten, gaben einst ähnliche Geräusche von sich. Doch etwas erklang darunter, das er nicht kannte, ihm, aber wie ein Messer in die Eingeweide stach.

Wortlos ging Shieljo vor ihnen her, wissend, dass ohnehin nichts Gesagtes die Ohren der Menschen erreichen konnte. Als Shailielia hatte er Vorteil, seine Ohren schalldicht verschließen zu können, was in Fällen wie diesen besonders günstig war. Innerlich lächelnd setzte Shieljo einen Schritt vor den nächsten, während sein Gesicht wie immer ausdruckslos blieb. Erst nach Hunderten Metern hatte Shieljo das Ziel erreicht, zog die Kapuze zurück und drehte sich um.

Schweigend deutete er auf einen kleineren Gleiter, in dessen offenem Frachtraum bereits Unmengen an Kisten, Boxen und Containern standen. Chaotisch wirkend schien es dennoch eine Ordnung zu beinhalten, die ihnen jedoch fremd war. Während Erinya noch die Nase rümpfte, Fynn sich die Augen rieb, in der Hoffnung, nicht zu viel vom Staub in diese zu bekommen, hatte Ryan bereits die Luke erklommen. Es wirkte beengt. Staub drang in seine Nase und brachte ihn kräftig zum Niesen.

Geschmeidig sprang Shieljo nach oben, reicht Erinya und Fynn die Hand. Ruckartig zog er beide nach oben. Obwohl der Shailielia zierlich und zerbrechlich wirkte, steckte unglaublich viel an Kraft und Energie in diesem zerbrechlichen Körper.

Fynn rieb sich die schmerzende Schulter, kaum, dass er im Laderaum stand. Bis jetzt begriff er nicht, was Ryan so toll daran fand, sich mit anderen zu schlagen. Blaue Flecke, gebrochene Knochen, Prellungen und vieles mehr, taten doch einfach nur weh. Wie konnte er nur daran Freude haben?

Schweigend, leicht mürrisch, zog er sich in den Laderaum zurück, und suchte sich einige Lumpen zusammen, die er auf einen Haufen warf. In ihnen steckte zwar viel Staub, aber zumindest waren sie erträglich. Shieljo bedeutete auch den anderen, dass sie sich zurückziehen sollten, verließ selber noch einmal den Frachtraum. Obwohl Ryan anfänglich völlig sicher war, fühlte er nun Unsicherheit in sich.

Hatte er das Richtige initiiert? Nachdenklich saß er auf einer der Kisten, versuchte möglichst nicht zu viel Staub einzuatmen, bevor er diesen Gedanken aufgab. Aufmerksam verfolgte er zeitgleich die Vorgänge außerhalb des Gleiters. Obwohl er bereits auf dem Weg hierher versucht hatte, möglichst vieles aufzunehmen, merkte er erst in diesem Moment, wie wenig er tatsächlich wahrgenommen hatte. Abseits des hektischen Treibens erkannte er keine offensichtliche Struktur, nur ziviles Chaos, das er selbst nie wirklich verstanden hatte. Ihm fehlten diesbezüglich einfach die Strukturen, die er im Militär gehabt hatte.

Hektisch schienen sich die einzelnen Menschen und Fremdvölker beinahe auf die Füße zu treten. Der enge Platz, der laute Umgebungslärm und fehlende Sicherheitsorgane vermittelten ihm den Eindruck von Chaos und Unkoordiniertheit. Längst vermisste er den Flugplatz seiner alten Einheit. Auch Erinya und besonders Fynn wirkten alles andere als zufrieden mit der Situation.

Vorsichtig, wie damals in seinen Tagen als Soldat, blickte er nach draußen, gut verborgen hinter den Kisten. Die Menschen, die er sah, trugen Lasten und fuhren mit Robogefährten. Mitten darin entdeckte er eine Person in Uniform, die sich das ganze Umfeld genauer ansah, als suchte sie etwas. Dunkelbraun gehalten hob sich die Farbe der Uniform kaum vom Umfeld ab, zu viel Staub lag dafür in der Luft. Mehrmals erschien ihm, als würde der Blick des Uniformierten Ryan treffen.

„Kopf runter", warf er Erinya und Fynn zu, die aufgrund des Lärms jedoch nur vermuten konnten, was er wollte. Seine Lippenbewegungen, kurz und bündig, kombiniert mit einer Handbewegung, die ihnen signalisieren sollte, sie sollten sich doch unten halten, verrieten ihnen auch so, was er von ihnen wollte. Hinter den Containern verborgen, nahm zumindest die Lärmintensität ein klein wenig ab. All die Zeit der Ruhe im Areal hatte ihre Sinne geschärft, sie empfindsamer werden lassen. Umso deutlicher spürten sie nun die Intensität des Lärms.

Erst nach Minuten, die Ryan wie eine Ewigkeit erschienen, drehte sich der Uniformierte um und verschwand wieder. Ob er gefunden hatte, was er gesucht hatte, vermochte Ryan nicht zu sagen. Beinahe wie von selbst hatte etwas in ihm einen Schalter umgelegt. Wie einst, als er in seinen Einsätzen jahrelanges Training umgesetzt hatte, wurde er manches nicht mehr los. Zu tief hatte es sich in ihm bereits eingegraben. In diesem Fall war er wirklich froh darüber.

Sein Herz schlug gleichmäßig, doch bei einem Blick auf Erinya und Fynn merkte er, dass die beiden Angst zu haben schienen. Sanft, beruhigend, griff er nach ihren Händen und drückte sie. Wie sollte er Zivilisten nur verständlich machen, dass Gefahr nur dann drohte, wenn sie in Panik verfielen? Auf diese Frage hatten nicht einmal seine Ausbildner eine Antwort gehabt. Zu chaotisch erschien ihnen allen das Denken des durchschnittlichen Zivilisten, die im Regelfall schon mehr als genug mit sich selber zu tun hatten.

Aufseufzend war er in diesem Moment froh über den Lärm um sie herum, mehr erstaunt, als die Klappe des Gleiters zuglitt und sie, mitsamt der ganzen Fracht, einschloss.

Ruckelnd setzte sich der Gleiter in Bewegung. Nicht fixierte Kisten und Boxen begannen bereits eine erste Rutschpartie durch den Laderaum.

Leiser zwar als auf dem Ladeplatz, blieb der Lärmpegel dennoch hoch. Hinzu kamen die Versuche des Ausweichens, wenn eine der Kisten ihnen gefährlich nahe kam. Eine der Boxen, an einem einzigen, dünnen Seil hängend, rutschte bis wenige Zentimeter vor Fynn, der sich bereits im Jenseits wähnte, nur um festzustellen, dass das Seil hielt.

Minuten später war der ganze Spuk vorbei. Erleichtert nahmen sie zur Kenntnis, dass der Gleiter ruhiger wurde, und die Rutschpartien der Fracht endlich ein Ende fanden. Mühsam schob Ryan die Kisten an ihre Stelle zurück, und fixierte sie.

„Idioten! Wer hat denen ihr Handwerk beigebracht?"
Schimpfend trat er auf eine der Kisten ein.
„Ruhig! Alles gut! Der Captain will euch sehen!"

Shieljo packte Ryans Schulter, zog ihn zu sich heran, bis er seinen Atem riechen konnte.
„Achte auf Worte, deine, wie seine. Was Captain sagt, Gesetz! Verstehst du?"
Ryan nickte nur, fragte sich aber innerlich, ob das wirklich die richtige Entscheidung gewesen war. Dann erinnerte er sich wieder des Antlitzes von Morayn und spürte, es hatte keine Alternative gegeben. So ungewiss ihre Zukunft jetzt auch sein mochte, ein Zurück existierte nicht mehr. Wenigstens nicht für den Moment. Jetzt gab es nur noch ein vorwärts, oder wie sein Ausbilder meinte: „Pfeif auf die Vergangenheit, hinein in die Hölle!"

Kein einziges Mal sah sich Shieljo um, ob sie ihm wirklich folgten. Manchmal hob er seine Füße höher, niemals berührte er die schmutzstarren Wände. Viel Mühe mit der Sauberkeit schienen sich die Shailielia auf dem Gleiter nicht zu geben.

„Komm rein!"
Auf sein dreifaches Klopfen erklang hinter einer Tür eine tiefe Stimme.

Satt dröhnte sie durch das Metall. Ohne Warten stieß Shieljo sie auf, trat in einen winzig wirkenden Raum ein, gerade groß genug, um Platz für einen kleineren Schreibtisch, eine Koje, die gleichzeitig den Sessel mimte und eine weitere Tür zu beinhalten. An den Tisch gelehnt, wartete offensichtlich eine Gestalt auf die Eintretenden, die sich durch den Platzmangel beinahe schon gegenseitig auf die Füße traten. Obwohl er die Kleidung eines Shailielia trug, stand ihnen ein Mensch gegenüber, zumindest wirkte dies auf den ersten Blick so.

Derart strahlend grünliche Augen hatten sie allesamt bisher nicht gesehen. Dezentes, rötliches Schimmern, überzog alles an dieser Gestalt, gab ihr den Hauch von Unnatürlichkeit. Viel vermochten sie von ihm nicht zu sehen, der dunkle Vollbart überwucherte beinahe das gesamte Gesicht des Kapitäns.

„Du kannst gehen, Shieljo", nach einer kurzen Pause fügte er noch ein „Danke." dazu.

„Also, was bringt euch auf mein Schiff?"
„Shieljo."
„Sicher. Shieljo ist ein guter Mechaniker, darum ist er auch in meiner Mannschaft. Aber warum hat er euch hierher gebracht?"
„Das wissen wir nicht. Es ging alles so schnell!"
„Vielleicht solltet ihr vorher mal nachfragen, bevor ihr euch in Zukunft auf etwas Derartiges einlasst. Wisst ihr, das Leben ist gefährlich, vor allem, wenn einem die Welt nicht vertraut ist."
Trotz seines Vollbartes, der auch schon einmal bessere Tage gesehen hatte, zeichnete sich unter dem Gestrüpp ein massives Grinsen ab.
„Ich kenne die Shailielia. Die machen für niemanden etwas, wenn sie kein Geld dafür kriegen. Was habt ihr ihnen bezahlt? Und vor wem rennt ihr weg?"
„Wir haben ihn nicht bezahlt!"
Gekränkt setzte Fynn einen schmollenden Gesichtsausdruck auf.
„Hand!"
„Wie bitte?"
„Hände her! Sofort! Wird's bald?"

Ohne zuzuwarten, zog der Kapitän Ryans Hand zu sich, drehte sie, bis die Handfläche nach oben zeigte, ließ sie erneut sinken.

„In Ordnung!"
Verwirrung stand in den Gesichtern.
„Er ist es euch schuldig. Ungewöhnlich, dass sie einen Menschen akzeptiert haben!"
Den Blick gesenkt haltend, schien es beinahe, als könnten sie ihn denken sehen. Für den einen Moment schwieg er, im nächsten blickte er wieder nach oben, drehte dann seine eigene Handfläche nach oben.
„Ihr versteht?"
Ryan nickte. Er begriff.
„Warum flieht ihr? Ihr könnt ehrlich sein!"
„Wir wissen es nicht genau!"
„Wie alt seid ihr?"
„Wie bitte?"
„Seid ihr von den Schiffen? Habt ihr geschlafen?"
Wortlos nickten sie.
„Verstehe. Ihr rennt vor euren eigenen Leuten davon. Stammt ihr von den Strafkolonien?"
„Wie bitte?"
„Die Strafkolonien. Zu den ersten besiedelten Planeten gehörten auch Strafkolonien. Kinder, was wisst ihr noch alles nicht?"
„Wir sind erst seit Kurzem wach."
„Na das sind ja die Besten!"
Dröhnend lachte der Captain. Sich den Bauch haltend, setzte er sich auf den Tisch.

„Kommt, macht euch locker! Ich bring euch nicht zurück. Die Shailielia sind wohl der Meinung, ihr seid dort in Gefahr, wo ihr wart. Mein Schiff bringt euch in Sicherheit. Ob ihr Sträflinge oder anderes seid, ist mir egal. Solange wir dadurch", die Hand hebend, deutete er auf das Symbol, „miteinander verbunden sind."
Erleichtert atmeten sie auf.

„Ihr werdet im Frachtraum bleiben, dort ist noch der meiste
Platz. Shieljo wird sich, bis auf Weiteres, um euch kümmern. Wenn ich
zwischendurch mal Zeit habe, befasse ich mich vielleicht näher
mit euch. Ihr tut mir leid, dass ihr nicht einmal wisst, was euer Volk
tatsächlich ist. Ich weiß ja nicht, wie eure Erde damals war,
wie euer Volk damals tatsächlich drauf war. So intensiv
mit eurer Spezies habe ich mich nie befasst. Aber ihr solltet es tun.
Außerhalb der Erde werdet ihr so einige Überraschungen erleben. Geht
jetzt. Wenn ich etwas von euch brauche, dann rufe ich euch!“

Leicht ungeduldig, wischte der Captain durch die Luft, bedeutete ihnen,
sie sollten möglichst schnell gehen, als hätte er noch unendlich viel zu
erledigen. Lautlos traten sie den Rückzug an, obwohl ihnen viele
Fragen auf der Zunge lagen, schien es für den Moment klüger zu sein,
zu verschwinden.

Gänsehaut zog ihnen den Rücken hinauf. Fynn, dessen heller Teint
ohnehin meist nur käsig wirkte, sah längst kalkweiß aus. Kälte stieg in
ihm auf, die er sich nicht zu erklären vermochte.Hinter der Tür wartete
Shieljo auf sie.

„Menschen sind ganz besonders, keinem anderen Volk im Kosmos
gleich. Opfern ihr eigen Fleisch und Blut, foltern für Altar der
Dummheit!“
„Was meinst du damit?“
„ Shailielia kennen Experimente unter dem Areal. Dünn gewordenes
Menschenblut braucht Stärkung. Degenerierte, schwache Generationen
blieben nach Kosmoskriegen über. Ihr seid Zukunft für Menschenvolk.
Ihr seid als Einzige noch reinblütig.“
„Was willst du damit sagen?“
Vergeblich auf Antwort wartend, brachte sie Shieljo zurück in den
Frachtraum. In einer Ecke lagen einige gefüllte Säcke auf dem Boden.
Er deutete ihnen, sie mögen sich dort setzen. Aus einer der Kisten
entnahm er eine kleinere Truhe, öffnete sie, stellte sie vor ihnen auf den
Boden.

Neben etlichen Flüssigkeitsbeuteln lagen Riegel, haltbares Obst und
einige Behälter mit Pillen.

„Wartet hier Flug ab. Essen ist für euch.“

Wortkarg hielt er ihnen ein Päckchen entgegen, nach dem Erinya mehr
automatisch, als wirklich interessiert, griff.

„Nehmt euch Zeit für eigene Geschichte! Was ihr wissen solltet, ist
hier!“

Mit diesen Worten trat Shieljo den Rückzug an. Im Gegensatz
zu ihnen, hatte er auf dem Gleiter eine Aufgabe, die erfüllt werden
wollte.

Kapitel 5

Kaum außerhalb ihrer Sichtweite, löste Erinya das Band, das um das
Päckchen geschlungen, wohl die Hülle fixiert halten sollte. Leicht löste
sie die Umhüllung, hielt ein kleines Notizbuch in Händen.
Ähnlich dem Notizbuch, das sie von Doktor Lazaar erhalten hatten,
schien auch dieses zu arbeiten. Leer auf den ersten Blick, vermochte sie
leicht den Datenspeicher anzuzapfen. Nach den ersten Bildern
wünschte sie sich sehr schnell, sie hätte das Buch geschlossen gelassen.
Fynn übergab sich längst hinter einer der Kisten, selbst Ryans
Nasenspitze bekam einen, für ihn völlig unnatürlichen, bleichen
Farbton.

Obwohl sie die Symbole und daraus entstandenen Texte, nicht zu lesen
vermochten, gab es mehr als ausreichendes Bildmaterial. Diese ließen
an Deutlichkeit nichts zu wünschen übrig. Längst mussten
die Shailielia über die Experimente unter dem Areal Bescheid gewusst
haben. Einige der Menschen auf diesen Bildern kannte Erinya,
hatten sie doch mit ihr das Schiff bestiegen. Doch gesund wirkte keiner
mehr von ihnen. Blut, offene Körper und vieles mehr bedurfte
keinerlei Fantasien mehr um zu wissen, was sie in den Gewölben nicht
gesehen hatten.

Erinya entdeckte einen kleinen Knopf, hätte diesen beinahe übersehen.
Ihn betätigend, öffnete sich ein weiteres Fenster, zeigte ihnen
ausgefüllte Formulare wie aus einem Archiv. Einzelne griff sie aufs
Geratewohl heraus, zog sie an sich heran, öffnete sie.

Bei jedem erstand vor ihnen eine holografische Abbildung eines
Menschen. Vollständig unbedeckt drehten sie sich um ihre eigene
Achse, standen dabei in einem völlig steril wirkenden Raum. Als wären
sie unter Drogen gesetzt, sprach kaum mehr, denn Apathie aus ihrem
Blick.

Anfangs standen sie, vollkommen haarlos, wie sie selbst die Kapseln
bestiegen hatten, erschlankt, aber doch fit. Während sie sich drehten,

veränderten sich die Körper. Anfänglich fielen die Veränderungen kaum auf, begannen mit Flecken und leichteren Veränderungen der Hautoberfläche. Wunden erstanden aus unbekannten Gründen. Irgendwann brachen die Augen, die Köpfe senkten sich auf die Brust, doch die Körper drehten sich weiter.

Einzelne von ihnen behielten die Köpfe oben, wirkten nach wie vor lebendig. In ihren Augen stand unsäglicher Schmerz, während sie sich gleichzeitig mit offener Schädeldecke weiter drehten.
Selbst Morayn war darunter. Wie bei einigen anderen, war auch ihr Brustkorb offen. Das offensichtlich noch arbeitende Herz schlug beinahe im Tempo eines Kolibri.

Rasch gab Erinya es auf, die Formulare zu lesen. Fein säuberlich entdeckte sie darin Informationen über Fortschritte und Misserfolge verschiedener Experimente. Die meisten darin genutzten Fachbegriffe kannte sie nicht. Doch die wenigen Daten, die sie verstand, reichten ihr, um zu begreifen, welcher Hölle sie tatsächlich entronnen waren. Fynn versuchte zwar mitzulesen, gab aber rasch wieder auf.

„Ryan, wir hätten keine weitere Woche mehr dort überstanden!"
„Du kannst das verstehen, was sie da aufgezeichnet haben?"
„Nicht alles, genau genommen sogar verdammt wenig. Aber das, was ich verstehe, reicht mir völlig. Ich frage mich nur, wo wir als Menschheit die falsche Abzweigung genommen haben. Oder waren wir als Spezies immer schon so?"
„Fynn, mal ehrlich, du hast keine Ahnung, was Menschen alles gemacht haben, oder?"
Erblasst sah Erinya ihn an, was sie aus den Unterlagen verstand, reichte ihr völlig, um zu begreifen, dass die Menschheit sich nur minimalst weiterentwickelt haben musste.
„Wenn ich Shieljo richtig verstehe, dann meinte er, dass es unser Genmaterial ist, das uns so wertvoll macht. Natürlich würde das auch erklären …"

„… warum wir die Einzigen waren. Das willst du doch sagen, oder?"
Nachdenklich nickte Ryan. Natürlich. Jetzt ergab alles einen Sinn, den

Sinn, den sie zuvor nicht verstanden hatten, weil keiner ihnen sagte, worum es wirklich ging.

In seinem Inneren tobte ein widerstreitendes Chaos verschiedenster Gefühle. Wut, Trauer und Unverständnis obsiegten in seinem Innersten. Wie konnte seine Spezies ihn nur so sehr verraten? Wofür hatte er gekämpft?

In den folgenden Tagen stellte er sich diese Frage des Öfteren, wozu hatte er wirklich sein Leben all die Jahre riskiert? Wirklich nur für das Geld? Natürlich gab das Heer ihren Mitgliedern eine Menge an Vergünstigungen. Doch ihm ging es damals ebenfalls um persönliche Überzeugung, die Welt zumindest ein kleines Stückchen besser machen zu können. Selbstzweifel überkamen ihn. In diesen Momenten zog er sich zurück, zog es vor schweigend, über alles Mögliche nachzudenken.

Es waren Tage, in denen sie kaum wussten, wie sie die Zeit totschlagen sollten. Die wenigen Male, in denen sie den Frachtraum verließen, lernten sie eine Unmenge an Schmutz kennen. Sauberkeit schien hier keine große Rolle zu spielen. Lediglich in der Kapitänskajüte und in den Flugbereichen fanden sie ein akzeptables Ausmaß an Ordnung und Putzfreudigkeit vor. Besonders im Frachtbereich, der ihnen, nach wie vor, als Unterkunft diente, hatten sich längst Unmengen an Staub angesammelt.

Von außen hatte der Gleiter bereits alt gewirkt, im Ladebereich knarrte und knirschte es, als wollte er ständig auseinanderbrechen. Irgendwann ertrug Fynn den Dreck nicht mehr, suchte sich einige Lappen und begann zumindest sein näheres Umfeld notdürftig zu säubern, woraufhin sich auch Shieljo mehr Zeit für sie nahm. Sauberkeit war den Shailielia wichtig.

Bereits am dritten Tag brachte Shieljo einen anderen Shailielia und einen jüngeren Menschen mit, der wie ein Schiffsjunge auf einem alten Segelschiff, des 17. oder 18. Jahrhunderts, wirkte. Vor Dreck starrend, roch er intensiv nach Alkohol und Schweiß, hatte die Mundwinkel süffisant verzogen, das vor allem Erinya leicht beunruhigte. Dabei wünschte sie sich, er möge doch den Mund schließen. Nicht nur, weil er üblen Mundgeruch verströmte, sondern auch, weil etliche fehlende Zähne sowie die Schwarzfärbung der übrigen von massiver Zahnfäule sprachen. Sonderlich gesund schien der Junge nicht zu leben.

„Ein wenig Gesellschaft für euch. Aber achtet drauf, sie nicht alle Zeit mit Beschlag belegen. In Ordnung?"
„Ey, Alter Mann, Trainieren?"
Kieksend rollten die Worte aus dem Mund des Jungen.
„Ach, ihr wollt kämpfen?"
Schlagartig verloren sich die grüblerischen Gedanken, zogen sich in eine weit entfernte Ebene seines Kopfes zurück.
„Joa, kämpfen!"
„Gut, zeig mal, was du kannst!"

Ryans Mundwinkel zogen sich in die Breite, endlich tat sich wieder etwas. Noch während er sich die Ärmel nach oben krempelte, hatte der Junge bereits einen rechten Haken angebracht. Ein dünner Blutsfaden rann aus Ryans Mundwinkel, stockte aber binnen weniger Augenblicke wieder. Mit seiner Faust wischte er darüber, blickte für einen Sekundenbruchteil drauf. Ryans Blick bekam etwas hoch Konzentriertes, beinahe den Hauch von Killerinstinkt, bevor er auf den Jungen losging.

Unter Nutzung verschiedenster Kampfstile brauchte es gerade einmal ein paar Schläge, bevor der Junge am Boden lag. Zufrieden reichte ihm Ryan die Hand, wollte ihm hochhelfen. Wütend funkelnde Augen erhielt er als Antwort. Rüde schlug der Junge seine Hand beiseite, zog sich an einer Box hoch und schlug erneut auf Ryan ein. Diesmal jedoch reichte ein einziger Treffer, ein simpler Schlag auf die Schläfe, wie er dies vor einer halben Ewigkeit im Boxring gelernt hatte. Bewusstlos ging der Bursche zu Boden.

„Du gut, Mensch! Er nur Angeber. Aber du gut. Trainierst du uns?"
Für einen Augenblick tat Ryan so, als würde er überlegen. Innerlich fühlte er sich ungemein geschmeichelt, als Trainer hatte er noch nie gearbeitet.

„Nun ja, ich muss mir das aber noch überlegen.“
„Nein, du nicht überlegen, Mensch, du hast Feuer im Auge, du willst
das machen. Habe ich recht?“
„Eigentlich … schon! Na gut, ich mache es!“

Wie er es bei den Shailielia gelernt hatte, schlug er bindend ein.
Lächelnd durfte er sich doch jetzt offiziell als Lehrer benennen, freute
er sich auf diese neue Aufgabe. Er wusste zwar noch nicht, wie er
damit umgehen würde und wie er es genau angehen wollte, doch er
spürte, dass er es ganz gut meistern würde.

Schweigend sahen Erinya und Fynn zu, schüttelten nur noch ungläubig
den Kopf. Das war ja mal wieder typisch Ryan. Egal wo er sich auch
befand, ohne Kampf war er wohl nie wirklich glücklich.

Derartig in Anspruch genommen verging die Zeit wie im Flug.
Training, Wettkämpfe und die Möglichkeit sich näher kennenzulernen,
nutzten sie allesamt. Manchmal schloss sich auch Shieljo an, trainierte
mit. Immer öfters behielt auch Ryan blaue Flecken, seine Schüler
entwickelten sich. Er selber lernte von ihnen ebenfalls.
Lediglich Erinya und Fynn hielten sich lieber raus, keiner von beiden
schätzte es, sich verprügeln zu lassen, war ihnen doch die
Trainingsintensität viel zu hoch.

Mehr aus den Augenwinkeln heraus bekam sie schließlich mit, dass auf
die Kämpfe und Trainingseinheiten auch gewettet wurde. Obwohl sie
selber kein Freund von Wetten jeglicher Art war, wettete sie im Geiste
für sich selber allmählich auch mit, kam dabei in eine Art Fieber, das sie
nie zuvor gekannt hatte.

Sobald sie wieder allein zu dritt waren, brachte Ryan ihnen einige
einfache Tricks und Kniffe bei, die ihnen im absoluten Notfall helfen
sollten. Das, was er bei diesen Trainingskämpfen lernte, ließ sich
vereinzelt wunderbar mit dem kombinieren, was er bereits kannte. Nur
sehr langsam begann Erinya sich selbst dafür zu begeistern. Anfänglich
noch verhalten, doch immer mehr willens, aus sich selbst heraus zu
gehen und auch einmal nur für sich allein zu üben.

Obwohl sie sich erst die Trainings nicht wirklich zutraute, so änderte sich dies mit den Tagen. Lediglich gegen einen anderen anzutreten, vermied sie, so gut sie dies konnte. Dazu fehlten ihr noch Mut und Können, vor allem, weil sie die Aggressivität in den Kämpfen erkannte.

Fynn hingegen zog es vor, sich lieber von allem fernzuhalten. Es gab viele Stunden, in denen sie nicht einmal wussten, ob er geistig wirklich anwesend war. Hatte er sich bisher schon still und zurückhaltend verhalten, verstärkte sich dies nur noch. Nach einigen Tagen ließ er sich kaum mehr aus der Reserve locken, war beinahe überhaupt nicht mehr ansprechbar.

Anfänglich fiel ihnen diese Veränderung nicht einmal auf, doch mit den Tagen merkten sie, dass etwas ganz und gar nicht stimmte. Fynn sprach kaum noch, zog sich zurück und schien auf irgendetwas zu warten. Manchmal versuchten sie ihn in ein Gespräch zu verwickeln, doch fast die ganze Zeit über schwieg er nur beharrlich, brachte Erinya vereinzelt sogar zum Weinen, weil sie sich der Situation mit Morayn erneut erinnerte. Irgendwann ließen sie ihn schließlich in Ruhe, sorgten nur noch dafür, dass er ausreichend Nahrung zu sich nahm, in den Momenten, in denen er nicht nur meditierte oder schlief.

Sowohl Ryan als auch Erinya erkannten, dass er ihnen längst entglitten war. Manchmal blätterte er in den Unterlagen, die sie bekommen hatten, war dann erst recht für ziemlich viel Zeit nicht mehr ansprechbar. Schmerz schien in ihm zu toben. Damit umgehen konnte er nicht, um Hilfe bitten ebenso wenig. Also litt er schweigend und trauerte, alleine für sich. Innerlich wandte er sich immer mehr von seiner eigenen Spezies ab, bis er eine Ahnung seines neuen Weges hatte.

Über all dem vergaßen sie die Zeit, vergaßen den Tag-Nacht-Rhythmus, der sie ansonsten immer begleitet hatte. Sie lernten eine ganz neue Lebensqualität kennen, unabhängig von klassischen Strukturen. Obwohl es vielleicht nicht besonders gut schien, so fühlten sie sich damit um einiges wohler. Schließlich hatte es sogar im Areal geregelte Zeiten gegeben.

„Fertigmachen, wir da!“
Shieljo, ihnen besseres Essen reichend, als sie die letzten Tage zu sich
genommen hatten, scheuchte sie auf.
„Hoch und mitkommen!“
Widerworte ließ er nicht gelten.
„Wo?“
„Ziel. Wir sind kurz vor Landung!“
„Und wo, bitteschön, ist das?“
„Abwarten! Jetzt, mitkommen!“
Ungeduldig zupfte er an ihrer Kleidung, schob sie mit sich, zog Fynn
am Ärmel, der längst mehr verträumt als klar in der Realität wirkte.
Shieljo wirkte aufgekratzt, weitaus mehr als sonst, als würde er sich auf
etwas freuen, was sie nur zu vermuten vermochten.

Vielleicht war es auch einfach nur der Gedanke daran, wieder einen
Himmel über sich zu sehen, die Sterne von unten aus zu betrachten,
vielleicht der Duft von Natur, den besonders Erinya sehr vermisste. Bei
diesem Gedanken setzte sie ein Lächeln auf die Lippen, seufzte.

Leichter Wind, der ihr durch die inzwischen länger gewordenen Haare
strich, Sonnenstrahlen auf der Nasenspitze, selbst ein unbedacht
erworbener Sonnenbrand wirkte ausgesprochen verführerisch in
diesem kahlen Umfeld. Obwohl der Gleiter sie in die Freiheit zu
bringen schien, empfand sie die Enge längst als unangenehm.
Klaustrophobisch war sie keineswegs, aber offene, weite Flächen, in
denen sie sich frei atmen konnte, mochte sie um einiges lieber.

„Das Ziel ist aber keine Raumstation, oder?“
„Nein.“
„Ein Planet?“
„Ja. Menschen mögen ihn, ist aber schwer zu finden.“
„Warum?“
„Ihr werdet zeitgerecht verstehen. Vertraut mir!“
Aus Shieljo war kein weiteres Wort herauszubekommen, während er
auf einer der Kisten saß, sich an einem Gurt festhielt und auf die
Landung wartete. Ohne erneut nachzufragen, tat das Trio es ihm nach,

gerade rechtzeitig, bevor sie kräftig durchgeschüttelt wurden. Weit heftiger als beim Start, rüttelte der Gleiter bei der Landung. Rumpelnd, durch verschiedene Turbulenzen hindurch, löste sich kurzfristig mehrmals hintereinander die künstliche Schwerkraft.

Das Gefühl zu schweben förderte in Erinya ein leicht euphorisches Gefühl zutage. Noch während sich ihr Magen hob, fühlte sie sich einem Empfinden nahe, das sie ein einziges Mal beim Tauchen erlebt hatte. Ihr Magen revoltierte, drohte, ihr letztes Essen wieder aus sich hinausschleudern zu wollen. Im gleichen Moment spürte sie eine Euphorie, die sie sich nicht erklären konnte.

Augenblicklich endete dieser Zustand, als sich die Schwerelosigkeit aufhob und sie mit voller Kraft auf jene Box aufschlug, an die sie sich zuvor noch festgekrallt hatte. Schmerz durchschnitt ihre Sinne mit der Heftigkeit einer Pistolenkugel, schleuderte sie beinahe hinter die Box, lediglich die Gurte, an denen sie sich festhielt, verhinderten, dass sie an die Wand katapultiert wurde.

Nach dem fünften Mal übergab sie sich.Ihr Körper verkraftete das einfach nicht länger. Fynns Körper, zu schwach und kraftlos, hatte längst die Gurte losgelassen, schleuderte bei jedem Ruckeln quer durch den Raum.
„Halt dich fest!"
Wütend packte Ryan den Jungen mit der rechten Hand. Anspannung und massiver Kraftaufwand drückten seine Muskeln deutlich sichtbar nach außen. Über all der Muskelmasse konnte Erinya deutlich die blauen und grünen Flecke der Prügeleien erkennen, die er sich in den letzten Tagen zugezogen hatte. Kopfschüttelnd verstand sie immer weniger, warum er sich das antat.

In Gedanken dazu versunken schrie sie bei dem nächsten Eintreten der Schwerkraft auf. Diesmal hatte die Box nicht ihre Kehrseite, sondern die linke Niere getroffen. Schmerz explodierte in ihrem Leib. Schwärze trat ihr vor die Augen. Bevor sie das Bewusstsein völlig zu verlieren drohte, griff Shieljo nach ihr. Sie oblagen immer noch seiner Verantwortung, sie so kurz vor dem Ziel zu verlieren wäre das Letzte, das er haben wollte. Obwohl nur Ryan das Mal trug, so gehörte Erinya, ebenso wie Fynn, zu Ryans Truppe und damit hatte er sie ebenso akzeptiert wie Ryan.

Aufseufzend packte er Erinya. Stahlhart erfolgte der Griff, würde Erinya mehrere blaue Flecke am linken Oberarm verpassen, ihr aber das Leben sichern.

Minuten später, die ihnen wie eine Ewigkeit erschien, hörte das Taumeln, Poltern und die ständigen Schwankungen zwischen Schwerkraft und Schwerelosigkeit endlich auf. Erinya und Fynn sanken erschöpft zu Boden, glücklich darüber, die Boxen bereits nach den ersten Stunden auf dem Gleiter fixiert zu haben.

Surrende, ächzende Geräusche erklangen hinter ihnen. Dazwischen knirschte Metall über Metall, gleißend helles Sonnenlicht drang zentimeterweise immer tiefer in den Lagerraum des Gleiters vor, bis ihnen gnadenlose Hitze entgegenschlug. Bald schon fühlten sie sich wie ein Stück Fleisch auf einem Grillrost der Hitze ausgesetzt.So sehr sie sich an kühleres Wetter und klimatisierte Räume gewöhnt hatten, so stark setzte ihnen die schlagartig eindringende Luft zu.

Hitze drang brennend in ihre Lungen, fühlte sich in den Nasen wie Feuer an. Innerlich vermeinte vor allem Erinya zu verglühen, während Ryan beinahe wie automatisiert auf den Modus „Hitzebeständig" umzuschalten. Längst konnte er nicht mehr sagen, wie oft seine Einsätze in heißen Gebieten, meist schon in Wüstenregionen abliefen, nicht nur in den ehemaligen Wüstenstaaten, sondern viel weiter, hatte die Wärme doch zu seiner Zeit längst Einzug gehalten in ehemals gemäßigte Klimazonen. Für ihn war dies nicht mehr als sein übliches Vorgehen, längst schon unbewusst, beinahe mechanisch.

Mit ihren Händen versuchten sie sich, vor Hitze und hochintensiver Sonnenstrahlung abzuschirmen. Shieljo schien diese Art der Landung bereits zu kennen, klopfte sich etwas Staub von der Kleidung, zog eine Kleinigkeit hervor, ähnlich einer Sonnenbrille. Kurz innehaltend setzte er ein für einen Shailielia ganz besonders eigenwilligen Grinser auf.

Keiner von ihnen vermochte zu sagen, ob er wirklich grinste oder nur
verächtlich die Lippen verzog.

Genüsslich blickte er, mit der Brille auf dem Gesicht, in die Sonne, ließ
die hohe Temperatur seinen Körper erwärmen. Doch er wusste auch,
wie empfindlich Menschen auf diese hohen Temperaturen reagierten,
und drückte jedem von ihnen etwas in die Hand, das er ihnen stumm
bedeutete aufzusetzen. Nur wenig später trugen sie allesamt das gleiche
Brillenmodell auf der Nase, das zwar kaum die Helligkeit dämpfte,
dafür aber verschiedene Strahlungen abhielt.

„Gut für Augen!"
Mit diesen Worten hatte er ihnen die Brillen gereicht. Obwohl sie nun
mit einem leichten Stich ins Violette alles um sich herum wahrnahmen,
schnitt der zuvor vorhandene, schneidende Schmerz bei Weitem nicht
mehr so intensiv in ihre Augen wie noch kurz zuvor.

„Mitkommen!"
Er wartete nicht darauf, dass die Ladeluke gänzlich aufging, sondern
sprang bereits wenige Augenblicke zuvor aus dem Gleiter. Knirschend
und quietschend öffnete sich die Ladeluke gänzlich, bis sie mit lautem
Getöse auf dem Sandboden aufschlug. In der Sonnenhitze stand Shieljo
und winkte ihnen zu. Leicht ungeduldig wirkend, und dabei heftig
gestikulierend, stand er inmitten aufgewirbelter, feinster Sandkörner.

Flotten Schrittes verließen sie den Gleiter, fühlten sich vom Klima des
Planeten erst einmal stark benebelt. Weich fühlte sich der Boden unter
ihren Füßen an. Während Ryan die Hitze ganz gut zu vertragen schien,
spürte Erinya ihren Kreislauf instabil werden. Vor ihren Augen
erschienen schwarze Sternchen, welche sich rasant vermehrten, bis sie
nur noch Schwärze sah. Schwankend tat sie noch einige Schritte nach
vor, bis sie in die Knie ging und auf dem aufgewärmten, heißen Sand
zusammenbrach.

Ryan, der hinter sich nur einen erstickten Schrei hörte, drehte sich zwar
blitzartig um, konnte Fynn jedoch nicht mehr zeitgerecht unterstützen,
als dieser versuchte Erinya hochzuheben. Selbst daran scheiterte der

Junge, dessen körperliche Fitness praktisch nicht vorhanden war. Die Hitze des Bodens spürend, zog er Erinya hoch.

„Wir brauchen Schatten und Wasser, Shieljo, sofort!"
Harsch für seine Verhältnisse, pflaumte er Shieljo heftiger an, als er es erst wollte. Bittend blickte er ihn an, und versuchte Erinya in den Schatten des Gleiters zu bringen, und merkte binnen eines Augenblicks, warum es hier so gut wie keinen Schatten gab.

„Zwei Sonnen?"
Ungläubig sah er erst nach oben in den wolkenlosen Himmel und zu Shieljo. Dieser nickte unmerklich, fühlte sich aber offensichtlich wohl, seine kleinen Schuppen wirkten, als würden sie glühen, schimmerten leicht in einem seltsamen Olivgrün, das sie nie zuvor hatten.
„Verflixte Echse!"
In sich hineinmurrend zog er Erinya vom Gleiter weg, direkt zu Fynn, der eine alte Decke aus dem Gleiter mitgenommen hatte. Trotz der dicken Struktur legten sie Erinya die Decke über den Kopf, versuchten ihr so zumindest ein klein wenig Schatten zu spenden.

„Großartig, nicht wahr?"
Shieljo sah in die Runde, verstand die latent vorhandene Wut in Ryans Blick nicht.
„Mitkommen!"
Drehte sich um, blieb dann stehen, drehte sich zurück.
„Was mit ihr los?"
„Erinya geht es nicht gut. Wir brachen Schatten!"
„Oh, Menschen so zerbrechlich. Euch geht es gut?"
„Ja, uns beiden geht es gut, aber sie braucht Schatten - sofort!"
„Gut, mitkommen!"

Die Schritte durch den feinen Sand fielen ihnen schwer, vor allem mit Erinya im Schlepptau, die noch immer ohne Bewusstsein auf Ryans Schulter hing. Dank seines Trainings stellte sie für ihn keine sonderliche Belastung dar, hatte sie doch nicht einmal das Gewicht seiner einstigen Ausrüstung, die er oft über viele Stunden geschleppt hatte.

Obwohl sie nur eine große Fläche Sand sahen, folgten sie Shieljo, welche Wahl hatten sie denn sonst schon? Immerhin machte er den Eindruck zu wissen, wohin er sie führte. Flotten Schrittes ging er voran, selbst Ryan, der in Wüstengebieten in Einsatz gewesen war, hatte Mühe seinem Tempo zu folgen.

Bereits nach wenigen Metern kamen sie an eine Stelle, die auf den ersten Blick nach nichts Besonderem aussah. Auf den zweiten Blick jedoch, in dem Moment, in dem sie direkt davor standen, erkannten sie innerhalb des Sandhügels einige felsige Stellen. Shieljo begann, den Sandhügel zu erklimmen. Selbst ihm fiel es schwer, die Füße zu heben. Tief sank er nach jedem Schritt in den Sand ein, selbst ihm kostete es Kraft. Auf ebener Fläche kam auch er um einiges flotter voran.

Der Moment, in dem sie den Hügel erklommen hatten, und auf dessen Kamm standen, blickten auf eine kleine Siedlung hinab, in deren Mitte einige, wenige Palmen standen. Zumindest wirkten die Bäume auf den ersten Blick wie Palmen, doch damit endete die Ähnlichkeit auch schon wieder. Einig alte, einstmals gewiss prachtvolle Bauten zeugten von Kreativität und Erfindungsgabe früherer Bewohner. Von Weitem sahen sie einfach und einheitlich erbaut aus. Je weiter sie sich ihnen näherten, umso mehr Einzelheiten konnte Ryan daran erkennen. Verblichene Farben zeugten von Bildern längst vergangener Zeiten, schmückten noch immer ausgeblichen Wände. Wehrten Tücher vor den Eingängen noch Hitze ab, hingen sie dennoch bewegungslos von ihren Befestigungen. Nicht einmal der kleinste Hauch von Wind regte sich.

Auf den ersten Blick wirkte die Siedlung winzig, standen doch nur einige, wenige Hütten offen aneinander geschmiegt. Nur langsam, schrittweise und mühsam kamen sie allmählich der Siedlung immer näher. Bald schon hörten sie Kinderstimmen, laut, lachend, beinahe schon kreischend. Dazwischen weibliche Stimmen, die die Kinder zur Ruhe riefen.

Schweigend kamen sie der Siedlung näher, bis sie direkt vor den Hütten standen. Shieljo bedeutete ihnen zu warten. Endlich konnte Ryan

Erinya in den Schatten einer der Hütten legen. Bereits auf dem Weg hatte sie erste Anzeichen von sich gegeben, dass sie wieder erwachte. Jetzt, in dem Moment, in dem sie den Schatten auf ihrer erhitzten Haut fühlte, schlug Erinya wieder ihre Augen auf, verdrehte diese nach oben, sodass kaum mehr als das Weiß in ihnen zu sehen war, drehte sich zur Seite und übergab sich auf den feinen Sand.

Fynn musste hart an sich halten, um ihre Würgegeräusche nicht als Anlass zu nehmen sich selbst zu übergeben. Lieber drehte er sich von ihr weg. Wie ihr, machte auch ihm die Hitze kräftig zu schaffen, doch mehr als leichtes Schwindelgefühl dank Wassermangel empfand er nicht.

Bevor Erinya sich wieder halbwegs aufraffen konnte, stand bereits Shieljo wieder vor ihnen, in seinem Schlepptau eine verhüllte Gestalt, die sie an einen Beduinen erinnerte. Groß gewachsen, gehüllt in ein langes fallendes Kleidungsstück, stand sie bewegungslos vor ihnen. Vor Staub und Hitze sollte wohl das Tuch schützen, das sie um ihren Kopf geschlungen trug, mit einem einfachen, zusammengerollten Tuch umgürtet fixiert.

Im strahlenden Sonnenlicht umgab leicht glitzernder Schimmer die Gestalt, hängte sich an den Stoff der Kleidung, schien das Sonnenlicht zu reflektieren. Unwirklich, nahezu engelsgleich erschien sie ihnen.

Eine leichte Bewegung andeutend, drehte sich die Gestalt um, bewegte sich ungemein geschmeidig, beinahe, als würde sie schweben. Wenige Schritte später stand sie vor einer der Hütten, hob das davor hängende Tuch, tauchte darunter und entschwand.

„Geht!"
Ungeduldig scheucht sie Shieljo hoch. Obwohl Erinyas Kreislaufprobleme keineswegs entschwunden waren, mühte sie sich darum, möglichst rasch aufzustehen. Im kühlen Schatten liegend, hatte sie bereits Erholung gefunden, aber zum wiederholten Male für sich selber bemerkt, dass ihr kühlere Regionen doch lieber waren. Noch nie zuvor hatte sie die Hitze zweier Sonnen auf ihrem Körper gespürt, nie

zuvor, hatte sie auch nur einen Fuß in eine Wüstenregion gesetzt, ihr hatten bereits die heißen Sommer in ihrer Heimatstadt gereicht.

Nicht nur, dass die Stadt damals ohnehin schon im Dreck erstickte, nicht nur, der Geruch, sondern auch die Unmengen an Leben und schlecht gekühlten Gebäude taten ihr Übriges dazu, dass jeden Sommer Tausende in der Sonnenglut verstarben. Allein der Gedanke daran ließ sie noch immer erschauern.

Auf Ryan gestützt schleppte sie sich noch wenigen Meter weiter, bis sich der Vorhang hinter ihr senkte. Zuerst bemerkte sie die Kühle des Raumes. Von mehr als gefühlten 50 Grad aufwärts zu gerade einmal spürbaren 25 Grad brachte sie schlagartig zum Frösteln. Nicht nur sie. Auch auf Ryans und Fynns Körper machte sich eine Gänsehaut bemerkbar, die sie selten zuvor in dieser Intensität erlebt hatten.

„Schuhe aus und setzt euch!"
Im ersten Moment hörten sie zwar die Worte, doch sie konnten nichts erkennen. Zuvor hellstes Sonnenlicht, längst einem schattigen Innenraum gewichen, mussten sich ihrer aller Augen erst an die neuen Lichtverhältnisse gewöhnen.

Noch vor allem anderen erblickte Erinya einen liebevoll, wenn auch dezent eingerichteten Raum. Nach wie vor standen sie auf weichem, beinahe pulvrigem Feinsand, bei jedem Schritt leicht nachwippend. Mitten im Raum lag ein großer Teppich, der nahezu den gesamten Boden ausfüllend. Kräftige Farben unterstrichen seltsame Muster, welche ähnlich wirkten wie die jener Orientteppiche, die sie vereinzelt in alten Wohnungen gesehen hatte.

Abgelegte Schuhe, in die sie ihre Socken stopften, stellten sie neben die Eingangspforte. Kichernd grinsend trat Erinya einige Schritte auf der Stelle, fühlte, wie sich der feine Staubsand zwischen ihren Zehen anfühlte. Irgendwo in ihrem Kopf erinnerte es sie an einen schönen Abend als Kind, in der sie in einer improvisierten Sandkiste spielen durfte. Eine Wiederholung gab es niemals, obwohl sie des Öfteren darum gebeten hatte, eine Antwort auf die Frage, warum nicht, gab es ebenfalls keine.

Weich fühlte sich der Untergrund an, auf dem sie standen, selbst der Teppich gab leicht nach. Mitten auf dem Teppich erkannten sie nun auch eine größere, bronzefarbene Schale. Mehrere kleinere Glasbehälter und eine große Kanne standen darauf.

„Setzt euch!"
Erneut kam diese Aufforderung, der sie nun nachkamen. Weich fühlte sich der Boden unter ihnen an. Fynn nahm seine übliche Meditationshaltung ein, Ryan den Schneidersitz. Erinya wiederum versuchte so zu sitzen, dass sie nach wie vor die Zehen in den Sand eingraben konnte, merkte jedoch rasch, dass dazu der Abstand zu groß war.

„Greift zu!"
Leichte Dampfschwaden stiegen aus den schmalen, verzierten Gläsern vor ihnen, kringelten sich, bis sie entschwanden.
„Danke!"
Noch vor den Burschen griff Erinya zu. Noch fühlte sich das darin enthaltene Getränk heiß an, in kleinen Schlucken war es jedoch trinkbar. Flüssigkeit brauchte sie im Augenblick mehr als alles andere. Jeder Schluck, der ihre Kehle hinunter rann, fühlte sich gut an, belebte sie von innen. Bald schon fühlte sie sich wieder richtig gut hergestellt. Den Kreislauf beruhigt, konnte sie sich nun auch auf das Innere der Hütte konzentrieren.

Ihr gegenüber saß ein sonnengegerbter Mann, die gleichen, strahlendblauen Augen, wie die Gestalt, die hinter Shieljo gestanden hatte. Unter dem dichten, dunklen Vollbart, den bereits etliche Silbersträhnen durchzogen, vermochte sie seine Gesichtszüge nicht zu erkennen.
„Seid fürs Erste meine Gäste. Ich bin Hator. Wer ihr seid, hat mir Shieljo bereits verraten. Wir haben hier zwar nur wenig, aber das teilen wir gerne."

„Wo sind wir hier?"

„Shieljo hat euch nichts verraten?"

„Nein, wie auch? Aus dem etwas rauszubekommen ist praktisch unmöglich."

„Natürlich, Shailielia sind aber so. Wisst ihr das nicht?"

„Nein. Wie denn auch?"

„Was hat er denn erzählt?"

„Nicht viel, eure Namen und dass ihr auf der Flucht von der Erde seid. Wer von euch ist Ryan?"

Fragend blickte Hator in die Runde, sah dann Ryan an.

„Du dürftest das sein, richtig?"

Ryan nickte nur.

„Zeig mir deine Hand!"

Leicht die Augen verdrehend folgte er dieser Bitte.

„Verstehe. Wusstest du eigentlich, worauf du dich damals eingelassen hast?"

Daraufhin schüttelte er nur den Kopf.

„In Ordnung. Aber ich bin mir sicher, du weißt jetzt Bescheid!"

Als Antwort erfolgte ein einfaches Nicken.

„Gut. Dann wäre das geklärt. Wo ihr hier seid, wisst ihr auch?"

„Nein, es hieß immer nur, wir werden zeitgerecht alles erfahren."

„Verstehe. Dann liegt es wohl an mir, euch über alles Weitere aufzuklären."

Shieljo, der die ganze Zeit über im Hintergrund stehen geblieben war, deutete nun nur noch eine leichte Verbeugung an, und entschwand im nächsten Augenblick hinter dem Tuch. Ein kurzer, heftiger Hitzestoß drang in die Hütte vor.

„Nun denn, ich werde euch erst einmal ein wenig von hier erzählen. Zuerst einmal nennt mich einfach Hator, aber das wisst ihr ja schon. Ich stamme selber aus dem Norden Europas. Was damit passiert ist, war alles andere als schön, aber das ist ein ganz anderes Kapitel. Wir sind hier auf Jada, irgendwo in der Milchstraße. Ich könnte euch zwar genau erklären, wo wir dort genau sind, aber das spielt im Moment keine besonders wichtige Rolle."

Hator griff hinter sich, holte einen Korb mit Brot und Trockenfrüchten hervor, den er in die Mitte stellte.

„Greift zu, ich bin mir sicher, ihr könnt etwas Frisches zu Essen gut vertragen."

Noch bevor er zu Ende gesprochen hatte, knurrten die Mägen der drei Gefährten, vermeldeten, dass sie gern etwas vom Angebot nehmen wollten. Noch leicht zögerlich, aber doch, griffen sie zu. Köstlich schmeckte das frische Brot, zerging beinahe auf der Zunge, obwohl, oder vielleicht gerade weil, so gut, wie nicht gewürzt war. Lediglich etwas Salz und ein Gewürz, das sie nicht zu identifizieren vermochten, dem Brot aber einen herben Unterton verlieh, schmeckten sie darin heraus.

Auch die Trockenfrüchte hielten für sie eine Überraschung parat. Obwohl diese optisch Datteln ähnelten, schmeckten sie ganz anders. Bitter, mit einer Unternote von Zucker, der aber ganz sicher keiner war. Der erste Bissen vermittelte Schärfe, kauten sie länger daran, fühlte sich der Mund wie nach einer wahren Geschmacksexplosion an. Obwohl sie das nicht sicher sagen konnte, hatte vor allem Erinya den Eindruck, Hator würde unter seinem Bart breit schmunzeln.

„Gut, nun denn. Das Essen hier ist anfangs etwas eigenwillig, aber ihr werdet bald merken, genau diese Einfachheit macht es zum besten Essen der ganzen Galaxis."

Während er selber vereinzelt kleinere Bissen zu sich nahm, erzählte er weiter.

„Offiziell gehört Jada dem System der Kenteroy an. Nachdem diese den Planeten praktisch bis in den letzten Winkel ausgeplündert hatten, ihn in eine karge Einöde ohne Rohstoffe und fruchtbaren Boden verwandelten, verließen sie den Planeten praktisch über Nacht. Das ist jetzt, nach den Legenden, etliche Hundert Jahre her, in etwa in der Zeit, als unsere ersten Generationenschiffe starteten und die Menschheit in einen intergalaktischen Krieg verwickelt wurde. Wir Menschen waren nur einfach ein paar Jahrhunderte zu früh dran. Seit jener Zeit hat sich kein einziger Kenteroy mehr hier blicken lassen."

„Klingt irgendwie nach kolonialer Ausplünderung!“
„Genau. Es ist nichts anderes, als das. Wie es bei solchen Dingen
üblich ist, wurden viele der hier ansässigen Stämme in die Sklaverei
entführt. Diejenigen von ihnen, die noch übrig sind, haben seit vielen
Generationen versucht, ihre eigenständige Kultur zu bewahren.
Doch ihre Art zu leben, zu denken und zu arbeiten hätte sie längst
unter die Räder anderer Völker gebracht, wenn der Planet nicht so
unendlich uninteressant geworden wäre. Wie schon gesagt, gibt es hier
keine nutzbaren Rohstoffe mehr, Wasser ebenso wenig und strategisch
betrachtet liegt Jada auf einem völlig uninteressanten Flecken jedweden
Schlachtfeldes.“

„Mit anderen Worten, er ist nicht einmal für militärische Operationen
als Stützpunkt nutzbar.“
„Genau das, Ryan, wollte ich damit sagen! Die hier lebenden
Einheimischen, die Tasollana, sind auch für jegliche Art der
Kriegsführung unbrauchbar. Als Arbeiter versagen sie ebenso wie als
Gelehrte oder Wissende. Sie sind für den Rest der Galaxie zu nichts zu
gebrauchen. Sie haben zwar gelernt mit Kolonialherren umzugehen,
aber die daraus gezogenen Lektionen ließen sie passiv und an allem
anderen als an ihrer eigenen Art zu leben, völlig desinteressiert werden.
Auf ihre Art und Weise sind sie zwar arbeitsam, gefügig und
dienstbeflissen, aber so weit ab von dem, was andere als nützlich
erachten, dass es keinerlei Möglichkeit gibt, sie in den alltäglichen
Umgang mit anderen Völkern zu integrieren.“
„Ureinwohner sind das selten!“
„Stimmt ganz genau. Nur dieser Planet ist, trotz allem, auf seine Art
und Weise etwas Besonderes. Eines Tages werdet ihr das erkennen.
Fragen?“
Lächelnd blickte Hator in die Runde. Erschöpft wirkten sie allesamt auf
ihn. Reisen nach Jada machten ausnahmslos jeden Menschen
unglaublich müde.

„Für heute ist es genug. Ihr werdet hier nächtigen.“
Geschmeidig erhob sich Hator, trat an eine Truhe heran, die leicht
verborgen in einer Ecke hinter einem Wandteppich stand, öffnete diese

und holte einige Tücher daraus hervor.
„Hier! Diese könnt ihr als Decken nutzen, wenn ihr denn wollt. Die
Nächte bleiben zwar ziemlich warm, aber die Umstellung kann anfangs
heftig irritieren."

Mit diesen Worten zog er sein Tuch, das die ganze Zeit neben ihm auf
dem Boden gelegen hatte, hoch, legte es sich auf den Kopf und fixierte
es in einer beinahe schon kunstfertigen Art und Weise wie zuvor,
sodass nur noch seine Augen sichtbar waren, und schlüpfte in seine
Sandalen.
Obwohl er nur einen winzigen Spalt des Eingangstuches hob, strömte
sofort wieder ein Schwall von Hitze in die Hütte.

Doch das bekamen sie schon nicht mehr mit. Leise schnarchend war
Fynn bereits einfach zur Seite umgekippt. Erinya zog sich zwar noch
das Tuch über den Körper, bevorzugte es schlichtweg nicht ohne etwas
auf ihrem Leib zu schlafen. Ryan versuchte zwar noch eine Weile wach
zu bleiben, doch selbst seine frühere Konditionierung versagte, und er
schlief binnen Sekunden ein.

Kapitel 6

Mit Pelzgeschmack im Mund setzte sie sich auf, rieb sich ungläubig die Augen. Ihr Blick fiel auf den Platz vor der Hütte.Das Eingangstuch hing zurückgezogen, an einer Seite fixiert an einem Haken. Klare, kühlere, nach Meerwasser riechende Luft, drang durch ihre Nase in ihre Lungen. Allein schon davon fasziniert bemerkte sie eine vollkommene Schärfung ihrer Sinne, in jenem Moment, als sie den Schatten einer Gestalt im Türrahmen sah. Winkte sie ihr zu? Kopfschüttelnd erhob sie sich von ihrem Lager. So gut geschlafen hatte sie nie zuvor. Kaum mehr als einen Augenblick blieb Erinya nachdenklich stehen. Noch einmal winkte ihr der Schatten zu. Entschlossen griff sie nach dem Tuch und folgte der Gestalt nach draußen.

Unheimlich anmutende Stille durchzog die kleine Siedlung. Ohne zu wissen woher, roch sie zwar Rauch, der wohl von einem Lagerfeuer stammen mochte, doch nicht mehr. Wie nie zuvor sah sie den Sternenhimmel über sich. Viele der Himmelskörper wirkten zum Greifen nahe, einige wirkten so nahe, wie der Erdenmond. Bei manchen von ihnen hätte ein einfaches Fernrohr ausgereicht, um sie besser zu betrachten.

Lächelnd stand Erinya einfach nur da, die Schönheit der Sterne bewundernd, atmete tief durch, wollte diesen Moment niemals wieder vergessen. Dankbar für diesen Augenblick der Ewigkeit, fühlte sie sich als Teil eines Universums, harmonisch und zu etwas gehörend, das ihr auf Erden stets verwehrt geblieben war. In ihrem Herzen fühlte sie Glück, wie nie zuvor. Wärme, das Gefühl von jemandem gehalten zu werden, stellte sich ein, als wäre sie in ihrem wahren Zuhause angekommen.

„Komm!"
Leise wispernd erklang das Säuseln einer Stimme in ihrem Kopf. Hörte sie es tatsächlich oder bildete sie sich dies nur ein? Vor sich, nahezu im

Schatten einer der Hütten, entdeckte sie die Gestalt, der sie zuvor nachgeeilt war. Diese stand einfach nur neben der Hütte, als wollte sie sie einladen ihr zu folgen. Endlich erträglichere Temperaturen konnte Erinya tief einatmen. Obwohl die Luft noch immer warm erschien, fühlte sie sich nicht mehr wie in einem Glutofen gefangen. Selbst der Boden war nicht mehr glühend heiß, sondern nur noch warm.

Bei jedem einzelnen Schritt drang ihr der feine weiche Sand zwischen den Zehen hindurch, doch selbst das realisierte Erinya kaum. Das Tuch noch immer in ihrer Hand haltend, schritt sie auf die Gestalt zu, die von Hütte zu Hütte eilte, immer dann innehaltend, wenn Erinya sie kurzfristig aus den Augen verlor, als würde sie auf sie warten.

Wie ungewohnt sich der Boden unter ihren Füßen verhielt, merkte Erinya binnen sehr kurzer Zeit. Ihre Knöchel begannen zu schmerzen. Zu ungewohnt war der Boden unter ihr. Stur den Schmerz ignorierend, ging sie weiter, bis sie die letzte Hütte hinter sich gelassen hatte. Ihr Blick fiel auf offene Fläche, unendlich weite Sandebene. Vereinzelt hoben sich Sandhügel daraus hervor.

Deutlich wie nie zuvor erblickte sie die Sterne am Firmament. So hell die zwei Sonnen den Tag machten, so angenehm erstrahlte alles in sternenklarer, wenn auch mondloser Nacht. Dünen, von Schattenspielen verzaubert, lagen zu ihren Füßen. Längst hatte sie die Gestalt aus den Augen verloren. Als hätte es die Gestalt nie gegeben, existierten keinerlei Fußspuren von ihr. Wohin sollte sie gehen? Wem folgen?

Obwohl Erinya nach wie vor Ausschau nach der Gestalt hielt, versank sie in einem nahezu verzauberten Zustand, legte das Tuch am Rand der Sieldung auf den Sand, setzte sich darauf. Verträumt blickte sie nach oben zum sternenklaren Firmament. Beeindruckt vom Sternenschimmer berührte etwas ihr Herz, das sie nicht zu benennen vermochte. Kaum mehr als das Herz des Universums schien ihr in diesem Augenblick zum Greifen nahe. Nie zuvor hatte sie derartigen

Frieden und Zuversicht verspürt wie in diesem einen Moment. Zeit hatte längst jegliche Bedeutung verloren.

Kein einziges Geräusch drang an ihr Ohr, nichts, das sie abzulenken vermochte. Irgendwo vor sich, hinter einer der Dünen, entdeckte sie schließlich einen Schatten. Zu tief versunken in der Betrachtung des Firmaments übersah sie den Schatten, tief berührt von jener Unendlichkeit, die sie nicht begriff. Leises Lachen drang an ihr Ohr, beruhigend, nahezu hypnotisierend, versank der Schatten schließlich im Erdboden, glitt in eine der Dünen hinein, entschwand jeglicher Wahrnehmung.

Etwas zerbrach in Erinya, Schmerz drang nach außen, trieb ihr eine Träne die Wange hinab. Entsetzen, pure Kälte füllte ihr Herz, ließ sie erstarren wie nie zuvor, schlug selbst ihre Erinnerung an Morayn. Ohne sich bewegen zu können, verharrte sie in diesem Zustand. Kalter Lagerfeuergeruch drang beißend an ihre Nase, während sie um sich das Toben eines Orkans wahrnahm. Tiefaus ihrer Kehle entrang sich ein Schluchzen, trieb nach oben, doch mehr als ein einzelnes Krächzen drang nicht nach außen. Niemals zuvor hatte sie derartige Angst gespürt, nie zuvor solche Furcht empfunden, wie jetzt.

Bittere Qual rüttelte sie durch, bewegungsunfähig blieb ihr nur den Schmerz zu durchleiden.
Wispernd drangen Stimmen an ihr Ohr, Worte, die sie nicht verstand. Ihr Herz jedoch erbebte von jenen Nuancen, die niemand bewusst wahrzunehmen vermochte.

Weit hinter den Dünen erhob sich dunkles Violett, begann seinen Siegeszug über den noch beinahe schwarzen Himmel. Vereinzelt drangen Lichter daraus hervor, sanftes Türkis, das sich spiralförmig aus einer einzelnen Mitte heraus zu formen begann. Rauchschwaden gleich breitete es sich gemächlich über das gesamte Firmament aus, durchdrang jenes satte Violett, dessen Ruhe zwischen Tag und Nacht lag, den Morgen einzuläuten begann. Sanfter als sie es von der Erde kannte, übernahm das Türkis die Oberhand, griff nach allem, bewegte sich, verdichtete sich, eroberte alles, bis es den gesamten Himmel erfüllte und dem Violett jeglichen Platz entzog.

Bereits in diesem Zustand ließ sich die kommende Tageshitze erahnen. Wärme drang aus der Tiefe der Wüste hervor, drang mit schierer Brachialgewalt nach oben. Schweiß entstieg ihren Poren, ließ sie bereits unter der brütenden Hitze der ersten Sonne, die noch nicht einmal den Himmel erklommen hatte, schwitzen.

Erst, als sie die leichte Berührung einer Hand an ihrer linken Schulter fühlte, drehte sie sich um, sah nach oben, direkt in das verschlafen wirkende Gesicht Fynns. Obwohl er mit der Hitze ähnlich zu kämpfen hatte wie sie selbst, hatte er sich wohl erstaunlich rasch angepasst. An diesem Morgen wirkte er nicht nur ausgeruht, sondern auch ungemein zufrieden, obwohl seine Augen anderes sagten.

„Komm, du solltest etwas essen!"
Heiser klang seine Stimme durch, als hätte er zu wenig getrunken. Sie nickte nur, erhob sich, zog das Tuch an sich heran, das voller Sand erschwert in ihrer Hand hing. Kräftig schwang sie es, ließ es beinahe wie eine Peitsche schnalzen, bevor sie es sich auf den Kopf legte.

Bereits jetzt, nur wenige Minuten nach dem Sonnenaufgang, brannte die Hitze gnadenlos auf sie herab. Wo sie selbst noch mit der hohen Temperatur Probleme hatte, begannen die Tasollana bereits ihr morgendliches Tagwerk, das darin bestand, Wasser aus dem Dorfbrunnen zu holen, die ziegenähnlichen Tiere zu melken und Frühstück zu richten, das mitten am Dorfplatz von einigen wenigen alten Personen der Gemeinschaft zur Verfügung gestellt wurde. Jeder, selbst die kleinen Kinder, kamen mit ihren Essenschalen herbei und holten sich dampfend heißen Brei, der auch Erinya und Fynn angeboten wurde.

Fynn deutete ein Kopfnicken an, zog lediglich das Tuch, das er sich selber um den Kopf geschlungen hatte, etwas tiefer ins Gesicht und nahm die Schale mit Brei entgegen. Erinya winkte zwar ab, doch beim dritten Versuch eines Tasollana, konnte auch sie nichts mehr dagegen einwenden und nahm die Schale an. Sie fühlte sich müde und erschöpft, wusste nicht, wie lange sie tatsächlich geschlafen hatte.

Mit den Schalen in der Hand schlurften sie, mehr als zu gehen, zurück zu ihrer Hütte. Dankbar, wieder Kühle um sich herum zu spüren, setzten sie sich neben Ryan, der noch leise schnarchend schlummerte.

„Morgen! Warum seid ihr schon wach?“
„Keine Ahnung, ist halt so. Hunger?“
Auf die Frage hinaus knurrte Ryans Magen wie Donnergrollen, nahm Erinyas Schale entgegen, und löffelte den Brei in Rekordtempo hinunter.
„Und? Schmeckts?“
„Nicht übel. Einfach und ohne Würze, aber irgendwie …“
„… pikant?“
Vom Hütteneingang her hörten sie Hators Stimme. Mit einer eigenen Schale in der Hand hatte er das Tuch vor dem Eingang beiseitegeschoben und stand im Türrahmen. Er schien lediglich auf eine Einladung zu warten. Fast schon automatisch deutete Erinya ein leichte Handbewegung an, der Hator augenblicklich folgte. Wie am Vortag konnten sie auch jetzt nicht einmal ansatzweise sagen, ob er lächelte oder nicht, viel zu dicht wirkte der Vollbart, der das Gesicht unter einer Haarmatte verbarg.

Mit wenigen, geschmeidig wirkenden Schritten, stand er mitten in der Hütte, ließ sich auf den Boden sinken, direkt neben den noch immer leicht verschlafenen Ryan. Gähnend kratzte sich dieser am Kinn, dabei den beginnenden Vollbart ignorierend, der seit Tagen wuchs. Neben allem anderen hatten sie auch diverse Hygieneartikel wie Rasierapparate zurückgelassen.

„Gut geschlafen? Ihr wirkt erholt!“
Nach wie vor gähnend nickte Ryan, setzte sich auf, griff nach der Schale mit weichem Brot, das Hator vor sie gestellt hatte.
„Es schläft sich ungewohnt hier.“
„Weshalb?“
„Der Sand.“

„Ach das. Daran gewöhnt ihr euch noch. Ist gar nicht mal schlecht. Für den Körper ein Segen. Der Sand passt sich euren Körpern an."
„Na sicher doch. Warum tut mir dann alles weh?"
„Bist du festen Untergrund beim Schlafen gewöhnt?"
„Jein. Kommt halt drauf an. Harter Untergrund ist nicht so großartig."
„Nimm dir heute Abend einfach ein paar Decken mehr, leg dich auf einen der dickeren Teppiche. Dann passt das schon!"
Ein Blick in die Runde reichte aus.
„Neben dem Frühstück ist es wichtig, dass ihr ausreichend trinkt! Wie ihr selber seht, wir sind hier in einem Wüstenareal, wie fast der ganze Planet. Denkt also nicht, dass ihr, solange ihr hier seid, etwas anderes als Wüste zu sehen bekommt. Vereinzelt gibt es Oasen, aber ansonsten vor allem Sand. Wovor auch immer ihr geflohen seid, hier seid ihr sicher!"
„Wo ist Shieljo?
„Wieder abgereist. Shieljo gehört hier nicht her. Obwohl er, wie jeder andere Shailielia auch Wärme schätzt, ist er am gleichen Tag wieder weg."
„Schön und gut, und was machen wir jetzt?"
„Ihr werdet, zumindest bis auf Weiteres, hier bleiben."
„Und wenn wir nicht wollen?"
„Ihr könnt jederzeit gehen, wenn ein Schiff kommt. Aber ich rate euch gut, es euch gründlich zu überlegen. Viele, die hierher kommen, verschwinden bald wieder, aber andere, so wie ich, bleiben. Ihr könnt hier vorerst Ruhe finden und euch überlegen, wie ihr weitermachen wollt."

Schweigen.

„Nun, dafür habt ihr noch genug Zeit. In den nächsten Wochen wird es kein Schiff geben, das Jada ansteuert. Ihr habt also noch ausreichend Zeit!"
„Wo sollen wir wohnen? Wovon leben?"
Hell lachte Hator auf.
„Hier. Bis auf Weiteres könnt ihr diese Hütte nutzen. Sie ist immer die erste Anlaufstelle für Neuankömmlinge."

Daraufhin wurde er wieder ernst.

„Jeder von euch kann sich hier eine Existenz aufbauen.Hier lebt es sich ruhig und beschaulich. Bislang hat noch jeder einen Platz in der Gemeinschaft gefunden, zumindest, wenn derjenige das so wollte. Talente und Fähigkeiten besitzt jeder. Egal worin diese bei euch bestehen, nutzt sie, bringt sie ein in diese Gemeinschaft. Sollte es euch hier zu ruhig sein, dann steht euch immer noch frei, mit dem nächsten Schiff zu gehen. Nutzt hier erst einmal die Zeit um euch über euch und eure Zukunft Gedanken zu machen."

„Was ist deine Aufgabe? Was tust du hier?"
„Was denkt ihr?"
„Du kümmerst dich vermutlich um Neuzugänge, und sonst?"
„Stimmt, aber gleich vorweg, ich habe so einiges an Aufgaben. Ich kümmer mich, wie du schon sagtest, um die Neuankömmlinge im Ort. Aber ich sorge auch dafür, dass wir Dinge bekommen, die wir hier nicht herstellen können. Wie ihr schon mitbekommen haben solltet, gibt es hier kaum die typischen Luxusgüter. Luxus von Jada bedeutet Ruhe und Beschaulichkeit, einfache Art zu leben, stressfrei und vor allem auf sich selbst besinnen zu können. Das ist nichts, das sich importieren lässt. Aber Kleinigkeiten wie zum Beispiel Salz, wird hier durchaus benötigt. Und um diese Dinge kümmer ich mich."

„Sie erinnern mich an Beduinen."
„Stimmt, die Parallelen sind auffällig, nicht wahr? Die Tasollana sind glücklich mit ihrer einfachen Art zu leben. Im Grund sind sie den früheren terranischen Wüstennomaden sehr ähnlich, bevor diese sesshaft wurden und sich in den anderen Völkern verloren. Ihr Stolz auf sich und ihre Kultur, ihre Gastfreundschaft und die Liebe zur Freiheit sind Wesenszüge, die sie niemals aufgeben würden. Für viele ist ihr Leben hier zu einfach, zu karg und zu sehr von Verzicht geprägt. Wer so denkt, bleibt nicht lange, doch dann sind noch jene Neuen, die verstehen, wie die Tasollana ticken, die spüren, dass sie ihnen im Herzen nahe stehen. Diese bleiben. Für die Tasollana liegt der Reichtum in der Seele, dem Herzen und den Geschichten ihrer Ahnen. Wo andere sich für Gold, Tand oder anderes Zeug verbiegen, sind sie

umso freier, da sie kaum Materielles wollen.“
„Und wer hat das Sagen? Frauen oder Männer? Die Nomaden waren
doch, wenn ich mich richtig erinnere, ein Matriarchat.“
„Ja, das stimmte wohl. Doch wieso gehst du davon aus, dass auch
die Tasollana ein zweigeschlechtliches Volk sind?“
„Was sind sie dann?“
„Ehrlich gesagt verstehe ich das selber noch nicht so ganz, obwohl ich
inzwischen mehr als 20 Jahre unter ihnen lebe. Vielleicht verstehe ich
das niemals.“
„Wie ist dann ihre Struktur?“
„Viele Völker werden von Ältesten oder einer Herrscherfamilie regiert.
Hier ist es anders. Es gibt immer eine Handvoll Tasollana, die bei
Fragen konsultiert werden, doch sie bestimmen nicht.
Sondern ihre Legenden und Geschichten leiten sie.“

„Mit anderen Worten, tatsächliche Gesetze haben sie damit nicht.
Soweit richtig?“
„So in etwa. Sie gehen nach Gleichnissen, nutzen Vorbilder ihrer
Legenden und sollte es einmal wirklich nötig sein, dann befragen sie die
Sterne. Doch das System, wie sie darauf Antworten bekommen, habe
ich noch nicht durchblickt!“
„Und wie sollen wir uns dann hier einbringen, wenn nicht einmal du
dieses Volk verstehst?“
„Das wird sich weisen. Nicht ich bin es, der euch die Plätze zuweist, ihr
seid es ebenso wenig. Es ist Fügung, nicht mehr und nicht weniger!“
Damit zog er aus einem kleinen Stoffbeutel einige Trockenfrüchte
heraus, legte sie zum Brot, holte einen Trinkschlauch hervor, den er
Ryan anbot.

„Viele die hier bleiben, sagen, dass sie sich an anderen Orten geistig
eingesperrt fühlen. Vielfach standen in ihrem bisherigen Umfeld Geld
und Karriere im Vordergrund, engten diese Personen dann ein.
Glücklich in ihrem alten Leben waren die wenigsten von ihnen. Doch
hier fanden sie die Ruhe und Freiheit, die sie suchten. Überhaupt ist
Freiheit das Wichtigste für so ziemlich alle, die auf die
Generationenschiffe stiegen, die, hier aufgewacht, schließlich auf Jada

blieben. Der Wunsch nach Freiheit wurde bis heute vielfach so sehr unterschätzt, dass es einen nur traurig macht. Vielfach wissen diejenigen selber nicht, was sie tatsächlich suchen, doch wenn etwas in ihnen glüht und brennt, das sich nicht benennen lässt, dann ist es so gut wie immer der Wunsch nach Freiheit, der brennt und immer stärker wird.“

„Und du?“
„Mir ging es ebenso. Ich brauche die Freiheit, die ich hier habe. In meinem ersten Leben brauchte ich Alkohol um mich frei zu fühlen, dann kamen andere Dinge dazu, doch seit ich hier bin, brauche ich nur noch aus dem Dorf zu gehen, den Blick in den Himmel zu richten und spüre die unendliche Freiheit in mir. Dann weiß ich, es ist richtig, wo ich bin. Ich gehöre hierher.“
Mit diesen Worten stand Hator auf, schob den einzigen Vorhang in der Hütte beiseite. Dahinter stand eine Truhe, aus der er einige Sachen holte und ihnen reichte.
„Ihr solltet Kleidung tragen, die dem Planeten besser zu Gesicht stehen. Damit vertragt ihr auch das Klima besser. Eure momentane Kleidung wird euch langfristig nicht gut tun.“
Zweifelnd sahen sie ihn an.
„Natürlich ist es eure Entscheidung, aber probiert sie erst, bevor ihr Zweifel hegt!“
Damit reichte er jedem einen Packen Stoff. Weich, beinahe seidig, fühlte sich das Material auf der Haut an, beinahe wie jener leichte Modal-Stoff, der bereits Anfang des 20. Jahrhunderts entwickelt und im 1. Weltkrieg überarbeitet wurde. Ähnlich anschmiegsam und weich fühlte sich das Material an, schmeichelte ihrer empfindsamen Haut. Ohne zu zögern, schnappte sich Erinya den Packen, zog sich hinter den Vorhang zurück, schlüpfte aus ihrer alten Kleidung und in die neuen Sachen hinein.

„Jetzt könnt ihr mich einen Beduinen nennen!“

Lachend trat sie hinter dem Vorhang hervor. Weich floss das Material an ihrem Körper hinab, berührte beinahe den Boden, auf dem sie stand. Wie feinste, gesponnene Schafwolle fühlte es sich an ihrem Körper an. Darunter trug sie kaum mehr als ein Paar weite Hosen, gegürtet mit einem Strick, dessen Konturen leicht unter dem Kleid durchschimmerte. Dezente Stickereien schimmerten in ebenso natürlichen Farben wie die Kleidung selber.

„Steht dir, meine Liebe!"
Nur wenig später trugen auch Ryan und Fynn die ihnen zuvor ausgehändigte Kleidung.
„Erstaunlich, das ist ja kaum zu spüren."
„Natürlich nicht. Die hier gewobenen Stoffe gehören zu den feinsten der Galaxis. Sie sind begehrt und beliebt, aber können nur in geringem Ausmaß hergestellt werden."
Woraufhin Hator für einen Augenblick schwieg.
„Sie sind die einzigen Tauschutensilien, die die Tasollana haben. Die Stoffe und ihre kunstvollen Stickereien."
„Wurde nie versucht, sie nachzuahmen?"

„Natürlich, aber es scheiterte. Jeder einzelne Versuch scheiterte kläglich. Also beließ man es dabei und tauschte lieber ein. Für ein paar dieser Kleidungsstücke lassen sich viele Dinge eintauschen. Aber wie schon erwähnt, die Tasollana wollen nur sehr wenig."
„Also eigentlich ist das richtig angenehm zu tragen!"
Längst hatten ihre vorherigen Kleider bereits einen Gutteil an Sauberkeit eingebüßt. Eierschalenfarbene Klamotten auf einem schmutzstarrenden Schiff waren schließlich nicht unbedingt die beste Wahl. Auch diese Kleidung hatte als Grundton Eierschalenfarben, während die Stickereien in den verschiedensten Farbtönen schimmerten. Dabei schmückten sie fast ausschließlich die Ränder der Kleidung. Am Auffälligsten dabei waren die Krägen in sattem Grün und Blau bestickt.

Noch waren sie in der Hütte, Hator hatte diese klammheimlich verlassen, und es vorgezogen wieder seinen anderen Aufgaben nachzugehen.

„Hator?“
Kopfschüttelnd erntete Erinya lediglich Schweigen. Nicht mehr.

„Dafür, dass es hier so ruhig und beschaulich sein soll, ist der Typ aber
ziemlich gestresst, oder seh nur ich das so?“
„Dann sollten wir wohl mal auf eigene Faust das alles hier erkunden,
was meint ihr?“
Noch ohne eine Antwort der beiden abzuwarten, schnappte sie sich
schon das zum Packen zugehörige samtgrüne Tuch, hob es
auf ihren Kopf. Anfänglich noch unbeholfen versuchte sie es zu
binden, wie sie es bei den Einheimischen gesehen hatte. Peinlich
berührt nahm sie das Lachen hinter sich wahr. Bevor Ryan noch etwas
sagen konnte, hatte sie Fynn bereits an der Schulter gepackt, zog sie zu
sich und band ihr das Tuch richtig.

Binnen weniger Augenblicke hatte er das Tuch zu einem Dreieck
gefaltet, es ihr wie ein Kopftuch auf den Kopf gelegt, eines der Enden
um den Kopf gewickelt, ihr dieses Ende in eine Stofffalte gesteckt und
mit dem zweiten Zipfel darüber gewickelt. In die daraus entstandene
Stulpe stopfte er das Tuchende und fixierte es. Staunend begutachtete
Ryan das Endergebnis.

„Wow, woher kannst du das?“
„Keine Ahnung, fühlte sich einfach richtig an.“
„Das sieht richtig perfekt aus. Danke!“
Schweigend nahm Fynn das Kompliment entgegen. Zwar ließ er es sich
nicht anmerken, aber es fühlte sich gut an, ein Lob für etwas zu
bekommen. Viel zu oft hatte man seine Bemühungen schlichtweg für
selbstverständlich gehalten. Wenig später hatten auch er und Ryan das
Tuch auf dem Kopf fixiert. Jetzt fühlten sie sich startklar.

Kaum, dass sie das Zelt verließen, brachen bereits wieder die Strahlen
der Sonne hervor. Unter ihrer Gluthitze, jegliche Wolke vermissend,
stöhnte vor allem Erinya, fragte sich, ob das nun wirklich jeden Tag so
wäre. Seufzend schien ihr diese Frage auf die Stirn geschrieben.
„Mach dir nur keine Hoffnung. Wenn ich mir das alles hier so ansehe,
dann verabschiedest du dich lieber sehr schnell vom kühleren Klima!“

„Verflixt!“
Grummelnd stapfte sie schließlich nur noch hinter den Jungs her, die Hitze machte ihr nach wie vor zu schaffen, wie bereits
in ihren Jugendtagen. Ein Freund derartiger Temperaturen war sie noch nie gewesen.

Reges Treiben herrschte im Dorf. Doch von Hektik keine Spur. Obwohl bei jeder Hütte bereits Tücher in einer Art Terrassendach vorgespannt, Schatten spendeten, reichte er kaum aus, um selbst die frühe Morgensonne zu dämpfen. Am Horizont kündigte sich bereits die zweite Sonne an.

Laut vernahmen sie die Schreie und das Gelächter von Kinderstimmen, die wie wild durcheinanderliefen. Die älteren Tasollana kümmerten sich längst um ihre Tagesgeschäfte, wirkten allesamt ausgeglichen, lachten viel. Sie wirkten glücklich. Etwas, das Erinya so gar nicht kannte. Hektik erspähte sie nicht. Offensichtliche Probleme schienen ebenfalls nicht zu existieren. Die überall vorherrschende Betriebsamkeit erschien keineswegs bedrückend, sondern sogar befreiend, einfach etwas, das ihr im Innersten absolut richtig erschien.

Mit sich selbst und ihrer Umwelt schienen die Tasollana vollkommen im Reinen zu sein, während sie selber in einer Welt aufgewachsen war, in der Menschen oft genug am Morgen das Grauen packte. Sie Tabletten brauchten, um den Tag zu überstehen, weil sie schlichtweg ständig gegen ihr eigenes Inneres vorgehen mussten. Die Arbeitsstelle zu verlieren wäre gleichbedeutend damit gewesen, die eigene Existenz zu ruinieren. Dabei zerstörten sie sich, genau wie ihre Familie, damit selbst. Sie selber hatte es bereits als Kind gespürt, sich nie wirklich in das damalige System einfügen können, stets auf etwas gehofft, das dieser Welt hier ähnlich war.

Wie Schuppen fiel es ihr von den Augen, dass sie hier sehr glücklich werden könnte.

Fröhlichkeit umfing sie, nahm ihr jegliche Sorgen, die sie seit Ewigkeiten quälten. Staunend betrachtete sie mit neuen Augen ihr

Umfeld, ihre Umgebung. Selbst die Kleidung erschien mit einem Strahlen, das sie am Vortag übersehen haben musste. Verzaubert und glücklich folgte sie den Burschen, selbst die Hitze schien sie mit einem Moment um Längen besser zu vertragen. Angst wich gänzlich von ihrer Seite, als hätte sie niemals zuvor Furcht gespürt, während nahezu grenzenlose Freiheit in ihr Herz einzog.

Obwohl Erinya nach wie vor die Schritte schwerfielen, stapfte sie den Burschen nach, bis sie mitten im Dorf auf dem zentralen Marktplatz angekommen waren. Neben dem kleinen Brunnen ließen sie sich nieder, beobachteten schweigend ihr Umfeld, das sich von ihrer Gegenwart nicht im Geringsten beeindrucken ließ. Nahe genug am Zentrum des Marktes, und doch etwas abseits, setzten sie sich auf einem kleinen Felsbrocken, warteten. Es gab schließlich keinerlei Verpflichtung, der sie in irgendeiner Art und Weise zu folgen hatten, es sei denn, zu beobachten wäre für sie als Bestimmung vorgesehen.

Dieser kleine Platz, mitten im Geschehen und doch abseits genug davon, schien ihnen mehr als nur passend. Beobachtend, sich das Leben in diesem Dorf zu betrachten, erschien ihnen dieser kleine Platz nahezu perfekt. Schließlich benötigte jeder Wasser.

Bereits jetzt, am frühen Morgen, brannten die beiden Sonnen vom Himmel. Strahlend blau, wie der Tag zuvor, fehlte auch heute wieder jegliche Wolke am Firmament.
„Von Schatten lässt sich hier wohl auch nur träumen."
Erinya zog sich ihr Tuch tiefer in das Gesicht, darauf hoffend, dass die Sonne nicht allzu stark werden würde. Ganz im Gegensatz zum Vortag schwitzte sie jedoch kaum mehr. Beinahe erschien es ihr, als würde sich ihr Körper allmählich doch an die Hitze gewöhnen.

Trocken, vielleicht eine kleine Spur zu trocken, ausgehungert nach Feuchtigkeit, durchdrang die Hitze jede noch so winzige Faser des Körpers. Lediglich die, von der Kleidung bedeckten Stellen, blieben erstaunlich kühl, als hätten die Fasern eingebaute Kühlmechanismen, die sie nur einfach nicht verstand. Anfänglich unbewusst realisierte sie diesen Umstand in jenem Augenblick, in dem sie kurz unter das Kleid griff, sich am linken Bein kratzte. Schlagartig brannte die Sonnenhitze auf die unbedeckte Hautstelle herab.

„Sehr eigenartig, das Ganze! Was da wohl drin stecken mag …“
Mehr zu sich selbst gesprochen, als zu den anderen, kam Erinya ins Grübeln, merkte jedoch nur, wie leicht ihre Gedanken abzuschweifen begannen. Vieles ging ihr durch den Kopf, lenkte sie ab, von Offensichtlichem, das das Dorf ihr zeigte. Mit verstreichender Zeit zog sie ihr Tuch immer tiefer in das Gesicht hinab, bis es beinahe völlig im Schatten lag. Empfand sie Hitze und Sonne unangenehm, so schien die Hitze Ryan weitaus weniger auszumachen. Er hatte bei Weitem das Tuch nicht so tief ins Gesicht gezogen wie sie, achtete lediglich darauf, dass seine Augen im Schatten blieben. Doch wie sie selber, schien auch er auf den Hauch eines Lüftchens zu warten.

„Konntest du nicht schlafen, Erinya?“
„Warum?“
„Na wo warst du wohl am Morgen? Jedenfalls nicht schlafend auf deinem Platz, oder täusche ich mich? Fynn hat dich gesucht, wenn ich mich nicht irre.“
„Stimmt schon, ich habe zwar geschlafen, aber aus irgendeinem Grund bin ich dann aufgewacht. Ihr wisst ja gar nicht, wie angenehm es nachts ist. Im Augenblick habe ich eher den Eindruck in einem Backofen zu sein. Geht es wirklich nur mir so?“

Fynn, die ganze Zeit schweigend neben ihnen sitzend, legte nun seine Hand auf ihre rechte Schulter, schüttelte dezent den Kopf und lächelte.
„Die Nacht war eigenartig, aber vielleicht war es einfach nur die neue Umgebung und die hohe Temperatur. Bei Hitze kann ich nie wirklich gut schlafen. Ich frage mich nur, wie du die Temperaturwechsel so gut verkraftest, Ryan.“
„Übungssache. Ich war früher viel unterwegs, der Körper gewöhnt sich mit der Zeit an hohe Temperaturunterschiede.“
Daraufhin erhielt Ryan nur noch Knurren als Antwort.

„Erinnert ihr euch an eure Träume?"
Sanfter als üblich brachte Fynn diese wenigen Worte über seine Lippen,
jagte Erinya damit eine Gänsehaut über den Rücken, ohne einen Grund
dafür benennen zu können.
„Warum? Die meisten Träume sind weg, bevor ich aufwache."
„Ich kann es nicht konkret benennen. Aber etwas war da, ein
eigenartiges Gefühl beobachtet zu werden. Etwas Derartiges hatte ich
zuletzt in den Gängen unter dem Areal."
Tränen traten in Erinyas Augen, rissen seine Worte doch eine noch
sehr frische Wunde erneut auf.

„Oh, entschuldige, ich wollte nicht …"
„… ist schon gut. Morayn. Ich vermisse sie nur einfach."
„Entschuldige. Ich wollte dir nicht zu nahe treten."
„Nein, schon gut. Ich weiß, dass du das nicht wolltest. Ich nehme es dir
nicht übel. Keine Sorge…"
Nahezu gleichzeitig reagierten beide auf den Schatten vor ihnen,
aufgetaucht nahezu aus dem Nichts.

„Kinder!"
Vor ihnen stand eine alte Tasollana. Leicht gebückt, als trüge sie das
Alter von Äonen auf ihren Schultern, wirkte sie dennoch zerbrechlich.
Obwohl sie bereits einen Gutteil des Dorfes zumindest vom Sehen
kannten, wirkte diese Tasollana anders, älter und zerbrechlicher.
In ihrem Gesicht blitzten fröhliche, nahezu jugendlich strahlende
Augen. Filigran erschien sie auf den ersten Blick, glich einer Puppe, die
keiner anzugreifen wagte, aus Angst diese zu zerbrechen. Erschienen
bereits andere Tasollana zerbrechlich, wirkte ihre Haut wie dünnes
Glas, durch das Muskel und Blutgefäße deutlich sichtbar schimmerten.
Selbst im Museum gab es keine Bilder der Tasollana.

Erstaunen zeichnete sich in den Augen der Drei ab, als die Alte vor
ihnen stand, schweigend, mit zarten Gliedern den filigran geschnitzten
Stock umklammernd, der ihr als Wegbegleiter diente.
„Träume! Ja! Träume sind wichtig!"
Nahezu brennend durchbohrte ihr Blick die drei Menschen vor ihr.

Respekt durchfloss sie allesamt, hatte sie längst zum Verstummen
gebracht.
„Tarsli´lar ist euch wohlgesonnen, ließ euch leben.“
„Wie ist das gemeint?“
„Was habt ihr geträumt?“
„Nichts!“
„Oh doch, nur Vergessen! Wen Tarsli´lar als Gefahr sieht, der überlebt
die erste Nacht nicht. Tarsli´lar heißt euch als Gäste willkommen.“

Sanftmut herrschte in ihrem Ton vor, erinnerte sie an ihre Großmutter.
„Ihr sucht Frieden. Tarsli´lar führt euch!“
Zartes Lächeln formte ihr Antlitz zu einer nahezu ätherischen
Ausstrahlung.
„Ihr seid auf Suche, aber wißt den Weg nicht.“
„Allerdings.“
„Nun, Tarsli´lar hilft euch. Hier ist jegliche Antwort. Egal,
ob ihr sie annehmen wollt oder nicht. Manche Antworten sind
schmerzhaft.“
Vorbeugend wischte sie Erinya eine Träne von der Wange.
„Kostbares Wasser, vergeude es nicht, Kindchen.“
„Antworten können wehtun, aber sie sind notwendig.“

Ohne ihr dies zugetraut zu haben, beugte sich die alte Frau zu Erinya
hinab, blickte ihr in die Augen, strich ihr über die Wange. Kühle strich
über ihre Haut, an dieser Stelle.
„Du erkennst es, Kindchen. Deine Reise war lang. Nicht mehr als der
Anfang, es folgt mehr. Viel mehr!“
„Wie ist das zu verstehen?“
Darauf bekam sie nur noch ein Lächeln, nicht mehr. Die Hand der
Alten entzog sich Erinyas Zugriff, kehrte an den Stock zurück.
Schlurfenden Schrittes entfernte sich die Alte von ihnen, das Tuch ein
kleines Stückchen tiefer in das Gesicht gezogen. Entschwand im
Getümmel unter den anderen Tarsli´lar. Ließ sie verblüfft zurück.

„Was war das jetzt?“
„Ach, das war nur die Älteste des Dorfes.“

Hinter ihnen erklang eine weibliche Stimme. Süffisanter Tonfall
unterstrich einen rustikaler angelegten Ton.
„Wer …“
Gleichzeitig drehten sie sich um, was bei Erinya zu einem leichten
Knacken in der linken Schulter führte.
„Hallo Neuzugänge. Woher kommt ihr?“
Lautlos hatte sich eine Gestalt an sie herangeschlichen. Wie sie,
gekleidet in die traditionelle Tracht der Tasollana, hatte
auch sie ihr Gesicht praktisch vollständig unter dem Tuch verborgen.
Doch wie sie alle, war der Stoff so beschaffen, dass sie ganz leicht
durchsehen konnte. Als Augenschutz einfach optimal geeignet,
verhinderte er nur, dass diese nicht vom Sonnenlicht stark angegriffen
werden konnten.

Für einen Moment hob sie das Tuch, wenngleich auch darauf bedacht,
das Gesicht im Schatten zu halten.
„Nicht wundern, sie hat die Gabe des Sehens, zumindest meint das
Hator so. Angeblich kann ja jeder von denen irgendwie mit dieser
Einöde kommunizieren.“
„Du klingst nicht gerade begeistert von diesem Ort.“
„Naja.“
Knurren durchzog ihren leicht frustrierten Tonfall.
„Ist ja nichts los hier. Es tut sich hier rein gar nichts. So ein langweiliger
Ort ist mir nie zuvor untergekommen. Übrigens, ich bin Jenny.“

Fröhliches Lächeln überzog ihr Gesicht, wirkte auf den ersten Moment
wie ein reiferer Teenager, ungeduldig, mit zu viel Energie versehen,
aber ohne Ventil, um diese Energie ausreichend nutzen zu können.
Ryan erkannte dies auf den ersten Blick, sah sie doch drein, wie er sich
im Augenblick fühlte. Wirklich begeistert von diesem Planeten war auch
er nicht. Wusste aber im Augenblick noch nicht so recht, was er damit
anfangen sollte, noch wirkte alles viel zu nebulös auf ihn, noch fehlte
ihm eine Idee, ein Gedanke, was ihm hier zu fehlen schien. Konkret zu
benennen vermochte er dies noch nicht.

„Hallo Jenny, ich bin Ryan, das sind Erinya und Fynn. Von wo kommst
du?"
„Von der Erde. Ist ja jetzt egal, von wo dort genau. Ist ja eh der gleiche
Planet. Und ihr?"
„Auch von der Erde."
„Du klingst, als kämest du von Amerika, dein Akzent ist irgendwie …
herzig."
„Herzig? Das nimmst du jetzt aber zurück!"
Grinsend nahm sie eine Stellung ein, als wollte sie sich mit Ryan
prügeln. Noch bevor sie richtig agieren konnte, lag sie bereits auf dem
Rücken, bekam aufgewirbelten Staub in die Lunge. Hustend schlug sie
Ryans angebotene Hand aus, erhob sich wie eine Bodenturnerin elegant
in einer einzigen Bewegung. Sich den Staub von der Kleidung klopfend
blickte sie ihn erstaunt an.

„Wie hast du das gemacht?"
Statt einer Antwort griff er erneut nach ihr, packte ihre linke Hand und
schleuderte sie neuerlich über seine Hüfte zu Boden.
Diesmal schlug sie seine Hand nicht aus, sondern ließ sich hochhelfen.
Lachend blickte sie ihn an, während sie erneut den Staub abklopfte und
ihr Tuch wieder tiefer ins Gesicht zog.
„Ok, also wie hast du das gemacht?"
„Ist noch etwas von früher, hab viele Kampfsportarten gelernt."
„Was warst du vom Beruf her?"
„Soldat, über viele Jahre hinweg. Da kommt schon so einiges an
Wissen zusammen. Du?"
„Mal hier mal da, als Frau hast ja nie was Vernünftiges bekommen.
Klar, ins Büro durftest du, Schönheitssachen, Fingernageldesign,
Massage und den ganzen anderen frauentypischen Kram, ja. Aber das
war nichts für mich."
„Ich dachte, ihr hattet zu allem Zugang?"
„Theoretisch ja. Praktisch gesehen wurde ich von allem ferngehalten,
das auch nur ansatzweise Spaß gemacht hätte. Bei so gut wie allem hieß
es, lass den Mann ran, die sind für diese Dinge gedacht. Naja,
entsprechend hab ich dann alles Mögliche ausprobiert, aber nie hat es
gepasst. Immer nur dieser öde Weiberkram. Echt zum Kotzen!"

„Und was gedenkst du jetzt zu tun?“
„Ich weiß noch nicht. Sicher, hier gibt es andere Optionen, andere
Möglichkeiten, aber irgendwie fühlt sich einfach nichts richtig an.
Verstehst du das?“
„Irgendwo schon. Versuch es mal positiv zu sehen, hier hast du viel
Zeit zum Nachdenken.“
„Aber hier fehlen auch viele Informationen, die ich zum Abwägen
bräuchte.“
„Warum bist du dann noch hier?“
„Gute Frage!“

Melancholie klang bei diesen zwei Worten durch. Seit sie denken
konnte, spürte Jenny, dass es etwas gab, das sie tun sollte, ihre Aufgabe
im Leben sein sollte. Doch gefunden hatte sie sie noch nicht, wusste
nicht einmal, wo sie suchen sollte, um diese Information zu
bekommen. Stets blieb nur die Ruhelosigkeit in ihr, die ihr zu schaffen
machte, als wäre sie noch lange nicht am Ende ihrer Reise.

„Wie wäre es, wenn du die Zeit, bis du es weißt, nutzen würdest?“
„Und wie?“
„Training?“
„Ernsthaft jetzt? Bei dieser Hitze willst du trainieren?“
„Warum nicht? Die Hütten sind doch kühler, muss ja nicht in der Hitze
im Freien sein. Du verstehst?“
„Oh, und ob ich das verstehe. Hier fehlt das, was mir am meisten Spaß
gemacht hat - richtig hartes Knochentraining. Das hier ist eine richtige
Katastrophe. Ich hab ja früher viel trainiert, aber keinen
Trainingspartner hier gefunden. Das Einzige, das es in Massen gibt, ist
dieser dämliche Sand hier. Ich kann den echt schon nicht mehr
sehen. Und irgendwie fehlt mir das Training inzwischen wirklich! Beim
Nahkampftraining war ich damals eine der Besten. Seit sie mich in
dieser gottverlassenen Einöde ausgesetzt haben, ist mir einfach nur
noch langweilig. Seitdem ist Ebbe, ich komm ja nicht mal weg von
hier.“

„Hator sagte doch, dass sie einen gehen lassen.“
„Ja, schön und gut, aber dazu muss auch mal ein Schiff da sein.
Außerdem scheint es, als würden sie einen hier nicht mehr weglassen
wollen.“
Schmollend blickte sie zu Ryan, der sich nun ebenfalls das Tuch etwas
tiefer in sein Gesicht zog.
„Na dann sollten wir uns überlegen, wie wir das hier hinbekommen
können, was meinst du? Warum fangen wir nicht einfach mit
Intensivtraining an?“

Gleichzeitig verdrehte Erinya nur noch die Augen. Sicher, Ryan hatte
ihnen damit sogar das Leben gerettet. Aber innerlich verstand sie nicht,
wieso jemand so begierig darauf sein konnte sich ständig zu
malträtieren und zu quälen. Vielleicht sollte sie ihn mal fragen, dass er
ihr das erklärte.

„Wo hast du zuletzt trainiert? Was kannst du?“
„Find es raus!“
„Oh, das werde ich noch, aber etwas später. Hast du mit den Shailielia
schon mal trainiert?“
„Sicher hab ich das. Aber ich war denen wohl nicht gut genug. Sie
haben mich nie offiziell aufgenommen.“
„Ist auch nicht einfach. Das kannst mir glauben.“
„Seit sie mich aus der verflixten Klinik rausgelassen haben, bin ich
immer wieder bei den Shailielia trainieren gewesen. Das hat mir auch
ziemlichen Ärger mit dem Arzt eingebracht, meinte der doch, ich solle
mich mehr schonen. Der kann mich mal!“
Wütend hieb sie in den weichen Wüstensand.
„Wen meinst du?“
„Doktor Lazaar. Dieser blöde, schleimige Windbeutel hat mich fast in
den Wahnsinn getrieben. Über Wochen zeterte er nur damit herum, ich
solle doch lieber lernen, die Welt verstehen und so ein Zeugs, statt
mich ständig mit den Shailielia zu prügeln.“
„Äh, wie das?“
„Vielleicht hat ihm nicht gefallen, dass er mich ständig
zusammenflicken musste. Abgesehen von gebrochenen Knochen war

da manchmal schon das ein oder andere Teil an mir nicht mehr
sonderlich taufrisch.“

Breit grinsend blickte sie in die Runde.

„Natürlich nicht, Organschäden hätten wohl den Experimenten
geschadet!“

Obwohl sie die ganze Zeit über zugehört, aber geschwiegen hatte,
konnte sich Erinya nicht verkneifen diesen Kommentar fallen zu
lassen.

Jennys Redefluss brach ab.

„Was meinst du damit?“

„Ganz einfach, die haben unter dem Areal eine Experimentierwerkstatt.
Meine Schwester war dort, hätten wir ihr nicht den Gnadentod
gegeben, würde sie nach wie vor die Hölle auf Erden erleben. Vielleicht
wollte er nur sichergehen, dass du körperlich für deren Experimente
brauchbar warst. Schäden konnten sie wohl keine brauchen an ihren
Versuchskaninchen.“

„Ich sollte wohl nicht fragen, aber was meinst du?“

„Was sie gemacht haben?“

„Ja.“

„Einfach ausgedrückt, solche Dinge wünscht man nicht einmal seinem
ärgsten Feind, du verstehst? Oder magst du es, bei lebendigem Leib
und vollem Bewusstsein, aufgeschlitzt zu werden?“

Bitterkeit lag in Erinyas Stimme, als sie sich ihrer Schwester
erinnerte, Morayns Gesicht vor ihrem inneren Auge auftauchte,
anklagend und mit Tränen in den Augen, schmerzverzerrt.

„Du willst nicht wissen, was wir dort gesehen haben.“

„Vielleicht schon, doch selbst wenn, ich könnte akut ohnehin nicht hin,
weil kein einziges Schiff sich hier aufhält.“

Schmollend verschränkte Jenny die Arme vor der Brust, grummelte
noch einige, beinahe unhörbare Worte in sich hinein, bevor sie es
vorzog zu schweigen. Ihr war längst eine Art Lagerkoller anzumerken.

„Ich wünschte nur, ich hätte die Möglichkeit selber zu entscheiden.“

„Aber die hast du doch, Jenny!“

Wie zuvor Jenny, so hatten sie jetzt auch Hator nicht kommen hören. Dabei hatte er sich nicht einmal sonderlich bemüht leise zu sein, lediglich der Sand hatte seine Schritte beim Gehen verschluckt.

„Ist ja lustig, nur wo ist dann das Schiff?“

„Du weißt ganz gut, dass wir hier nur selten angeflogen werden.“

„Du sagst uns nur nicht, wann die Schiffe da sind. Hast du schon einmal gemacht.“

„Ja. Aber nur, weil es damals ein schlechter Zeitpunkt war. Du weißt, was der Kapitän uns berichtet hatte. Wärest du mitgeflogen, dann hättest du dich schneller in Gefangenschaft befunden, als es die lieb gewesen wäre.“

„Ich fühl mich hier doch auch schon genug eingesperrt! Du hörst mir ja nie zu! Diese Welt hier treibt mich noch mal in den Wahnsinn. Willst du das denn?“

„Jenny!“

Hators Stimme nahm einen beruhigenden Tonfall an, als würde er mit einem kleinen Kind sprechen.

„Du kannst jederzeit gehen, wenn du das möchtest. Aber ich werde sicher kein Schiff herbeirufen, du musst warten, bis eines landet. Dafür steht viel zu viel auf dem Plan!“

„Von welchem Plan redest du, Hator?“

Dieser drehte sich von Jenny weg, hin zu Ryan.

„Nun, wenn ihr es unbedingt jetzt schon wissen wollt, in Ordnung. Aber nicht hier!“

Verwirrt sahen sie sich an. Warum auf einmal diese Geheimniskrämerei? Weshalb nur?

Raschen Schrittes verließ Hator den Brunnen, eilte schnurstracks zu einer Hütte direkt am Ende der Siedlung. Äußerlich erschien sie zu allen anderen völlig ident. Ihr Inneres jedoch barg Dinge, die sie lange nicht mehr gesehen hatte.

„Bücher?“

Faszination stand plötzlich in Erinyas Augen, als sie die Reihe der Bücher abschritt.

„Du magst Klassiker?“

„Ja. Märchen und vieles mehr. Manchmal, wenn ich Glück habe,

bringen sie Bücher mit. Aber wir sind nicht hier, um über die Bücher
zu reden, dazu können wir gern später kommen. In Ordnung?
Setzt euch!"
Aus einer Ecke, hinter einem hellbraunen, gewobenen Tuch, holte er
ein Tablett hervor. Darauf standen einige Schalen voll Trockenobst,
Fladenbrote und einem Krug Wasser. Neben dem Tablett standen
noch einige Becher, die er ihnen reichte.

„In Ordnung. Greift einfach zu, wenn euch danach ist. Also, was
wollt ihr wissen? Dass ihr die Einzigen seid, deren Rettung geglückt
ist?"
Bitterkeit tauchte schlagartig in Hators Augen auf.
„Ryan, hast du Jenny deine Hand gezeigt?"
Ohne auf Antwort zu warten, griff er nach ihr, drehte sie mit der
Handfläche nach oben und zeigte Jenny das kleine Symbol.
„Er, meine Liebe, hat es nur deswegen rausgeschafft, weil sie ihm
geholfen haben. Du hattest einfach nur Glück, andere nicht. Viele, die
die Flucht ergriffen haben, versagten, kamen unterwegs um oder
wurden wieder eingefangen. Ich weiß schon, dir ist es hier einfach zu
ruhig. Aber das hat auch seine Vorteile, weißt du noch? Keiner wird
hier nach euch suchen. Solange ihr hier seid, seid ihr auch in
Sicherheit."
Wasser in die Becher schenkend, fuhr Hator fort.
„Ihr seid allesamt in eurer Epoche freiwillig auf die Schiffe gegangen,
egal welche Gründe ihr dafür hattet. Ihr wolltet allesamt eine bessere
Zukunft, hier habt ihr sie. Jenny, besonders du glaubst etwas anderes zu
brauchen, als das, was du hier hast. Sieh dich um. Alles ist ruhig und
friedlich. Manchmal weißt du selber nicht, was du möchtest."
„Ja, weil mir das manchmal hier alles auf die Nerven geht. So nett die
Tasollana auch sind, aber mit ihnen ist einfach nichts anzufangen.
Verstehst du?"
„Warum kannst du mir nicht einfach vertrauen? Es gibt gute Gründe
dafür, euch hier ein neues Zuhause zu bieten."

Sie der Reihe nach ansehend, hob er seinen Becher, trank daraus.
„Ihr wisst nicht, wie es in der Galaxis derzeit zugeht. Frieden existiert

einfach nicht. Krieg, wohin auch immer ihr seht. Genozide, Terror und Vernichtung haben vor Jahrhunderten die Galaxis überzogen, ziehen sich seit Generationen hindurch. Viele Völker wissen nicht einmal mehr, warum sie Krieg führen, die Gründe dafür sind längst vergessen. Glaubt nicht, dass sich die Menschen raushalten. Im Gegenteil. Vielfach sind es gerade die Menschen, die provozieren und herausfordern. Ihr wisst noch nicht, wie es dort zugeht. Fallt ihr in die falschen Hände, dann hat die Menschheit ein riesiges Problem."

„Doktor Lazaar meinte, es sei so viel besser geworden."

„Oh, natürlich ist es das. Aber hat er auch erzählt, dass es sich dabei eher um Menscheninternes geht? Die Menschen auf der Erde, das stimmt, ziehen inzwischen am gleichen Strang. Aber jene, die auf anderen Planeten leben, tun das oft nicht mehr. Hinzu kommt, dass durch die Durchmischung, reinblütige Menschen kaum noch existieren. Darum seid ihr so wichtig für sie. Ihr alle tragt den Genschlüssel alter Zeiten in euch, noch unverfälscht und rein."

„Wie ist das zu verstehen?"

„Du begreifst es nicht?"

„Nein."

„Du wirst es noch verstehen lernen. Jeder heute geborene Mensch trägt Fremdvölkergene in sich. Das sorgt für Probleme, nicht nur im gesundheitlichen Bereich. Irgendwann nahm die Menschheit eine falsche Abzweigung, mutierte, auch wenn es auf den ersten Blick nicht offensichtlich ist. Doch dadurch veränderten sich viele Dinge."

„Schön und gut, aber was macht das für einen Unterschied?"

„Ganz verstehe ich es auch nicht. Nur eines möchte ich euch mit auf dem Weg geben. Einige aus den alten Schiffen fielen Fremdvölkern in die Hände. Monate später wurden menschliche Kolonien ausgelöscht, selbst Säuglinge starben an Seuchen, die keiner verstand. Ihr seid ein Schlüssel, den keiner von uns wirklich versteht. Natürlich könnt ihr auch von hier weg, aber seid ihr auch willens den Tod eines ganzen Volkes auf euch zu nehmen?"

Unangenehme Stille breitete sich in der Hütte aus. Zwar setzte Jenny mehrmals an etwas zu erwidern, zog es dann allerdings vor, den Mund

zu halten. Fynn, der die ganze Zeit nur schweigend zugehört hatte, zog
eine dattelähnliche Frucht vom Tablett, drehte sie in seinen Fingern in
jede nur erdenkliche Richtung.

„Sie experimentieren mit uns, nehmen unser Leben und nutzen uns als
Waffen. Das willst du uns doch sagen."

„Ja. Um nichts anderes geht es. Hier seid ihr sicher. Außerhalb
von Jada jedoch kann ich euch nicht mehr schützen."

„Wie viele haben es hier hergeschafft?"

„Eine Handvoll. Nicht mehr."

„Wo sind sie jetzt?"

Jeglicher, fröhliche Funke in Hators Gesicht erlosch.

„Wo … sind … sie … jetzt?"

Erstaunt rissen Ryan und Erinya ihre Augen auf. In Fynns Stimme
schwang etwas mit, gefährlich, bedrohlich. Wut funkelte in den Augen
des sonst so besonnenen Burschen. Hator schien dies ebenfalls zu
spüren, antwortete erstaunlich zögerlich.

„Verloren. Einige konnte ich nicht halten. Sie wurden gefangen.
Andere verschwanden einfach so. Waren eines Tages nicht mehr da.
Ich weiß es nicht."

„Du weißt es nicht. Interessant."

Nach wie vor drehte Fynn die Frucht in der Hand. Wut veränderte sich
zu Nachdenklichkeit in seinen Augen.

„Warum lügst du?"

„Wie bitte?"

„Du lügst!"

„Warum sollte ich?"

„Warum lügst du?"

Anklagend zog Fynn sein Tuch nun endgültig vom Kopf, blickte Hator
an, der sich plötzlich gar nicht mehr wohl in seiner Haut fühlte.

„Ich lüge nicht. Ich weiß es wirklich nicht."

„Doch, du weißt es. Du denkst nur, du weißt es nicht! Also, wo sind
sie?"

„Ich weiß es wirklich nicht."

„Deine Träume?"

„Es sind nur Träume!"

„Der Planet lebt. Er redet durch die Träume mit uns allen. Hörst du sie
schreien? Hörst du sie?"

Gefährlich leise sank Fynns Tonfall, bis er zu flüstern schien.
„Was hast du geträumt?"
„Ich kann mich nicht mehr genau erinnern. Wie gesagt, es sind nur
Träume. Nichts anderes."
„Du hast gesehen, wohin sie sind."
„Nein. Das habe ich nicht."

Schlagartig verfärbte sich die Hators Wange, als Fynn seine Hand
zurückzog. Selbst Ryan hatte nicht so schnell schauen können, wie
Fynn sich nach vorbeugte und Hator eine erstaunlich kräftige Ohrfeige
verpasste.
„Lügner!"

Vollkommen überrascht saß Hator nun da, brachte kein Wort aus
seinem Mund hervor, hielt sich nicht einmal die schmerzende Stelle.
„Fynn, was …"
„Er lügt, Erinya. Er weiß es ganz genau. Ich habe sie gesehen, wie die
Wüste sie verschluckt hat. Warum denkst du, war ich heute Morgen
draußen? Ich habe sie weinen gehört, klagen und gesehen, wie die
Wüste sie verschluckt hat. Hator weiß es auch, er stand im Schatten
und hat sie gesehen, so wie ich!"
„Stimmt das?"

Nun war es an Erinya ihren Zorn zu unterdrücken. Ihre Hände geballt
fest auf die eigenen Oberschenkel pressend, hielt sie sich mühsam im
Zaum.
„Es ist anders, Fynn, anders, als du denkst. Ich kann sie nicht sehen,
nicht von ihnen träumen. Du schon. Du hast eine Begabung. Manche
Menschen sehen hier etwas, genau wie die Tasollana. Die meisten nicht.
Ich habe die Wahrheit gesagt. Wir haben Sieben von ihnen verloren.
Das stimmt. Aber ich weiß bis jetzt nicht, wo sie sind.
Die Tasollana erzählen nur etwas, wenn sie es für nötig erachten. Ich
weiß nicht, wo sich die Sieben aufhalten. Das schwöre ich dir! Es ist die

Wahrheit.“
„Erklär es mir!“

„Kommen Menschen wie ihr nach Jada, zeigen sich bei einigen
Begabungen. Nicht bei allen. Manche können sehen, was anderen
verborgen bleibt. Manche zeigen andere Begabungen, Fähigkeiten, die
sie nie zuvor hatten. Und genau das macht dich so wertvoll. Selbst ich
verstehe hier nicht alles. Jada ist kostbar, öffnet sich für manchen, aber
nicht für alle. Bisweilen zeigen sich Begabungen erst nach Monaten
oder Jahren. Manche werden damit nicht fertig und laufen weg, andere
verlieren sich in den Stimmen der Wüste und finden nicht mehr zurück.
Darum solltet ihr vorsichtig sein, wenn ihr in die Wüste geht!“

Noch bevor er weitersprechen konnte, wurde der Vorhang am Ausgang
einen Spalt beiseite gezogen. Im Rahmen stand eine Tasollana, blickte
direkt zu Hator.
„Entschuldigt mich für einen Moment.“
Wieselflink erhob er sich, eilte aus der Hütte. Offensichtlich froh
darüber für den Augenblick der Unterhaltung entfliehen zu können,
beeilte er sich nach draußen.

„Heißt wohl, unser Arzt hat uns nicht die ganze Wahrheit gesagt.“
„Hätte er vielleicht, wären wir länger geblieben.“
„Darauf leg ich keinen Wert. Ihr etwa?“
Kommentarlos stand Erinya auf, ging zu den Büchern, betrachtete
diese genauer. Eines darunter fiel ihr besonders deutlich auf. In einen
giftgrünen Umschlag gehüllt, hob es sich deutlich von allen anderen ab,
schien sie sogar zu beißen, als sie danach griff und hervorzog. Mit den
Fingerspitzen schnappte sie danach, zog es vorsichtig aus dem Stapel
heraus, nur um es gleich darauf fallen zu lassen.

„Was …“
Entschlossen griff sie nach ihrem Tuch. Längst auf ihre Schultern
gerutscht, zog sie es herab, griff damit nach dem Buch. Selbst jetzt
noch schien es ein Eigenleben zu führen. In ihrer Hand vibrierend,
versuchte es offensichtlich zu entkommen. Etwas zu offensichtlich,

für Erinyas Geschmack, die es kaum noch halten konnte. Wenig verwunderlich entwand es sich ihrer Hand, fiel stattdessen zu Boden.

„Was zum … Leute, seht euch das an!“
Vor sich auf dem Boden liegend, hielt sie es fest. Sah genauer hin.
Aufgeschlagen lag es vor ihr, gab ein Bild frei, das Erinya beinahe
Angst machte. Kräftig packte sie zu, hob es hoch und legte es
in ihre Mitte.
„Was ist das?“
„Ich weiß es nicht. Etwas an diesem Ding ist komisch, hat
offensichtlich versucht, mich zu beißen. Als würde es leben. Aber seht
mal genauer hin!“

Als wollte es sie daran hindern, zu sehen, was es verborgen halten
wollte, flatterten die Blätter in imaginärem Wind vor sich hin,
bis Erinya die Seiten mit beiden Händen festhielt und auseinander
drückte.
„Hator und Morttan, schon komisch, oder?“
„Was ist noch in dem Buch drin?“
Unter offensichtlicher Gegenwehr begann Erinya, das Buch zu
durchblättern. Weitere Bilder entdeckte sie nicht, dafür jedoch
Unmengen Texte. In altem Englisch verfasst vermeinte sie die Texte
lesen zu können. Bis die Worte direkt vor ihren Augen verschwammen,
zu verblassen begannen. Buchstaben wandelten sich zu Symbolen,
die sie nicht verstand. Verwirrt schüttelte Erinya das Buch, wollte die
alten Texte zurück.

„Gib es mir!“
Im Befehlston griff Jenny nach dem Buch, riss es Erinya aus den
Händen. Schwungvoll auf den Boden werfend, schlug sie mehrmals mit
dem inzwischen leeren Wasserkrug darauf.
„Die Dinger musst du schlagen, sonst gehorchen sie dir nicht!“
Kräftig schlug sie weiter darauf ein, hörte erst auf, als ein leicht
kokelnder Geruch aus dem Buch aufstieg. In diesem Moment hörte die
Gegenwehr auf, ließen sich die Seiten leicht, wie bei einem klassischen
Buch umblättern.

Entsetzt hatte Erinya zugesehen, vor Schock nahezu
bewegungsunfähig. Ihr waren Bücher fast schon heilig, schaffte es nicht
einmal, einfache Knicke in die Seiten zu machen, geschweige denn,
ganze Bücher als Boxsack zu nutzen.
„Braves Dingens du, na siehst du! Hättest ja auch gleich brav sein
können!"
Stückweise, bruchstückhaft, kehrte der Text zurück, wenn auch nicht
mehr im Englisch, sondern in einer völlig unbekannten Schrift mit
fremdartigen Symbolen.

„Was hast du gemacht?"
Entsetzt griff Erinya nach dem Buch, das sich jetzt wie ein ganz
normales Buch verhielt.
„Die Dinger brauchen das. Sag bloss …"
Dröhnendes Lachen brach sich aus ihrer Kehle.
„Sag bloß, du kennst die nicht."
Wurde aber rasch wieder ernst.
„Ich weiß zwar jetzt auch nicht den ganzen Hintergrund,
aber sie brauchen einfache eine harte Hand. Wenn sie erst einmal
wissen, dass sie parieren sollen, dann tun sie eh brav, was
von ihnen erwartet wird. Aber eben erst dann. Das hier scheint noch
ziemlich unerzogen zu sein."

„Nein, ist es nicht. Gib es mir!"
„Warum? Was ist da drin?"
„Bitte, gib es mir, Erinya!"
Flehen schwang in seiner Stimme mit, es schien ihm viel zu bedeuten.
„Wie kommt es, dass du mit Morttan gemeinsam abgebildet bist?"
„Wir waren früher beste Freunde, wuchsen gemeinsam auf. Das Bild ist
einfach nur eine Erinnerung, mehr nicht. Manche Wege im Leben kann
man eben nur allein gehen. Er entschied sich dafür, auf der Erde zu
bleiben."
Mehr als Schweigen erntete Erinya darauf nicht.
„Gib es mir bitte zurück!"
Diesem Bitten konnte sie nun nicht mehr widerstehen, reichte es ihm.
Sachte strich Hator über die leichten Dellen im Umschlag, drückte das

Buch an sich, wie ein Katzenbaby, das seine leibliche Mutter vermisste. Leise murmelte er etwas, das keiner von ihnen verstand.

„Ihr müsst es nicht schlagen, wisst ihr? Kommt jetzt, ich habe etwas für euch, das ich euch zeigen will!"

Wenig später standen sie vor einer Hütte. Das Tuch beiseite geschlagen, völlig leer im Inneren, bat er sie hinein.

„Ryan, Jenny, ich weiß, dass ihr beide viel mit den Shailielia trainiert habt. In der Tageshitze ist es dumm zu trainieren. Selbst die Tasollana sind nicht so dämlich sich zu sehr anzustrengen, obwohl sie hier seit vielen Generationen leben und sich der Welt hier angepasst haben. Vielleicht kann ich euch damit einen kleinen Gefallen tun. Hier könnt ihr trainieren, zumindest, wenn ihr das wollt!"

Als erste Reaktion erhielt Hator nicht, was er erwartet hatte, sondern lediglich, dass Erinya ihre Augen nach oben verdrehte und aufseufzte.

„Es ist keiner gezwungen zu trainieren. Für dich finde ich sicher auch noch etwas, das du machen kannst!"

Beruhigend legte Hator seine Hand auf ihre Schultern, ohne dabei das Buch aus den Händen zu legen.

Kühl genug, bot sich die Hütte tatsächlich für ein Training an. Langsam schritt Ryan sie ab. Etwas größer als ihre tatsächliche Unterkunft, war sie hoch genug, um auch bei Würfen keine unnötigen Probleme zu verursachen.

„Warum?"

„Ihr sollt euch doch wohl fühlen auf Jada und es nicht als Gefängnis empfinden. Ich kann zwar draußen nichts für euch tun, aber hier schon."

„Danke!"

Obwohl sie es nicht zugab, wirkte Jenny zumindest etwas zufriedener als zuvor. Zumindest war sie jetzt nicht mehr allein. Ryan schien als Trainingspartner für sie gut geeignet zu sein, was dieser wohl ebenso empfand. Ihre Blicke trafen sich, begannen gleichzeitig zu grinsen. Die Hütte war für den Anfang als Trainingsplatz nahezu perfekt geeignet.

„Wenn ihr wollt, könnt ihr auch die Wüste erkunden. Achtet aber nur
darauf, euch nicht zu weit von der Siedlung zu entfernen."
„Warum? Verlaufen wir uns sonst?"
„Darum geht es nicht. Es ist Jada."
„Was soll damit sein?"
„Fynn dürfte wissen, wovon ich rede. Habe ich recht?"
Wortlos blickte er erst Hator an, dann sofort wieder weg. Wirkte, als
wäre er geistig nicht bei ihnen, sondern weit weg.
„Nehmt Fynn mit, wenn ihr unterwegs seid. In Ordnung?"

Noch bevor sie etwas sagen konnten, war er schon wieder aus der
Hütte draußen, ließ sie alleine.
„Also irgendwie ist der Typ schon ziemlich eigenartig!"
„Hator? Der ist immer so. Manchmal würd ich ihn liebend gern
aufknüpfen, nur gibt es hier keine Bäume mit starken Ästen, wo das
ginge."
Wütend hieb sie auf den Boden.
„Also, was machen wir jetzt? Zeit haben wir hier ja wohl ausreichend."
„Macht, was ihr wollt, ich halte mich raus!"
Fynn zog sein Tuch wieder tiefer in sein Gesicht, verließ die Hütte. Er
wollte für sich allein sein, musste erst einmal über alles nachdenken.
Nachdenklich blickte Erinya ihm nach, während Ryan und Jenny
bereits mit ersten Trainingseinheiten begannen. Anfänglich blickte sie
ihnen noch zu, begann sich dann aber zu langweilen, ließ ihren Blick
schweifen. Ohne Tücher und Wandteppiche wirkten die Wände der
Hütte karg und roh. Dicker gewoben als der Teppich in ihrer Hütte, lag
er auf dem Boden. Einheitlich in hellem Braun gefertigt, fehlten
sämtliche Muster und Verzierungen darauf. Lediglich einige wenige
Vertiefungen in den Wänden boten Platz, um etwas darin
aufzubewahren.

Wie Fynn verließ auch Erinya die Hütte, zog wie zuvor ihr Tuch tiefer
ins Gesicht, bis es gänzlich davon umhüllt war. Training in dieser Hitze
würde wohl sogar Ryan zu schaffen machen. Auch, wenn er körperlich
eine Menge aushielt, irgendwo war auch für ihn Schluss. Bei

Höllentemperaturen, jenseits der 50 Grad, stellte es für jeden Körper eine enorme Belastung dar, selbst für jemanden wie Ryan.

Ohne auf ihren Verstand zu hören, verließ Erinya die Siedlung gerade so weit, dass sie sich hinter der ersten Düne in einen winzig kleinen Schatten setzte. Zu stark brannten die Sonnen herab, zu weit waren sie bereits auseinander, als dass sie viel Schatten zuließen.

Stille drang an ihr Ohr, nur unterbrochen von Geräuschen, die sie nicht kannte, nicht zuordnen konnte. Sie spürte, dass Jada etwas ganz Besonderes sein musste. Selbst die Wüsten der Erde lebten, auch wenn in ihnen offensichtlich nur wenig zu finden war.
Wie sollte sie weitermachen? Hier bleiben? Mit dem nächsten Schiff Jada wieder verlassen?

Durch ihr schützendes Tuch blickte sie auf Unmengen rötlichen Sandstaub. Feinste Sandkörner, feiner noch als gemahlenes Mehl, lag über allem. In ihrem Inneren pochte Unruhe. Jeder Schlag ihres Herzens trieb diese Unruhe erneut nach oben. Gedankenverloren grub sie ihre Hände in den Sand, schob ihn beiseite, bis darunter gröbere Sandkörner zum Vorschein kamen. Gelblicher im Farbton ergänzten sie das Farbenspiel zwischen türkisgrünlichem Himmel und rotem Sandstaub.

Jetzt, in dieser unendlich währenden Stille, spürte sie etwas aus ihrem Inneren nach oben schießen. Dumpf, kräftig, schlug es Töne in ihr an, die sie nicht kontrollieren konnte. Herzschlag folgte auf Herzschlag, in immer kürzeren Abständen, Tränen schossen in ihre Augen, bis sie nur noch verschwommen sah. Zusammengekniffene Augen drängten die Tränen nach draußen.

Eine leichte Berührung an ihrem Knie ließ sie die Augen aufreißen, entriss ihr einen Angstschrei, laut genug um beinahe als Echo zurückzukehren. Völlig verängstigt kroch sie rückwärts, wollte weg, stand auf. Rannte, so rasch es ihre Füße bei der Hitze zuließen, bis sie japsend die Dorfgrenze erreicht hatte. Vor den Füßen eines Tasollana brach sie schließlich zusammen. Schwärze umfing ihre Sinne. Noch bevor sie zu Boden sank, hatte sie längst ihr Bewusstsein verloren.

Kapitel 7

Gellend brach ein Schrei durch die Stille, riss sie aus ihrer Umnachtung. Verwirrt blickte sie sich um, wusste im ersten Moment nicht, wo sie sich augenblicklich befand. Tuchlos lag sie auf dem Boden, etwas unter ihren Kopf geschoben. Feucht fühlten sich Stirn und Hände an.

Mit dem nächsten Atemzug, einer winzigen Kopfdrehung und dem Vernehmen bekannter Stimmen wusste sie, wo sie sich aufhielt.

„Ryan, habt ihr …?"

„Sie haben dich hergebracht."

Auf zwei Tasollana deutend, die schwer damit beschäftigt schienen, einige Tücher in eine größere Schüssel mit Wasser zu tauchen und auszuwringen, blickte Ryan sie leicht mitleidig an.

„Was ist passiert? Wo warst du?"

„Nur kurz draußen, vor der Siedlung. Ich war ja nicht weit weg. Aber …"

„Was war los. Ist nicht nett von dir, dass du uns solche Sorgen machst!"

„Dein Puls war echt niedrig, Erinya."

„Tatsächlich? Ich kann mich an nichts mehr erinnern."

„Du kommst mit dem Wetter hier nicht gut klar."

„Nein, Hitze ist nicht so mein Ding. Aber das weißt du ja selber Ryan, ich hab dir das doch alles schon mal erzählt, ist nur etwas länger her."

„Ist mir bewusst. Also, was war los da draußen?"

„Ich weiß es nicht. Vielleicht war mir wirklich nur zu heiß."

Schweigend hatte sich eine der Tasollana neben sie gekniet, ihr das fast schon trockene Tuch von der Stirn genommen und ihr ein frisches, nasses stattdessen aufgelegt. Auf ihren Fersen sitzend, strich sie mit ihrer linken Hand über Erinyas Kopf, leicht, kaum spürbar. Kühle drang aus ihrer Hand hinein in Erinyas Haupt, fühlte sich fast schon kalt an. Energie durchfloss sie, ging von der Tasollana aus, berührte sie, durchdrang sie bis ins letzte Sein ihres Körpers.

Leises Summen begleitete ihre Berührung, dieses leichte Streicheln, das ausgesprochen beruhigend wirkte, sie beinahe wieder einschlafen ließ. Schweigend saßen Ryan und Jenny an ihrer linken Seite, sahen der Tasollana einfach nur zu, bis diese ihre Hand zurückzog, aufstand und mit der Schüssel Wasser verschwand. Auf dem Fuß folgte der andere.

„Was war das?"
„Sie heilen so. Es ist ihre Art. Keine Ahnung wie die das machen, hab ich bis jetzt nicht verstanden. Aber es wirkt. Darauf kommt es doch an."
„Durchaus. Ich fühl mich wieder gut."
„Das ist doch das Wichtigste."
Sachte richtete Jenny das feuchte Tuch.
„Wir haben nicht mitbekommen, dass du gegangen bist. Warum bist du raus?"
„Ich weiß es nicht."
Sich aufsetzend, nahm sie Ryan den Becher Wasser ab, den er ihr schon geraume Zeit hinhielt.

„Etwas hat mich getrieben."
„Du bist schon seltsam, weißt du? Und ein lautes Organ hast du auch, bist ja lauter als ich, wenn ich brülle!"
Feixend nahm ihm Erinya den Becher ab, leerte ihn in einem Zug.
„Also allein gehst du mir nicht mehr raus. Was, wenn du draußen umkippst? Es ist heiß und du weißt, wie Hitze auf dich wirkt!"
„Schon gut, hab ja verstanden, was du meinst. Mach dir nur keine Sorgen, in Ordnung? Kannst ja beim nächsten Mal mitkommen, wenn du magst. Was meinst du?"
„Mal abwarten. Red einfach nächstes Mal mit mir, sag mir, dass du raus willst. Hast du verstanden?"
Darauf schwieg Erinya, nickte aber, gab ihm zu verstehen, dass sie seine Worte nicht einfach nur so auf die leichte Schulter nahm. Allein in dieser sengenden Hitze könnte sie leicht den Tod finden. Doch nichts lag ihr ferner, als sich in die Arme des Sensenmannes zu flüchten.

Entwickelten vor allem Ryan in den folgenden Tagen eine fast schon beginnende Zuneigung zur Wüste, in der sie nun lebten, vermisste vor allem Erinya bald schon die Grünpflanzen, selbst den See mit seinen hübschen Seerosen.

Bald schon erkundeten sie das nähere Umfeld zur Siedlung, erkannten rasch, wie schnell der feine Sandstaub Fußspuren des Vortages wieder bedeckten. Vereinzelt stolperten sie über Wüstenpflanzen, kakteenähnliche Pflanzen, deren Eigenheit nächtlicher Wandertrieb zu sein schien. An einzelnen, trockenen Sträuchern orientierten sie sich bei ihren immer längeren Ausflügen, denen selbst die hohen Temperaturen nicht mehr viel anzuhaben vermochten.
Obwohl Erinya es anfänglich nicht für möglich gehalten hatte, so gewöhnte sie sich binnen weniger Tage doch an die hohen Temperaturen und die zwei Sonnen, die permanent auf sie schienen.

Abgesehen von Trainingszeit verbrachten sie viele Stunden des Tages auf dem zentral gelegenen Platz mit dem Brunnen. Bald schon kannten sie sogar jedes der schafähnlicher Geschöpfe, die täglich mehrfach zum Brunnen kamen, Wasser aufnahmen und anschließend in Herden formiert grasend versuchten Nahrung zu finden.

Vereinzelt nickten ihnen die Tasollana zwar zu, blieben dennoch unter sich. Fynn, der bereits einige Brocken Tarsli´lar beherrschte, begann sich mit den Einheimischen zu unterhalten, wurde binnen weniger Tage bereits mit offenen Armen aufgenommen, zum Essen eingeladen, während die anderen nach wie vor, abseits unter sich blieben.

Bald schon verbrachte Fynn mehr Zeit mit den Tasollana als mit ihnen. Verhielt sich bald schon, als wäre er einer von ihnen. Hator hingegen zog sich über viele Tage völlig zurück, war so gut wie nie aufzufinden. Anfänglich noch nicht besonders offensichtlich, summierte sich der rötliche Sandstaub bald schon in seiner Hütte, überzog alles darin mit leichter Staubschicht.

Dafür wich ihnen Jenny nicht mehr von der Seite, zog sich mit Ryan immer häufiger zum Training in die Hütte zurück. Dabei schenkten sie sich absolut nichts. Abends zählte sie dann meist die blauen Flecken, die ihr Ryan verpasst hatte, übernahm von ihm aber auch etliche Tricks des Shailielia-Kampfes.

Erinya, die dann oft nicht wusste, was sie machen sollte, zog sich wiederum in Hators Hütte zurück, griff nach den Büchern, las darin. Nur das giftgrüne entdeckte sie nicht mehr, als wollte es Hator nicht mehr aus der Hand geben und trüge es lieber ständig bei sich.

In seiner Hütte gab es immer wieder neue Leckereien, die Erinya gern probierte. Ständig Trockenobst, Fladenbrot und Milch konnte sie bald schon nicht mehr sehen. Auch, wenn es jeden Morgen in ihren Hütten wie von Zauberhand gebracht, zur Verfügung stand.

Manchmal versuchte sie, sich an ihre Träume zu erinnern. Doch dabei versagte sie gründlich. Kaum eines der Traumbilder blieb ihr im Kopf. Kaum dass sie erwachte, entglitt es ihr bereits wieder, verflüchtigte sich nahezu auf Nimmerwiedersehen. Dabei spürte sie, dass sie jede Nacht etwas träumte, an das sie sich eigentlich erinnern sollte. Doch mehr, als ein schaler Geschmack und ein eigenartiges Bauchgefühl blieb nicht.

Nach dem vierten Tag brachte ihnen Hator ein von Sonnenlicht betriebenes, klapprig wirkendes Fahrzeug, mit dem sie die Wüste weiter erkunden konnten als zuvor. Doch selbst er, obwohl er sie nicht ständig um sich hatte, spürte beginnendes Zerwürfnis unter ihnen, das er nicht so recht verstand, aber sie auch nicht darauf ansprechen wollte. Wie vom Erdboden verschluckt, blieb er daraufhin für die kommenden Tage unauffindbar.

Erinya nutzte es die nächste Zeit ausgiebigst. Ausgerüstet mit kaum mehr denn einem gut gefüllten Wasserschlauch und einem Beutel Trockenfrüchte verließ sie immer öfters die Siedlung. Kreuz und quer begann sie die Wüste zu erkunden.

Unter Hators Sachen entdeckte sie auch einen kleinen Kompass. Silberfarben, filigran gearbeitet, dachte sie zwar anfangs, er wäre nützlich, brachte ihn jedoch bald schon wieder in Hators Hütte zurück.

Sie befand sich ganz eindeutig nicht mehr auf der Erde.
Obwohl sie nicht verstand, weshalb die Kompassnadel selten stehen
blieb, ständig pendelte, ihr niemals eine konkrete Richtung anzeigte,
blieb nur, diese Tatsache zu akzeptieren und ohne ihn loszufahren,
ganz in der Hoffnung, auch wieder zurückzufinden.

Ständig unterwegs, nur die eigenen Gedanken als Begleiter, besann
sich Erinya auf sich selbst. Ganz wie früher machte es langsam aber
sicher ihren Kopf frei, ohne Unterbrechung, ohne jegliche
Unterhaltung, nachdenken zu können. Umweht vom Fahrtwind, dachte
sie über die letzten Monate nach.

Jene Zeit, an die sie sich erinnerte, bevor sie auf Jada strandeten.
Fragen, auf die sie keine Antworten hatte, umkreisten sie, tauchten
immer wieder auf, blieben dennoch unbeantwortet. Jene wenigen
Antworten, die sie fand, konnte oder wollte sie schlußendlich einfach
nicht wahrhaben, egal wie logisch sie ihr erschienen.

Anfänglich begleitete sie die Angst, sie könnte sich verfahren, den Weg
zurück verlieren. Blickte sie auf die Spuren hinter sich, konnte sie
beinahe zusehen, wie rasch sich der feine Sandstaub über diese
legte, sie binnen Kurzem zu einem Teil der Wüste zurück holte. In
diesen Momenten spürte sie jenes mulmige Bauchgefühl, das sie immer
dann auftrat, wenn etwas im Argen schien.

Neben dieses Bauchgefühl trat noch ein Zweites. Dieses zog und zerrte
an ihr, rief sie nach draußen in die Wüste. Sich selber nicht mehr
verstehend, folgte sie blindlings, gerade noch an sich haltend, die
wichtigsten Vorsichtsmaßnahmen wahrnehmend. Widerstreitend zogen
beide in ihr in verschiedene Richtungen.

Hielt sie die Wüste anfänglich noch für ein ziemlich totes Areal, änderte
sich der Eindruck binnen weniger Tage. Bald schon entdeckte sie
Leben in dieser sonst so feindlichen Umgebung, kleine Eidechsen, die
sich in der Hitze braten ließen, Wärme tankten. Deren Augen sie mit
unendlich tiefer Weisheit anzublicken schienen, obwohl es sich doch
nur um Echsen handelte.

In manchen Senken, zwischen Dünen, standen einzelne, knorrige, alte Bäume, dürre Sträucher, die sie auf den ersten Blick zu schützen schienen. Wie Parasiten, diese jedoch längst als Wirt nutzten.

Anfänglich achtete sie darauf, die Siedlung ständig im Blickfeld zu haben. In einem Waldgebiet konnte sie sich durchaus orientieren, doch Wüsten, besonders bei dieser Hitze, brachten schneller Menschen ins Grab, als ihr lieb war. Selbst unter ihrer kühlenden Kleidung spürte sie binnen kurzer Zeit jene gnadenlose Hitze, die ihr binnen kurzer Zeit den Garaus machen könnte.

Kam sie in die Siedlung zurück, merkte sie sehr rasch, dass ihre Begleiter, selbst Jenny und Hator, die Köpfe irgendwo hatten. Einsamkeit begann in ihr aufzuziehen, holte die Erinnerungen an Morayn zurück. An jene Zeit, in der sie noch lebte, weit noch, vor dem Abflug. Einsamkeit selber machte ihr wenig aus, die Erinnerungen an Morayn hingegen sehr wohl, durchzogen ihren Kopf, ließen sie nicht mehr los. Teilen konnte sie ihre Gefühle mit niemandem. So dauerte es nur kurze Zeit, bis sie zur nächsten Ausfahrt aufbrach. Massive Unruhe ließ sie nicht mehr zur Ruhe kommen. In ihrem Inneren wusste Erinya nicht, wonach sie wirklich suchte oder wovor sie floh. In ihrem Inneren völlig widerstreitende Gefühle verhinderten eine klare Sicht der Dinge, während etwas tief in ihr nach ihr rief, sie nach draußen zog.

Fest die Lenkstangen packend, nutzte sie jeden einzelnen Funken an Energie. Aufgesogen von hellbläulichen Sonnenmodulen, wandelten diese Hitze und Sonnenstrahlung in Energie um, nutzten diese als Treibmittel. Optisch wies ihr fahrbarer Untersatz Ähnlichkeiten mit einem Quad auf. Unter der Haube jedoch pulsierte etwas, das einem menschlichen Herzen nicht unähnlich schien.

Bereits zu ihrer Zeit hatte die Menschheit mit Biotechnologie Fortschritte erzielt, wenngleich es jedoch nie zu einer tatsächlichen Verschmelzung gekommen war. Dieses Gefährt jedoch schien ein Ergebnis jener Experimente zu sein. Verursachte ihr erst diese Erkenntnis massive Gänsehaut, so hatte sie sich binnen weniger

Stunden daran gewöhnt, empfand es nicht mehr besorgniserregend, wie noch zu Beginn.

So kräftig dieses Gefährt auch den weichen Sandstaub durchpflügte, sich tief in den darunter liegenden Sand eingrub, so viel Kraft benötigte es auch, die Dünen hochzukommen. Bei einigen davon schien es beinahe zu kapitulieren, sank tief in den Untergrund ein, spritzte Sand hinter sich, als wäre er nichts.

Mühevoll quälte es sich eine besonders hohe Düne nach oben, stemmte die Räder tief in den Sand, ließ aus dem Inneren fast schon menschlich klingendes Stöhnen und Ächzen entweichen. Stets blieb sie auf der Hälfte der Düne hängen, bevor sie mit ihrem Gefährt wieder nach unten rutschte. Selbst leicht versetzte Versuche brachten sie nicht weiter, sondern zogen sie erneut hinab zu flacheren Ebenen.

Ungezählte Versuche später rollte Erinya schließlich zurück, wollte schon umdrehen und zur Siedlung zurück, als sie direkt vor sich Spuren von Stein entdeckte. Tief unter Sand verborgen, erst durch die dicken Räder freigeschaufelt, hoben sie sich farblich deutlich vom rötlichen Sandstaub ab.

Erstaunt stieg sie ab, trat dichter an die Steine heran. Leicht über das Material streichend, spürte sie von ihnen Kühle ausgehend. Fröstelnd zog sie ihre Hand zurück, begann aber nur einen Augenblick später damit, Sand wegzustreichen.

Offensichtlich legte sie dabei keinen natürlichen Stein frei, sondern etwas gezielt Erbautes. Hielt sie es anfänglich noch für Reste einer alten Mauer, so revidierte sie rasch diese Meinung. Vor ihr, tief unter Sand verborgen, lag etwas, das nach ihr zu rufen schien. Längst schon schlug ihr Herz wie wild, nahm an Tempo zu, je mehr sie davon freilegte.

Unter dem rötlichen Sandstaub verborgen, legte sie eine gleichfarbige Tür frei. Rost hatte sich darauf angesetzt, beinahe das gesamte Material überzogen, riss ihr bei der ersten Berührung leicht die Haut auf.

„Seltsam, seit wann rostet etwas in der Wüste? Ist doch alles trocken hier.“

Staunend strich sie, diesmal weitaus vorsichtiger, über das Türmaterial. Beinahe zärtlich glitten ihre Finger darüber, wischten selbst Staubreste weg. An der linken Seite, leicht übersehbar, entdeckte sie schließlich einen Türgriff, eingelassen im Material der Tür. Vorsichtig griff Erinya danach, zog ihn quietschend nach außen. Fest packte sie nun zu, zerrte daran, bemüht, die Tür zu öffnen.

Zuerst rührte sich die Tür kein Stück, gab aber nach, als sie kräftiger dran zog. Kaum mehr als einige, wenige Millimeter gab sie nach, ausreichend genug, einen Schwall eigenartig riechender Luft in die Nase zu bekommen. Alt und abgestanden drang sie selbst unter ihr Tuch vor.

Diesen Geruch kannte sie noch gut von früher. Vereinzelt in alten Kellern, Abrisshäusern und alten Gemäuern, roch es nach einer eigenartigen Mischung aus Schimmel, Alter und Moder. Vielfach verursacht durch Feuchtigkeit, manchmal einfach nur dem Zeitverfall geschuldet.

Ein weiteres Mal rüttelte sie kräftig, zog erneut an der Tür, wieder öffnete sie sich einige, wenige Millimeter. Nach dem fünften Versuch konnte sie endlich einen ersten Blick hinter die Tür werfen. Kräftiges Sonnenlicht im Rücken half ihr dabei. Doch mehr als weiteren Staubsand erkannte sie auch dort nicht.

Nun, dank geweckter Neugierde, ließ sie die Sache nicht mehr los. Immer weiter öffnete sie die Tür. Anfänglich noch schwer ließ sie sich bald schon recht leicht aufziehen, bis sie ausreichend Platz fand, um hindurchzuschlüpfen.

Mühsam quetschte sich Erinya durch den Spalt, blieb mit ihrem Kleid beinahe hängen, bevor sie es vorsichtig wieder löste.Sorgsam tastete sie die Innenseite der Tür ab. Selbst hier fand sich der Rost, blätterte bereits leicht ab. Rissiger noch als die Außenseite, fehlte an dieser Seite guter Halt. Etwas Ähnliches hatte sie früher bereits mehrfach erlebt. In

einigen alten, leer stehenden Gebäuden gab es dereinst ähnlich rostige
Kellertüren, die sie, dagegen gelehnt, recht leicht öffnen konnte.

Dies probierte sie nun auch hier, lehnte ihren Rücken gegen die
Innenseite der Tür. Sehr langsam, aber stetig, drückte sie nach außen.
Quietschende Beschwerdelaute drangen aus dem Material hervor, als
wollte es seine altgediente Position nicht aufgeben. Je weiter Erinya die
Tür zu öffnen vermochte, umso breiter grinste sie schließlich. Schwer
drückte dabei die Tür gegen ihre Schultern. Ständig rutschte sie durch
den Sand weg, Halt vermissend, musste sich Erinya permanent neu
positionieren.

Schlussendlich hatte sie es geschafft. Nach vielleicht Hunderten von
Jahren, hatte sie das erste Mal wieder diese Tür geöffnet. Sonnenlicht
erhellte einen Tunnel vor ihr. Geschützt vor den Sonnen, schob sie ihr
Tuch nach oben.

Erstaunt erkannte sie Spuren im Staubsand, vermochte nicht einmal
ansatzweise deren Alter zu schätzen.
„Unglaublich, wie faszinierend!“
Leuchten trat in ihre Augen, ihr Herz schlug schneller, zog sie mit sich,
hinein in den Tunnel. Ohne groß darüber nachzudenken, wie gefährlich
dieser Ort sein könnte, setzte Erinya beinahe automatisch Schritt für
Schritt vorwärts. Erst mit dem Schwinden des Tageslichtes rückte
erneut Klarheit in ihren Kopf. Verwirrt schüttelte sie ihn, schlug sich
selber ins Gesicht. Schmerz durchfuhr ihren Körper,
rief ihr Bewusstsein zurück.

„Was …“
Obwohl es sie in den Tunnel hinein zog, setzte sie äußerst langsam
einen Fuß nach dem anderen in Richtung Ausgang, ständig mit dem
Gefühl im Nacken, die Tür könnte zugehen,
bevor sie denTunnel verlassen könnte.
Wenige Meter von der Tür entfernt stehend, betrachtete sie die alten,
bereits verfallen wirkenden Aufbauten, welche die roh behauenen Stein
offensichtlich stützten, sollten. Sacht strich Erinya über Felsgestein,
über die Stützen, deren Struktur sich wie versteinertes Holz anfühlten.

Längst hatte sie keinen Kopf mehr für jene Abdrücke im Boden, über
die sie, ohne nachzudenken gegangen war.

Vor ihr formte sich ein Schatten aus dem Dunkel, streckte seine Hand
nach ihr aus. Wispern drang an ihr Ohr. Raunende Geräusche
verstärkten sich. Mehrmals glaubte sie, einzelne Worte darin
wahrzunehmen. Von einem Sekundenbruchteil zum anderen
explodierte pure Angst in ihr, übernahm den nüchternen
Teil ihres Ichs. Langsam rückwärtsgehend stolperte sie und fiel
auf ihre Kehrseite.

Schmerz schoss durch ihren Körper und ließ sie
aufschreien.Um sie herum griff sie in weichen Staubsand. Noch
bevor sie weiter darüber nachdenken konnte, wo sie gelandet war,
rutschte sie bereits weiter zurück, immer den Blick in Richtung des
Tunnels vor sich. Jeder Zentimeter, den sie weiterrutschte, brachte sie
näher zur Tür. Bald schon erkannte sie, worauf sie gefallen war. Etwas
glitzerte im hellen Sonnenlicht. Aus den Augenwinkeln heraus griff sie
nahezu automatisch danach, nahm es mit sich.

Trotz jener puren Panik, versuchte Erinya mühsam einen klaren Kopf
zu bewahren, auch, wenn es ihr nicht wirklich gelang. Der Moment, in
dem sie hinter sich das rostige Material der Tür spürte, atmete sie
erleichtert auf. Hatte es zuvor etwas gedauert, bis sie sich durch die Tür
gequetscht hatte, so flutschte sie in beinahe hinaus, hatte sie doch
zuvor die Tür ausreichend aufgestemmt.

Rückwärtsgehend setzte sie langsam Schritt für Schritt, bis sie das
Gefühl hatte, dass ihr nichts nach draußen gefolgt war. Bleiben wollte
sie vorerst auch nicht. Schnell, als wäre der Tod ihr im Nacken, saß sie
bereits wieder auf ihrem Gefährt, trieb es auf dem Rückweg zu wahren
Höchstleistungen an. Mehrmals zurück blickend, sich vergewissernd,
dass ihr tatsächlich nichts gefolgt war, fiel es ihr erstaunlich leicht, den
direkten Weg zurückzufahren.

Kaum in der Siedlung angekommen, sprang sie vom Gefährt ab, eilte
zur Trainingshütte, wo sie Jenny und Ryan im Trainingsmodus vorfand.

„Leute, lasst es mal gut sein. Ihr glaubt nicht, was ich grade gefunden
habe!“
Keuchend, schwitzend und vollkommen erschöpft, griff Jenny erst
einmal zum Wasserbecher und leerte diesen vollständig. In ihrem
ärmellosen Top und einer Armyhose wirkte sie stark und selbstsicher,
wie Erinya erstaunt feststellte, sah sie sie doch sonst fast nur im Outfit
der Einheimischen. Ihr zusammengebundenes Haar tat sein übriges.

„Was hast du da?“
Jenny griff nach Erinyas Mitbringsel.
„Wie kommst du denn daran?“
Erstaunen blitzte in Jennys Augen auf.
„Äh … was soll damit sein?“
„Weißt du, wer die Kenteroy sind? Durch ihr Museum haben sie euch
doch geführt, nicht wahr?“
Stumm nickte Erinya.
„Gut, dann erinner dich an sie. Das ist ein Kenteroy-Dolch.“
„Schön und gut, aber …“
„Wo hast du den her? Es gibt hier kaum noch Zeug von denen.“
„Aus einem Tunnel. Ganz in der Nähe!“
„Ein Tunnel? Hier? Wie …“
„Keine Ahnung, hab ihn gefunden.“
„Bring uns hin. Sofort!“
Rascher als Erinya etwas sagen konnte, hüllte sich Jenny schon
in ihre Kleidung, schnappte sich eine Tasche, die sie ständig mit sich
herumschleppte und eilte nach draußen.

„Kommt schon, ihr Schlafmützen. Macht Tempo!“
Aufregung war ihr deutlich anzumerken, Vorfreude und der Wunsch
nach Geheimnissen, schwang in ihrer Stimme mit. Endlich gab es hier
etwas, das sie tun konnte, als nur ständig herumzusitzen und etwas
Training zu machen.

„Was hat es …“
„Später, ich erzähl es dir später, aber jetzt bring uns hin!“

Noch konnte Erinya die Spuren ihrer Rückfahrt halbwegs erkennen,
obwohl sie bereits wieder am Verschwinden waren. Zurück zum
Tunnel dauerte es nur wenige Minuten. Direkt vor dem Eingang blieb
sie stehen
„Hier ist es.“
„Oh. Ich war zwar des Öfteren hier unterwegs, aber das hier hab ich
nicht gefunden. Wie bist du drüber gestolpert?“
„Keine Ahnung, hab wohl mit dem Ding hier mehr versehentlich den
Eingang freigelegt.“
„Egal, sehen wir mal, was wir drinnen finden werden!“

Ohne auf sie zu warten, war Jenny bereits im Eingang verschwunden.
Ein erfreutes Aufjaulen drang noch zu ihnen ins Freie, dann war es
schlagartig still. Notgedrungen folgten sie ihr,
wobei Erinyas Gefühlshaushalt kräftig durcheinandergewirbelt wurde.
Wieder spürte sie genau jene Angst, die sie zuvor von diesem Tunnel
vertrieben hatte. Schlagartig fühlte es sich nicht mehr wie eine
besonders gute Idee an, eher im Gegenteil. Machen konnte sie jedoch
auch nichts mehr.

Im Tunnel erstrahlte, ganz im Gegensatz zu vorher, Licht, bewegte
sich, erleuchtete nicht nur die Wände.
„Kommt schon, nicht so lahm, ihr Enten!“
Jenny war bereits einige Meter weit vor ihnen. Ihre Lampe erhellte
ausreichend ihr Umfeld.

Immer weiter drang sie mit ihrem Licht in die Tunnel vor. Keine
einzige Abzweigung existierte, ging ausnahmslos schnurgerade
vorwärts. Völlig lichtlos mussten sie ihr notgedrungen folgen, um nicht
völlig im Finstern da zu stehen. Blieb ihr Ryan dicht auf den Fersen,
hielt Erinya das Tempo nicht, blieb immer weiter hinter ihnen zurück,
bis die beiden nur noch in Form von Schatten bei einem kleinen
Lichtchen zu sehen waren.

Dafür bemerkte sie etwas Ähnliches, wie das, das sie bereits im Areal
entdeckt hatte. Wo dort das Gras selbstständig Licht abgab, taten es
hier die Wände, die dezent zu leuchten schienen. Das Licht reichte

gerade aus, um alles schemenhaft, zu erkennen. Wie diese Lichter tatsächlich arbeiteten und funktionierten, verstand Erinya nicht, hinterfragte es auch nicht. Wichtig war doch nur, dass sie taten, was sie tun sollten.

Im Schatten dieser Lichter gehend, blieb sie immer weiter hinter den beiden zurück. Fest im Griff trug sie dabei den edel verzierten Dolch, auf den sie zuvor gefallen war. Zwar wusste sie nicht, was ihr hier passieren sollte, doch es fühlte sich einfach nur gut an, selbst als reines Plazebo reichte er in diesem Fall gänzlich aus. Erst jener Moment, in dem sie Jennys Licht endgültig aus den Augen verlor, blieb sie für einen Moment stehen. Ihre Augen mussten sich nun noch an diese schummrige Lichtquelle gewöhnen, war sie doch nicht viel heller, als eine mondlose, wolkenlose Nacht. Klar, aber nicht sonderlich gut beleuchtet, lud es ein, Dinge zu sehen, die in dieser Form einfach nicht existierten.

„Ryan? Jenny?“
Gänsehaut zog Erinyas Rücken hinauf, entlang ihrer Wirbelsäule fühlte sie schlagartig wieder etwas Ähnliches wie bereits bei ihrem ersten Besuch in diesem Tunnel. Fester als zuvor umschloss sie den Griff des Dolches, hielt ihn näher an ihrem Körper, jederzeit bereit damit zuzustoßen, aber darauf hoffend, dass es nicht nötig wäre.

Langsam, Schritt für Schritt, mit dem ständigen Gefühl des Beobachtetwerdens im Nacken, hantelte sie sich voran. Durchgängig die linke Hand an der Tunnelmauer streifend, vorsichtig vorwärtsgehend, ignorierte sie möglichst gründlich dieses bange Gefühl in ihrem Rücken. Obwohl sie es besser wusste, hatte sie permanent den Eindruck, hinter ihr schlurfe jemand nach.

Gefühlte Ewigkeiten später schimmerte vor ihr ein Licht. Aufatmend beschleunigte Erinya ihr Tempo, eilte darauf zu. Leise Stimmen erklangen vor ihr, doch was sie von sich gaben, verstand sie nicht. Am liebsten wollte sie sofort darauf zulaufen, hielt sich jedoch noch im Zaum.

Vorbei an leicht schimmernden Wänden versuchte sie, nicht zu
stolpern. Drosselte ihr eigenes Tempo, richtete sich nach dem Licht der
Wände. Dabei stets hoffend, nicht eine Abzweigung übersehen zu
haben und die falsche Richtung verfolgt zu haben. Holte Ryan
schließlich ein. Vor ihnen lag Jennys Lampe am Boden. Sie selbst hielt
sich den Knöchel, stöhnte, als wäre etwas Gröberes vorgefallen.

„Komm schon, zieh fester an!“
„Schon gut, beruhig dich!“
Schmerz stand in Jennys Augen, dezent hinterließ eine einzelne Träne
eine feuchte Spur auf ihrer rechten Wange.
„Wo haste gesteckt?“
Ohne sich umzudrehen, nach wie vor auf eine Bandage des Knöchels
konzentriert, zischte Ryan sie an.
„Hast du Blumen gefunden und an ihnen gerochen?“
„Nein. Wieso? Ihr wart nur einfach so schnell!“
„Ja, schön und gut, aber ein klein wenig mehr Tempo hätte dir auch
nicht geschadet, meine Liebe!“
„Hör auf mich zu nerven. Ich bin kein kleines Kind. Außerdem
wäret ihr nicht hier, wenn ich euch davon nichts erzählt hätte.“

Schmollend fauchte Erinya nun Ryan an. Er war ja nicht ihr Babysitter,
dass er so mit ihr umspringen durfte.
„Wir sollten zurück!“
„Ganz sicher nicht. Hilf mir mal hoch!“
Mit dem linken Arm griff er unter Jennys Achsel, zog sie hoch,
bis sie wieder stehen konnte. Schmerzverzerrt trat sie auf, leicht zwar,
aber konnte selbstständig stehen.
„Gebrochen ist nichts. Gut! Tut nur weh. Dumm gelaufen. Wir gehen
weiter! Umgekehrt wird nicht! Sonst verbietet uns vielleicht noch
jemand die Tunnel!“
Stur setzte sie an, auf Ryan gestützt, weiter zu gehen. Drehte sich dann
aber noch einmal zu Erinya um.
„Wo ist der denn eigentlich gelegen?“

„Der Dolch? Direkt am Eingang! Spielt das Wo denn eine Rolle?“
„Manchmal, unter Umständen. Gib ihn mir noch mal!“
Fordernd streckte sie den Arm aus, riss ihn Erinya beinahe aus der Hand, als diese ihn ihr reichte.
„Wertvoll ist das Ding nicht, fast jeder Kenteroy hat so ein Teil zur Selbstverteidigung dabei. Das Ding ist abgenutzt, sieht einfach aus, als wäre es ein reines Arbeitsmesser. Außerdem, wenn du es dir behalten willst, dann solltest du es mal schleifen, schneidet rein gar nichts, das Teil!“

Leicht verächtlich würgte sie die letzten Worte nur noch heraus, bevor sie den Dolch Erinya zurückgab. Neben dem Frust, dass sie schon weitaus länger auf Jada weilte als Erinya, aber nicht einmal auch nur ansatzweise etwas Vergleichbares gefunden hatte, gab es da einen Funken in ihr, der sie dazu rief, sich umzusehen, tiefer in den Kern des Planeten vorzudringen. Vielleicht würde ja sie selber auch noch fündig, vor den anderen. Ein recht netter Nebeneffekt davon war, dass sie den Schmerz in ihrem Knöchel kaum noch wahrnahm. Ständig leuchtete sie den Boden ab, ganz in der Hoffnung vielleicht doch etwas zu finden.

Mehrere Stunden vergingen, in denen sie immer tiefer in den Bauch des Planeten vordrangen. Mehr oder weniger geradlinig gab es keine einzige Abzweigung, sondern, bis auf einige wenige Kurven, nur eine einzige Gerade, die sie durchaus auch bei reinster Dunkelheit zurück verfolgen könnten.
„Schau mal, dort!“
Aufgeregt deutete Ryan auf etwas Glitzerndes vor sich. Längst hatte Jenny ihn losgelassen, humpelte, so gut sie dies vermochte, selbstständig vorwärts.
Sich bückend, wischte Ryan Staub von der glitzernden Stelle.
„Eine Münze, das sieht aus wie eine Münze!“
„Gib mal her, Mann!“
Ungeduldig riss ihm Jenny beinahe das Teil aus der Hand.

„Eine Kenteroy- Münze. Ich glaub, du hast einen der Grabentunnel gefunden, Erinya. Dabei waren die seit Jahrhunderten verschollen.“

„Grabentunnel?“

„Ja. Dort wurden die ehemaligen Ureinwohner von Jada von
den Kenteroy zur Sklavenarbeit gezwungen. Keine schöne Vorstellung.
Ihr wisst nicht sonderlich viel von diesem Planeten, oder?“

„Nein. Genau genommen wissen wir rein gar nichts davon.“

„Verstehe. Ich werde es euch später erzählen, in Ordnung? Wenn wir
zurück im Dorf sind.“

„Na schön, aber vergiss es nicht. Nicht, dass ihr beide euch dann
wieder nur den lieben langen Tag verprügelt!“

„Keine Sorge, heute ist dann ohnehin Schongang angesagt.“
Schmunzelnd deutete Jenny auf ihren lädierten Knöchel, der wohl
einige Tage Ruhe benötigen würde. Sie wurde rasch darauf wieder
Ernst.

Langsam, kaum wahrnehmbar, veränderte sich der Tunnel, wurde
breiter. Die Decke hob sich allmählich nach oben an, während auf dem
Boden bald schon kein Sand mehr zu finden war, sie allmählich auf
blankem Stein standen. Erst, als das Licht der Lampe zu flackern
begann, hielt Jenny nach Stunden inne.

„Wir müssen zurück, meine Lampe gibt fast schon den Geist auf.“
„In Ordnung, läuft ja nicht davon. Besser, wir nehmen nächstes Mal
mehr Lampen mit.“
„Hey, konnte ja keiner ahnen, wie weit das hier reingeht, klar?
Immerhin hatte ich eine dabei!“
Dezent verärgert, vor allem aber auch über sich selber, drehte Jenny
um, humpelte wieder zurück Richtung Ausgang. Hatte sich zuvor noch
der Schmerz in ihrem Knöchel kaum mehr bemerkbar gemacht, so
kehrte er nun mit voller Wucht zurück. Längst merkten sie auch die
Müdigkeit, die über sie hereinzubrechen drohte.

Nach mehreren Stunden in den Berg hinein ging es ein klein wenig
schneller wieder zurück in Richtung Ausgang. Doch es kam, wie es
kommen musste.

Nicht einmal die Hälfte der Wegstrecke hatten sie zurückgelegt, als das
Flackern der Lampe sich verstärkte und binnen Augenblicken das Licht

ausging. Wütend schlug Jenny die Lampe gegen die Wand. Doch selbst das half nur für einen Augenblick. Zwar kam es leicht flackernd für einen Moment zurück. Wenig später erlosch es komplett.

Aufseufzend steckte Jenny die Lampe zurück in ihre Tasche. Darum würde sie sich erst kümmern, wenn sie zurück war. Ihre Einzelhütte war zwar klein, aber vielleicht fand sich darin noch eine Alternative, wenn nicht würde sie eben Hators Zeit in Anspruch nehmen. Immerhin hortete er ja alles Mögliche, das von den Schiffen geliefert wurde. Obwohl sie sich manchmal fragte, was in den Lieferungen tatsächlich alles Drin war, hatte sie bislang noch keine Fragen dazu gestellt. Meist wich er ohnehin ihren Fragen aus, oder beantwortete diese nur spärlich.

„Setzt euch!"
Im Gegensatz zu den anderen Hütten verfügte ihr Boden über keinen nennenswerten Dekorationen. Lediglich eine ziselierte, von der Decke hängende Lampe, sowie einige kleinere, farbenfrohe Teppiche hübschten Jennys, nahezu winzig wirkende, Hütte auf.

Selbst auf jene, sonst überall vorhandenen Sitzkissen, legte sie keinerlei Wert. Weitaus wichtiger erschien der Inhalt ihrer Truhe, in der sie kramte. Etliches davon landete verstreut auf dem Teppichboden, vieles davon kannte Erinya noch selber, hatte aber keinerlei Interesse daran entwickelt. Lediglich ein schön geschliffenes Messer erweckte für einen Augenblick ihre Aufmerksamkeit, dabei bemerkte sie nicht einmal, wie rasch Jenny sich einen stützenden Verband um den Knöchel gewickelt hatte.

„Gut, also, zeigt mal her, was wir jetzt wirklich alles in der Höhle gefunden haben!"
Neben dem Dolch und einer Handvoll Münzen landete noch eine kleinere, handliche Statue auf einem Haufen zwischen ihnen.

Zierlich, reichlich dekadent gehalten, stellte sie kaum mehr, als eine weibliche Gestalt dar. Anstelle von Haaren, schien sie, wie Medusa,

Schlangen auf ihrem Haupt zu tragen. Doch damit nicht genug traten
aus ihrer Seite mehrere Tentakeln hervor.

„Wo hast du die denn gefunden?“
„Die Statue? Die lag ganz in der Nähe, als du mit der Lampe hantiert
hast.“
„Der Fund ist richtig gut. Ich kann ihn zwar nicht vollständig
einordnen, aber es muss sich dabei um eine Göttin handeln, die seit
Jahrtausenden von den Kenteroy verehrt wird. Soweit mir bekannt, soll
sie eine ähnliche Funktion wie unsere damalige Aphrodite einnehmen.“
„Eine Liebesgöttin? In so einer Höhle?“
„Naja, kann sein, dass sie noch andere Aufgaben wahrnimmt, aber die
kenn ich nicht. So tief sind meine Kenntnisse über die Kenteroy auch
wieder nicht. Die Münzen jedenfalls sind sicher auch heute noch
gültig.“

„Schön und gut, aber was machen wir jetzt damit?“
„Morgen noch mal hingehen. Oder habt ihr eine bessere Idee?“
„Allerdings!“
„Wartet einen Moment!“
Schneller, als sie erst schauen konnten, kam Jenny mit der alten Frau
vom Brunnen zurück. Sie bat sie in ihre Hütte, wo sie das erste Mal
vollkommen ihren Kopf von den Tüchern befreite.Ehrfürchtig bat
Jenny die Alte sich zu setzen, reichte ihr eine Schale mit etwas, das sie
aus ihrer eigenen Truhe entnahm. Wasser schien es nicht zu sein,
vielmehr entsprach der bräunlich-rötliche Schimmer der Flüssigkeit
einem Tee oder vielleicht sogar Alkohol.

„Was wünschst du zu wissen, Kind?“
„Mutter, seht euch das hier einmal an, bitte!“
Dabei deutete sie auf den kleinen Haufen vor sich. Schweigend
betrachtete die Alte erst die Dinge, schob sie mit einem Stock
auseinander, als hätte sie Angst davor, die Sachen zu berühren.

„Schlechte Dinge. Woher stammt es?“
„Aus einer Höhle, neben dem Dorf!“
Erst wurde das Gesicht der Alten leichenblass, dann schlagartig,

konnten sie jede einzelne Ader darin erkennen, nicht nur die
Muskelstränge, die die Tasollana manchmal unheimlich wirken ließen.
Daraufhin erbleichte sie erneut, bevor sie es schaffte, etwas zu sagen.

„Ihr habt den Zugang gefunden? Zu den Höhlen?“
„Wie es aussieht, ja!“
„Lasst den Tod heraus, ohne zu wissen. Verdammt uns allesamt mit
dem Einst, vernichtet die Zukunft. Ihr wisst nicht, was ihr angerichtet
habt.“
„Weshalb? Was meinst du, Mutter?“
„In den Höhlen findet sich der Tod. Unsere Vorfahren waren
Gefangene der Töter. Sie vernichteten, zerstörten, mordeten, nur um
unser Land, unsere Heimat auszuplündern. Heute weiß keiner mehr,
was sie wollten, was sie genau suchten. Doch sie brachten den Tod,
über uns, über das Land und nicht zuletzt über sich selber. Viele von
ihnen starben hier, grausam, aus unerfindlichen Gründen, die keiner
mehr wirklich nachvollziehen kann. Manche waren weniger grausam,
als die anderen, doch die meisten der Töter, zerstörten nur. Anderes
Leben als ihr eigenes war ihnen völlig egal.“
Entsetzen schwang in ihrer Stimme mit. Bebend formten sich die
Worte, drangen aus ihrem Mund, obwohl es schien, als wollte sie diese
am liebsten für sich behalten.

„Ihr könnt nicht hier bleiben. Unsere Heimat braucht Ruhe. Ihr habt
etwas entlassen, das begraben bleiben müsste. Aber hier findet ihr keine
Lösung, keine Antwort. Uns Tarsli´lar wird hier nichts passieren,
unsere Ahnen schützen uns. Ihr jedoch seid keine Tarsli´lar. Geht!
Verlasst uns!“

Ohne noch ein weiteres Wort zu sagen, erhob sich die Alte ächzend, als
fiele es ihr schlagartig schwer ihren üblichen, nahezu geschmeidigen
Gang weiter zu führen, als läge plötzlich eine jahrhundertealte Last auf
ihren Schultern. Betreten blickten sie sich an, wussten erst nicht, was
sie tun sollten, wie sie reagieren sollten.

Noch während sie darüber nachdachten, stand schon Hator im
Türrahmen, trat schweigend ein und setzte sich zu ihnen. Trauer

schwang in seinen Augen mit.

„Kinder! Jetzt haben wir ein Problem. Und zwar ein Gravierendes noch dazu. Die Altmutter wünscht, dass ihr geht. Was ist der Grund?"
Erst sprach er, wie gewohnt, sanft zu ihnen. Blickte dabei jeden durchdringend an, ließ keinen aus den Augen.

„Wir wissen es nicht!"
Leicht verzweifelt erklangen Jennys Worte.
„Ich habe da so eine Vermutung. Wisst ihr eigentlich, wie lange ich schon hier lebe?"
Flink griff er nach den Dingen, vor sich, hob sie hoch, betrachtete sie.
„Wo habt ihr das her?"
„Aus einem Tunnel, ganz nahe der Siedlung."
Leichenblässe trat nun auch in Hators Gesicht.
„Wie … Wie konntet ihr den Zugang zu den Höhlen finden? Das hat bisher noch keiner geschafft, nicht mal ich. Und ich suche seit Jahren danach!"
„Es war einfach nur Zufall, sonst nichts."
„Bringt mich hin, sofort!"
Noch bevor sie etwas sagen konnten, stand Hator bereits im Türrahmen. Irgendwie hatten sie allesamt den Eindruck, dass ihnen soeben ihr ganzes Schicksal einfach so aus den Händen glitt.

Vier Personen waren dem Gefährt dann doch zu viel. Gezwungen zu gehen, dehnte sich der Weg zum Höhleneingang. Ständig sackten sie im Sand ein, kamen nur mühsam vorwärts. Während des gesamten Weges sprach Hator kein einziges Wort mit ihnen. Er hatte das Gefühl, ihm würde alles, sein gesamtes Ich, sein Sein und seine Welt, unter seinen Füßen weggezogen werden.

Hinter Erinya gehend, hatte sich Jenny bereits bei Ryan eingehakt, ließ sich bei von ihm stützten. Noch schmerzte ihr Knöchel bei jedem Schritt, bei dem sie in den Sand einsank. Das besserte sich erst wenige Meter vor dem Eingang zu den Tunneln, als wäre bereits vor dem Eingang eine massive Steinplatte vorhanden.

Selbst jetzt noch schwieg Hator, zog etwas Kleines aus seiner Kleidung.
Staunend sahen sie zu, wie dieses kleine Ding vor ihnen Hators Hand
verließ und zu schweben begann. Nahezu unmerklich wischte Hator
durch die Luft, scheuchte es in den Tunnel.

Schwebend, sich in der Luft leicht drehend, sah es einem künstlichen
Augapfel ähnlich bis zu den kleinsten Blutäderchen. Wohin auch
immer diese eigenartige Pupille blickte, erstrahlte warmes, dezentes
Licht, erhellte seine Umgebung. Diesmal ging es schneller voran. Bis sie
das Ende des Tunnels erreicht hatten.

„Wir hätten also nur noch einige, wenige Meter gehen brauchen, bis wir
angekommen wären?“
Zweifelnd blickte Jenny die eingestürzte Wand an. Etliche, riesig
wirkende Felsenstücke und abgebrochenes, versteinertes Holz,
versperrten ihnen den weiteren Weg vorwärts.

„Was jetzt?“
„Wir gehen zurück, ich hab gesehen, was ich sehen musste. Es ist
offensichtlich, was jetzt der Fall sein wird!“
Schweigend, mit eigenartigem Unterton in der Stimme, drehte
sich Hator um, bereits wieder auf dem Weg nach draußen.
Im Gegensatz zum ersten, gemeinsamen Besuch im Tunnel, gab es
dieses Mal weder Wispern noch anderes Unheimliches. Jene Angst,
die sie bereits einmal in den Tunneln heimgesucht hatte, existierte in
diesem Moment nicht.

Erst, als sie zurück in die Siedlung kamen, fühlte Erinya den Hauch
einer Gänsehaut auf ihrem Rücken. Doch bei Weitem nicht so
schlimm, wie es sich beim ersten Mal im Tunnel angefühlt hatte, als
bitterer Schmerz und Panik jede noch so winzige Faser ihres Wesens
durchdrungen hatte. Im Gegensatz zum ersten Mal waren sie nun in
der Nacht zurück aufgebrochen. Zu lange hatten sie sich in den
Tunneln aufgehalten, als dass sie noch den letzten Funken Tageslicht
hätten nutzen können.

Längst schienen nur noch die Sterne über ihnen, zeigten Sternbilder, die sie nicht kannten. Nach wie vor hing Hators Lampe vor ihnen in der Luft, leuchtete ihnen den Weg zurück in die Siedlung. Schnurstracks ging es zurück in Jennys Unterkunft, wo sie sich zu einem Kriegsrat zusammensetzten.

„Gut, ich habe gesehen, was ich sehen musste. Mutter hatte nur zu einem Teil recht. Der Tunnel, den ihr gefunden habt, war zwar einst Teil des Ausbeutungssystems der Kenteroy, aber gehört jetzt nicht mehr dazu. Aus irgendeinem Grund stürzte er ein, begrub alles unter sich. Dennoch muss ich ihr zumindest zu einem Teil recht geben. Wenn ihr etwas Derartiges finden könnt, das ich seit vielen Jahren übersehen habe, dann stolpert ihr mit Sicherheit in absehbarer Zeit über weitere Eingänge. Vielleicht liegt es daran, dass Jada euch führt. Das kann ich nicht beurteilen. Darum werde ich mich mit ihr beraten und dann euch die daraus resultierende Konsequenz mitteilen. Schlaft gut. Ihr könnt die Ruhe wirklich brauchen!"

Mit diesen Worten drehte sich Hator um, hielt kurz inne, verließ dann jedoch die Hütte, in der sie zu dritt blieben. Nachdenklich blickten sie einander an, wussten nicht so recht, wie sie mit der Sache umgehen sollten.
Dass es Konsequenzen aus der Sache geben würde, wussten sie allesamt. Etwas hatte sich verändert. Hatte die Altmutter Angst vor der Vergangenheit des Planeten?

„Also gut. Ich denke, wir können jetzt alle nur Vermutungen anstellen, aber mehr als mal drüber zu schlafen, können wir wohl auch akut nicht."
„Auch, wenn ich gern noch mehr herausfinden würde, aber wir brauchen alle Schlaf. Das meine ich ernst. Jetzt werden wir vermutlich nicht mehr weiterkommen, oder wie seht ihr das?"
Kopfschüttelnd blickten Ryan und Erinya sie an, lagen mit Jenny auf der gleichen Ebene. Außerdem spürten sie die Müdigkeit in sich. Es war nicht nur ein langer, sondern auch ein richtig anstrengender Tag gewesen. Das war ihnen allesamt klar. Erstes Gähnen stellte sich ein.

„Gut. Dann legen wir uns jetzt schlafen und sprechen morgen noch einmal darüber. Einverstanden?"
Darauf erhielt Jenny nur noch Kopfnicken. Irgendwie spürten sie den Schlafmangel.

Wenig später lagen sie im Tiefschlaf. Während Ryan und Fynn ruhig schliefen, leise vor sich hin schnarchten, wälzte sich Erinya immer wieder herum. Sie fühlte sich müde, schlief auch, aber bei Weitem nicht so erholsam wie die Burschen.

Mitten in der Nacht hob sich das Tuch vor dem Eingang, ermöglichte ihr einen Blick hinaus auf den Sternenhimmel. Bezaubernd schenkten die Sterne einer sonst vollkommen finsteren Nacht etwas Licht. Einige von ihnen schimmerten leicht farbig.
Obwohl sie zu schlafen versuchte, öffnete Erinya die Augen, erblickte den Ausgang und das Sternenmeer. Ohne zu wissen warum, erhob sie sich dann doch von ihrem Lager. Etwas in ihrem Inneren rief sie, zog sie erneut nach draußen, hinaus aus der Hütte. Langsam stand sie auf, erst sich innerlich noch etwas sträubend, dann jedoch, nicht mehr über die ganze Sache nachdenkend. Wie selbstverständlich setzte sie dann einen Fuß vor den anderen, ließ selbst ihr Tuch zurück, dachte einfach nicht daran.

Sand quoll ihr zwischen den Zehen hindurch, selbst die Schuhe hatte sie in der Hütte zurückgelassen, ging einfach aus der Siedlung und wartete. Sie wusste nur nicht, worauf, bis sie es sah.
Vor sich erblickte sie eine weite Sandebene. Ohne erkennen zu können, wie dies zuging, loderten Flammen empor, drangen meterweit nach oben. Schrille Schreie erklangen aus der Richtung der Flammen, als würde darin jemand brennen. Schmerz drang in ihre Ohren, die sie aber nicht zuhalten konnte. Wie betäubt hingen ihre Arme an ihrer Seite hinab, ließen sich in keinster Weise nach oben bringen.

Schüttelfrost erfasste ihren Körper, Angst, tiefste nackte Todesangst, drang in ihrem Geist nach oben. Obwohl sie wusste, es gab keine Bedrohung, der sie ausgeliefert war, so fühlte sie sie dennoch. Erst, als sie dachte die Angst vor Flammen und dem Sterben tatsächlich zu

spüren, sah sie vor sich eine Gestalt in den Flammen stehen, die
langsam zu ihr kam.

Zuerst erblickte sie kaum mehr als diesen einen, winzigen Schatten, der
sich aus den Flammen hervorschälte. Schritt für Schritt kam die Gestalt
in ihre Richtung, bis sie nur noch wenige Meter vor ihr entfernt stand.
Schweigend stand Erinya einfach nur da, wartete auf sie. Sollte sie
Angst vor ihr haben? Trotz Furcht blieb sie stehen, wartete. Langsam
schälte sich die Gestalt aus den Schatten heraus. Es dauerte nur kurz,
bis sie erkannte, wer da vor ihr stand.

„Morayn? Du bist doch …"
„… tot? Oh, Schwesterchen, kommt doch immer drauf an, wie man
etwas sieht, meinst du nicht? Mein Körper ist vielleicht verschieden,
aber denkst du ernsthaft, ich selber sei auch tot? Was hast du damals
denn wirklich gelernt, dass du diesen Humbug bis heute ernst
nimmst?"
„Wie …"
„Falsche Frage!"
„Ich …"
„Geh! Suche! Hier findest du keine Antworten. Aber du wirst
wiederkommen. Mach dich auf die Reise!"
„Wohin?"
Darauf erhielt sie nur ein sanftes Lächeln, wie es so typisch für ihre
Schwester gewesen war. Nach wie vor stand ihr Brustkorb offen, doch
ihr Herz schlug nicht. Ganz im Gegensatz dazu lächelte Morayn,
blickte sie an, trat einige Schritte zurück.

Nach wie vor loderten hinter ihr Flammen, verschluckten Morayn in
dem Moment, in dem sie sich ihre Füße in das Flammenmeer setzte.
Nur einen Wimpernschlag später erloschen auch die Flammen wieder.
Erneut stand sie im Dunkeln, das lediglich durch das Licht der Sterne
am Firmament erhellt wurde. Erneut fühlte sie die bleierne Müdigkeit
in sich aufsteigen. Nahezu automatisch trat sie den Weg zurück an.
Wohin sollte sie gehen?
Der nächste Morgen hielt für sie alle einen Brummschädel bereit, einen,

der sonst nur nach hohem Alkoholkonsum entstand. Doch Derartiges hatten sie allesamt nicht getrunken.

Schweigend dachte Erinya über den Traum nach, sprach kein Wort zu Ryan, der wohl selber ganz schön in Gedanken versunken, die Augen gesenkt hielt, mit einem kleinen Löffel in seinem Getränk herum rührte. Selbst Jenny, die sonst immer überdreht wirkte, schlurfte zu ihnen. Wenige Minuten nach ihr kam auch Hator in die Hütte, in seiner Hand hatte er eine neue Schale voller Trockenobst, die er herumreichte.

Selbst Fynn hatte sich dieses Mal angeschlossen. Obwohl es ihn inzwischen nicht mehr sonderlich interessierte und er vielmehr längst lieber bei den Tasollana war, mit denen ihn inzwischen ein sehr inniges Band verknüpfte, hörte er diesmal schweigend, aber doch interessiert zu, während er sich seinem Frühstück widmete.

„Also, wie geht es jetzt weiter?“
„Gute Frage. Hat wer eine Idee?“
„Mutter sagte mir, ihr hättet die Dal´Sieh aufgestöbert.“
„Die was?“
„Die Dal´Sieh!“
Fordernd streckte er die Hand nach dem Messer aus, mit
dem Erinya im Augenblick gedankenverloren herumspielte.
„Gib es mir mal, bitte!“
Hoch konzentriert hielt er es in den Händen, betrachtete es genau, bis er es ihr zurückreichte.

„Die Dal´Sieh, oder auch Kenteroy genannt, waren vor vielen Generationen als Eroberer hier. Sie nutzten Jada wie früher die Kolonialvölker, ließen nichts übrig, das sie hätten brauchen können. Wie sie dann mit den Eingeborenen verfuhren, das könnt ihr euch, nebenbei gesagt, auch denken. Es gibt da einige sehr unschöne Legenden der Tarsli´lar.“
„Schön und gut, aber was willst du damit sagen?“
„Nichts. Ich meinte nur, wenn ihr was wissen wollt, dann werdet ihr hier nicht viel finden, dazu müsst ihr wohl wo anders hin.“

„Schön und gut, aber wie sollen wir das denn anstellen? So oft wie die Schiffe hier landen, kann das noch sehr lange dauern, bis wir hier weg können.“

„Ein Schiff ist in der Nähe. Es wird bald hier sein.“
Wie auf Kommando blickten sie nun allesamt Hator an.
„Wie bitte? Mir sagst du noch, in den nächsten Wochen, vielleicht sogar Monaten, gibt es kein Schiff und jetzt das? Wie soll ich das jetzt bitte verstehen?“
„Immer mit der Ruhe, Jenny. Das ist eher Glück als sonst etwas. So weit reichen meine Funkmöglichkeiten auch nicht.“
„Na schön, die bringen uns dann wohin?“
„Das müssen wir uns noch mit ihnen ausmachen. Aber sie kommen her und nehmen zumindest einen Teil mit.“
„Warum nicht alle?“
„Ich werde hier bleiben!“
Nun drehten sich alle zu Fynn.
„Du willst hier bleiben? Warum denn das?“
„Ganz einfach. Ich gehöre hierher. Es ist jetzt mein Zuhause.“
„Und die Tasollana?“
„Die Tarsli´lar, genauer gesagt Mutter meinte, ich sei willkommen und könne bleiben.“

„Du bist dir wirklich sicher?“
„Ja. Ich ertrage die Welt dort draußen einfach nicht mehr. Hier ist es friedlich, hier ist die innere Einkehr da, die ich draußen nie gefunden, aber immer nur verzweifelt gesucht habe. Ihr habt doch keine Ahnung, wie es sich anfühlt, immer nur außerhalb der Gesellschaft zu stehen, weil die Gesellschaft alles laut und schreiend haben will, aber man selber ruhig ist, in sich gekehrt leben will.“
Traurigkeit kehrte in Erinyas Blick.
„Glaubst du das wirklich?“
Leise erklangen ihre Worte, als sie ihn ansah, noch bevor sie etwas Weiteres ausführen konnte, wandte sie sich dann doch lieber ab und schwieg.

„Du musst es selber wissen, Fynn. Keiner von uns ist dein
Kindermädchen. Ihr anderen haltet euch besser bereit! Verstanden?“
Noch während er in die Runde blickte, stand Hator auf, verließ die
Hütte, nur um Minuten später wieder bei ihnen zu sein.
„Macht euch bereit! Das Schiff ist im Anflug!“
Mehr als das Messer und die gefundenen Münzen nahmen sie nicht mit
sich. Es gab sonst nichts, das sie hätten mitnehmen können.

Wenig später fanden sie sich an jener Stelle wieder, wo sie damals das
Schiff verlassen hatten. Das Schiff vor ihnen wirkte ähnlich abgenutzt,
wie jenes, das sie hergebracht hatte.
„Was für ein Seelenverkäufer!“
Leise, kaum wahrnehmbar in sich hinein gemurmelt, musterte Erinya
das Schiff vor sich. Besonders viel Vertrauen darin hatte sie nicht. Eher
im Gegenteil. Brüchig und marode stand es vor ihr, hatte seine beste
Zeit längst hinter sich gelassen.

„Er wird euch bei einem der nächsten Weltraumhäfen absetzen. Von
dort müsst ihr euch etwas einfallen lassen, wie ihr weiter kommt.
Habt ihr die Münzen?“
Nickend legte sie Erinya in Hators Hand. Kurz blickte er diese an,
nickte und eilte damit wieder in Richtung des Schiffes. Einige wenige
Worte mit dem Kapitän wechselnd, kam er zu ihnen zurück.

„Ihr drei könnt mit. Für euch reicht die Bezahlung. Was ihr dort
gefunden habt, sind alte Münzen mit der Prägung eines früheren
Herrschers. Die sind auf Kenteroy längst einiges wert. Achtet also auf
das Messer. Es könnte euch vielleicht einiges einbringen.“
„Kommst du nicht mit?“
Mehrmals setzte Hator an, darauf etwas zu sagen, brach aber sofort
wieder ab.
„Du bleibst hier, nicht wahr?“
Darauf nickte er nur. In diesem Moment waren sie wohl allesamt froh
darüber, dass die Tücher über ihren Köpfen hingen, und die Gesichter
vollständig verdeckten. Emotionale Ausbrüche dieser Art
mochten sie allesamt nicht.

„Geht jetzt! Ich werde auf Fynn noch eine Weile ein Auge haben. Ich bin einfach schon so lange hier, dass ich das Gefühl habe, hierher zu gehören. Vielleicht versteht ihr das. Wenn ich lange Jahre an einem Ort verweilt und wisst, dass ihr dort nie mehr weg wollt. So ähnlich geht es mir. Und nun, gute Reise. Kommt zurück, wenn ihr mehr wisst!“

Damit drehte sich Hator um, ließ sie alleine stehen. Obwohl Jenny nun die Möglichkeit hatte zu gehen, fiel es ihr auch nicht besonders leicht. Ihr Herz wurde schwer. Nicht so sehr wegen des Planeten, sondern vielmehr, weil sie Hator doch irgendwo zu schätzen gelernt hatte.

„Er war ein guter Lehrer!“

Leise sprach sie diese paar Worte aus, bevor er endgültig wieder in der Siedlung untertauchte.

Vom Schiff winkte der Kapitän, ein Mensch. Leicht gebückt stand er da, als trüge er eine immense Last auf seinen Schultern, die keiner mit ihm teilen wollte. Langsam, leicht schlurfend, ging er voran, hinein in das abgenutzt wirkende Schiff.

Kaum standen sie darin, schloss sich die Luke, schneller, als sie es für möglich gehalten hatten.

Im kalten, künstlichen Licht wirkten die weißen Haare des Kapitäns schmutzig grau, nicht so strahlend, wie es draußen im hellen Sonnenlicht der Fall gewesen war.

„Abnehmen! Ich will wissen, wen ich transportiere!“

Noch während sie den Raum genauer musterten, zogen sie sich die Tücher von den Köpfen.

„Gut. Gesichter sind frei zu halten! Du da, gib mir deines!“

Zu Ryan gewandt hielt er die Hand fordernd auf.

„Das Tuch hier?“

„Sicher, hast ja sonst nichts mehr, oder?“

„Ich dachte, die Bezahlung ist schon erfolgt?“

„Weiber brauchen eher Tücher als ein gestandener Mann! Oder willst du ein Weib sein?“

Wut glitzerte in Jennys Augen. Die Art, wie der Kapitän da sprach, gefiel ihr überhaupt nicht. Noch bevor sie etwas tun konnte, das sie vielleicht später bereuen würde, packte sie Erinya an der Hand, hielt sie damit zurück, deutete ihr gegenüber ein leichtes Kopfschütteln an.

„Gut. Das ist jetzt meins. Die Weiber sollen ihre behalten! Gleich vorweg, das Schiff ist klein. Ihr bleibt hier! Haben wir uns verstanden?"
„Ja!"
„Gut! Macht mir keinen Ärger, sonst kann es sein, dass sich die Luke unterwegs öffnet. Haben wir uns verstanden?"
Daraufhin nickten sie nur noch.
„Gut! In den kleinen Kisten ist was zu essen und zu trinken. Schätze, wir werden in wenigen Tagen am Ziel sein!"
Damit drehte er sich von ihnen weg. Mehr aus den Augenwinkeln heraus nahm Erinya gerade noch ein ziemlich dreckiges Grinsen von seiner Seite her wahr, bevor sich vor ihm seufzend eine Tür in die Wand schob und ihn durchließ.

Augenblicke später waren sie allein und würden es wohl für die nächste Zeit auch bleiben.

Kapitel 8

Holpernd startete das Schiff. Der Kapitän bewies keinerlei Feingefühl beim Starten und Fliegen. Übelkeit kroch in Erinya hoch. Nicht mehr als ein paar Augenblicke später hockte sie bereits, über eine der Kisten gebeugt und übergab sich mit deutlichen Würgegeräuschen. Doch selbst das half nur wenig. Die Art, wie der Kapitän das Schiff flog, bewirkte bei ihr die Erinnerung an eine Übelkeit, die sie als Kind ein einziges Mal hatte.

Damals hatten Witterung, Materialermüdung und anderes dafür gesorgt, dass einzelne Brücken, die die beiden Teile ihrer Heimatstadt verbinden sollten, einstürzten. Geld war für eine Reparatur nicht vorhanden. Als Ersatz wurden neue Fährstationen eingerichtet. Dumpf erinnerte sie sich daran, wie der Fährmann nur meinte, sie sei seekrank. Jetzt erging es ihr ganz ähnlich.

Erst, als das Schiff den Orbit verließ, es ruhiger flog, beruhigte sich auch der Magen wieder. Leicht angeekelt stand Jenny neben ihr, wühlte in den Kisten und zog dann einen alten Lappen daraus hervor, mit dem sie das Erbrochene aufwischte.

„Na du wirst ja leicht seekrank. Alles in Ordnung mit dir?"
„Ja, sonst schon."
„Jetzt aber nicht. Menschenskind, wie sieht du aus!"
Mit einem anderen Stück Tuch, noch halbwegs sauber, wischte sie Erinya über die Lippen, bis auch die letzten Überbleibsel der Übelkeit entsorgt waren.
„Warst du nie auf einem Schiff?"
„Nein, wozu denn?"
„Ist egal. Du bist einfach nur seekrank, scheint mir. Kann dir nur passieren, dass du während der ganzen Reise dich so fühlen wirst."
„Na großartig! Da hat man schon die Möglichkeit für Reisen durch das All und dann so etwas."
„Beim letzten Mal war dir auch nicht schlecht!"

„Jetzt aber schon. Kein Wunder, so wie der fliegt!“
„Sauer sein hilft dir nichts. Verstehst du? Atme tief durch und trink
das! Dann wird es dir besser gehen!“
Jenny hielt Erinya eine Flasche entgegen. Schüttelte diese kurz, um zu
zeigen, dass sich darin noch Flüssigkeit befand.
„Als wenn das helfen würde.“
Noch bevor Jenny süffisant grinsen konnte, nahm ihr Erinya die
Flasche ab, setzte sie an ihre Lippen. Ohne darüber nachzudenken,
nahm sie einen riesigen Schluck. Noch während sie den
Inhalt ihre Speiseröhre hinab rinnen lassen wollte,
nahm ihr Gesicht einen tiefroten Farbton an, während sie prustend
versuchte den Inhalt wieder loszuwerden.

„Was ist das bitte für Teufelszeug?“
„Schätze etwas Ähnliches wie die damaligen selbst gebrannten
Schnäpse. Es riecht wie ganz übler Schnaps, schmeckt es denn auch
so?“
„Keine Ahnung wie diese Schnäpse schmeckten, das hier schmeckt
jedenfalls furchtbar. Behalt es dir.“
Grinsend nahm nun Jenny einen tiefen Schluck, hustete kurz, aber
schluckte.
„Eigentlich ganz in Ordnung das Zeug.“
Tief zufrieden schüttete sie binnen weniger Minuten den gesamten
Inhalt der Flasche die Kehle hinab. Drehte sie anschließend um, einige,
wenige Tropfen Flüssigkeit fielen noch zu Boden, wo sie im Staub
einzelne, kleinere Spuren hinterließen.

„Gar nicht mal übel.“
„Wie kannst du das nur trinken?“
„Geht ganz einfach, Mund aufmachen, Inhalt reinschütten und
runterschlucken!“
Trotz der Stärke des Alkohols wirkte Jenny erstaunlich nüchtern.

„Du verträgst ziemlich viel.“
„Klar. Hilft immer wieder, andere unter den Tisch zu trinken. Mann ist
mir das Zeug abgegangen.“

Nach wie vor das Grinsen in ihrem Gesicht haltend, kramte sie in den Kisten weiter auf der Suche nach Nachschub. Es dauerte nicht sonderlich lange, bis sie die nächsten Flaschen in ihrer Hand hielt, die erste davon bereits offen und an ihren Mund haltend.

„Du solltest das wirklich nicht trinken, Jenny. Das gehört dir nicht einmal!“
„Tatsächlich? Ist mir nur völlig schnuppe.“
„Lass es. Stell sie zurück!“
„Warum?“
„Weil du sie bezahlen musst!“

Für kaum mehr als einen Sekundenbruchteil hielt Jenny nun doch inne, ignorierte Erinya dann aber und schüttete in einem einzigen Zug den Inhalt der ganzen Flasche in sich hinein.
Leicht schwankend hielt Jenny die längst geleerte Flasche in der Hand, bis sie Erinya ihr aus dieser nahm.

„Gib sie her und lass die Finger von den anderen! Du bringst uns sonst nur alle in ernste Schwierigkeiten. Das willst du doch nicht, oder?“
„Nöööööö, hm …. nööööööö!“
„Jenny, warum betrinkst du dich nur so?“
„Macht Spaß!“
Breit grinsend saß sie nun auf dem Boden, die Beine von sich gestreckt, eine weitere volle Flasche in ihren Armen haltend, diese an sich gedrückt, wie ein Baby, schlief sie im nächsten Augenblick tief und fest.

„Warum nimmst du ihr das Zeug nicht weg?“
„Jada ist ein langweiliger Planet. Wie lange denkst du, war sie schon dort?“
„Keine Ahnung. Du wirst es mir aber sicher gleich sagen!“
„Jahre. Wenn ich richtig verstanden habe, dann waren es mindestens zwei volle Jahre, die sie mit Hator und den Tasollana dort verbracht hat. Kaum Abwechslung und nur die stetig gleiche Wüste kann viele verrückt machen. Schätze, sie braucht es, einfach mal über die Stränge zu schlagen.“

„Wir werden das bezahlen müssen!“
„Glaubst du, das ist ein Problem?“
„Ja sicher. Die ganzen Münzen hat doch der Kapitän eingesteckt!“
„Da wäre ich mir nicht so sicher. Setzt dich jetzt, schau einfach drauf,
dass es ihr gut geht!“

Ohne auf ihren fragenden Blick zu antworten, hatte sich Ryan
umgedreht, ein paar alte Säcke zu einem Kopfkissen umfunktioniert
und ruhte sich nun darauf aus. Wirklich machen konnten sie im
Augenblick ohnehin nichts. Auch aus seiner Richtung kamen bald
schon schnarchende Geräusche, wobei ihn Jenny kräftig übertönte.

„Kinder, Kinder, ihr habt ja wohl beide die Ruhe weg!“
Seufzend, nahm sie Jenny die Flasche aus der Hand, legte sie in die
Truhe zurück und stellte eine andere Box darauf, darauf achtend, dass
sie einige Tücher unter Jennys Kopf drapierte, bevor sie sich selber ein
etwas ruhigeres Plätzchen zum Schlafen suchte. Sie würden die Ruhe
vermutlich noch dringender brauchen, als sie dies im Augenblick für
möglich hielt. Wenig später schlummerte auch sie ein.

Erstaunlich rasch, schneller, als angenommen, landeten sie auf einem
Planeten. Trotz der Alkoholmenge im Frachtraum hatte sich Jenny
nach ihrem ersten Trinkgelage zurückgehalten. Nicht zuletzt aufgrund
des gewaltigen Brummschädels, den sie am folgenden Tag hatte.

Während des Fluges gab es zwar einige Turbulenzen, aber diese fielen
ihnen bald schon nicht mehr auf. Erst, als das Schiff in den Orbit eines
fremden Planeten eindrang, wurde es erneut holprig. Der Kapitän, den
sie die ganze Zeit über nicht zu Gesicht bekommen hatten, schien nicht
unbedingt der beste Pilot zu sein.

„Angekommen. Alles raus!“
Brummend wie ein alter Seebär, stand er nach mehreren Tagen
vor ihnen. Schon wollte er die Luke öffnen, bevor er dann doch noch
innehielt und sie der Reihe nach ansah und sich direkt an Ryan wandte.

„Junge, achte auf dein Weib! Alkohol und Weiber passen nicht
zusammen! Gibt nur Ärger! Weiber vertragen doch nichts. Du wirst
mir die zwei Flaschen bezahlen. Die waren kein Teil des Flugpreises!“
Gierig blitzten seine Augen und hielt die Hand auf, während er auf
seine Bezahlung wartete.

„Wenn du nicht zahlen kannst, da unten gibt es auch einen
Sklavenmarkt! Dein Weib wird sicher einiges bringen!“
Abschätzend musterte er Jenny, die ihm einen giftigen Blick zuwarf,
spürte genau, wo sich der Blick des Kapitäns gerade befand. In ihrer
Kopfhöhe jedenfalls nicht. Der nächste Blick traf Ryan, dessen
Gesichtsfarbe zwischen leichenblass und tiefrot wechselte.

„Hier, das reicht aus!“
In seiner Hand hielt er eine kleinere Münze, reichte sie dem Kapitän.
Augenblicklich wandte dieser seinen Blick von Jenny weg, hin zur
Münze, die er sofort, ohne zu zögern, Ryan aus der Hand schnappte.
„Ja, reicht aus! Und jetzt, raus mit euch. Ich hab zu tun!“
„Auf welchem Planeten sind wir?“
„ Kenteroy! Und jetzt raus mit euch!“

Mit dem nächsten Griff löste er die Verriegelung, öffnete die Luke und
ließ angenehmes Tageslicht in den Frachtraum. Wohl wissend eine
unerwünschte Last zu sein, verließen sie den Laderaum.
So ruhig Jada war, so überbordend fand sich hier das Leben wieder.
Sanft strahlte die Sonne herab, schaffte gerade einmal die Hälfte der
Tagestemperatur von Jada. Eine Temperatur, mit der sie durchaus
leben konnten. Sowohl Jenny als auch Erinya ließen das Tuch
auf ihrer Schulter ruhen.

Staunend betrachteten sie den vor ihnen liegenden Bereich. Von allen
Seiten erklangen Stimmen in Sprachen, die sie nur bruchstückhaft
verstanden. Von anderen Unterhaltungen bekamen sie überhaupt
nichts mit.

Wie auf jedem Flughafen herrschte auch hier deutlich Hektik, auf den
ersten Blick chaotisches Treiben. Mittendrin herumrennende Kinder,

die gerade einmal das sechste oder siebente Lebensjahr hinter sich
gebracht hatten und ihre Dienste als Gepäckträger anboten, selbst
ihnen, obwohl sie keinerlei Sachen bei sich trugen.

Jenny selbst schien sich hier durchaus wohl zu fühlen. Nach mehreren
Jahren erzwungener Abgeschiedenheit fühlte sie sich hier
ausgesprochen wohl. Deutlich sichtbares Glitzern tauchte in ihren
Augen auf und wollte einfach nicht mehr verschwinden. Jeder von
ihnen wirkte mehr als nur beeindruckt, nahezu überwältigt von Pomp
und Glamour, den alles hier auszustrahlen schien.

Je weiter sie aus dem Flughafenbereich traten, umso klarer erkannten
sie, wie pompös und luxuriös es hier sein mochte.
Graziös, mit einer vollkommenen Selbstverständlichkeit umschwirrten
sie Personen in herrlichen, nahezu barock angehauchten Kleidern,
ausladenden Röcken. Weiß geschminkte Gesichter, behandschuhten
Händen und einem Rattenschwanz an Freunden im Schlepptau.
Ständiges Geplapper, helles Gelächter, bisweilen auch lautere Stimmen,
die auf Streitereien hindeuteten, drangen an ihre Ohren.

Sprachlos, von alledem überfordert, blieb Erinya schließlich an einer
Wand stehen. Für den Augenblick war ihr beinahe alles zu viel.
In ihrem Kopf schwirrte es, als hätte sie einen Bienenkorb voll fleißiger
Bienen darin. Die vielen Stimmen, die Hektik und all das Leben
überforderten sie gründlich. Innerlich wünschte sie sich bereits wieder
auf den doch weitaus ruhigeren Jada zurück. Dort war es zwar
bisweilen zu ruhig, aber nicht so hektisch, wie es hier der Fall war.

Massive Ausgelassenheit, helles, unangenehmes Gelächter und nicht
zuletzt die schweren Düfte der Parfums, die die Damenwelt
aufgetragen hatten, verdrehten ihr den Magen. Um sie herum drehte
sich alles. Reflexartig hängte sich Erinya bei Ryan unter.

„Bringt mich hier weg.“
Sie winkte nur ab, als er noch etwas sagen wollte.
„Bitte!“
Schulterzuckend versuchte er einen möglichst ruhigen Weg durch die

Masse zu finden, was sich unerwartet schwierig herausstellte. Je weiter sie kamen, umso deutlicher merkte er, wie Erinya immer mehr abzuschalten begann und allmählich nur noch durch alles hindurchsah, als wäre sie selbst längst geistig an einem ganz anderen Ort. Jenny schüttelte nur den Kopf, aber versuchte alles gleichzeitig in sich aufzusaugen, was sie sah.

Irgendwie mochte sie das Treiben hier. Es gefiel ihr, hatte ihr auf Jada schlicht und ergreifend gefehlt. Minuten später fand sich Erinya in einer ruhigeren Seitengasse wieder. Wie sie den Weg hierher geschafft hatte, konnte sie jedoch nicht sagen.
„Besser?"
„Ja. Definitiv."
„Was war denn los?"
„Demophobie."
„Demo… was?"
„Demophobie. Das haben sie irgendwann bei mir diagnostiziert."
„Schön und gut, aber was soll das sein?"
„Eigentlich ist es die Angst vor Menschenmengen und vor übervollen Plätzen. Ich dachte eigentlich, ich hätte sie längst überwunden. Aber scheinbar doch nicht so ganz."
„Erinya, du tickst nicht ganz richtig! Weißt du das?"
„Ist mir egal."
„Junge, Junge, das kann ja heiter werden. Na komm, machen wir uns mal auf den Weg!"

Diesmal griff Ryan fast schon automatisch nach ihrer Hand, hakte sie bei sich unter, zog sie dabei fest an sich, während er, an ihrer rechten Seite gehend, ihre linke Hüfte hielt. Obwohl er nicht wusste, warum, fühlte er sich doch längst für sie, wie für eine kleinere Schwester, eine etwas seltsame, kleine Schwester, verantwortlich.

Dankbar für diese kleine, einfache Geste, drückte sie sich leicht an Ryan. Was sie sah, erinnerte sie an Erzählungen aus der Zeit des Barock. Weniger den einfachen Mann betreffend, als vielmehr die Prunkbereiche der Adelshäuser und Wohlhabenden. Ihr ging der ganze

Tand und das gekünstelt wirkende Benehmen gründlich auf die Nerven. Obwohl sie es zu verhindern suchte, gelang es ihr nicht, ihren Widerwillen gänzlich zu unterdrücken. Erst, als sie von den Hauptbereichen wegkamen, fühlte sie sich leichter, und verkrampfte sich auch weitaus weniger, bis sie sich schließlich gänzlich von Ryan löste.

„Danke!"
Längst waren sie auf die äußeren Ausläufer eines Marktes gestoßen. Obwohl sich auch dort das Volk drängte, fühlte Erinya dort bei Weitem weniger Panik als zuvor. Wusste aber selbst nicht so recht, woran das liegen mochte. Selbst damals hatte sie nicht wirklich verstanden, warum manche dieser übervollen Plätze ihr mehr Angst einjagten, als andere. Vielleicht wollte sie das aber auch gar nicht wissen.

Nach wie vor wirkten die Wesen vor ihr schwer beschäftigt, trugen schwer wirkende Prunkkleider, vielfach mit Schleppen versehen. Auffallend häufig entdeckte sie rote Kleider mit goldfarbenen Stickereien. Sattes Blau und samtgrüne Farbtöne waren reichlich vertreten. Vereinzelt entdeckten sie Frauen in violetten, edler und feiner geschnittenen Kleidern mit feinen Silberziselierungen. Diese Frauen trugen durchsichtige Schleier auf kahl rasierten Köpfen, die, bei genauerem Hinsehen als wahre Meisterwerke Hunderte von Arbeitsstunden benötigt haben mussten. Eines hatten all diese Frauen gemeinsam. Ihre Haut schimmerte in Alabaster.

Zwischen all diesen Frauen, irgendwie fehlten ihr hier die Männer, huschten vereinzelt dünne Gestalten in einfacher, vielfach zerrissener Kleidung, durch die Menge. Bei ihnen konnte Erinya nicht sagen, ob es sich um Frauen oder Männer handelte. Die meisten von ihnen wirkten vorsichtig, als wären sie vor etwas, oder jemandem, auf der Flucht. Trotz braun gebrannter Haut, prangte bei jedem von ihnen auf der Stirn ein einfaches Symbol, das sie an ein X erinnerte.

Auch an ihnen versuchte sich eine der Gestalten vorbei zu drängen, stolpert und stürzte zu Boden. Rappelte sich wieder hoch, deutete eine leichte Verbeugung an, als er kurz vom Boden zu ihnen hochblickte. In diesem Moment sah Erinya in die wasserblauen Augen eines Kindes. Der Junge mochte gerade einmal das fünfte oder sechste Lebensjahr hinter sich gebracht haben, trug aber, wie alle anderen ebenfalls ein X auf seiner Stirn.

Sich aufrappelnd wollte er an ihnen vorbeilaufen, wagte es aber kein zweites Mal ihr in die Augen zu sehen. Eine Woge der Angst ging von ihm aus und schwappte beinahe auf sie über. Noch während sie über den Jungen nachdachte, war dieser bereits wieder im Getümmel verschwunden.

Was war das nur für eine Gesellschaft, in der sie hier gelandet waren? Hatte der Kapitän sie mit Absicht oder eher auf Hators Bitten hin direkt nach Kenteroy gebracht? Eigentlich wollte sie den Grund dafür gar nicht wissen. Wichtig war nur, dass sie hier waren und hier auch ihre Nachforschungen beginnen konnten. Je eher sie Resultate hatten, umso eher konnte sie auch wieder weg. Während Jenny sich hier wohlzufühlen schien, fühlte sich Erinya von der offensichtlich überdeutlich dargestellten Dekadenz abgestoßen.

Ehe sie es sich versah, zogen sie Ryan und Jenny weiter, mitten durch den Markt. Der Platz erinnerte sie an einen Basar, den sie als Kind erlebt hatte. Noch jetzt staunte sie über all die Farbenpracht und Vielfalt an Eindrücken, an Gerüchen, die ihre Nase zu bombardieren schienen. Wohin auch immer sie blickte, überall sah sie Wesen, Angehörige verschiedenster Völker und Spezies, die über alle möglichen Güter verhandelten, wobei sich das Warenangebot von Gütern des täglichen Gebrauchs bis zu exotischen Delikatessen erstreckte. Vereinzelt roch sie gut gewürzte Speisen, die mitten auf dem Markt, zum Verkauf angeboten wurden. Verführerisch rochen sie wohl. Doch im Augenblick fehlte ihr Appetit, vielleicht, weil es einfach zu viele neue Eindrücke in zu kurzer Zeit waren.

„In Ordnung, wo fangen wir jetzt eigentlich an?"
„Ich hab absolut keinen Plan. Ihr vielleicht?"
„Nicht wirklich."

„Es geht doch um was Vergangenes. Das findet sich meist in alten Unterlagen, in Büchereien, in Archiven. Häufig helfen auch Historiker. Am Besten, wir beginnen dort."

„Gute Idee, Erinya. Aber wie kommen wir dort hin?"

„Auf Märkten und dergleichen sind solche Orte jedenfalls meist nicht zu finden."

„Das ist schon logisch. Aber wo dann?"

„Gute Frage."

„Leute, ist das nicht Doktor Lazaar?"

Ruckartig blickten Erinya und Ryan in die, von Jenny angedeutete Richtung, senkten aber sofort den Kopf, um ja nicht aufzufallen. Wobei sie sofort das Tuch hob, um damit teilweise ihr Gesicht zu verdecken.

„Er sieht ihm zumindest verdächtig ähnlich."

Aus den Augenwinkeln heraus sah sie gerade noch rechtzeitig, wie Jenny, ihre Fäuste ballend, kurz davor, auf ihn loszustürmen. Kräftig zupackend zog sie sie zurück und hielt sie fest, bis sie sich wieder beruhigt hatte.

„Nicht hier und nicht jetzt. Beruhige dich! Eine Prügelei können wir uns im Moment nicht leisten. Selbst wenn das wirklich Doktor Lazaar ist, wissen wir nicht, welchen Status er hier hat. Das kann gewaltig nach hinten losgehen. Du verstehst?"

Widerwillig nickte Jenny, gab aber keine konkrete Antwort, murmelte nur undeutlich einiges in sich hinein. Sich mehr als mühsam zurückhaltend, knurrte sie Erinya an, obwohl ihr selber klar war, sie hatte recht. Immerhin hatten sie hier wirklich weitaus Wichtigeres zu tun, als sich mit dem alten Doktor auseinanderzusetzen.

„Schön und gut, aber wie machen wir jetzt weiter? Wir sind praktisch mittellos auf einem fremden Planeten ohne einen einzigen Kontakt. Also habt ihr eine Idee, wie wir weiterkommen?"

„Nicht ganz. Ryan, was hast du noch an Münzen?"

„Nicht mehr viel. Vielleicht drei oder vier."

„Du weißt aber nicht, was sie wert sind, oder?"

„Genau!"

„Lässt sich aber rausfinden. Suchen wir mal eine Kampfschule!"

„Nicht schon wieder!“

Ohne es verhindern zu können, rutschte Erinya dieser Kommentar über die Lippen. Dank des Lärmpegels jedoch bekamen die beiden anderen ihn nicht einmal mit.

Zielstrebig, als wüsste sie genau, wo sie zu suchen hätten, entdeckte Jenny bald schon etwas, das eine Kampfschule sein mochte. Ganz in der Nähe blieb sie stehen, wartete auf Ryan und Erinya.

„Was hast du jetzt eigentlich vor?“

„Warte mal ab.“

Tatsächlich drang aus den Räumlichkeiten Kampflärm auf die Straße hinaus. Typische Trainingsgeräusche drangen an ihre Ohren. Ohne zu zögern, betrat Ryan als Erster den Trainingsraum, nahm das, was er sah, wie ein Schwamm in sich auf, hielt sich aber vorerst zurück.

Im Geist analysierte er den Kampfstil der beiden jungen Kenteroy, deren nackte, haarlose Oberkörper vielfarbige Flecken vollkommen übersäten. Vereinzelte Scheinangriffe wechselten sich mit harten Treffern ab.

Stille herrschte im Kampfraum, lediglich unterbrochen vom Schlagen und dem Auftreten bloßer Füße auf dem hölzernen Boden. Einer der Schläge traf mitten ins Gesicht. Knirschend verschob sich der Kiefer, Blut schoss aus seinem Mund, ein Schmerzensschrei gellte durch den Raum. Damit war das Ende des Kampfes eingeleitet.

Zwar gaben sich beide die Hände, aber der Getroffene eilte danach, so schnell er vermochte, vom Trainingsplatz, nahm nicht einmal mehr das siegessichere Grinsen des anderen wahr. Leicht keuchend, stark schwitzend, stand dieser noch mitten im Kampfareal. Obwohl er keine sonderlichen Schmerzen hatte, wirkte er dennoch erschöpft, als er dann doch den Platz verließ und seine Sachen, die noch am Rand lagen, holte.

Schweigend setzte sich Ryan an den Rand, auf eine der Bänke und dachte nach. Längst hatten sich andere Kämpfer bereit gemacht. Nach der dritten Paarung schließlich stand Ryan auf, blickte sich suchend um, bis er einen alten Kenteroy bemerkte, der offensichtlich, wie er selbst, alles analysierte.

Auf diesen ging Ryan zu, sprach leise mit ihm, doch was sie besprachen, konnten weder Erinya noch Jenny verstehen.

„Will der schon wieder?“

„Ganz sicher sogar!“

„Ist seine Haut, nicht meine!“ Mit diesen Worten verdrehte Erinya nur noch die Augen, während Ryan sich vorbereitete und unnötige Kleidungsstücke ablegte, lediglich noch eine lange Hose aus den Truhen des Schiffes anbehaltend und auf seinen Gegner wartend.

Amüsiert fanden sich immer mehr Zuseher ein. Endlich trat ein älterer Kenteroy zu ihm. Narben zeichneten ihn als erfahrenen Kämpfer aus. Vollkommen ruhig, beinahe schon bedächtig, trat er auf Ryan zu. Während auch dieser sich bereit machte, bemerkte Erinya aus den Augenwinkeln heraus, wie Münzen die Besitzer wechselten und Zettel herumgereicht wurden. Offensichtlich wurde eifrig gewettet. Massive Begeisterung keimte auf, in einer Menge, die sich mit Wetten offensichtlich den Tag vertrieb.

Auch, wenn sie nicht alles verstand, bekam sie doch mit, dass die meisten Wetten gegen Ryan standen, besonders die jungen Kenteroy hielten ihn nur für einen unfähigen, dummen, wenngleich auch mutigen Menschen, der sich einfach nur aus Idiotie mit einem ihrer Meister anlegte. Vielleicht, so mutmaßten einige sogar, hatte er ja selber eine Wette verloren und dies sollte nun sein Wetteinsatz sein.

Selbst Ryan bekam mit, wie viel gewettet wurde, eindeutig mehr als zuvor. Selbstsicher in sich hinein grinsend, zogen sich gerade einmal seine Mundwinkel leicht nach oben. Ruhig atmete er tief ein und aus, spürte eine starke Kraft in sich, sah seinen Kontrahenten direkt an.

Erinya wandte ihren Blick ab. Wütend auf sich selber, verärgert über Ryan und Jenny, deren eigentliche Idee das zuerst gewesen sein musste, verschränkte sie ihre Arme vor der Brust. Kämpfe konnten doch nicht für alles die Lösung sein.

„Mach dir keine Sorgen. Er kriegt das schon auf die Reihe.“

Daraufhin traf Jenny nur noch ein abgrundtief vernichtender Blick. Vor

allem, weil sie, nicht zu unrecht, vermutete, dass Ryan bereits den
Rest ihrer Barschaft in eine Wette auf sich selbst, investiert hatte. Ihre
letzten Ressourcen auf derartige Weise einzusetzen hielt sie für puren
Wahnsinn.
Vereinzelt warf Erinya dann doch einen Blick auf die Kampfmatte.
Ständig damit rechnend, dass Ryan getroffen zu Boden ging, merkte sie
überrascht, wie gut er tatsächlich war.

Ins Schwitzen kamen beide. Auf den Oberkörpern zeigten sich längst
Schweißtropfen, die allmählich auch den Boden zu benetzten
begannen. Leichte Erschöpfung trat in beide Gesichter. Während Jenny
den Kampf nach wie vor mit deutlichem Interesse verfolgte,
verzichtete Erinya bald schon darauf, hinzusehen.
Erst, als sich Jubelgeschrei erhob, sah sie erneut zur Kampffläche.
Erstaunt feststellend, dass beide Kontrahenten noch standen. Keiner
von ihnen blutete, offensichtlich hatte es Ryan zu einer Pattsituation
geschafft.

Lächelnd standen sich die beiden nun gegenüber. Keuchend atmend,
reichten sie sich die Hand, hatten sich doch beide als ausgesprochen
würdige Gegner herausgestellt. Während sich sein Kampfpartner
zurückzog, trat Ryan an den alten Mann heran, der die ganze Zeit
aufmerksam den Kampf verfolgt hatte.
Wieder verstand Erinya kein einziges Wort, sah aber, wie Ryan etwas
von ihm in die Hand gedrückt bekam, mit schmerzverzerrtem Gesicht
zu ihnen zurück kam.

„Mädels, damit sind wir für ein paar Tage versorgt.“
Nach wie vor keuchend reichte er Erinya einen kleinen Beutel, in dem
einige Münzen deutlich klimperten.
„Gut gemacht, Ryan!“
Grinsend drückte ihn Jenny für einen Augenblick an sich,
während Erinya nur ein „Gratuliere!“ über die Lippen brachte.
Auch einige der Kenteroy traten näher, klopften ihm auf die Schultern.
Aus diesem Haufen löste sich ein junger Bursche. Gekleidet in
offensichtlich teures Material, ihrer Kleidung durchaus ähnlich in der

Struktur, fielen vor allem goldfarbene Stickereien auf. Fein ziseliert gearbeitet bedeckten sie vor allem die Ränder und den Kragen. Seine Beine steckten in teuer aussehenden, ebenfalls bestickten Hosen, vom Schuhwerk gar nicht erst zu sprechen.

Auf den ersten Blick wirkte er wie ein Jüngling, gerade einmal dem Knabenalter entsprungen, wies sein Gesicht nicht viel mehr als kaum vorhandenen Bartwuchs auf.
„Mensch, traust du dir einen weiteren Kampf zu?"
Obwohl sich Ryan richtig miserabel fühlte, nickte er. Vor einem weiteren Kampf scheute er sich nicht, hatte er noch nie.
Lächelnd blickte ihn der Junge an, hatte sehr wohl die ganzen Treffer mitbekommen, wartete geduldig auf Ryans Antwort.
Schmerz durchfuhr diesen. Ein Treffer unter seinem linken Auge tat dabei besonders weh.

„Gewinnst du gegen mich, dann bekommst du 100 Dukaten!"
Schlagartig herrschte absolute Stille in der Kampfhalle, was Erinya dazu brachte zu schlucken. 100 Dukaten schienen ein kleines Vermögen zu sein, wenn die Reaktion derartig ausfiel.
„Schön und gut, ich habe keine 100 Dukaten, die ich zahlen könnte, wenn ich verlieren würde."
„Oh, Mensch, dessen bin ich mir durchaus bewusst. Du wettest um Kleinigkeiten. Verlierst du gehören mir ein paar Stunden deiner Zeit. Einverstanden?"
„Ja. Das klingt nach einer fairen Sache, können wir machen."

Daraufhin reichte ihm der Jüngling seine Hand, schüttelte diese, bevor er Hemd und Schuhe auszog, diese einem seiner Begleiter in die Hand drückte.
„Ach ja, die Frauen sollten sich lieber in die hinteren Reihen stellen!"
Woraufhin Jenny zwar ihre Brauen nach oben zog, aber folgsam Erinyas Ziehen folgte. Diese hatte ohnehin keine Lust darauf den Kampf zu sehen.

Hinter anderen Zusehern blieben sie stehen. Während Jenny noch versuchte, einen besseren Blick auf die Kampfzone zu erhaschen, setzte

sich Erinya längst auf eine der Bänke. Sie wollte einfach nur noch
abwarten, wie der Kampf ausging. 100 Dukaten klangen nach viel Geld,
damit sollten sie zumindest eine gute Startbasis haben. Aber wenn Ryan
verlor, das wollte sie sich dann doch lieber nicht mehr vorstellen.

Beinahe zwei Stunden später endete auch dieser Kampf.
„Mensch, ich kann dir nur gratulieren! Komm!“
Mühsam drängte sich Ryan durch die Zuseher durch, gefolgt vom
jungen Kenteroy. Ihre Hände vor das Gesicht schlagend, blickte Erinya
auf zwei ziemlich lädiert wirkende Männer. Ryan wischte sich einen
dünnen Blutsfaden vom Mundwinkel, ergriff den kleinen, rötlichen
Lederbeutel, der ihm hingehalten wurde.

„Fair erworben! Kommst du mit? Ich lade dich zu Speis und Trank ein!
Wie heißt du? Ich bin Dasinius.“
Ohne groß zu überlegen, schlug Ryan augenblicklich ein, drückte
kräftig die angebotene Hand.
„Ryan. Aber die beiden müssen auch mitkommen.“
„Deine Frauen?“
Grinsend nickte Ryan.
„Irgendwie schon!“
Erneut funkelte es wütend in Jennys Augen. Wo waren sie hier nur
gelandet? Klar schien ihm das zu gefallen. Doch in Gedanken nahm sie
sich noch vor, dass würde er noch büßen, wenn er sie tatsächlich so
behandeln würde, wie sie im Augenblick vermutete. Wieder einmal
packte Erinya sie bei der Hand und hielt sie zurück. Erst einmal
sollten sie wohl besser abwarten.

Weit gehen mussten sie nicht. Nach einigen Metern und ein paar
Häusern weiter, standen sie bereits vor einer großen Mauer mit
eingelassener Holztür. Schwer und mächtig hing sie in großen,
ausgesprochen stabil wirkenden Angeln.

Bereits einige Augenblicke, bevor sie davor standen, begannen die
Flügel sich wie von selbst zu öffnen. Sacht knarrend schwangen sie auf,
ließen Dasinius und seine Gäste ein. Kaum hatte
der letzte von ihnen die Türschwelle überschritten, begannen sich die

Türflügel bereits wieder zu schließen.

„Seid meine Gäste, folgt mir!"

Lächelnd ging er voran, dicht gefolgt von den Dreien, die mit offenem Mund erst einmal den ganzen Pomp und Luxus verarbeiten mussten.

Von außen hatte die Mauer einfach, sogar etwas roh behauen gewirkt. Doch bereits die ersten Schritte führten sie vorbei an kleinen, quadratisch angelegten Rasenflächen, in deren Mitte jeweils auf einem Sockel eine menschengroße Statue stand, die sie zu begrüßen schien.

Bereits wenige Meter später standen sie in einem geräumigen Innenhof, dessen Blütenpracht selbst Ryan im ersten Moment sprachlos werden ließ. Zwischen kleineren Blumenbeeten, deren Anlage wie ein riesiges Symbol wirken mochte, lagen leicht verschnörkelte Gänge aus weichem, graubräunlichem Sand. Im Zentrum des Innenhofes wehte eine farbenprächtige Flagge in rot und gold im leichten Wind.

„Beeindruckend!"

Flüsternd, sich nicht laut sprechen getrauend, kam genau dieses eine winzige Wort über Erinyas Lippen, was Dasinius jedoch ein breites Lächeln auf die Lippen zauberte. Er wusste, dass jeder Gast, besonders beim ersten Besuch, mehr als nur beeindruckt war. Und er hatte dies auch bei Ryan und seinen Begleitern erwartet.

Am Ende des Innenhofes, beinahe hinter einigen großen Bäumen verborgen, zog sich eine komplette, überdachte Terrasse aus edlen Hölzern über die gesamte Fläche, in deren Mitte sich ein Tor mit feinen Schnitzereien befand.

Weit geöffnet hieß es jeden von ihnen deutlich willkommen.

Nach weiteren Metern standen sie in einem großen Raum. Die Wände, übersät mit prunkvollen Wandteppichen, Fenster, vor denen dünne, kostbar wirkende Stoffe in sattem Rot hingen, selbst der teure Kronleuchter und die wenigen Möbelstücke im Raum strahlten den Hauch von Luxus aus.

Der einfache Teppich am Boden wirkte auf den zweiten Blick teuer. Rot und Gold dominierten auf dunklem Holz, gaben dem Raum etwas Nobles, gleichzeitig aber auch etwas ungemein Schweres. Dabei hatten sie keine Zeit, sich richtig umzusehen.

Nur einen Atemzug später traten bereits drei junge Frauen, ein, trugen goldfarbene Tablette heran. Leicht umwehten sie die dünnen, nahezu durchsichtigen Tücher, die sie als Kleidung trugen, während des Gehens. Ohne auf die Anwesenden zu achten, stellten sie die Tabletts auf den Glastisch in der Mitte des Raumes, zogen sich zurück, ohne den Raum zu verlassen.

Dasinius ließ sich auf eine der großen, gepolsterten Liege plumpsen. Direkt neben dem Tisch luden sie zum Ruhen und Verweilen ein. Bezogen mit bordeauxfarbenem Stoff hätten sie gut aus ehemals barocker Erdzeit stammen können.

„Setzt euch!"

Auf die anderen beiden Liegen deutend, hob er bereits seinen linken Fuß, noch bevor eine der Frauen herbeieilen konnte. Wohlig aufseufzend streckte er, kaum, dass sie ihm sein Schuhwerk ausgezogen hatte, seine Füße aus, genoss es regelrecht, dass sie ihm mit einem Handtuch dieselben säuberte, um anschließend mit Tuch und Schuhwerk wieder zu verschwinden.

„Greift zu, das Essen ist wirklich köstlich. Wir haben die besten Köche des ganzen Planeten hier!"

Anscheinend hatte er leises Magenknurren vernommen, plagte sie doch allesamt der Hunger.

Kaum hatte Jenny den ersten Bissen im Mund, verzog sie ihre Mundwinkel nach oben und bekam einen regelrecht verträumten Gesichtsausdruck. Seufzend nahm sie weitere Bissen zu sich. Sie hatte seit Ewigkeiten nichts Vergleichbares mehr zu sich genommen.

Erinya und Ryan folgten ihrem Beispiel. Einhellig stellten sie fest, dass sie niemals zuvor solche Gaumenfreuden gekostet hatten. Einerseits schmeckten die Speisen stark gewürzt, deftig, andererseits drang bei fast allen eine dezente süße Note durch. Doch was sie tatsächlich aßen, konnten sie nur vermuten. Selbst der Gewürzwein, den ihnen die Frauen in großen, ziselierten Gläsern reichten, schmeckte zwar seltsam, aber großartig.

„Dieses Essen ist vorzüglich! Der Koch ist ein Genie!"
„Ist er. Leider kein Kenteroy, aber er kennt sich mit unserer Küche
sehr gut aus."
Vor sich hinlächelnd saß Dasinius auf seiner Liege, eine der Frauen zu
seinen Füßen kniend, ihr Haupt leicht gesenkt, hielt die ganze Zeit über
ein Tablett hoch, auf dem sich weitere Köstlichkeiten befanden, die er
mit Genuss, verzehrte.
„Sie ist eine der Besten, weiß immer, was ich essen möchte, noch bevor
ich es selber weiß. Manchmal scheint mir fast, sie ist eine Hexe. So gut
ist sie, aber Hexen sind nicht so wunderschön!"
Lächelnd tätschelte er ihr Haupt, bevor er sich wieder seinem Essen
widmete, nur um sie anschließend nach Wein zu schicken.

Erst, als sie Tabletts komplett geleert waren, räumten die Frauen ab,
brachten Becher und Schalen mit hellem, noch duftendem Brot.
„Greif zu, das bekommen nur besondere Gäste!"
In einem Satz schüttete Dasinius den Inhalt des Bechers hinunter. Ryan
und Jenny taten es ihm gleich, nur Erinya musste husten. Wie flüssiges
Feuer brannte das Getränk ihre Speiseröhre hinab.
„Verträgt sie ihn nicht? Typisch Weiber, die vertragen meist nichts!"
Lauthals lachte Dasinius auf.
„Sie soll Brot essen! Das hilft!"
„Wow, beeindruckend, was ist das?"
„Sag bloß, du kennst die Spezialität Kenteroys nicht? Das ist Asklith,
der beste Alkohol der Galaxis."
„Er ist wahrlich etwas ganz Besonderes. Vor allem dieser hier, stammt
noch aus den alten Tagen der Kolonien."

Kaum waren die Becher und Schalen leer, räumten die Frauen ab,
zogen sich anschließend zurück. Bis auf jene Dunkelhaarige, die
zu Dasinius Füßen gesessen hatte. Auf einer Matte kniend wartete sie
in der Ecke des Raumes.
Leicht irritiert blickten Jenny und Erinya einander an, wussten nicht,
was sie davon zu halten hatten. Erst in diesem Lichtwinkel
erkannten sie eine dünne Kette um ihren Hals, sacht im Licht
schimmernd.

„Warum die Einladung, Dasinius?“
„Ist es nicht offensichtlich, mein Freund? So schwer zu verstehen?“
„Ich danke dir, aber verstehe nicht.“

„Ganz einfach. Es ist schwer, jemanden zu finden, den ich nur mit
Mühen oder gar nicht besiegen kann. Du bist einer davon, hast mit
dem dortigen Meister gekämpft und bist stehen geblieben. Das, an sich,
ist bereits eine großartige Leistung. Mich zu besiegen, damit hätte ich
nicht gerechnet. Du bist ausgesprochen gut.“
Lächelnd, leicht herausfordernd, blickte er Ryan direkt in die Augen.
„Seit Kindertagen lernte ich bei den besten Lehrern. Verrate mir, wie
hast du das gemacht?“

Geschmeichelt schob sich wie von selbst ein Lächeln in Ryans Gesicht.
„Danke. Ich lernte das vor vielen Jahren, verfeinerte es nur mit anderen
Mitteln und Methoden. Vielleicht sind es nicht der Feinsten einer, aber
manchmal notwendig.“
„Welchen Stil praktizierst du nun?“
„Keinen bestimmten, sondern etwas, das sich aus mehreren Dingen
zusammensetzt.“
Schweigend betrachtete Dasinius ihn, versuchte Ryan offensichtlich
einzuschätzen.
„Du wirst es mir beibringen!“
Jegliche Freundlichkeit hatte längst Dasinius Stimme verlassen. Kalt,
nahezu berechnend, schwang nun ein leiser, gefährlich wirkender
Unterton mit.

Schlagartig, als hätte er Erinyas Blick bemerkt, die alles andere als
begeistert davon schien, veränderte sich sein Tonfall erneut, wurde
wieder süßlicher, sanfter.
„Du wirst dafür natürlich auch fürstlich belohnt werden. Leisten kann
ich es mir, wie du siehst.“
Damit deutete er in einem Halbkreis, gezogen von seiner rechten
Hand, einiges an. Ohne auch nur Rücksprache mit Erinya oder Jenny
zu halten, schlug Ryan augenblicklich ein.
„Es ist mir eine Ehre, dir mein Können beizubringen. Du hast Talent,

bist an sich schon schwer zu schlagen!"

„Gut, gut, gut!"

Wie ein kleines Kind hüpfte Dasinius beinahe auf seiner Liege auf und ab, freute sich ganz offensichtlich.

„Wo seid ihr untergebracht?"

„Bis jetzt? Wir müssen uns erst eine Bleibe suchen, sind erst vor wenigen Stunden hier gelandet!"

„Ach was, ihr werdet hier bleiben. Es sind genug Gästezimmer im Haus!"

Noch bevor einer von ihnen auch nur irgendetwas dagegen sagen konnte, winkte Dasinius bereits ab.

„Keine Widerrede, ich bestehe darauf, euer Gastgeber zu sein! Deine Weiber schlafen bei dir?"

Jennys Gesichtsfarbe verwandelte sich augenblicklich in tiefes Rot. Funkelnd blickte sie den Gastgeber an, schnappte nach Luft, bevor sie sich mühsam wieder beruhigte.

„Wir schlafen sicher nicht bei ihm, wir sind doch nicht seine Frauen!"

„Ah, ihr seid seine Mätressen, na umso besser, dann bekommt ihr die Zimmer direkt neben ihm."

Mehrmals setzte Jenny an, darauf etwas zu sagen, schnappte nach Luft, dunkelrot im Gesicht, fiel ihr keine passende Antwort ein.

„Sie sind einfach nur Freunde!"

Ryan, der sich kaum das Lachen verbeißen konnte, grinste nur von einem Ohr zum anderen.

„Schon in Ordnung, ich habe öfters ähnliche Konstellationen von „Freunden" bei mir zu Gast. Meine Mädchen wissen genau, wo sie euch unterbringen werden!"

Ein einziger Wink reichte aus, verscheuchte die Dunkelhaarige aus dem Zimmer.

„Wo ist euer Gepäck?"

„Wir haben keines!"

„Verstehe, wollt wohl auf sparsam machen oder habt ein Vermögen dabei. Mir soll es recht sein, in den Zimmern findet ihr alles,

was ihr benötigt.“

Wenig später stand die Dunkelhaarige erneut im Zimmer, darauf wartend, von Dasinius beachtet zu werden.

„Gut, eure Zimmer sind fertig. Ich muss mich jetzt noch um meine Geschäfte kümmern. Morgen werden wir mit dem Training beginnen. Ich erwarte jedenfalls dein Bestes!“

Schon stand er auf, nahe daran, den Raum zu verlassen, drehte sich jedoch noch einmal um.

„Ich werde dir noch meinen Hausarzt schicken, der soll sich deine Blessuren mal genauer ansehen.“

Obwohl er schon abwinken wollte, kam Ryan nicht einmal dazu auch nur ein einziges Wort zu sagen.

„Keine Widerrede! Mein Wort ist hier Gesetz! Er wird sich deine Wunden ansehen. Seine Mittel sind genial! Morgen besprechen wir alles weitere. Ach eines noch, damit ihr euch auskennt. Als meine Gäste dürft ihr alles nutzen, das ihr hier seht, einschließlich der Dienste meiner Mädchen. Sie machen allesamt gute Arbeit, sonst wären sie längst weg aus meinem Haus. Zugang habt ihr fast überall, bis auf die verschlossenen Bereiche. Wen ich dort erwische, aus welchem Grund auch immer, der wird den nächsten Tag nicht mehr erleben. Haben ich mich klar und deutlich ausgedrückt?“

Erneut schwang jener, bereits zuvor durchgeklungene Unterton mit. Gefahr ging von ihm aus, selbst aus seinen Augen blitzte es in diesem Moment sehr gefährlich. Bereits im nächsten Moment war dieser Eindruck erneut verschwunden und der freundliche, zuvorkommende Dasinius wieder da.

„Aber natürlich haben wir verstanden. Ich bedanke mich in unser aller Namen für die Gastfreundschaft.“

„Wir sind immer sehr gastfreundlich!“

Lächelnd drehte er sich nun um und entschwand aus dem Raum, ließ die drei einfach zurück.

Kaum hatte er den Raum verlassen, trat die junge Frau an sie heran, blieb aber schweigend vor ihnen stehen, als wartete sie auf eine Aufforderung.

Staunend ob dieses Verhaltens, blickten sie alle drei die Frau an.
„Und jetzt?"
Schweigend bedeutete sie, mittels einer einfachen Geste ihrer linken Hand, dass sie ihr doch bitte folgen möchten. Drehte sich aber erst in dem Augenblick um, als zumindest Erinya Anstalten machte ihr zu folgen. Ruhigen, gleichmäßigen Schrittes, wirkte ihr Gang ausgesprochen elegant, nahezu schwebend, als würde sie kaum den Boden berühren.
Einem langen Gang folgend, gingen sie ihr nach. Staunend bewunderten sie dabei die Verzierungen der Wände, ebenso wie die Wandteppiche und die schweren Vorhänge, die an einzelnen Stellen von der Decke hingen. Zwischen ihnen staken Lampen in den Wänden, die wohl in dunkleren Tageszeiten den Gang erhellen sollten.

Bereits Minuten später hob die Frau einen der schweren Vorhänge beiseite, deutete mit einer Geste an, sie mögen doch eintreten. Ebenfalls schweigend folgten sie der Aufforderung, standen mitten in einem Raum voller Luxus. Besonders Erinya fühlte sich langsam aber sicher von alledem fast schon wie erschlagen. Mitten im Zimmer stand ein riesiges, rundes Bett, bezogen mit schwerem, samtenem, dunkelrotem Tuch. Von der Decke senkte sich ein durchsichtiger, ebenfalls roter Baldachin herab, der wohl eher mögliche Insekten abhalten sollte, als andere Aufgaben wahrnahm. Weitere Möbelstücke standen im Raum verteilt.

Gegenüber dem Eingang gab es statt einer Wand eine riesige Glasfläche, deren Ausblick auf den wunderschönen Innenhof reichte. Ein großer Kamin und eine nahezu riesige Badewanne komplettierten das Zimmer.
„Ryan, ich glaub, das sollst wohl du kriegen!"
Grinsend warf dieser sich mit seinen Kleidern auf das Bett, fühlte schlagartig jeden einzelnen der blauen oder grünen Flecken, die er sich

in der letzten Zeit geholt hatte.

„Vielleicht ist der Arzt dir doch eine Hilfe!"

Lachend, mit funkelnden Augen, schien Jenny tatsächlich gute Laune
zu haben.

Doch damit nicht genug bedeutete die Dunkelhaarige nun
auch Erinya und Jenny ihr zu folgen, führte sie in ebenfalls prunkvolle,
wenn auch etwas kleinere Zimmer, direkt neben dem von Ryan. Sie
hatten zwar auch einen Ausblick auf den Innenhof, aber mit ziselierten
Fenstern davor.

Noch bevor sie es sich versah, war Erinya bereits auf dem weichen Bett
eingeschlafen. Der ganze Luxus machte ihr mehr zu schaffen, als die
ganze Reise. Wie sich hier jemand wirklich wohlfühlen konnte,
verstand sie einfach nicht.

Unruhig warf sie sich die kommenden Stunden auf dem Bett herum.
Verwirrende Träume erschienen und entschwanden wieder. Erst viele
Stunden später schlug sie die Augen auf, hatte die Träume längst
vergessen. Ausgeruht setzte sich auf. Durst quälte sie.

Gähnend wollte sie aufstehen, stellte im nächsten Moment fest, dass sie
komplett ohne Kleidung geschlafen hatte. Peinlich berührt zog sie die
Decke hoch, die ihr die ganze Nacht schon schwer auf dem Körper lag.
Blickte sich im Zimmer, auf der Suche nach ihrer Kleidung, um, bis sie
erkannte, dass ihre Sachen einfach nur zusammengelegt auf einem
Stuhl lagen, und ihre Schuhe, fein säuberlich geputzt, darunter standen.
Erstaunt sah sie sich um, suchte nach einem Morgenmantel, und wollte
sich einfach nur noch waschen. Etwas das sie zuletzt in ihrem Zimmer
im Areal ausgiebig genutzt hatte.

Gähnend griff sie nach einem Bademantel, schlüpfte hinein. Weich und
anschmiegsam umfloss es ihre Figur, schmeichelte ihr mit einer
Weichheit, leichter noch als reinste Seide. Erstaunt zog sie die linke
Braue nach oben, wusste nicht, was sie davon halten sollte, tappte
zielstrebig in Richtung Vorhang, hinter dem sich der Badebereich
befand.

Den leicht durchsichtigen Vorhang beiseiteschiebend, fand sich bereits

duftendes, dampfendes Wasser, in der Wanne. Auch das
erschien ihr ausgesprochen seltsam. Mehr verwirrt, als erfreut, legte sie
auf einen kleinen Stuhl neben der Wanne ihren Bademantel
ab. Steckte ihre Zehen in das perfekt temperierte Wasser und saß nur
Augenblicke später in der Wanne.

Wohlig seufzend schloss sie die Augen, spürte, wie gut ihr das Wasser
tat. Erst als sanfte Hände ihren Nacken berührten, schlug sie die Augen
auf. Nahezu panisch riss sie sich los, versuchte aus der Wanne zu
kommen, wobei auf sämtlichen Seiten das Wasser aus der Wanne
schwappte. Zitternd griff sie nach dem Morgenmantel, hielt ihn sich
vor ihren nackten Körper. Erst, als sie sich umdrehte und eine
zitternde, noch sehr junge Frau in durchsichtigen Tüchern vor sich sah,
beruhigte sich Erinya wieder. Ihr Herzschlag senkte sich erneut. Aufs
Baden hatte sie keine Lust mehr.

„Wer bist du?“
Mit großen Kulleraugen blickte sie die Frau an, als wäre ihr etwas
Derartiges noch nie zuvor passiert.
„Rede mit mir. Wer bist du?“
Schweigen.
„Kannst du nicht reden?“
Kopfschütteln.
„Dann sag mir, wie du heißt!“
„Kein Name!“
„Jeder hat einen Namen!“
„Nicht jeder. Lebendes Inventar hat keinen Namen!“
„Lebendes Inventar?“
Nachdenklich sah Erinya sie an, reichte ihr die Hand. Zitternd ergriff
die junge Frau sie.
„Komm mal mit!“
Sie zog sie mit in den Wohnraum, in dem schon das Bett gemacht und
ein Tablett mit Essen und einem Becher Würzwein darauf stand.

„So, setz dich. Und jetzt sag mir, was hier vor sich geht!“
„Es darf nicht reden!“

„Warum?“

„Sklaven reden nicht!“

„Ach nein. Dann befehl ich es dir. Was ist hier los? Was meinst du mit lebendem Inventar?“

Neben Erinya auf dem Boden kniend, blickte die junge Frau ihr nicht in die Augen.

„Das ist lächerlich, setz dich zu mir und iss mit mir!“

„Das ist verboten!“

„Mir egal, hoch mit dir! Das ist ein Befehl!“

Unsicher setzte sie sich an die Bettkante, bereit, jederzeit aufzuspringen.

„Hör auf mit dem Blödsinn! Iss und rede mit mir! Erzähl mir von dir!“

„Aufgabe von lebendem Inventar ist es, dem Gast, zu dienen. In jeglicher Hinsicht! Erfüllt es diese Aufgabe nicht oder unzureichend, wird es bestraft!“

Tränen schimmerten in ihren Augen, Angst schwang darin mit. Dezente Spuren, erst auf den zweiten Blick erkennbar, zeichneten Teile ihrer Haut, als wäre sie immer wieder geschlagen worden.

„Ähm, wie bitte?“

„Sklaven werden bestraft, lebendes Inventar, wird bestraft!“

Nun verdrehte Erinya ihre Augen nach oben. Das durfte doch wohl nicht wahr sein.

„Wie heißt du?“

„Es hat keinen Namen!“

„Hattest du einmal einen Namen?“

Schüchtern nickte sie.

„Hadassah. Einst trug es den Namen Hadassah.“

„Woher dann diese Änderung?“

„Es wurde als Kind verkauft und hier aufgenommen!“

Schweigend saß die junge Frau am Boden und fühlte sich sichtlich unwohl.

„Verstehe. Nun gut. Vor mir brauchst du keine Angst zu haben. Ich werde sagen, du hättest gut gedient. Aber hör auf mir alles nachzutragen. Ich mach das selber. Ich will keinen Sklaven!“

Wie sie Hadassahs Blick nun deuten sollte, wusste Erinya nicht im
Geringsten. Einerseits schwang Angst darin mit, andererseits
Erleichterung, vielleicht sogar Freude oder gar Hoffnung. Mehr als
einen Sekundenbruchteil dauerte der Blickkontakt zwischen den Frauen
nicht.
„Mach dir keine Sorgen!"

Innerlich spürte Erinya, dass sie Hadassah helfen wollte, wusste aber
nicht im Geringsten, wie sie das bewerkstelligen konnte.
„Komm her, lass dich mal ansehen!"
Gehorsam, vielleicht etwas zu gehorsam, stand Hadassah elegant auf,
bewegte sich beinahe schon lasziv auf sie zu,
bevor sie vor Erinya stehen blieb.
„Dreh dich um!"
Auch das tat sie.
„Ach du grüne Neune. Dich haben sie ja ordentlich zerbeult. Keine
Sorge. Ich werde dich in den höchsten Tönen loben, und jetzt,
nimm dir was vom Tablett! Ich hab keinen wirklichen Hunger!"
Das Tablett mit dem reichhaltigen Frühstück schob sie Hadassah zu,
nahm sich lediglich eine Kleinigkeit davon, bevor sie nach dem Wein
griff.

„Ich geh noch mal in die Wanne, aber lass die Finger von mir. In
Ordnung?"
Darauf erfolgte nur noch leichtes Nicken. Hadassah war es gewohnt,
dass ihre Gäste sich stets wie kleine Kinder alles nachtragen ließen.
Ohne sagen zu können warum, fühlte sie sich einerseits unnütz,
andererseits ganz froh darüber, dass ihr neuer Gast sie nicht, wie so
viele andere, weit über ihre Grenzen hinaus, auszunutzen gedachte,
sondern sie freundlich behandelte. Es war so lange her, dass ihr
Freundlichkeit statt Arroganz entgegengebracht worden war. Dankbar
setzte sie ein Lächeln auf, das sich vom üblichen, einstudierten,
traurigen Lächeln grundlegend unterschied. Vielleicht gab es ja doch
noch Hoffnung für sie.

„Bleibst du hier?“
Nicken.
„Mit mir redest du, bitte. Dieses Schweigen macht mir noch irre. Also,
du bleibst hier?“
„Ja. Lebendes Inventar hat in den zugewiesenen Räumen zu bleiben.“
„Auch, wenn ich möchte, dass du mal mitkommst?“
„Dann kommt lebendes Inventar mit!“
„Gut zu wissen.“
Längst hatte sich Erinya abgetrocknet, ihre Kleidung angezogen und
fühlte sich startklar.

„Achte einfach auf dich, in Ordnung?“
Es war das letzte Nicken von Hadassah, das sie sah,
bevor sie aus ihrem Zimmer entschwand und in den Hauptraum ging,
wo bereits Ryan saß, sich mit Dasius unterhielt.
„Na Schlafmütze? Auch endlich wach geworden?“
„Scherzkeks. Du bist ja gleich am Bett eingepennt. Es ist wirklich
erholsam hier.“

„Haben sich die Mädchen bemüht?“
„Guten Morgen, Dasinius.“
Lächelnd blickte sie ihn an, konnte nur mit Mühe ihren Abscheu
verbergen.
„Sie ist sehr bemüht. Hat sie einen Namen?“
„Wozu sollte sie einen Namen brauchen?“
Verständnislos blickte er sie an.
„Ich fühle mich einfach besser damit!“
„Ihren ehemaligen Namen weiß ich nicht. Wir haben so viele von
denen hier im Haus. Das kann sich doch keiner merken.
Gib ihr einfach einen, wenn du das möchtest. Aber gewöhn sie nicht
dran. Sonst müsste ich ihr das wieder austreiben!“
„Verstehe! Danke!“

Noch bevor sich die Unterhaltung weiter ausschmücken ließ, kam auch
Jenny, zusammen mit einer Frau, um die Ecke gebogen und wirkte alles
andere als zufrieden.

„Oh, hat sie etwas ausgefressen? War sie ungehorsam?“

„Nein, nein, das nicht. Ich bin es nur nicht gewohnt, dass ich
Dienerschaft um mich habe.“

„Wünschst du, dass sie verschwindet?“

„Nicht direkt!“

Kaum wahrnehmbar winkte Dasinius, woraufhin die Frau
augenblicklich verschwand.

„Sie wird dich nicht mehr belästigen. Sie bekommt andere Aufgaben.
Gut geschlafen?“

„Ja, sehr sogar.“

„Gut, wenn deine Weiber sich wohlfühlen.“

Fast schon dreckig grinsend setzte Dasinius seine Ignoranz erneut ein,
beachtete die beiden nicht mehr, sondern wandte sich erneut
ausschließlich Ryan zu, mit dem er sich offensichtlich schon zuvor
handelseinig geworden war.

„Bereit?“

„Ja, bin ich. Wir können sofort loslegen. Übrigens, dein Arzt ist
fantastisch.“

„Seine Salben bringen alles in Ordnung. Gut!“

Bevor sie sich aus dem Raum zurückzogen, wandte sich Ryan noch
an Erinya und Jenny.

„Macht euch einen schönen Tag, aber stellt keinen Blödsinn an!“

„Haha! Wirklich witzig!“

Sarksamus tropfte beinahe aus diesen Worten, wohl weitaus mehr, als
tatsächlich beachtet. Sodass sich sogar Dasinius erneut umdrehte und
Ryan tadelnd ansah.

„Dein Weib sollte ein lernen ihre Zunge zu zügeln. Deine Aufgabe!
Sonst wird sie dir eines Tages sagen, was du zu tun hast!“

Ernst geworden blickte er Jenny an, die seinem Blick jedoch standhielt
und nicht daran dachte, ihn zu senken.

„Hier, damit könnt ihr sicher durch die Stadt, verliert ihn aber nicht!“

In seinen Händen hielt er zwei Ringe. Schlicht gearbeitet, lediglich an
der Innenseite mit einem Stempel versehen, nahm Erinya beide
entgegen, reichte einen davon an Jenny weiter.

„Damit steht ihr unter meinem Schutz. Verliert ihn nicht!“
Ein simples Klatschen seiner Hände rief einen kräftig wirkenden
Burschen herbei. Sein freier Oberkörper zeugte von beeindruckenden
Muskeln. Schweigend, wie auch die leicht bekleideten Frauen, trat er
vor sie, verschränkte die Arme vor der Brust, wartete.
„Er wird euch begleiten. Vor allem braucht ihr einmal andere Kleidung.
Weiber sollten sich passend kleiden!“
„Eigentlich fühle ich mich darin durchaus wohl!“
„Aber natürlich. Das sagen alle! Keine Widerrede, ihr werdet neu
eingekleidet!“
Damit richtete er seinen Blick wieder zum Burschen.
„Bring sie in die Kleiderkammer. Diese Kleidung ist für meine Gäste
nicht ausreichend! Kümmer dich darum und pass auf sie auf!“

Damit drehte er sich endgültig um, ließ Erinya und Jenny mit dem
Hünen zurück. Aus dem Nebenraum eilte die gleiche Dunkelhaarige
vom Vorabend herbei, bedeutete ihnen, ihr zu folgen.
„Also langsam wird es wirklich seltsam. Behandelt man hier wirklich so
seine Gäste?“
„Naja, vielleicht nur uns, weil wir Frauen sind. Bei Ryan hat er nichts
gesagt. Seltsames Volk!“
„Ich hab zumindest nichts gegen Wechselkleidung, du etwa?“
„Eigentlich nicht, aber er hätte nicht diesen Befehlston gebraucht!“
Ihnen voran eilte die Sklavin, leichtfüßig trat sie auf, brachte sie
zielstrebig in eine Kammer am anderen Ende des Gebäudes. Darin
erklangen keine Geräusche, Stille herrschte vor.

Kaum standen sie im Raum, wussten sie augenblicklich warum,
standen sie doch mitten in einem großen Schneiderzimmer. Über und
über stapelten sich Unmengen an Stoffe, leuchteten in kräftige Farben,
vielfach mit Gold oder Silber bestickt. Besonders häufig
stachen ihnen sattes Grün und kräftiges Blau ins Auge.
Dienstbeflissen trat ein kleiner, leicht verhutzelter Mann herbei.
Wieselflink kam er hinter seiner Arbeitsfläche hervor, auf der er nur
einen Augenblick zuvor noch gesessen und genäht hatte. Um seinen
Hals hing ein Maßband, das er nahe davor war abzuziehen.

„Tssss … wie kann man so etwas nur tragen. Wie ordinär!“
Abschätzend ließ er seinen Blick erst über Jenny, dann über Erinya
gleiten.
„So schön und in solche „Dinge“ gehüllt. Verdeckt die Schönheit! Das
geht gar nicht! Kleide euch neu ein. Der Herr schickt euch?“
Beinahe auf Kommando nickten sie einfach nur.

„Gut, gut, gut. Du da! Herkommen!“
Er griff nach Jennys Hand und zog sie mit sich bis an die Tischkante
heran.
„Schöne Haut, schönes Haar, schönes Gesicht! Hab das Richtige da!“
Wieselflink holte er zwischen den Stoffen etwas hervor. Wie ein riesiger
Ballen Stoff sah es auf den ersten Blick aus, bis der Alte es ausklopfte
und ausschüttelte. Für hiesige Verhältnisse erstaunlich dezent bestickt,
drückte er es Jenny in die Hand. Obwohl sie alles andere als wirklich
zufrieden wirkte, schlüpfte sie in das Kleidungsstück, nicht ohne zuvor
das andere abzulegen. Lediglich ein dünner Stoffstreifen blieb darunter,
der wohl alles Nötige an der richtigen Stelle halten sollte.

Erstaunt sah sie zu Erinya, blickte sich selbst irritiert in den großen
Spiegel, zu dem der Alte sie drehte.
Trotz einfachen Schnittes, saß es nahezu perfekt,
umschmiegte ihren Körper von der Schulter bis zu den Zehen, als wäre
es wie für sie gemacht worden. Selbst der rötlich braune Farbton mit
den grünen Bortenstickereien harmonierte mit ihrem Hauttyp und den
schulterlangen Haaren.
„Das bin nie und nimmer ich.“
„Sicher bist du das. Steht dir!“
„Ist etwas eng um die Hüften!“
„Also wenn ich mir die Kleider der Frauen von gestern vorstelle, dann
hast du darin weit mehr Bewegungsfreiheit als die!“

„Hey, nicht zupfen!“
Unzufrieden pfiff Jenny den Alten an, der soeben damit beschäftigt
war, ihr etwas in die Haare zu binden.
„Das geht gar nicht! Finger weg!“

Verärgert riss ihm Jenny den Kopfschmuck aus den Händen, hielt
plötzlich einen dezent gearbeiteten Kopfreif in der Hand. Daran
befestigt fanden sich durchsichtige Tücher, deren einziger Lebenszweck
wohl sein sollte, als Schleier zu fungieren.
Kichernd stand Erinya daneben und amüsierte sich prächtig beim
Anblick ihrer wütenden Begleiterin. Schneller als ihr lieb war,
entschwand das Grinsen aus ihrem Gesicht, als der Alte auch ihr einen
Ballen Stoff in die Hand drückte.

Noch bevor sie etwas sagen konnte, hatte die Sklavin ihr bereits ein
Kleid aus- und das andere übergezogen. Weich umschmiegte es sie,
sank auf ihre Knöchel hinab. Darüber warf die Sklavin ein zweites
Stück, dessen Spitzenmaterial in Perlmutt gehalten, in jeder Richtung
einen anderen hellen Farbton wiedergab. Auch sie bekam einen
Kopfreif, doch der daran fixierte Schleier reichte bis nahezu an die
Kniekehlen. Zu den langen Ärmeln des Spitzenüberwurfes kombinierte
dies einen dezent unpraktischen Look. Jenny hatte es weit besser
getroffen. Nicht nur, weil ihr Kleid etwas elastischer zu sein schien,
sondern auch, weil die Ärmel enger anlagen. Erinya hingegen fühlte
sich beim Atmen eingeengt und unwohl.

„Also das hat er sich vorgestellt, dass wir das tragen sollen? Ich kann
darin ja kaum atmen!“
Lächelnd trat der Alte vor sie, drehte sie um und begann
an ihrem Rücken herumzufummeln. Im nächsten Augenblick
fiel ihr das Atmen um einiges leichter.
„Gut so. Einfache Kleider für schöne Frauen!“
Wohlwollend blickte er sie noch einmal genau an, bevor
er ihren Begleitern signalisierte, dass sie wieder verschwinden sollten.
Seine Arbeit war getan. Er würde wohl nie verstehen, warum sich so
schöne Frauen wie diese beiden in solche Müllsäcke hüllen mochten.
Darüber wollte er nicht nachdenken.
Sich erneut seiner Arbeit widmend, setzte er sich im Schneidersitz auf
den Tisch, nahm seine vorherige Arbeit wieder auf.

„Ich weiß nicht, wirklich wohl fühle ich mich darin nicht!“
„Na du hast leicht reden, was soll ich dann erst sagen?“
Dabei konnten sie noch von Glück reden, dass sie keine Kleider
bekommen hatten, wie jene, die sie am Vortag auf den Straßen gesehen
hatten. Im Vergleich dazu wirkten sie dezent.

Bis zur Pforte brachte sie die Sklavin, flüsterte dem Hünen etwas ins
Ohr, woraufhin dieser nur nickte und entschwand mit ihren alten
Kleidern erneut im Inneren.
Langsam, leicht knarrend, öffnete sich vor ihnen die Pforte.
„Wohin?“
„Vielleicht zur Universität? Wird es ja wohl hier auch geben!“
Sacht tippte Jenny den Hünen an, setzte ihr strahlendes Lächeln auf.
„Bring uns zur Universität. Du weißt doch, wo die ist?“
Auf ihre zuckersüß gestellte Frage nickte der Hüne nur. Offensichtlich
wusste er ganz genau, wo die Universität liegen mochte.

Kapitel 9

Tatsächlich waren sie binnen weniger Minuten Vorort. Wie bei jeder Universität schien es ein Treffpunkt junger Personen zu sein. Ausnahmslos Kenteroy. Unmengen von ihnen saßen auf den Stufen vor dem Gebäude, unterhielten sich, philosophierten über alles Mögliche, vieles davon verstand sie überhaupt nicht. Sie hörte zwar die Worte, aber diese alleine erklärten nicht, worum sich die Unterhaltungen tatsächlich drehten.

Dieses Bild erinnerte Jenny an ihre eigene Vergangenheit. Anfänglich irritiert erkannte sie rasch, unter den Studenten gab es keine einzige Frau! Beinahe, als wäre das Wissen hier ausschließlich den Männern vorbehalten. Zwar registrierten sie erstaunte Blicke vonseiten der Studenten, die sogar ihre Unterhaltungen unterbrachen, als die beiden Frauen an ihnen vorbei gingen, doch mehr als diese ernteten sie nicht. Abgesehen von plötzlichem Schweigen, ernteten sie auch missbilligende Blicke, als hätten sie absolut kein Recht sich hier aufzuhalten. Lag es daran, dass sie Frauen waren? Oder hatte das andere Gründe?

Vorbei ging es an offenen Hörsälen, in denen Professoren Reden hielten, sich vielfach auch heftige Debatten mit den Studenten lieferten. Vereinzelt huschten Gestalten in mausgrauen Kleidern durch die Gänge, stets darum bemüht niemandem im Weg zu stehen. Sie kümmerten sich schweigend, mit geneigtem Kopf, um Sauberkeit. Putzten und wischten, räumten den Müll der Studenten weg, die ihren Müll einfach auf den Boden fallen ließen.

Obwohl sich Erinya kurz darüber Gedanken machte, ignorierte sie schließlich die Gedanken darüber, zuckte mit den Schultern und ging anschließend nur noch hinter Jenny her, die schnurstracks, als wüsste sie, wohin sie wollte, ihren Weg suchte.
Schließlich blieb sie vor einer großen Tür stehen, die einzige Tür, die sie bisher verschlossen vorfand.

„Scheint so, als wären wir vor der Bibliothek gelandet. Was meinst du?“
„Wie kommst du denn darauf?“
„Ist doch logisch. Überall sonst sind die Türen offen, nur diese hier ist
zu. In Bibliotheken wird doch sonst auch immer um Ruhe gebeten.
Kombinier mal beides!“
„Dann ist deswegen zu, damit dort in Ruhe gelernt werden kann.
Meinst du das damit?“
„Ja, genau, das meine ich!“

Langsam schmerzten ihre Füße. Entweder lag es am marmorharten
Untergrund, oder weil sie bereits seit Stunden durch die Hallen
wanderten. Ohne zu zögern, drehte Jenny den Türknauf. Knarrend
öffnete sich die Tür, schwang leicht auf, hielt aber fest genug,
dass sie nicht gegen die Wand klatschte. Staunend standen die Frauen
da, betrachteten die Unmengen an Büchern, Folianten und
Papierrollen, die reichlich chaotisch in den unzähligen Regalen ruhten.
„Wow. Das ist unglaublich!“
Ehrfürchtig betraten sie die Bibliothek. Weit abgeschlagen, nahezu am
entlegensten Winkel der Universität, hatten sie den größten Schatz
einer jeden Universität gefunden. Geballtes Wissen lag vor ihnen,
wartete darauf, als Information in ihrem Kopf verarbeitet zu werden.

Nahezu riesig erschien ihnen der Raum. Dabei dauerte es nicht lange,
bis sie vor einem Pult standen, hinter dem soeben ein weißhaariger
Mann augenscheinlich gemütlich vor sich hinarbeitete, erst einmal gar
nicht darauf reagierte, dass er plötzlich nicht mehr alleine war.
Erst nach Minuten hob er den Kopf, schob seine schwere, klobige
Brille auf der Nase zurück. Er musste nahezu blind sein, so dick, wie
die Gläser erschienen.
„Ja?“
Sein leicht näselnder Unterton jagte ihnen einen Schauer über den
Rücken, erklang er doch wie Fingernägel auf einer Schiefertafel.
Gänsehaut machte sich bei ihnen breit.

Auf Antwort wartend, beugte er sich erneut über die Folianten, an
denen er zuvor gearbeitet hatte, hob dann aber erneut den Blick, schob

ein weiteres Mal die Brille nach oben, blickte die beiden Frauen mit zusammengekniffenen Augen an.

„Seit wann dürfen Frauen in das Archiv? Das habe ich ja noch nie erlebt! Und dabei bin ich seit 103 Jahren hier!"

Dabei sprach er mehr zu sich selbst, als führte er regelmäßig Selbstgespräche.

„Also mir hat ja keiner gesagt, dass sie inzwischen weibliche Studenten zulassen. Aber bitte. Was wollte ihr?"

Die Hände verschränkt, schob er sich erneut die Brille auf der Nase zurecht, wartete auf Antwort.

„Entschuldigen Sie die Störung. Vielleicht können Sie uns ja helfen?"

„Kommt drauf an. Was wollt ihr?"

Die Hände verschränkt, schob er sich erneut die Brille auf der Nase zurecht, wartete auf Antwort.

„Entschuldigen Sie die Störung. Vielleicht können Sie uns ja helfen?"

„Kommt drauf an. Was wollt ihr?"

Deutlich irritiert blickte er Jenny an, schien sie aber wohl nicht vollständig zu erkennen, so stark, wie er die Augen trotz seiner Brille zusammenkniff.

„Wir sind auf Recherche."

„Also rückt schon mit der Sprache raus. Ihr seht ja, wie viel Wissen hier lagert. Werdet etwas konkreter!"

„Es geht um Jada!"

„Jada …"

Brummelnd murmelte er etwas in sich hinein, das weder Jenny noch Erinya wirklich verstanden, leise Worte, deren Bedeutung keine von ihnen begriff.

Plötzlich leuchteten seine Augen auf, als hätte er eine Eingebung gehabt.

„Was interessiert euch an diesem Gesteinsbrocken?"

„Seine Geschichte, seine Besonderheiten … einfach alles!"

„Naja, er ist nichts als nur Wüste. Jada hat nichts, das es zu wissen lohnt!"

„Überall gibt es etwas, das sich zu wissen lohnt. Soweit wir wissen, war er einmal ganz anders, besaß Rohstoffe und Edelmetalle."

„Schön und gut, aber das ist lange her.“
„Was ist passiert?“
„Warum wollt ihr das wissen? Nach Jada hat mich schon ewig niemand
mehr gefragt. Vor knapp 56 Jahren das letzte Mal. Seither? Es
interessiert doch keinen mehr! Warum gerade euch? Noch dazu,
wo ihr Frauen seid.“
„Wir reisen. Sammeln Geschichten.“
„Ah! Märchenerzähler! Wo ist euer Mann?“
„Der ist bei Dasinius!“
Es fiel Jenny offensichtlich schwer, das zu sagen.
„Dasinius! Ah! Ein guter Student. Ihr seid seine Gäste?“
„Ja.“
„Nun gut. Wartet hier!“

Langsam watschelte er davon, verschwand hinter den Regalen, aus
denen vereinzelt Staubwolken aufstiegen. Erst viele Minuten später, als
sich Erinya und Jenny bereits zu langweilen begannen, einzelne
Folianten herauszogen und feststellten, dass sie die Schrift darin nicht
lesen konnten, kam der Alte zurück. In seiner Hand hielt er einen
Metallbehälter. Den darauf angesammelten Staub pustete er weg. Löste
gleich im Anschluss daran das hellblaue, darum gewickelte Band. Leise
klackend ließ sich der Deckel des Behälters hochheben. Mehr als ein
kleiner, einfacher Chip lag nicht darin.

„Wartet hier. Ich kopiere euch die Daten auf einen anderen Stick!“
Erneut verschwand er hinter seinen Regalen, nur um, diesmal schneller,
erneut zurück zu kehren. Beide Chips in seiner Hand. Einen davon
reichte er Jenny, während er Erinya völlig ignorierte.
„Wir danken Ihnen.“
Ohne viel Aufheben steckte Jenny den Chip in eine der Taschen ihres
Kleides.
„Wenn euch das nicht reicht, wird es schwierig. Vieles über Jada ist
völlig verloren gegangen. Und nun geht! Ich habe noch zu tun!“
Als wollte er sie wie Fliegen verscheuchen, winkte er sie weg. Sie völlig
ignorierend, konzentrierte er sich erneut auf seine Folianten, an denen
er zuvor gearbeitet hatte. Staunend schüttelte Erinya den Kopf.

„Lass uns gehen!“

Unrecht war ihr Jennys Vorschlag nicht. Bereits im Universitätsgebäude
bemerkte Erinya, wie erste Sternchen vor ihren Augen zu tanzen
begannen. Leicht fing sie an zu schwanken. Erst, als der Hüne hinter
ihnen, der sie niemals auch nur einen Moment aus den Augen ließ, sie
auffing und stützte, hielt Jenny inne.

„Was ist los?“

Besorgt drückte sie ihr die Hand auf die Stirn.

„Was hast du?“

„Ich bin fix und fertig!“

Selbst Jenny spürte bereits, wie ihr Energiehaushalt langsam absackte.

„In Ordnung. Wir bringen dich zurück! Liegt es am Kleid?“

„Vielleicht. Ich kann darin nicht gut atmen.“

Erinya unterhackend, zog Jenny sie mit sich, zurück
zu ihrer Unterkunft. Unterwegs kippte Erinya mehrmals beinahe um,
ständig Sternchen vor ihren Augen, war sie stellenweise beinahe daran,
sich zu übergeben.

Schließlich hob der Hüne sie hoch, trug sie zurück. Für ihn schien sie
lediglich ein Fliegengewicht darzustellen.

Als Erinya die Augen wieder aufschlug, lag sie auf ihrem Bett, ein
gekühltes Tuch bedeckte ihre Stirn, tat ihr gut.

„Was …“

„Du bist ohnmächtig geworden. Was war los?“

Neben ihr saß Jenny auf dem Bett, hielt besorgt ihre linke Hand.

„Ich weiß nicht, was los war. Mir wurde auf einmal schlecht, ich habe
Sternchen gesehen und dann weiß ich nichts mehr!“

„Wie fühlst du dich jetzt?“

„Um einiges besser. Mein Kopf brummt noch, aber es geht mir
besser.“

„Setz dich mal vorsichtig auf!“

Langsam hob sie ihren Oberkörper. Nach wie vor brummte ihr Kopf,
als sie sich gerade hinsetzte. Sie fühlte sich, als hätte sie einen mehr als
heftigen Schlag auf den Hinterkopf erhalten. Rasender Kopfschmerz
dröhnte durch sie hindurch, entschwand aber nach wenigen Minuten
ins Nichts.

„Trink das!“
Ohne Zögern griff Erinya nach dem Becher, den ihr Jenny hinhielt.
Bereits nach den ersten Schlucken fühlte sie sich augenblicklich besser.
Ihr Puls ging wieder wie sie es gewohnt war.
„Was war da los?“
„Ich weiß nicht so recht. Mir war auf einmal alles nur noch zu viel. Als
hätte mir jemand einfach so das Licht ausgeknipst.“
„Wie oft passiert dir das?“
„Nicht so häufig. Ist mir früher öfters passiert. Ich weiß auch nicht so
recht, woran das liegt, aber immer dann, wenn zu viele um mich herum
sind, dann fängt es bei mir leicht an. Das hatte ich früher auch schon.“
„Mach mir einfach keine derartige Angst mehr. In Ordnung?“
„Ich werde es zumindest versuchen. Versprochen!“

„Hoch mit dir, ich hab vorhin Ryan gehört. Lass uns mal nachsehen,
wie es ihm geht!“
Lachend stand Jenny auf, hielt Erinya ihre Hand hin, zog sie mit
Schwung vom Bett und zu Ryans Zimmer. Ohne zu klopfen, stieß sie
die Tür auf, blickte dort auf einen fertig wirkenden Ryan auf seinem
Bett liegend. Übersät mit blauen Flecken, einigen Blutergüssen am
Oberkörper, sah er nur kurz erschöpft hoch, bevor sein Kopf in die
vorherige Position zurücksank.
Dennoch seufzte er wohlig auf, bekam er doch von seiner
Zimmersklavin soeben die Füße massiert.
„Sag bloß, du hast keine Energie mehr. Du Armer du …“
Wiehernd lachte Jenny auf, grinste fies, stemmte dabei die Hände in die
Hüfte, ließ nun endlich Erinyas Hand los.

„Na wie war es? Hat er dich so doll vermöbelt?“
„Vermöbelt ist gut. Also von Schongang hält Dasinius nicht so viel.
Aber einstecken kann er auch. Gefällt mir!“
„Prima!“
Kräftig schlug sie ihm als Anerkennung auf die Schultern.
Augenblicklich zuckte Ryan zusammen, der Schmerz des Schlages raste
wie ein Blitz durch seinen Körper hindurch.
„Er ist ein guter, hoch interessierter Schüler, fordert jeden Lehrer

heraus. Mir macht es Freude ihn zu unterrichten."
Dann blickte er zu Erinya, grinste sie dreckig an.
„Im Gegensatz zu dir dürfte er aber nicht so viel vergessen."
„Haha, sehr witzig!"
Als hätte sie auf eine saure Zitrone gebissen, verzogen sich ihre
Mundwinkel Richtung Boden.

„Also irgendwas ist an euch anders. Wartet mal!"
Für einen winzigen Moment sah er die beiden direkt an, bevor er sich
einen weiteren Grinser nicht verkneifen konnte.
„Hübsch seht ihr beiden aus. Solltet ihr öfters tragen!"
„Du kannst mich mal. Ich will meine alten Sachen zurück! Bin doch
keine Puppe, die man an- und ausziehen kann nach Belieben!"
Erbost eilte Erinya, trotz ihres immer noch latent vorhandenen
Kreislaufproblems, in ihr Zimmer zurück, legte augenblicklich das
Kleid ab und schlüpfte in das andere von Jada. Darin fühlte sie sich
sichtlich wohler. Nicht nur, weil es besser an ihrem Körper auflag,
sondern auch, weil ihr der Stoff mehr zusagte.

Ohne groß nachzudenken, ging sie nun, diesmal lächelnd und mit
einem nahezu wieder hergestellten Kreislauf, in Richtung Ryans
Zimmer, aus dem sie Jennys Lachen vernahm.
„… einfach umgekippt. War irgendwie richtig herzig anzusehen, aber
ich denke, sie kommt mit manchem hier nicht zurecht!"
„Womit soll ich nicht zurechtkommen?"
„Ach, schon wieder da? Hab ihm nur von heute erzählt!"
„Ja, das hab ich so verstanden, aber meintest du damit?"
„Nur, dass es nicht deine Welt zu sein scheint!"
„Ist sie auch nicht. Ich bin mir nicht mal mehr sicher, ob es so eine
gute Idee war, von Jada wegzugehen. Momentan beneide ich Fynn fast
schon. Dort war wenigstens nicht so viel los und die Frauenkleider
nicht so eng!"

Seufzend setzte sie sich an den Rand von Ryans Bett, rutschte zu
Boden und kauerte mit dem Rücken an sein Bett gelehnt einfach nur
noch so da. Sie vermisste die Ruhe.

„Leg dich etwas schlafen. Danach sieht die Welt schon wieder ganz anders aus!"

Mühsam zog sie sich hoch, folgte aber dann doch Ryans Vorschlag. Vielleicht hatte er ja recht. Ruhe konnte ihr nur gut tun.

Sachte zog sie sich in ihr Zimmer zurück, wo Hadassah ihr bereits die Decke zurückgeschlagen hatte und ihr noch einen Becher mit Flüssigkeit reichte. Müdigkeit senkte sich über sie, nahm sie mit sich in das Land der Träume. Dankbar schlummerte sie ein.

Frisch und ausgeruht wachte sie Stunden später wieder auf. Von der Straße drang Lärm in ihr Zimmer, als feiere jemand ein Fest, an dem sich Tausende beteiligten. Fröhlichkeit klang durch. Froh darüber, sich in ihr Zimmer zurückziehen zu können, setzte sie sich gähnend auf, griff nach dem Becher, der neben dem Bett auf einem Hocker stand. Flüssigkeit fehlte ihrem Körper, damit ließ sich dieser Umstand leicht beheben.

„Ausgeschlafen?"

Jenny, immer noch mit im gleichen Kleid gewandet, stand mit verschränkten Armen, an den Türrahmen gelehnt. Lächelnd sah sie Erinya an, kam dann an ihr Bett heran. Setzte sich auf dieses und wartete.

„Ja, denke schon. War ziemlich anstrengend die Sache."

„Na, wenn dir das alles so schnell zu viel wird? Vielleicht bist einfach nur nichts gewöhnt."

Eine Grimasse ziehend, schlug Erinya die Decke beiseite, stand auf.

„Was ist eigentlich auf dem Chip? Hast du schon nachgesehen?"

„Nein, ich wollte es gemeinsam ansehen. Ryan ist wieder beim Training, wir sind also allein."

„Lass uns mal reinsehen, in Ordnung?"

Jenny holte den Chip aus ihrer Tasche heraus. Ähnlich ihrer früheren Notizbüchern, öffneten sich auch hier ein Datenbild, aus dem sich verschiedene Zweige absplitteten. Darunter fanden sich Dokumente, die sie nicht lesen konnten, Landkarten und Bilder von wunderschönen, saftigen Wiesen vor einem herrlichen azurblauen

Himmel. Selbst Bilder aus der Weltraumperspektive
entdeckten sie darauf. Dazu kamen Unmengen an Tabellen und einige
Daten mit Sphärenhaften Klängen, die sie bezauberten und
in ihnen Sanftmut und Zufriedenheit weckten.

„Das soll Jada sein? Das ist doch nie und nimmer dieser Planet! Der
Alte muss uns belogen haben!"
Hadassah, die die ganze Zeit über nichts zu tun hatte und aufmerksam
den Daten folgte, hatte dabei mehrmals eigenartig gezuckt.
„Kannst du das lesen, Hadassah?"
Kaum wahrnehmbar nickte sie. Erinya musste dabei ganz genau
hinsehen.
„Komm, du weißt, du musst vor mir keine Angst haben.
Haben sie dir lesen beigebracht?"
„Nein. Aber ich war im Unterricht dabei, als Ordnungssklavin! Dabei
schnappt man einiges auf!"
Darauf verkniff sich Erinya jeglichen Kommentar und zog noch einmal
die Textdaten hervor.

„Was steht darin?"
„Ich kann nicht alles lesen. Vieles ist in einer alten Sprache geschrieben,
die ich nicht verstehe. Bei den meisten Texten fehlen mir zu viele
Worte. Doch das, was ich verstehe, besagt, dass der Planet Jada einst
vor Leben blühte. Er war früher eine Oase der Schönheit und
beherbergte eine Vielfalt an Leben. Jeder dort war glücklich, selbst die
ersten Kenteroy, die auf Reisen geschickt worden waren, hatten sich
dort sofort heimisch gefühlt und ein einfacheres Leben begonnen. Auf
der Suche nach ihnen hatten andere Kenteroy Schiffe bestiegen und
den Planeten entdeckt. Einige erkannten die Schätze des Planeten,
woraufhin es mit Ruhe und Frieden vollkommen vorbei war. Es
dauerte nicht lange, bis der Planet von ihnen besiedelt wurde und eine
Kolonie wurde, die einfach nur ausgeplündert wurde. Sämtliche
Rohstoffe, die sie gebrauchen konnten, brachten sie nach Kenteroy. Sie
versuchten zwar die dortigen Einwohner als Sklaven zu verkaufen,
doch hörten sie bald damit auf, weil diese als Sklaven einfach nicht zu
taugten. Lieber starben sie, als sich unter die Knute zu begeben."

Tränen standen in ihren Augen, dachte an ihr eigenes Schicksal, und
wie schwach sie war, dass sie sich nach wie vor nicht
traute ihrem Sklavendasein ein Ende zu setzen. Doch wo sollte sie
schon hin? War nicht längst hier ihre Heimat?
„Erst als nichts mehr auf Jada zu holen war, verließen sie den Planeten.
Und es ist von einer Prophezeiung zu lesen, die vom Untergang
der Kentereoy spricht!"
Nun leuchteten Hadassahs Augen. Erinya erkannte auf den ersten Blick
den Wechsel in diesem Blick. Pure Hoffnung keimte schlagartig
in Hadassah auf.

„Prophezeiungen sind immer so eine Sache für sich.
Die Kenteroy haben so viele Götter, dass die sich oft widersprechen.
Viele nutzen hier Propheten, die Prophezeiungen aussprechen. Aber so
gut wie nie wurden welche wahr."
„Na schön, lassen wir dann mal die Prophezeiungen beiseite.
Schau dir mal diese Bilder hier an!"
Erinya zog einige der Bilder heraus, auf denen sich Wälder, blühende
Wiesen und zu guter Letzt von oben betrachtet, ein wunderschöner
grüner Planet mit großem Wasserspeicher befand.

„Wo ist das ganze Wasser hin? Denkst du, die haben es als Ressource
mitgenommen? War deiner Meinung nach, einmal Kenteroy ein
trockener Planet, der dringend Wasser gebraucht hätte? Und dann die
Einwohner. Die Tasollana sind sicher nicht die Einwohner von damals.
Soweit ich verstanden habe, sind es spätere Zuzügler. Wo also sind die
eigentlichen Ureinwohner hin?"

„Denk an unsere eigene Vergangenheit. Wie oft kam es dazu, dass
kolonisierte Völker erst ausgeraubt, geplündert und dann vernichtet
wurden? Oder, dass sie sich mit den Eroberern vermischten."
„Nimm einmal an, es kam zu einem Genozid, wo sind dann die
Leichen hin? Wohin sind sie allesamt verschwunden?"
„Überall dort, wo massenhaft gemordet wurde, gab es Massengräber.
Leichen verschwinden nicht so einfach, selbst, wenn sie verbrannt oder
in Säuren aufgelöst werden, bleiben Überreste vorhanden."

Ratlos blickte sie einander an. Irgendetwas passte hier einfach nicht
zusammen. Aber was war es nur? Schlagartig erkannten sie,
fiel ihnen wie Schuppen von den Augen.
„Die Atmosphäre. Sieh mal genau hin. Einerseits ist der Himmel mit
einer anderen Farbe versehen, andererseits ist die atmosphärische Hülle
hier auf den Bildern anders, als er das jetzt ist. Ich hab den
Gästezugang hier genutzt. Schau mal!"
Noch bevor Erinya etwas sagen konnte, hatte Jenny bereits den Zugang
zum Datennetz gefunden und rief den Planeten Jada auf.
Tatsächlich sah er vom Atmosphärischen her ganz anders aus.

„Jetzt ist da ein Kreis um den Planeten. Ich weiß ja nicht, wie
es dir dabei ging, aber als wir den Planeten verließen, musste ich echt
dran halten, mich nicht zu übergeben. Als wir dann außerhalb des
Orbits waren, ging es mir wieder besser. Ich hab es anfänglich für die
Turbulenzen des Piloten gehalten, aber so sicher wie vorhin bin ich mir
da jetzt nicht mehr."
„Stimmt, mir ging es auch nicht so gut!"
„Statt Wasser und blühender Landschaft gibt es hier nun also Wüste
und einen eigenartigen Kreis. Seh nur ich das so?"
„Also entweder sind das zweit vollkommen verschiedene Planeten,
oder etwas ist mit Jada in der Zwischenzeit passiert, das recht
weitreichende Folgen hatte."

Längst war die Nacht hereingebrochen. Noch während die beiden
Frauen grübelnd über den Bilder saßen und nachdachten, weiter im
Datennetz recherchierten, aber über Jada so gut, wie keine
Informationen fanden, erstrahlte am Firmament ein kunterbuntes
Feuerwerk, das seinesgleichen suchte. Hell erleuchteten die bunten
Farben den dunklen Hintergrund, bezauberten Jenny,
während Erinya sich nach wie vor den Unterlagen widmete. Feuerwerk,
so schön es auch war, konnte sie nicht von ihren Recherchen abhalten.
In einer entfernten Ecke des Zimmers hockte Hadassah, schwermütig,
der die Geschichte um die Ureinwohner von Jada, nicht mehr aus dem
Kopf gingen. Wieso brachte sie die Kraft nicht dazu auf? Nur
weil sie leben wollte?

Die Nacht wurde lang, bis sie es endlich schafften, sich schlafen zu legen. Traumlos verbrachten sie die nächsten Stunden, sobald der Lärm des Feuerwerks und des Geschreis aus den Straßen endlich abgeklungen waren.

Ryan, den sie zum Frühstück abholten, erzählten sie am nächsten Morgen von ihrer Entdeckung. Den schien das im Moment aber nicht sonderlich zu interessieren. Ganz im Gegenteil. Sein Schädel brummte noch deutlich vom Vortag. Die blauen Flecken schmerzten. Erst, als er eine leichte Kopfmassage von seiner Zimmersklavin bekam, ging es ihm endlich etwas besser. Dabei fühlte sich sein Brummschädel ähnlich an, als hätte er schlichtweg einfach nur zu viel getrunken.

Obwohl er ihnen zuhörte, war er mit dem Kopf längst schon wieder beim Training. Dasinius stellte für ihn eine massive Herausforderung dar, die er unbedingt meistern wollte.
Das merkten auch Erinya und Jenny. Die Ryan kurzerhand zurückließen. Jenny half Erinya noch in das neue Kleid. Auf der Rückseite entdeckte sie, wie sie das Kleid etwas lockern konnte, was Erinya mit tiefem Einatmen freudig quittierte.

Der erste Weg führte sie zwar in Richtung des Marktes, doch nicht hindurch.
„Wohin?“
„Keine Ahnung. Warten wir einfach mal ab, wohin uns der Wind führt. Meist kommt man dabei an die eigenartigsten Plätze!“
Lachend stolperten sie wenige Meter später über einen kleinen, fast schon versteckt gelegenen Laden, vor dessen Tür einige Bücher und anderer Krimskrams als Lockung für mögliche Kundschaft platziert waren. Dumpf erinnerte sich Jenny daran, am ersten Tag an diesem Laden vorbeigegangen zu sein. Da waren sie aber mit Erinyas Problemen so sehr beschäftigt gewesen, dass sie beileibe andere Sorgen gehabt hatten, als darin einen Blick zu riskieren. Diesmal jedoch taten sie es.

Auf den ersten Blick hin wirkte der Laden wie ein Trödelhandel. Alles Mögliche an Krimskrams konnten sie im Verkaufslokal erspähen.

Zumindest auf den ersten Blick. Doch das Meiste, das sie erblickten, waren Regale voller Bücher, als wären all die anderen Güter nicht viel mehr, als Dekoration zwischen aneinandergereihte Buchrücken. Ganz im Gegensatz zu Dasinius Heim lag in diesem Lokal über nahezu allem eine dezente, hauchdünne Staubschicht, darauf wartend, von den Objekten der Begierde gepustet zu werden, um einen kleinen Blick darauf werfen zu können.

Staunend stand Erinya vor dem Laden. Sie hatte bereits als Kind solche Läden geliebt. Viele Bücher gab es zu ihrer Zeit nicht mehr, nur noch wenige, schön gebunden und edel hergerichtet, die aber meist ein Vermögen kosteten, oder billigste Modelle, die einem nachgeworfen wurden, aus günstigsten Materialen gefertigt, mit seichten Geschichten, die Menschen wohl friedlich stimmen sollten. Ihre Altersgenossen jedenfalls konnten, ganz im Gegensatz zu ihr, mit diesen Dingen nicht das Geringste anfangen.

Erinyas Herz begann zu jubilieren. Freudig griff sie nach dem ersten der Bücher, ignorierte dabei sogar latent beginnende Panik vor den Mengen in ihrer Nähe. Enttäuschung machte sich in dem Moment breit, als sie erkannte, dass die Bücher in einer Sprache geschrieben waren, die sie nicht lesen konnte. Aufseufzend hielt sie das Buch in der Hand, bewunderte noch für einen Moment den Einband, die schönen Arbeiten am Umschlag, bevor sie es wieder zurücklegte. Damit würde sie wohl nicht viel anfangen.

Ähnlich erging es ihr auch mit den anderen Büchern, die sie in die Hand nahm. Obwohl die Schriftzeichen sich bisweilen völlig voneinander unterschieden, konnte sie nichts davon auch nur annähernd lesen. Anfänglich hoch erfreut begann sich ihr Lächeln bald wieder zu verlaufen. Erst nach einigen Minuten kam eine Gestalt mit leicht hinkendem Gang zu ihnen heraus. In weite Tücher gehüllt, war sie offensichtlich keine Kenteroy. Ständig rutschte der Gestalt die Brille von der Nase und musste permanent von ihr wieder nach oben geschoben werden.

Auf den ersten Blick konnten sie nicht einmal sagen, ob ihnen ein
Mann oder eine Frau gegenüberstand. In der Hand hielt die Gestalt
einen Becher mit dampfendem Inhalt.Selbst ob sie lächelte, ließ sich
nicht erkennen unter all den Fältchen, die das Gesicht zierten. Winzig
kleine, aber aufmerksame Knopfaugen schienen alles wahrzunehmen,
alles zu beobachten. Während die linke Hand ständig damit beschäftigt
schien, die Brille erneut an den ursprünglichen Platz zu schieben.
„Kann ich helfen?"
Krächzend erklang die Stimme aus ihrem Mund, hörte sich beinahe
nach einem ächzenden Baumstamm an, der im Wind kräftig
durchgebeutelt wurde.

„Vielleicht ja. Wir suchen Märchen, Geschichten und Mythen."
„Treten Sie doch bitte ein. In meinem Laden gibt es so vieles!"
Linkisch bedeutete die Gestalt, sie möchten doch eintreten und
ließ ihnen den Vortritt. Eilte dann wie ein Wiesel an ihnen vorbei, bis
zur Theke, wo sie auf die beiden wartete. Der Becher, nun bei Weitem
nicht mehr so interessant wie noch kurz zuvor, wanderte auf eine
separierte Ablage, direkt neben einem Ofen, der frappierende
Ähnlichkeit zu einem alten Kachelofen aufwies.

„Märchen, die ganze Galaxie besteht aus Märchen. Einige sind wahr,
andere nicht. Gibt es etwas Konkretes, das Sie suchen?"
„Jada. Wir interessieren uns für Jada."
Kurz stand die Gestalt da, als träfe sie der Schlag. Etwas trat in die
Augen, das keine der beiden Frauen wirklich identifizieren konnten,
nicht einmal ob es Gefahr oder Freude sein mochte.
„Jada! Verstehe. Gibt es einen bestimmten Grund dafür?"
Nach wie vor schien die Gestalt zu krächzen, doch jetzt mit einem
Unterton, den sie nur erahnen konnten.
„Keinen Konkreten, wir sammeln einfach nur Märchen, das ist alles."
Nun nahm die Gestalt die Brille ab, putzte sie mit einem nicht mehr
besonders sauberen Lederlappen, und ließ sich damit auch ausreichend
Zeit.

„Verstehe. Sie sind Märchenerzähler? Brauchen Sie Nachschub,
weil Sie sich selber keine mehr ausdenken können?“
„Wie? Was? Nein? Wir sind Reisende. Sonst nichts!“
„Reisende, natürlich.“
Zweifel klangen in der Stimme nun ganz offensichtlich durch, doch,
vielleicht aus gutem Grund, hielt er sich mit seiner Meinung dann doch
zurück.
„Warten Sie hier!“
Mehr befehlend als vorschlagend hob sie kurz ihren linken Zeigefinger,
bevor sie hinter weiteren Regalen verschwand. Im Gehen wirbelte sie
Staub auf, der ihnen in die Nase drang und Jenny leicht zum Niesen
brachte. Was wiederum Erinya zum Lachen anregte.

Ihr gefiel der kleine Laden, auch wenn sie die Gestalt für ordentlich
verschroben hielt. Lange Zeit hatte sie diesen Geruch sehr vermisst. Es
roch nach alten Büchern, alten Sachen, nicht modrig, aber nach Zeit
und Wissen. Diesen Geruch hatte sie zuerst bei ihrer Großmutter
kennengelernt, die selber als verschroben und Bücherwurm galt.
In ihrer damaligen Zeit mehr als nur eigenartig, wo sich doch so gut
wie alle nur noch in den virtuellen Räumen bewegten.
Vielleicht verband Erinya diesen Geruch auch mit jener Frau, die
für sie oft mehr Mutter war, als ihre tatsächliche Mutter. Jenny jedoch
machte den Eindruck, sich hier nicht sonderlich wohl zu fühlen und
am liebsten wieder verschwinden zu wollen.

„Und du glaubst ernsthaft, wir werden hier fündig? Bei Märchen?“
„Natürlich. Märchen transportieren oft die Wahrheit, nur
als Geschichten verkleidet. Erinnerst du dich an Schneewittchen? Das
ist nur eine von vielen Geschichten, die auf eine reale Tatsache
zurückzuführen war. War Schneewittchen doch tatsächlich eine
Adelstochter, die sich in den Wald zu Bergwerksarbeiter zurückzog.“
Daraufhin verdrehte Jenny nur noch die Augen. Das war nicht so
wirklich ihr Tag, sie mochte lieber wieder zum Training. Aber seufzend
blieb sie stehen und wartete. Für so etwas schien Erinya tatsächlich ein
Gespür zu haben.

Wenige Minuten darauf kam die Gestalt, diesmal leicht humpelnd, auf
einen Stock gestützt, mit einem Stapel Folianten und Büchern
zu ihnen zurück, legte alles sorgsam auf der Theke ab. Aus der Tasche
zog sie noch drei Chips und legte diese ebenso dazu.
„Können Sie Kenteroy lesen?“
„Nein. Leider nicht. Oder noch nicht, besser gesagt.“
Lächelnd sah Erinya die Gestalt an, setzte ihr freundlichstes Gesicht
auf.
„Verstehe.“
Daraufhin griff er zum untersten Buch, zog es aus dem Stapel heraus.
„Sie stammen von der Erde. Ganz offensichtlich, wenn ich Sie so
ansehe. Also Erdensprache sollte wohl gehen. Wie sieht es mit anderen
Sprachen aus? Mit anderen Völkern? Können Sie diese lesen?“

Erst nickte Erinya, dann verneinte sie.
„Nein, Erdensprache ist in Ordnung, glaube ich mal.“
„Verstehe. Ich kann sie zwar nur wenig lesen, aber dieses hier, sollte
für Sie passen.“
Die Gestalt drehte ihnen das Buch zu, unglaublich faltige Hände
öffneten es irgendwo in der Mitte. Es war in Englisch verfasst. Jünger,
als sie selber waren, aber es müsste lesbar und das Geschriebene
erfassbar sein.
Einige Blätter schlug sie um, schloss das Buch dann wieder. Der
Umschlag war stark angeschlagen, und zeugte davon, dass das Buch
wohl häufig in Gebrauch gewesen war, oder der ehemalige Besitzer
nicht sonderlich darauf geachtet hatte.

„Was verlangen Sie dafür?“
Abschätzend blickte sie die Gestalt an, überlegte. Die Frauen sahen
wohl nach Geld aus, also nannte er ihnen den Preis von mehreren
Dukaten, die sie nicht dabei hatten. Obwohl sie die Preise
auf Kenteroy nicht im Kopf hatten, nicht einmal annähernd
einschätzen konnten, erschien er ihnen hoch, was nicht zuletzt daran
lag, weil in der Stimme ein süffisanter Unterton lag.
„Tatsächlich? Für dieses alte, schäbige Ding?“
Nun nahm Jenny diese Herausforderung an. Offensichtlich spürte sie,

und wohl auch die Ladenbesitzerin, dass sie das Buch unbedingt mitnehmen wollte. Immerhin könnte sich das Buch als besonders wertvoll wegen der Informationen herausstellen. Vielleicht war es der letzte Schlüssel für die Recherchen.

Wissend blickte sie die Gestalt an, wartete auf eine Antwort der Frauen. Wusste auch, dass keine von ihnen das Geschäft ohne das Buch verlassen würde.
„Wie wäre es damit?"
Aus einer Tasche zog Jenny etwas hervor, das sie nun auf die Theke legte. Die Augen der Gestalt wurden groß. Nicht mehr länger die vorherigen Knopfaugen, sondern riesig, weit aufgerissen, griff er nach dem Tuch, das sie auf Jada auf dem Kopf getragen hatten. Im Gegensatz zu Dasinius schien sie zu wissen, welches Material das war. Ausgesprochen erstaunt sah Erinya Jenny an.
„Es ist ein gutes Tuch, kostbar. Wollen wir tauschen?"
Ohne Zeit zu vergeuden, schob die Gestalt blitzschnell das Buch zu Jenny, entschwand mit dem Tuch in einem Hinterzimmer.

Schweigen nahm Jenny das Buch an sich und verließ das Verkaufslokal, nicht ohne Erinya noch am Ärmel mit sich zu ziehen.
„Die hat sie doch nicht mehr alle, ein Vermögen hat die verlangt!"
Leise schimpfend zogen sie von dannen, zurück in Richtung ihrer neuen Unterkunft. Kurz davor drückte sie Erinya das Buch in die Hand.
„Geh ruhig damit zurück, ich muss mich hier noch ein wenig umsehen. Da drin ist es mir ein klein wenig zu ruhig. Du verstehst?"
„Schon gut, musst du selber wissen. Ich werde mir das Buch mal zu Gemüte führen. Ein klein wenig Ruhe kann mir auch nur gut tun. Ist doch ein wenig hektisch hier auf dem Markt."

Wenig später saß sie bereits in einer kleinen, versteckten Ecke des Innenhofes, direkt neben einem kleinen Zierteich voller Fische. Jetzt, wo sie endlich wieder alleine war, hatte sie auch Zeit über all das nachzudenken. Der Innenhof schien der einzige Platz in der Stadt zu sein, in dem Nachdenken und reale Ruhe tatsächlich mögliche

waren.Bald schon verlor sie sich in den wundersamen Geschichten, die
vielfach, beseelt vom Wunsch nach Freiheit und Glück ihr Herz
ansprachen. Obwohl sie von Fremdvölkern stammten, schienen diese
den Menschen dadurch ungemein zu ähneln.

Fremd, bisweilen ungewöhnlich, erzählten sie Sagen und Legenden, wie
die Völker einst entstanden. Längst vergaß sie darüber jegliche
Zeit, sie sich in den Geschichten, deren verschwindend kleiner Teil,
auch von Jada berichtete.
Dick und schwer lag es auf ihrem Schoß. Anfangs fiel es ihr schwer,
sich in diese Art des Satzbaues einzufinden. Erinnerte es sie doch an
jene mittelalterlichen Geschichten, die sie in ihrer Schulzeit gestreift
hatten. Doch bereits nach wenigen Seiten las sie genauso flüssig wie
andere Texte.
Bald schon litt sie mit den Wesen in den Geschichten mit, begann
dadurch das Fühlen und Denken so mancher Fremdvölker auch zu
begreifen.

Dann fand sie einen kleinen Text über Jada, wegen dem sie es ja
eigentlich erworben hatten.

> *„Einst, so erzählen die Alten, war Jada Wasser, doch wohin es*
> *entschwand? Keiner weiß dies. Doch eines, so sei hier hinterlassen, erzählt*
> *von der Tragik jener Alten, die es heute nicht mehr gibt.*
>
> *….so ging die junge Kallra in den Tod, wusste sie doch, dass der, den sie*
> *liebte, nicht der war, dem sie gehören sollte. Sie schloss sich verzweifelten*
> *Palroan an, wählte den Weg in die Grube wie jeder von ihnen, dessen*
> *Herzen durch Traditionen gebrochen wurden. Ihr Herzblut sollte fließen,*
> *ihr Tod für etwas nütze sein. Lebensenergie gab sie, speiste damit den*
> *Planeten und gab sich ihm völlig hin. Verbergen schenkten die Gruben,*
> *bis ans Ende der Zeiten, sollten so Wahrheiten verborgen bleiben ….*
>
> *… tränenreich in Gedanken vergossen, schwieg Manoso, denn er wusste,*
> *dass die, für die er erkoren war, kein Verständnis hätte. Sie war alt,*
> *doch eine gute Partie, seine Familie würde im Rang steigen. So war es für*

ihn selbstverständlich seine Liebe zu geben für seine Sippe, auch wenn er Kallradamit verriet. Denn die Traditionen hatten gesprochen …

… so ging mit der Liebe auch das Leben auf Jada von hinnen. Bald entschwand das Gold und ihm folgte das Wasser, sodass es sich für die Kenteroy nicht mehr lohnte zu bleiben. Selbst Manoso ging, verließ den Planeten der zum Grab wurde für seine Liebste, ganz dem Wohl der Familie folgend, doch in seinem Herzen war es genauso tot, wie der Planet nun schien.…

… so ging mit der Liebe auch das Leben auf Jada von hinnen. Bald entschwand das Gold und ihm folgte das Wasser, sodass es sich für die Kenteroy nicht mehr lohnte zu bleiben. Selbst Manoso ging, verließ den Planeten der zum Grab wurde für seine Liebste, ganz dem Wohl der Familie folgend, doch in seinem Herzen war es genauso tot, wie der Planet nun schien.…"

„Wie viel Wahrheit mag wohl in diesem Märchen tatsächlich stecken? Wo ist deine?"
Ganz verstand Erinya es nicht. Doch sowohl hier als auch in den anderen Unterlagen wurde von einem Ende des Wasserreichtums erzählt.
„Wo ist die Lösung? Wo?"
Immer und immer wieder las sie diese Geschichte erneut. Doch wirklich schlau wurde sie daraus nicht.
Vielleicht reichten die Unterlagen noch nicht einmal annähernd aus. Auch, als sie mit Ryan und vor allem Jenny sprach, kam sie nicht weiter. Ryan war meist nur noch mit dem Training beschäftigt und anschließend völlig fertig und Jenny verlor sich immer mehr im lockeren Leben von Kenteroy. Manchmal kam sie vollkommen betrunken, manchmal mit blauen Flecken, zurück. Immer mehr hatte Erinya den Eindruck, weit mehr allein zu sein, als sie es auf Jada gewesen war. Jada wurde für Jenny immer weniger wichtig.

Mehr zu sich selbst gewandt, hing sie dann mehr allgemein ihren Gedanken nach.
„Schon komisch. Als wäre die Welt längst dem Vergessen

anheimgefallen. Sag mal, Hadassah, kennst du Märchen und
Geschichten?“
Die Sklavin, die längst von ihr wie eine Schwester behandelt wurde, die
sich dadurch auch wie eine Blume zu öffnen schien, nickte nur.

„Ja, natürlich.“
„Was weißt du von Jada?“
Nachdenklich saß Hadassah da, grübelte ganz offensichtlich und
kratzte sich dabei hinter den Ohren, wie sie es immer dann tat, wenn
sie auf einen ersten Blick nicht so recht wusste, was sie sagen sollte.
„Ganz genau weiß ich es auch nicht, aber ich kann mich erinnern, dass
es da ein Märchen gab. Eines, das von einem Fluch erzählt, von einer
Katastrophe. Es soll einst ein Volk dort gelebt haben. Eines, das mehr
im Wasser als an Land lebte. Wie Vögel, die fischen und wie Fische die
fliegen. Doch die Katastrophe kam nicht sofort. Traditionen wurden
immer wieder angepasst, nur um zu überleben. Dann kam eines Tages
ein Volk von den Himmeln, die Höheren. Diese sollen die
Einheimischen nicht gut behandelt haben, und versucht haben viele
von ihnen mitzunehmen. Doch keiner überlebte
außerhalb ihrer Heimat. Also beließen sie sie dort. Je mehr
von ihnen kamen, umso mehr Schmerz fügten sie dem Planeten zu, bis
dieser weinte. So sehr, dass es nichts mehr gab, worauf sie hätten
stehen können.

Erst viele Epochen später senkte sich dieses Meer aus Tränen erneut
und hinterließ nur noch die Alten. Die bauten eine neue Welt auf, aus
den Tränen der Einheimischen. Das Wasser verschwand, als bräuchte
es der Planet zurück, um zu leben. Die Welt wurde trocken, so trocken,
dass sie nicht mehr davon leben konnten. Ob jetzt noch Leben
auf Jada ist, sagt die Geschichte nicht aus. Mehr weiß ich nicht.“

Nachdenklich blickte sie Hadassah an, zog daraus ihre Schlüsse. Immer
wieder ging sie in die Stadt zurück, nahm dafür aber nun Hadassah mit,
die ihr als Begleitung dienen sollte. Erstaunlich schnell hatte Dasinius
seine Zustimmung gegeben, ihm war es egal, solange sie für eine
mögliche Beschädigung seiner Sklavin aufkäme. Da der Hüne aber

immer noch permanent in ihren Begleitschutz mimte, war das Risiko
dafür lächerlich gering.

Kreuz und quer zog es sie durch die Stadt. Manchmal übersetzte
Hadassah. Vereinzelt fanden sie Blätter, Unterlagen und leichte
Varianten der gleichen Geschichten. Doch viel mehr Neues konnten
sie aus den Märchenerzählern und Betrunkenen nicht mehr
herausbekommen.
Jada schien längst nur noch als Märchen zu existieren. Viele glaubten
nicht einmal an den Planet mit den Zwillingssonnen und lachten Erinya
beinahe schon aus, wenn sie danach fragte.

Nach einigen Wochen schließlich gab sie es auf. Hier würde sie wohl
nicht mehr viel finden. Obwohl sie sich langsam aber sicher hier
halbwegs gut eingefunden hatte und sich in ihrem Zimmer allmählich
fast schon, wie zu Hause fühlte, so zog es Erinya doch langsam auch
wieder weg von hier. Mit dem Lebensstil auf Kenteroy kam sie einfach
nicht zurecht.

So gut wie jede Nacht wurde gefeiert, als gäbe es keine Ernsthaftigkeit
in dieser Welt. Chaos und Lärm, vor allem in den Straßen, die
offensichtlich zur Schau getragene Sklaverei und vieles mehr,
stieß Erinya längst überdeutlich ab.
Jenny hingegen blühte auf diesem Planeten auf und freute sich über
jeden Tag, den sie hier zubringen konnte. Das erste Mal setzte sie eine
Trauermine auf, als sie von Erinya darauf angesprochen wurde, wie
nahe der Zeitpunkt der Abreise bereits gekommen war. Sie mussten
endlich zurück, nicht so sehr, weil sie den Tag zuvor festgelegt hatten,
sondern einerseits, weil Ryans Unterrichtszeit langsam dem Ende
zuging, aber auch, weil Erinya keine neuen Informationen mehr fand.
Nicht zuletzt, weil Erinya auch längst genug hatte von der Hektik
dieses Planeten.

Jenny hingegen wollte die Freuden dieses Planeten nicht mehr missen.
Sie genoss die Feste, die Dasinius ständig abhielt, nur um sich die
Launen seiner Freunde zu bewahren.
Der Tag der Abreise kam dann doch endlich. Ryan und Erinya, bereit

dafür, mit Unterlagen und einem großen Beutel Dukaten ausgerüstet, bestiegen ein kleines Schiff, das sie zu Jada zurückbringen sollte. Jenny hingegen, direkt neben Dasinius stehend, blieb. Längst war offensichtlich geworden, dass er sie als Gattin zu ehelichen gedachte. Auch wenn er bereits mit drei anderen verheiratet war, so wäre es doch ein Gewinn für beide. Für ihn wäre es die erste Heirat aus Liebe heraus.

Erinya kaufte Hadassah frei. Längst Freundinnen geworden, ertrug sie es nicht mehr, sie hier in den Händen eines Sklavenhalters zurück zu lassen. Glücklich ob dieses Umstandes, hing diese metaphorisch nun beinahe an Erinyas Rockzipfel, und wich ihr nicht mehr von der Seite. Lächelnd winkte der Hüne ihnen nach, dem es offensichtlich schwerfiel, sie ziehen zu lassen. Doch in seinen Augen schimmerte nicht nur leichte Trauer, sondern auch Freude mit, über etwas, das wohl nur er selber verstand.

Kapitel 10

Dankbar hatten sie Dasinius Angebot angenommen, für die Rückreise
einen Kapitän zu suchen, die ohnehin schon schwer genug machbar
war. Nicht nur, dass die wenigsten Kapitäne wussten, wo Jada lag,
sondern noch dazu, weil nicht jeder willens war, diesen doch ziemlich
verlassenen Teil der Galaxis anzufliegen. Doch schließlich
hatten sie einen Kapitän gefunden, einen reichlich schmierigen Söldner,
der wohl selbst seine eigene Großmutter für ausreichend Geld verkauft
hätte.

Das angebotene Geld hatte seine Augen regelrecht zu Leuchten
gebracht. Es dauerte gerade einmal ein paar Stunden, bis das Schiff
startklar war. Im Moment, als sie den ersten Schritt auf das Schiff tat,
kehrte Ruhe in Erinyas Herzen ein. Lächelnd blickte sie aus dem
einzigen, winzigen Fenster, das ihnen zur Verfügung stand in dem
kleinen Gästequartier, das sie sich mit einer Handvoll weiterer
Passagiere teilen mussten, die der Kapitän auf anderen Planeten vorher
abzusetzen gedachte.

Die wenigsten von ihnen wirkten auch nur annähernd
vertrauenserweckend, doch eine Alternative stand ihnen nicht zur
Verfügung. An das winzige Fenster gelehnt, stand Erinya da, blickte
hinaus, sah, wie Kenteroy immer kleiner und kleiner wurde, bis es
schließlich nur noch als kleiner, unscheinbarer Punkt irgendwo im All,
zwischen all den anderen Sternen verschwand.

Je weiter sie sich davon entfernten, umso fröhlicher wurde Erinya.
Trotz kaum gedämpfter Maschinengeräusche und einem alles andere
als optimalen Zustand des Schiffes, fühlte sie sich auf diesem Schiff um
einiges sicherer, als auf Kenteroy. Wie Jenny nur freiwillig dort
zurückbleiben konnte, würde sie wohl nie begreifen. Kopfschüttelnd
setzte sie sich dann auf ein Tuch, das sie auf den harten Boden gelegt
hatte und das ihr vorerst als Sitzplatz dienen sollte. An

Sitzgelegenheiten konnte der Raum lediglich ein paar Pritschen vorweisen, die aber allesamt belegt waren.

Anfangs versuchte Ryan zwar des Öfteren Erinya auf ihre Ergebnisse anzusprechen, wurde von ihr jedoch regelmäßig zurückgewiesen. Es war nicht der richtige Moment, um über ihre Ergebnisse zu sprechen. Vor allem, da sie ohnehin schon längst das Wichtigste besprochen hatten. Es erschien ihr nicht richtig, zu viel
von ihren Forschungsergebnissen vor den anderen, ihnen unbekannten Passagieren zu offenbaren.
Jedes Mal, wenn sie darüber nachdachte, hatte sie nur ein ungutes Gefühl, dem sie liebend gern nachgab. Ryan würde sich einfach gedulden müssen.

Die ersten Tage der Reise verliefen außergewöhnlich ruhig. Dann, als sie bereits tief und fest schliefen, erwachten sie brutal aus ihren Träumen. Etwas rüttelte und schüttelte kräftig das Schiff durch, warf sie aus den Pritschen auf den Boden. Jeder von ihnen stieß sich entweder den Kopf oder bekam auf andere Weisen blaue Flecken. Keiner der Passagiere verstand, was los war. Einige stellten zwar Vermutungen an, es könnte sich um eine Kollision handeln. Doch sicher war sich keiner.

Erst, als rote Lichter angingen und der Kapitän etwas unhörbar in die Lautsprecher nuschelte, setzten sich zwei der Passagiere wieder
auf ihre Pritschen, hielten sich daran fest, als würden sie auf Weiteres warten. Das dauerte auch nicht mehr sonderlich lange. Nur Augenblicke später ging das nächste Rütteln durch den Raum. Dieses Mal noch eine Spur heftiger als das erste Mal.
„Ein Angriff!"
Ryan hatte bereits mehrmals Ähnliches erlebt. Noch
bevor Erinya richtig sehen konnte, hatte er bereits die Tür entriegelt, und war aus dem Zimmer gelaufen. Erinya, mit einer Umhängetasche bewaffnet, eilte ihm nach, während Hadassah nicht wusste, was sie tun sollte. Derartiges war nie ihre Aufgabe gewesen.

Zu flott für sie, verlor Erinya Ryan bald schon aus den Augen. Doch sie merkte auch, dass es überall an Bord chaotisch zuging. Erst, als sie hinter die nächste Ecke verschwand, packte sie jemand am Ärmel. Anfänglich wollte sie noch panisch aufschreien. Eine Hand umschloss ihren Mund, zog sie in eine Ecke, hinein in den dunklen Schatten, der von einigen Streben stammen mochte.

„Schschsch!"
Vor sich sah sie Ryan, der erst nach Sekunden seine Hand wieder von ihrem Mund nahm.
„Still! Komm mit!"
Möglichst leise schlichen sie nun durch das Schiff, versuchten die hektischsten Stellen zu vermeiden, bis sie an einer Wand anlangten. Durch einen kleinen Lüftungsschlitz konnten sie in die Brücke sehen. Hektik herrschte vor, der Kapitän hatte alle Hände damit zu tun, alles wieder in die Gänge zu bekommen, scheiterte daran aber offensichtlich kläglich. Blitze und Funken sprühten durch die Gegend, einige Leitungen schienen getroffen zu sein. Laut schrien alle durcheinander, bis der Kapitän schließlich zur Ruhe brüllte.

Schlagartig schwiegen die anderen Besatzungsmitglieder. Sodass der Kapitän sich erneut konzentrieren konnte. Langsam schlingerte das Schiff auch nicht mehr so wie noch kurz zuvor. Als Kapitän schien er ein regelrechtes Ass zu sein.
Erst, als Ryan das Gefühl hatte, dass sich alles wieder zu beruhigen schien, entspannte er sich, bedeutete Erinya, sie möge den Rückzug antreten. Langsamer als zuvor schlich er zurück in Richtung ihrer Unterkunft, vorbei an verschiedenen beschädigten Stellen. Seine Gedanken rotierten. Alles deutete auf eine heftige Sache hin, doch da sie sich in einem Teil der Galaxis befanden, der kaum bereist wurde, konnte es sich wohl nur um eine Kollision mit einem Asteroiden handeln.

Nach Minuten schließlich kamen sie endlich zurück zu ihrem Quartier, in dem sie Hadassah mit einem blauen Auge und gefesselten Händen vorfanden. Ihr Kleid war zerrissen, als hätte sie sich in einem heftigen

Handgemenge befunden.

„Was ist los?“

Deutlich erschrocken wollte Erinya schon in den Raum stürmen, doch noch, bevor sie den ersten Schritt über die Schwelle setzen konnte, hielt Ryan sie zurück.

Die Narbe auf seiner Stirn pochte, was nur dann passierte, wenn er wütend war. Die zusammengekniffenen Lippen deuteten auf Gefahr hin. Er schien etwas zu spüren, das sie nicht erkannte.

„Nein!“

Er trat vor ihr in den Raum, sah sich flüchtig um, nahm dabei alles auf, jeden noch so winzigen Aspekt, jede noch so kleine Regung oder Bewegung der anderen Passagiere, die nach wie vor mehr als desinteressiert erschienen.

Das jedoch erstaunte nun auch Ryan. Der Anblick verhieß etwas anderes, als er anfänglich gedacht hatte. Seine Rückenmuskulatur spannte sich erneut. Erinya fiel seine Veränderung überdeutlich auf. Sie spürte, wie sich seine Aura zu verändern schien, wie er etwas ausstrahlte, das sie an eine wilde Raubkatze erinnerte, die kurz davor stand ihr Opfer anzuspringen, weil es nun einmal in ihrer Natur lag. Sich ihm jetzt in den Weg zu stellen wäre nicht sonderlich intelligent. Vorsichtig schob sie sich zentimeterweise zurück, zog es vor, nicht in seiner Nähe zu sein, wenn er tatsächlich loslegte. Angst schnürte ihr die Kehle zu, doch schreien konnte sie nicht.

Noch bevor sie ihn irgendwie halten konnte, gab Ryan schon ein Geräusch von sich, das ihr eine eiskalte Gänsehaut über den Rücken jagte. Er packte sie und stieß sie zurück. In seiner Hand tauchte, wie aus dem Nichts, eine Handfeuerwaffe auf, die ihm Dasinius zum Abschied noch als Geschenk mitgegeben hatte.

Dass er damit losfeuerte, bekam sie nur noch am Rande mit, als sie sich in einem der Lüftungsschächte verkroch. Innerlich zweifelte sie zwar an, dass es ihr auch nur irgendwie helfen würde, immerhin befanden sie sich doch mitten im Weltraum und der Platz zum Verstecken war schließlich begrenzt. Aber immerhin.

Ihr Herz pochte bis zum Hals. Angst schnürte ihr die Kehle zu,
bis sie vor Panik beinahe das Bewusstsein verlor. Obwohl sie keine
Ahnung hatte, was tatsächlich vor sich ging, wurde ihr beinahe übel.
Schließlich, in dem Moment, als sie realisierte, dass sie sich nicht weiter
in den Schacht zurück verziehen konnte, versuchte sie sich möglichst
klein zu machen. Erinya hielt sich die Hand vor den Mund und
versuchte möglichst flach und langsam zu atmen. Doch sie kam gegen
sich selber nicht an.

Sie wollte schreien. Doch nichts kam aus ihrem Mund. Fest schloss sie
die Augen und konzentrierte sich darauf möglichst ruhig und tief zu
atmen. Der Boden unter ihr begann zu vibrieren, ebenso wie die
Wände, an die sie sich kauerte. Die staubige Luft, die sie in diesem
Rohr atmete, reizte ihre Nase. Einzelne Tränen rollten über Erinyas
Wangen, als sie völlig verzweifelt versuchte, sich selbst in den Griff zu
bekommen. Das Vibrieren verstärkte sich, als stünde sie auf einem
nachschwingenden Trampolin. Überall um sich fühlte sie Fremdkörper,
die sich wie Insekten ihren ganzen Körper einzuverleiben begannen.

Das Gefühl von Insekten bedeckt zu werden, ihr Kribbeln immer
stärker zu spüren, verstärkte sich. Kaum öffnete sie die Augen, wirkte
alles wieder wie gehabt. Das Gefühl jedoch blieb.
Kühle zog durch ihren Kopf, eisiger Windhauch umwehte ihren Geist.
Ihre Gedanken wirbelten durcheinander, und ihr Kopf schien zu
platzen. Erinnerungen erwachten, die sie am liebsten sofort wieder
begraben hätte. Aber sie wusste nicht, wie sie dies anstellen sollte.
Schlagartig wusste Erinya, was sie zu tun hatte. Wie Schuppen fiel
es ihr von den Augen.

Taumelnd erhob sie sich, ihr Geist war schon um einiges weiter,
als ihr Körper, doch noch bevor sie tatsächlich etwas unternehmen
konnte, wurde es ihr schwarz vor Augen.
Sie kippte um und verlor endgültig das Bewusstsein. Die letzten
Augenblicke hörte sie noch Summen, Stimmen, die ihn ihren Geist
eindringen wollten.

Kapitel 11

Stimmen summten, hämmernde Worte erzeugten Kopfweh, Schmerz brummte in ihrem Schädel. Allmählich erwachte sie. Laut, aber unverständlich, erklangen die Stimmen, verborgen hinter einem Rauschen, das alles verschlang, das durchdringen wollte.
Selten zuvor hatte sie derartige Kopfschmerzen verspürt wie in diesem Augenblick. Stöhnend wollte sie die Augen aufschlagen und nach ihrem Kopf greifen, der eine wahre Kaskade an Schmerzwellen aussandte. Doch rascher als ihr lieb war, erkannte Erinya, dass sie keine Möglichkeit dazu hatte. Etwas hielt ihre Arme fest.
„Was …“
Langsam öffnete sie die Augen. Verschwommen blickte sie in blendende Helligkeit, als würde ihr jemand eine Lampe direkt an die Augen halten.

Erst Minuten später gewöhnten sich ihre Augen an das Licht. Im Gegensatz zu ihrem ersten Gedanken, war es keineswegs zu hell, einfach nur das übliche, künstliche Licht eines klassischen Raumschiffes, sondern ihre Augen schlichtweg etwas zu empfindlich. Nach wie vor blinzelnd versuchte sie ihr Umfeld zu erkennen, bemüht darum wahrzunehmen, was hier so vor sich ging. Was sie dann schließlich sah, versetzte ihr einen gewaltigen Schock.
So schmierig das Schiff Richtung Jada auch gewesen sein mochte, der Raum in dem sie sich befand, war nahezu klinisch sauber, kahl und beinahe steril weiß. Allein das reicht völlig aus, ihr einen kalten Schauer über den Rücken zu jagen, erinnerten es sie doch an ihre Kindheit mit einigen unschönen Erlebnissen mit Ärzten.

Ihr gegenüber bestand die Wand aus einem riesigen Spiegel, der vermutlich auf der gegenüberliegenden Seite als Glasscheibe diente. Überdeutlich hingen an den Wänden Kameras, als wäre dies pure Absicht.

Erst im zweiten Moment erkannte Erinya, dass sie auf einer Liege
fixiert war und sich kaum bewegen konnte. Gleiches galt auch für Ryan,
der, im Gegensatz zu ihr, jedoch noch zu schlafen schien.
Obwohl sie erst versuchte sich von den Fixierungen zu befreien,
erkannte sie sehr schnell, wie stabil diese und wie schwach sie selber
war. Vorerst, so erkannte sie rasch, würde sie keine Möglichkeit finden,
sich aus den Fixierungen zu lösen.

Obwohl sie selber sich dadurch nicht sonderlich gut bewegen konnte,
erkannte sie durch den Spiegel, wie nüchtern, neutral und steril der
Raum tatsächlich aussah. Erinnerte er sie doch an eine Gefängniszelle,
kombiniert mit einer Arztpraxis. Lediglich woher das permanente
Wispern kommen mochte, das sie nach wie vor wahrnahm, begriff sie
nicht. Vielleicht verlor sie aber auch langsam den Verstand und träumte
vielleicht das alles nur.

Vollkommen verwirrt über ihre eigenen Gedanken bemerkte sie erst
gar nicht, wie die Tür an ihrer linken Seite aufging und eine weiß
gekleidete Gestalt eintrat. Das süffisante Grinsen fiel ihr als Erstes auf.
Als Zweites, das Gesicht.
„Doktor Lazaar?“
Erstaunt fokussierten sich ihre Gedanken schlagartig auf jene Person,
die sie anfänglich als durchaus freundlich gesonnen erlebt hatte. Die
ehemalige Freundlichkeit strahlte zwar noch irgendwie durch, aber im
Grunde genommen, war sie längst entschwunden.

„Es ist schön, euch wieder zu sehen. Wir haben euch vermisst und
schon gedacht, euch verloren zu haben.“
Tätschelnd berührte er ihre linke Schulter, strich ihr, wie immer
gewohnt sanft, über die Stirn. In seiner Hand hielt er eine Lampe,
deren hellen Lichtstrahl er direkt in ihre Augen richtete.
„Wie ...“
„Mach dir keine Sorgen, Kindchen. Wir sind hier ganz unter uns.
Vertrau mir!“
„Losbinden!!“
„Hab etwas Geduld, Kindchen.“

Die folgenden Minuten nutzte er ausgiebig für einen tiefen,
medizinischen Scan. Trotz ihrer Fragen, gab er keine einzige Antwort.
Im Gegenteil. Vereinzelt hielt er nur seinen Finger an die Lippen und
bedeutete ihr, sie möge einfach nur schweigen.
„Ach jetzt kommen Sie, machen Sie mich los! Bitte!"
„Leise, nicht aufregen!"
Nach Minuten, die wie Ewigkeiten erschienen, schien der Test endlich
beendet. Nachdenklich blickte der Arzt die Daten an, die sich vor
seinen Augen als helle Symbole mitten in der Luft materialisierten.
Seufzend nickte er, lächelte dann, bevor er wieder ernst wurde.

„Kindchen, du hast dich gut gemacht. Meinst du …", mit diesen
Worten, hielt er ihr altes Notizbuch in die Höhe, „… das
brauchst du noch?"
Eiskalt lächelnd erschien seine ehemalige Freundlichkeit wie
weggeblasen. Oder war er immer schon so gewesen und sie hatte es
damals nur nicht erkannt? War etwas mit ihr passiert in den letzten
Wochen? Verwirrt blickte sie ihn an, wusste erst nicht so recht,
was sie sagen sollte.

„Ich weiß zwar jetzt nicht, ob ihr nur Urlaub auf Kenteroy gemacht
habt, aber ich habe euch dort gesehen. War reiner Zufall. Ich
bin euch dann gefolgt. Die Dritte bei euch, war das nicht Jenny? Die
kluge, hübsche Jenny, die sich einfach nicht einfügen wollte?"
Lächelnd tätschelte er nun ihren linken Arm, als versuchte er, sie zu
beruhigen.
„Ich frag mich nur, wo ihr die gelassen habt …"
Nachdenklich sah er Erinya noch einmal genauer an, was ihr eine
weitere Gänsehaut über den Rücken jagte.
„Nun, auch gut. Die andere, die ihr da mitgenommen habt. Mal
schauen, vielleicht hab ich noch Platz für sie in meinem medizinischen
Stab, nur um deiner Frage zuvor zu kommen."
Lächelnd, dann wieder schlagartig ernst, blickte er sie durchdringend
an.

„Nur eines habe ich bis jetzt noch nicht verstanden. Wofür waren die ganzen Recherchen? Was habt ihr gesucht? Ein Erholungsurlaub war das sicher nicht!“

Anfänglich noch recht freundlich nahm bald schon seine Verärgerung zu, bevor er sie dann recht unfreundlich fast schon anbluffte.

„Nun gut! Darum kümmern wir uns später noch!“

Das Kinn in die rechte Hand gestützt, den rechten Ellenbogen in die linke Hand und den rechten Zeigefinger auf die Lippen klopfend, dachte er offensichtlich angestrengt über die ganze Sache nach, kam aber anscheinend auf keinen Nenner.

„Ich würde zu gern … Aber nein. Angenommen, Jada wird als Rückzugsort genutzt, dann ist er recht gut gewählt. Weit abseits von den Hauptrouten, ruhig gelegen. Wart ihr schon mal dort?“

„Ah, ich sehe, ihr seid einfach nur auf der Rückreise gewesen. Umso mehr die Frage, was ihr dort getrieben habt. Ist Fynn auch dort? Habt ihr Jenny dort gefunden?“

Längst begann sein Lächeln ihr Angst zu machen.

„Natürlich. Zählen wir mal eins und eins zusammen. Dann ist offensichtlich, dass Jada ein Ort für Flüchtlinge ist. Für alle jene, die sich nicht einfügen können oder wollen. Nur eines begreife ich nicht. Wenn ihr dort in Sicherheit wart, warum seid ihr dort nicht geblieben?“

Erneut ging er im Zimmer auf und ab, offensichtlich nachdenkend, bis er wieder zu ihr zurückkehrte.

„Nun, ich sehe schon, Kindchen, du kannst mich nicht leiden. Oder liegt es an der Situation? Keine Sorge, du wirst bald wieder von den Fesseln befreit sein. Noch ein klein wenig Zeit! In einigen Tagen sind wir auf Jada. Dann sehen wir weiter!“

Nun wusste sie nicht, ob sie lachen, sich freuen oder vor Angst zittern sollte. Die Gefühle in ihr stritten sich auf das Heftigste, doch eines überwog alle anderen. Der Fluchtimpuls. Blickte sie Doktor Lazaar an, dann fröstelte es sie.

„Hast du etwa Angst vor mir, Kindchen? Das musst du nicht. Wird alles gut werden. Auch, wenn es dir im Moment noch etwas an der

Kooperation mangelt. Ich komme bald wieder. Ruh dich etwas aus."
„Sind wir noch auf dem Schiff?"

Erneut lächelte er, gab diesmal jedoch keine Antwort, sondern verließ
das Zimmer und ließ sie, mit dem immer noch schlafenden Ryan, allein.
Erinya versuchte, so gut sie konnte vor sich hinzudösen, hielt die
Augen geschlossen, dachte nach. Erinnerungen stürzten auf sie ein, und
ließen nicht locker. Im Gegenteil. Immer mehr von ihnen kehrten
zurück, selbst bis zu den Momenten, als sie ihren Platz in der Kapsel
eingenommen hatte und sich dort ihre Augen für lange Zeit schließen
sollten.

Diese Erinnerungen taten ihr weh. Ohne es zu merken, flossen Tränen
über ihre Wangen. Nur die Erinnerungen an ihre Schwester nahmen
allmählich ab, als würden sie verblassen. Erst nach Stunden, in denen
sie immer wieder kurz wegdämmerte, dabei die wirrsten Träume hatte,
hörte sie von ihrer Seite her ein leises Stöhnen.
„Was …"
Erinya öffnete die Augen, sah zu Ryan, der sich soeben wunderte,
wieso er gefesselt war. Dann blickte er zu ihr, doch sie sagte nichts,
sondern blickte wieder nach oben.

„Was ist passiert? Erinya?"
Erst in dem Moment, in dem er sie ansprach, drehte sich Erinya zu
ihm. Ihre leicht geröteten Augen, nass von den Tränen, sahen beinahe
durch ihn hindurch.
Zu heftige Emotionen, Erinnerungen bis weit in ihre Kindheit, hatten
längst etwas in ihr hervorgerufen, das sie nicht zu beschreiben
vermochte. Schweigend blickte sie ihn an, bevor sie sich wieder
Richtung Decke wandte.
„Erinya, was ist los?"
Erneut drehte sie sich um, beobachtete Ryan, wie er versuchte, sich
von der Liege zu befreien.

„Die Fesseln sind zu stark. Hab es schon versucht."
„Was ist los? Warum …?
„Doktor Lazaar, er ist hier!"

Schlagartig wurde Ryans Gesicht aschfahl.
„Doktor Lazaar?"
Erinya nickte nur, blickte dann wieder die Decke an.
„Jenny hatte wohl recht!"
Nun schwieg auch Ryan, das alles musste er erst einmal verdauen.
Zugehört hatte er Jenny durchaus, aber es war ihm nie so wirklich
bewußt gewesen, dass sie vielleicht Recht gehabt haben könnte.

Wieder vergingen Stunden in vollkommener Stille, die ihnen allmählich
in den Ohren zu schmerzen begann.
Als sie es schon fast nicht mehr für möglich gehalten hatten, kam
Doktor Lazaar erneut in den Raum.
„Nun denn meine Lieben. Unterhalten wir uns mal ein klein wenig. Ich
sehe, ihr seid hungrig, richtig?"
Ohne auf Antwort zu warten, löste er die Fesseln der beiden. Aus
einem Reflex heraus wollte Ryan schon ausholen, lag dann aber
schneller auf dem Boden, als er dachte.

„Oh, mein lieber Junge, hab ich gar nicht erwähnt, dass in mir
Shailieliablut schlummert? Komm nicht noch mal auf eine derart
dumme Idee!"
Noch während er mit Ryan sprach, reichte er Erinya eine kleine Box, in
der sich Nahrung befand. Auch für Ryan hatte er eine dabei, die er auf
dessen Liege platzierte. Dieser blickte ihn nur wütend an, rieb sich sein
marodes linkes Handgelenk, bevor er sich dem Inhalt der Box widmete.

Das Essen bestand aus kaum mehr als Proteinriegeln und einer
kleineren Flasche Wasser.
„Fürs Erste reicht das völlig aus. Ihr braucht die Nahrung, aber nicht
zu viel."
Lächelnd trat er nun an die Wand, aus der sich ein kleiner Sitz formte,
auf dem er Platz nahm. Kaum, dass die beiden standen, verschwanden
die Liegen im Boden, gleichzeitig zogen sich Teile der Wände zurück
und es erschienen neue Sitzflächen, die sich aus den Wänden schoben.

„Also, nehmt Platz meine Lieben. Es war übrigens nicht nett von euch,
euch so einfach aus dem Staub zu machen. Die Untergeschosse hättet

ihr gar nicht finden, geschweige denn sehen dürfen."
„Was ist mit den Menschen in den Gängen?"
Giftig blickte ihn Erinya an, ballte die Fäuste, als sie an ihre Schwester
dachte.
„Ihr hättet sie nicht abschalten dürfen. Sie war krank, wir standen kurz
vor einer Heilung!"
„Blödsinn! Sie hat gelitten!"
„Aber nein, sie hat geschlafen. Was ihr gesehen habt, war nicht viel
mehr, als ein Abbild ihrer Selbst, eingebunden in ein saleirisches Feld."
„Ein was …?"
„Diese Felder dienen zur Regeneration, auch wenn der Patient das
nicht mitbekommt. Ja, die Schmerzen können wir nicht völlig
ausblenden, aber wir arbeiten dran. Ihr hättet sie nicht abschalten
dürfen."
„Es ist grausam, was ihr dort tut."
„Keineswegs. Sicher sind viele daran verstorben, aber nicht alle.
Morttan war einer der Ersten, die wir heilen konnten."
„Und der dann mit ihnen die anderen quälte!"

„Mit Vorwürfen kommen wir jetzt nicht weiter. Ihr werdet eines Tages
die Wahrheit erkennen. Ich weiß zwar jetzt nicht so ganz, was ihr alles
erfahren und erlebt habt, aber ich kann euch versichern, dass die
Generationenschiffe für uns alle wichtig sind. Menschen wie euch gibt
es längst nicht mehr. JEDER hat Fremdvölkergene in sich. Die alte
Menschheit ist am Aussterben. Auch die Zuchtprogramme der
Hyperkammern bringen kaum noch etwas zuwege. Menschenföten
sterben, bevor sie reifen können."
„Was ist an Mischlingen denn so schlecht?"
Darauf blieb er ihnen eine Antwort schuldig.

Nachdenklich blieb Doktor Lazaar stehen. Den Rücken an die Wand
gelehnt, die Hände seltsam verknotet, schien es beinahe, als wollte er
ihre Gedanken lesen.
„Nun, vielleicht ist es sinnvoll, euch ein klein wenig in die Dinge
einzuweihen. Ihr solltet verstehen, warum ihr für die Menschheit
wichtig seid."

Nun lag es an Erinya, ein verwirrtes Gesicht aufzusetzen. Sie blickte erst ihn und dann Ryan an. Ihre Blicke trafen sich. Ratlosigkeit fand sich auch in seinen Augen.

„Also schön. Dann erzählen Sie! Etwas anderes haben wir ja ohnehin nicht zu tun, oder?"

Trotz eines leicht sarkastischen Untertones klang auch Neugierde in ihr durch. Obwohl sie als Einzige ernsthaft versucht hatte, die Zeit zwischen ihrer eigenen Vergangenheit und der Gegenwart zu verstehen, gab es noch so viele Dinge, die sie in den Unterlagen nicht gefunden hatten.

„Ihr seid zu einer Zeit aufgebrochen, in der die Welt an vielem litt. Viele versuchten, eine Lösung zu finden. Fremde Planeten zu besiedeln schien das einzig Sinnvolle zu sein. So weit, so gut. Seither ist vieles passiert. Die Menschheit hat sich mit den Fremdvölkern in einem Ausmaß vermischt, der das menschliche Genom völlig eliminierte. Eure Gene bringen den menschlichen Status zurück. Doch auf die „normale" Fortpflanzung können wir nicht mehr setzen. Ihr seid jung, könnt für den Neustart der menschlichen Spezies sorgen. Doch dafür benötigt ihr uns und unsere Technik. Wisst ihr eigentlich, wie viele Fremdvölker diese Möglichkeit noch haben? In keinem anderen Volk tauchten verschollen geglaubte Schiffe wieder auf. Ihr tragt die Zukunft der Vergangenheit in euch! Ihr werdet zu einem neuen Adam und einer neuen Eva!"

Gänsehaut kroch in ihnen hoch. DARUM ging es die ganze Zeit, sie sollten zum Züchten einer neuen Generation herhalten?

„Ihr habt mit allen denen experimentiert und jetzt wollen Sie, dass wir Ihnen vertrauen? Wie dumm sind Sie eigentlich?"

„Es liegt an euch, ob ihr mir vertraut oder nicht. Bedenkt nur eines, viel Wahl habt ihr nicht! Ihr werdet mir vertrauen müssen. Oder wollt ihreuer Leben lang tatsächlich flüchten und vor mir weglaufen?"

„Wenn es sein muss, ja!"

„Kindchen, es ist nur eine Frage der Zeit. Vertrauen erwirbt man sich. Hast du das nie gelernt?"

Daraufhin verdrehte Erinya nur noch die Augen. Sie konnte es schon
nicht mehr hören. Die gleichen Worte, wie sie ihre Mutter auch immer
wieder genutzt hatte, nur in einem anderen Kontext.

„Vertrauen? Jemandem, der meine Schwester einfach so leiden ließ?
Jemandem, dem es offensichtlich gleichgültig ist, wie es mir wirklich
geht?“
„Nun, Kindchen, wir werden schon sehen. Jetzt geht es erst einmal
nach Jada. Dort sehen wir dann weiter. Noch Fragen?“
„Wie wäre es damit? Wann lasst ihr uns in Ruhe? Wann hört ihr auf,
uns als Versuchskaninchen zu betrachten?“

Wut keimte in ihr auf, die selbst Ryan zu überraschen schien. Doch
Doktor Lazaar lächelte nur. Das schien er bereits von anderen erlebt zu
haben.
„Alles zu seiner Zeit. Ich habe jetzt noch zu tun!“
Unter seiner freundlich wirkenden Oberfläche blitzte etwas in seinen
Augen auf, das Erinya deutliche Sorgen bereitete. Gänsehaut
kroch ihren Rücken hinauf, erinnerte sie sein Gesicht mehr an das eines
Clowns, der zwar nach außen hin Fröhlichkeit verströmte, dessen
Augen jedoch nicht lächelten.

Jegliche Hoffnung fiel von ihr in dem Moment ab, als sich die Tür
hinter Doktor Lazaar schloss.
„Und was jetzt?“
Ryan sparte sich seine Antworten auf, blickte sie nur an. Dumpf
erklang noch ein Wort aus seiner Richtung.
„Warten!“

Anfänglich war Erinya nahe dran die Situation zu akzeptieren, doch
ganz in Ruhe ließ sie die ganze Sache dann doch nicht. Mürrisch, aber
entschlossen, setzte sie sich auf, ihre Knie knacksten leicht.
Das Licht etwas gedimmt, beleuchtete es den Raum ausreichend.
Im nächsten Moment stand sie, und versuchte die Tür zu öffnen. Erst
sehr zaghaft, dann jedoch mit Schwung, stand sie binnen Augenblicke
im Raum dahinter. Dieser wirkte ebenso kahl auf sie, wie der
Vorhergehende. Mit geballten Fäusten, ihre Wut zurück haltend, sah sie

sich um, entdeckte Sanitäranlagen und nicht zuletzt noch einen Tisch mit Kleinigkeiten zu essen, die offensichtlich für sie bereitstanden. Karg, wenig aufregend, aber doch Nahrung, die ihre Körper brauchten.

Gierig schlang sie einen Teil hinunter, brachte den zweiten Teil Ryan, der lediglich vor sich hingedöst hatte.
Schlagartig spitzte er die Ohren, als sie vom Nebenraum erzählte. Diese Art Gefängnis erschien ihm nun doch ein wenig ungewöhnlich.
Unter seinem Teller lag ein kleines Blatt Papier. In krakeliger Schrift hielt es eine einfache, aber klare Aussage für sie bereit.
„Verzichtet auf mögliche Fluchtversuche. Auf dem Schiff gibt es kein Entkommen. Nicht einmal durch Luftschleusen. Genießt einfach die Reise! Als Gäste wird es euch an Nichts mangeln!“
„Wirklich witzig!“
Sarkastisch reichte er Erinya das Papier, die augenblicklich die Mundwinkel verzog.

Ohne Beschäftigung oder Ablenkung, blieb ihnen nichts anderes übrig, als die Zeit abzusitzen. Es gab nicht das Geringste zu tun.
Zurückgeworfen auf sich selber, ohne zu wissen, wie lange die Reise noch dauern würde, zog sich nun Erinya in sich selbst zurück.
Aufseufzend nahm sie wieder den Platz auf ihrer Liegestatt ein, diesmal sitzend und mit überkreuzten Beinen. Versank dabei in eine tiefe Meditation. Obwohl sie von Fynns Faible dafür die meiste Zeit nur wenig gehalten hatte, hatte sie sich doch dazu entschlossen, sich das Meditieren von ihm beibringen zu lassen. Auch, wenn es nie wirklich etwas gebracht hatte.

Doch dieses Mal rutschte Erinya erstaunlich schnell in die Meditation. Es dauerte nicht lange, bis sie das Gefühl hatte, alles um sie herum würde verschwinden, sie selber die Schwerkraft einbüßen und nach oben entschwinden. Beinahe, als gäbe es nichts, das sie noch unten halten würde. Langsam, nahezu im Zentimeterbereich spürte sie, wie sie ihren Körper zu verlassen begann, wie ihre Arme und Beine immer

schwerer und schwerer wurden, bis sie vermeinte, sich völlig von ihrem
Leib zu lösen.

Erstaunt stand sie im nächsten Moment direkt vor ihrem Körper, ohne
sich erklären zu können, wie das hatte passieren können. Kaum mehr
als eine hauchdünne, silberfarbene Schnur, nicht dicker, als der Faden
eines Spinnennetzes, verband sie noch mit dem Körper.
Obwohl Fynn es ihr versucht hatte zu erklären, hatte Erinya nichts
begriffen. Jetzt erkannte sie schlagartig, wie recht er mit seinen Worten
gehabt hatte.
Wispern drang an ihr Ohr, leise Stimmen, die sie nicht verstand und
doch hörte. Ihre Wahrnehmung hatte sich längst verschoben, Farben,
die sie anders sah, mit einem leichten Hauch an Grau unterlegt,
gleichzeitig aber strahlender, als je zuvor. Ryan, den ein kleines Feld an
Farben umgab, das sie nie zuvor wahrgenommen hatte, ihren eigenen
Körper, in Farben erstrahlend. Ihre ersten Schritte fielen ihr nicht
einmal auf, als sie sie setzte. Im nächsten Moment brach sie beinahe
zusammen, ihr Magen schien zu revoltieren. Kaum krümmte sie sich
zusammen, stand sie schon wieder gerade, als wäre nichts passiert.

Erstaunt nahm sie diese seltsamen Sinnesveränderungen wahr,
die ihren Körper auf eine Art und Weise durchfuhren, die sie sich nicht
zu erklären vermochte. Völlig von allem überfordert, lehnte sie sich
schließlich an die Wand, wollte die Augen schließen. Noch,
bevor sie wusste, wie ihr geschah, griff etwas aus der Wand nach ihr.
Wie Tentakeln packte es sie, zog sie in Richtung der Wand, stärker und
immer stärker, bis sie keine Kraft mehr hatte, sich zu wehren. In
diesem Augenblick fiel ihr Blick noch auf ihr eigenes Ich, das sich
immer stärker zusammenkrümmte, in einer Tiefenmeditation zu
stecken schien, die sie nicht einmal an Fynn bisher wahrgenommen
hatte.

Tiefer versunken, als sie es selbst je für möglich gehalten hätte, an eine
Wand gekettet, die sie fürchtete, nie mehr loslassen zu können, straffte
sich selbst der dünne Faden zwischen ihr und dem Körper, als wollte er
sie zurückziehen.

Einerseits ängstigte sie die Sache, andererseits, faszinierte es sie im gleichen Atemzug. Immer stärker zog es sie in Richtung der Wand, aber zeitgleich auch zurück zu ihrem Körper. Von alledem bekam der schlafende Ryan nichts mit. Längst hatte Erinya die Gegenwehr aufgegeben, ließ sich nur noch treiben, weit von ihrem Körper weg, durch die Wand hindurch, trieb voran, an anderen Räumen vorbei, in denen Menschen arbeiteten oder aßen. Nichts davon erschien ihr wichtig.

Erst der Augenblick, in dem sie das Schiff verließ, nach wie vor an ihren Körper mit dem dünnen Faden gebunden, die Außenwand des Schiffes durchstieß, in den freien Raum eindrang, fühlte sie etwas in ihrem Herzen, das sie nicht verstand.
Was passierte hier mit ihr?
Während das Schiff weiterfuhr, zog es sie hinter sich her. Angst verspürte sie keine, ganz im Gegenteil, Neugierde und Wissbegier. Selbst die Frage, warum sie nicht erfror oder an Sauerstoffmangel erstickte, stellte sich Erinya nicht.

In ihrem normalen Körper hatte sie nur die Sterne gesehen, doch was sie in diesem Augenblick wahrnahm, entdeckte, das überstieg sämtliche ihrer Fantasien. Mitten durch das dunkle Weltall zogen sich Linien. Hellblau, pulsierend, beinahe schon grell, brannten sie sich in ihre Augen ein.

Erstaunt betrachtete sie die Linien. Pulsierend, als wären sie die Adern eines Körpers, pochten sie, trieben Energie durch sie hindurch, die Erinya als Schimmern erkannte. Zu einer der Linien zog es sie hin. Neugierig sah sie die Nächstliegende genauer an, griff nach ihr. Doch noch, bevor sie diese berühren konnte, fühlte sie einen kleineren, elektrischen Schlag, der sie nahezu wieder in Richtung des Schiffes zurückschleuderte. Die Farbe dieser einen Linie veränderte sich leicht, wandelte sich vom Bläulichen in ein leicht schimmerndes Zartrosa, das sie anzog und mit sich riss.

Völlig davon fasziniert griff sie ein weiteres Mal zu, ließ sich davon mitreißen, immer weiter vom Schiff weg, bis etwas ihr Ich zu zerreißen schien.

Wo war ihr Schiff nun? Längst hatte sie es aus den Augen verloren. Doch da, vor ihr, sah sie einen Planeten, den sie erst vor einiger Zeit verlassen hatte.

„Jada!"

Hauchzart brachte sie diesen Gedanken hervor. Noch bevor sie sich an den Anblick gewöhnen konnte, zog etwas sie rasend schnell zurück.

Als Nächstes sah sie nicht weniger als den gleichen, öden Raum wie zuvor. Mit dem Unterschied, dass sie auf eine Pfütze an Erbrochenem blickte, direkt vor ihrer Nase. Erbärmlich riechend, reizte es sie ein weiteres Mal sich zu übergeben. An Meditation schien in diesem Moment nicht mehr zu denken.

„Was ist los? Ist dir schlecht?"

Still nickte sie nur. Ihr Magen hatte seinen gesamten Inhalt von sich gegeben, nichts gab es mehr in ihm, das sie noch hätte auswürgen könnte. Der Geschmack in ihrem Mund steigerte alles das ein weiteres Mal. Rasch wandte sie sich davon ab, sah nicht einmal, wie die Pfütze nahezu von selbst im Boden verschwand, von diesem aufgesogen und völlig sauber hinterlassen wurde. Selbst Ryan, der dies überrascht aus den Augenwinkeln wahrnahm, kümmerte sich darum nicht, sondern saß längst neben Erinya.

Schüttelfrost beutelte sie durch, erst nach Minuten kehrte wieder Ruhe in ihren Körper ein. Ryan, der die längste Zeit neben ihr gesessen hatte, reichte ihr ein Glas Wasser, das sie in einem einzigen Zug hinunterstürzte.

„Danke!"

„Alles in Ordnung?"

„Ja. Sicher."

„Brauchst du Hilfe?"

„Nein. Ist wieder alles in Ordnung."

Nicht einmal einen winzigen Augenblick dachte sie daran, ihm etwas davon zu erzählen, hielt es für zu gefährlich. Was, wenn Doktor Lazaar davon erfuhr? Schweigen erschien ihr in diesem Augenblick sinnvoller. Doch dafür musste sie auch Ryan gegenüber den Mund halten. Gern tat sie das nicht, aber was blieb ihr anderes übrig, wenn sie nicht wollte, dass Doktor Lazaar davon erfuhr?

„Was war los? Hast du das Essen nicht vertragen?“

„Keine Ahnung, vielleicht vertrage ich die Situation hier nicht.“

Ironisch biss sie sich fest auf die Lippen.

„Vielleicht solltest du etwas schlafen. Leg dich hin.“

„Möglich.“

Brav folgte sie Ryans Anordnung, schloss die Augen. Nicht einmal einen Sekundenbruchteil später schlief sie bereits tief und fest. Doch nicht einmal dort hatte sie Frieden. Bilder aus ihrer eigenen Vergangenheit kehrten zurück. Erinnerungen brachen durch, die sie nicht erlebt haben konnte.

Staunend strich sie durch jenes alte Generationenschiff, auf dem sie selber gewesen war. Wie in einem Zeitraffer sah sie undeutlich, wie es sich durch das All bewegte, drang tief in den Bauch des Schiffes ein, bis zu ihrer eigenen Kapsel. Blieb vor dieser stehen, sah sich selber schlafen, wandte sich dann augenblicklich wieder von ihrem eigenen Ich ab. Es zog sie weiter.

Ohne Widerstand folgte sie dem Ruf, bis sie direkt im vordersten Rumpf auftauchte, und einen Blick auf die Sterne erhaschte. Längst tauchte das Schiff durch einen Asteroidengürtel, manövrierte durch einen Malstrom aus Gesteinsbrocken hindurch. Es schrammte an einigen, und entging mehrmals nur knapp einer Kollision. Etwas schüttelte das Schiff durch, beutelte es. Schmerzen trafen sie, heftiger, als je zuvor, bis sie erkannte, wie weit sie tatsächlich vom geplanten Kurs abgekommen waren.

Erinyas Blick fiel auf die Konsolen. Technisch so gut wie unbegabt hatte sie dennoch, wie jeder andere Teilnehmer des Programm, einen rudimentären Kurs über die Technik genossen, die das Schiff antrieb. Selbst diese Details konnte sie deutlich abrufen. Zutiefst erschrocken blickte sie die Zahlen auf der Konsole an. Hier, in diesem Nichts des Universums, hätten sie niemals landen dürfen, viel zu viele Schwierigkeiten gab es in diesem Teil der Galaxis. Energieströme,

Sonnenstürme und vieles mehr, vor dem die Wissenschaftler der Erde gewarnt hatten. Hier waren sie gelandet.

Die Anzeigen auf der Konsole verstummten, schwiegen, bis sie sich nicht mehr bewegten. Nur vereinzelt veränderten sich noch Zahlen. Erneut zog es sie nach draußen, sah die Sonnensegel zerfetzt am Schiffsrumpf hängen. Einige Einschläge am Schiff hatten es zerbeult aber nicht zerstört. Verwirrt blickte sich Erinya um, sah schließlich den großen Stern vor sich, auf dem es brodelte und kochte.

Funkelnde Lichterflocken stiegen von ihm empor, Rotgold schimmernd traf er auf die letzten Reste der Sonnensegel. Der daraus resultierende, plötzliche Energieschub erweckte das Schiff zu neuem Leben, schleuderte es von diesem Planeten weg, bis die letzten Funken an Energie verbrannten. Nur noch ausreichend für die Lebenserhaltung vorhanden, aus einem zweiten Versorgungskreislauf entnommen, die Körper nach wie vor am Leben erhielt.
Wie ein Wrack trieb es durch das All, bis es schließlich im Orbit eines kleineren Planeten landete. Wie der Mond auf der Erde, fixierte sich nun auch das riesige Schiff um den kleinen Steinbrocken.

Schwer atmend riss Erinya schließlich die Augen auf. Diesen Traum hatte sich seit einigen Tagen immer wieder. Für sich behaltend, versuchte sie herauszufinden, was sie da eigentlich sah, doch selbst vor Ryan, dem sie das eigentlich gern erzählen würde, hielt sie dicht.

Mit jedem Tag, den Doktor Lazaar sie erneut aufsuchte, zog sie sich mehr und mehr zurück. Immer waren es nur Minuten, die sie ihn sahen, in denen er sie fragte, wie es ihnen ging. Obwohl sie längst wusste, dass der Raum mit verschiedensten Überwachungsmodulen ausgerüstet war.
Zweifelnd blickte sie ihn jedes Mal an, sprach kein Wort mehr mit ihm. Konzentrierte sich lieber auf ihr Meditieren, das sie langsam in den Griff bekam.

Bald schon begann sie sich auf die Linien zu freuen, Jada kam immer näher, die Entfernung schrumpfte, bis sie wusste, am folgenden Tag

waren sie dort. Das Schiff des Doktors flog langsamer, ruhiger, die
Reise selbst dauerte einige Tage länger.
Am letzten Tag vor der Ankunft bat Doktor Lazaar sie schließlich in
den Nebenraum. Auf dem Tisch hatte er einige Unterlagen platziert.

„Nehmt Platz meine Lieben. Ich weiß, am liebsten würdet ihr mich zur
Hölle schicken. Aber ich kann euch versichern, die gibt es nicht. Was
ich euch jetzt anbiete, ist, ein kleines Geschäft, einen Auftrag,
wenn ihr so wollt!"
„Und worum soll es dabei gehen?"
„Jada!"
„Sehr witzig. Und reichlich wenig Information!"
„Die Informationen sind in diesen Unterlagen. Nehmt ihn an oder lasst
es. Es liegt an euch. Ich weiß, ihr wollt zurück. Was ich will,
wisst ihr auch längst. Also seht euch die Unterlagen durch."
„Und was, wenn wir nicht wollen?"
„Oh, ich bin mir sicher, ihr werdet wollen!"

Mit dieser kryptischen Antwort zog er sich breit lächelnd aus dem
Zimmer zurück. Es schien, als wüsste er bereits jetzt,
dass sie mitmachen würden. Nach den ersten Blicken in die Unterlagen
waren sich beide einig, dass sie sein Angebot lieber annehmen sollten.
Trotz dieser Gefängnissituation hingen sie an ihrem Leben.
„Also gut. Kooperieren wir, haben wir zumindest die Chance
freizukommen. Verweigern wir, haben die dann WAS mit uns vor?"
Erinya glaubte erst nicht recht, was sie da vor sich liegend, las.
„Ganz schlecht. Die denken wohl, die können alles mit uns machen.
Geht ja gar nicht! Aber ich mag auch nicht seziert werden, du etwa?"
„Nein, ganz sicher nicht!"
„In Ordnung, wir sind dabei!"

Kapitel 12

Der Augenblick, als sie aus dem Transportgleiter stiegen, warf sie
beinahe um. Besonders Erinya hatte längst die hohen Temperaturen
vergessen, die auf Jada herrschten.
Wortlos zog sie sich das Tuch über den Kopf. Herzlich froh darüber,
die Kenteroy-Kleidung zurückgelassen zu haben, freute sie sich
zumindest darüber, nichts verloren zu haben. Ryan, der sich teilweise
an den Kenteroy-Stil angepasst hatte, zog das Tuch aus seiner
Hosentasche. Auch, wenn sie damit gerechnet hatten, wieder bei der
Siedlung zu landen, so sahen sie sich nun direkt vor dem Eingang zur
Höhle.

Erinya, aber auch Ryan, schluckten erst einmal kräftig. Ein kräftiger
Stoß in den Rücken trieb Erinya schließlich endgültig aus dem Gleiter,
direkt gefolgt von Doktor Lazaar.
„Rein mit euch! Ihr habt die Unterlagen gelesen. Eure eigenen Sachen
hab ich euch auch gebracht. Also, wird es jetzt bald?"
Längst hatte er seine freundliche Art gegen einen herrischen Stil
getauscht. Besonders seine Augen blickten längst nicht mehr
freundlich, sondern schienen sie beinahe auseinanderzunehmen.

Schaudernd, nicht wissend, was schlimmer auf sie wirkte, trat Erinya
vorsichtig die ersten Meter in die Höhle. Was sollten sie hier? Das hatte
er ihnen nicht gesagt.
Weit bedrohlicher und düsterer wirkte die Höhle dieses Mal auf sie.
Obwohl sie die Leuchtstäbe hochhielten, die ihnen Doktor Lazaar noch
in die Hand gedrückt hatte, wirkte alles in diesem Umfeld unwirklich,
weit schlimmer noch, als würden sie das Licht ausgeschaltet lassen.

Obwohl Erinya diesen Höhlenbereich noch gut im Kopf hatte,
entdeckte sie dieses Mal einige Abzweigungen, die sie beim ersten Mal
nicht gesehen hatten. Innerlich fühlte sie bei jedem Schritt etwas, das
sie noch stärker abzustoßen schien als damals. Angst machte sich in ihr
breit, begann sich tief in ihr einzunisten.

Auch Ryan schien es an die Nieren zu gehen, schweigend stapften sie weiter, tiefer hinein in die Eingeweide des Planeten Jada. Ihr Zeitempfinden entschwand. Waren sie nun eine Stunde oder einen halben Tag im Inneren des Planeten? Sie wussten es nicht, nur, dass an der Oberfläche wohl Doktor Lazaar auf sie warten würde. Viel mehr, als einen Beutel mit Nahrung und Wasser, den Lampen und einigen anderen Kleinigkeiten, hatte er ihnen nicht mitgegeben. Immer tiefer drangen sie auf ihrem Weg vor, nicht ahnend, dass Doktor Lazaar ihren Weg mitverfolgte, sich aber deutlich zurückhielt.

Je weiter sie kamen, umso öfter standen sie vor Abzweigungen, wussten nicht, welcher sie nun am ehesten folgen sollten. Meist entschieden sie aus dem Bauch heraus oder sahen sich Boden und Wände an, bevor sie weitergingen. In einen baufälligen Tunnelteil zu gehen, versuchten sie dabei nach Möglichkeiten zu vermeiden.

An wie vielen Abzweigungen sie schließlich vorbei gekommen waren, hatten sie längst nicht mehr mitgezählt. Längst erschien es zudem, als hätten sie keine Ahnung mehr, über ihren genauen Standort, bis Erinya Ryan schließlich ein kleines Stück Metall in die Hand drückte.

Auf den ersten Blick wirkte es wie ein winzig kleiner Kompass. In seiner Hand fühlte er sich warm, nahezu lebendig an. Seine weiche Oberfläche hatte die Struktur menschlicher Haut, lediglich die Farbe stimmte damit nicht überein. Matt schimmernder, schwarzer Farbton gab ihm den Hauch von Unirdischem. Schaudernd reichte er es Erinya zurück.

„Was ist das?"
„Hab ich in der Tasche gefunden. Keine Ahnung. Aber es scheint zu wissen, wo wir sind. Sieh mal nach hinten!"
Dabei deutete sie in die Richtung, aus der sie erst gekommen waren, sah dann zu Ryan hin, der, ebenso wie sie, sanftes Leuchten wahrnahm.
„Als hätte es Brotkrumen gestreut."
Fast schon amüsiert sah er sie an, begann lauthals zu lachen. Die gesamte Situation wirkte unglaublich grotesk auf ihn.

„Wir sollten weitergehen!"
Darauf nickte er nur noch. Setzte Schritt für Schritt, fast schon dankbar
für die Lampe in seiner Hand, die er anfänglich Doktor Lazaar am
liebsten an den Schädel geschlagen hätte. Nur mühsam hatte er sich
zurückhalten können.

Nach vielen Stunden des Gehens, einer halb geleerten Proviantration
später, standen sie schließlich vor einer Gabelung der Höhle. Bislang
hatte er sich noch ausreichend auf sein Gefühl verlassen können, doch
jetzt spielte es verrückt. Genauso wie die Zeiger eines Kompasses, der
nicht anzuzeigen vermochte, wo sich der Norden befand.
„Pause!"
„Einverstanden! Was jetzt?"
„Keine Ahnung. Habt ihr in den Unterlagen etwas gefunden, das uns
hier weiterhelfen könnte?"
„Du scherzt, oder? Hätte ich doch längst gesagt, wenn was dabei
gewesen wäre."
„Natürlich. Hast mich ja versucht regelrecht damit voll zu labern. Und
was nun?"
„Gute Frage."

Schweigend saßen sie sich einander gegenüber, rekapitulierten
schweigend, jeder für sich, die Situation und den Ort, an dem sie sich
aufhielten.
„Ich frag mich nur, was der eigentlich haben will. Warum er uns hier
runter schickt."
„Hat er dir auch nicht gesagt? Warum machen wir das dann
eigentlich?"
Seit sie die Höhle betreten hatten, begleiteten sie Selbstzweifel,
verstärkten sich, je tiefer sie vorstießen.
„Gehen wir zurück?"
„Keine gute Idee. Das gibt vermutlich nur Probleme. Lass uns lieber
weitergehen!"
„Und wohin?"

Langsam erhob sich Erinya, blickte sich die beiden Tunnel an. Kniff ihre Augen zusammen, bis nur noch ein kleiner Spalt offen war.
„Wir nehmen den linken!"
„Warum gerade den?"
„Wir könnten eine Münze werfen, wenn du eine dabei hast. Oder du schaust dir mal den Gang genauer an!"
Noch saß Ryan am Boden, doch er erkannte, worauf Erinya anspielte. Auch er sah das sanfte, leiche Schimmern darin, das sie zu rufen schien. Ohne weiter zu fragen, erhob er sich, bewegte sich in diese Richtung, bis er vor dem Schimmern stand.

Moos bewuchs längst den Tunnel. Winzig kleine Tropfen, auf den Moosblättchen, zeugten von leicht erhöhter Luftfeuchtigkeit.
Ohne groß darüber nachzudenken, griff er nach einem der Moosstämmchen und zog es aus dem Boden. Dünne Rhizoide, jene wurzelähnlichen Haftorgane, die jedes Moosschwämmchen mit dem jeweiligen Untergrund verband, fand er auch hier vor.

Kopfschüttelnd legte er das Moosstück wieder auf den Boden.
„Das wird ja immer seltsamer hier!"
„Wenn du das schon komisch findest, dann komm mal hierher!"
Einige Meter von ihm entfernt, begann der Tunnel einen leichten Schwenk nach links einzuschlagen. Erinya, die bereits an ihm vorbei war, noch während er sich das Stück Moos näher angesehen hatte, stand starr und von etwas vollkommen fasziniert da.Auf ihn wartend, winkte sie ihm zu, deutete aufgeregt auf etwas vor sich.

Etwas blitzte in ihren Augen auf, das er schon sehr lange nicht mehr gesehen hatte. Freude, vielleicht auch Abenteuerlust, eines schien bei ihr ins andere überzugehen. Doch die Aufregung stand ihr gut.

Lächelnd packte sie seine Hand, kaum, dass er neben ihr stand, zog ihn zu sich, deutete auf den Platz vor sich. Nahezu riesig und mehr als das Zehnfache an Höhe der normalen Tunnel, nahm die Höhle den Raum eines Doms ein.
„Wann hast du zuletzt etwas derartig Schönes gesehen?"
Tränen schimmerten in ihren Augen. Nur ein einziges Mal hatte sie

etwas Derartiges gesehen, als sie als Teenager mitten im Winter alleine
im Wald gestanden hatte. Vollkommen verzaubert sah sie ihn an,
blickte dann zurück in die riesige Höhle vor sich.Im Geiste gab er zu,
dass dieser Anblick grandios war, nicht nur sie, sondern auch ihn
mächtig beeindruckte.
Schweigend traten sie in die Höhle, leicht zitterte Erinyas Hand,
als sie Ryan mit sich zog.

Kreisrund lag die Höhle vor ihnen, an den Wänden schimmerten
kristalline Strukturen, beleuchteten auf dezente Weise den ganzen
Raum.Im Zentrum stehend, drehte sich Erinya um sich selber, und
hielt vergeblich Ausschau nach einem zweiten Ausgang.
Schweigend setzte sie sich auf den, mit kleinen Steinchen übersehenen
Boden, begann nachzudenken, Ryan völlig ignorierend. Weit weniger
beeindruckt als sie selber, hatte er längst ein Gerät aus seiner Tasche
gezogen. Handlich klein wog es fast nichts in seiner Hand. Eingestellt
auf bestimmte Materialien, vibrierte es leicht.

„Naxonblei! Das wollen sie also."
Murmelnd stand Ryan da, begriff schlagartig, warum sie Doktor Lazaar
in die Höhle geschickt hatte.
„Sie wollten niemals uns, sie wollten das Naxonblei!"
„Was?"
„Naxonblei. Er ist auf der Suche nach wertvollen Bodenschätzen!"
„Sei nicht albern!"
„Doch! Naxonblei."
„Was soll das für Zeug sein?"
„Wenn ich mich richtig an die ganzen Unterlagen erinnere, und einige
Gespräche Dasinius mit seinen Geschäftspartnern, dann ist Naxonblei
das wertvollste, bisher bekannte Material der Galaxis! Die meisten
würden für eine Handvoll davon ganze Völker auslöschen!"

„Ich dachte, hier gibt es nichts mehr zu plündern."
„Scheinbar doch. Sieh mal hierher!"
Sich neben sie setzend, hielt Ryan ihr das Gerät hin. Dessen Vibrieren
blieb annähernd konstant, seine Schriftzeichen konnte sie nicht lesen.

Lange genug blickte sie auf das Gerät, stand auf, es nach wie vor in der Hand haltend.

„Sollen wir dann zurückgehen?“

„Vermutlich.“

„Ähm, wo ist der Ausgang?“

Völlig verwirrt sah Erinya ihn an, stand mitten in einem Raum ohne erkennbaren Ausgang, ohne Weg nach draußen.

Gänsehaut zog ihren Rücken hinauf. Beobachtete sie jemand? War ihnen Doktor Lazaar gefolgt? Innerlich spürten sie die Blicke Tausender auf sich ruhen. Nicht einmal einen Atemzug später begann das Gerät zu glühen, entwickelte extreme Hitze, sodass sie es auf den Boden fallen ließ.

„Autsch!“

Ihre Hand schüttelnd, pustete sie darauf, leichte Brandblasen ploppten auf. Gleichzeitig drang leichter Brandgeruch aus dem Gerät nach oben, bis es in einer kleinen Rauchwolke durchschmorte. Wütend trat sie dagegen. Sich in seine Einzelteile zerlegend, flogen diese quer durch den Raum, wo diese verstreut liegen blieben.

Ohnmächtige Wut hatte sie längst gepackt. Mit geballten Fäusten stand sie da, wollte auf etwas einschlagen, verzichtete dann jedoch darauf, schluckte die Emotionen hinunter, die sich in ihr aufzubauen begannen. Mit Wut würden sie nichts erreichen. Eher im Gegenteil.

„Eine Idee, wohin der Ausgang verschwunden ist?“

„Nö. Vielleicht ist es wie bei den Türen!“

„Hilf mir suchen!“

Viele Minuten später saßen sie erneut mitten in der Höhle. Erschöpft pausierten sie, sahen einander an. Wohin auch immer sie geraten waren, konnte es denn noch seltsamer werden?

„Wir können nicht vor und nicht zurück. Was jetzt?“

Statt einer Antwort kam von Ryan nur ein hilflos wirkendes Schulterzucken. Erneut stand sie auf, tastete die Wände entlang auf der Suche nach einem Ausgang.

„Erinya!“

Ein eigenartiger Unterton fand sich in diesem einem Wort und
alarmierte Erinya. Blitzschnell drehte sie sich zu Ryan um, der auf eine
Wandstelle ihr gegenüber deutete.

An dieser Wandstelle rieselte die Wand zu Boden. Dahinter,
wie sie jetzt erkannten, existierte eine weitere Mauer aus ziegelähnlichen
Stücken.
Leichtes Bauchgrummeln veränderte sich binnen Sekundenbruchteile
in reinste Todesangst. Sämtliche ihrer Nackenhaare stellten sich zu
Berge.

Fest presste sie die Hände auf die Ohren, versuchte den Schmerz, der
sich wie ein grelles Pfeifen durch ihren Verstand bohrte, in den Griff
zu bekommen. Fremdartige Stimmen schrillten durcheinander.
Von einem Augenblick zum nächsten verstummten die Stimmen,
nahezu tödliche Stille trat an deren Stelle.Sonderlich beruhigend fühlte
es sich nicht an. Eher im Gegenteil.
Kraftlos sank sie zu Boden, zog die Beine an den Körper,
presste ihre Fäuste kräftig gegen die Augen,
bis sie glaubte, sie in ihren Kopf regelrecht hineinzudrücken.

Erneut trat das Wispern hervor. Leise, dieses Mal, kaum wahrnehmbar.
Überall an ihrem Körper vermeinte sie, Berührungen zu fühlen.
„Nein! Nehmt eure Griffel weg!“
Angewidert sprang sie auf und eilte zu Ryan, der erst nicht wusste, was
er davon halten sollte. Angst stand ihr ins Gesicht geschrieben.
Instinktiv drückte er sie an sich, strich ihr sacht über den Kopf,
bis sie sich wieder beruhigte.
„Was war denn da jetzt mit dir los?“
„Weiß nicht.“
Tränen hatten längst ihren Weg über ihre Wange gefunden,
bis sie in ihrer Kleidung versickerten. Sanft berührte
Ryan ihre Wange, wischte ihr die Tränenspuren weg.
„Komm, hör auf zu heulen. Bringt ja doch nichts.“

Stumm nickend stand sie einfach nur da, schloss ihre Augen. Tief
durchatmend versenkte sich Erinya wieder in einen leicht meditativen

Zustand, in dem sie ihre Emotionen etwas besser unter Kontrolle hatte,
ließ dabei jedoch die Augen leicht geöffnet.
Tief ein- und ausatmend sah sie sich die Wände genauer an, trat
schließlich an die Stelle mit den Ziegeln heran.Jeder Schritt,
der sie näher an die Stelle brachte, fiel ihr schwerer. Bis sie dachte, ein
riesiges Gewicht läge auf ihren Schultern. Endlich stand sie davor, griff
nach den Ziegeln.

Eiseskälte strömte daraus hervor, stieß sie ab, zog sie gleichermaßen
auch an. Immer schneller schlug ihr Herz, riss sie beinahe aus dem
meditativen Zustand, in dem sie nach wie vor steckte.
„Etwas ist dahinter!"
Mühsam brachte sie die Worte heraus. Es kostete ihr Kraft,
die sie nicht zu haben glaubte. Äußerst vorsichtig berührte sie die
Ziegel, vermeinte in die Mauer hinein gezogen zu werden. Das
Empfinden auf pures Eis zu greifen, riss sie schlagartig zurück. Kälte
durchzuckte jede Faser ihres Körpers und brachte sie zum Frieren.

„Hilf mir!"
Wild entschlossen packte sie zu, griff erneut nach den Ziegeln. Diesmal
fühlten sie sich wie einfache Ziegel an, nichts anderes. Selbst die
Stimmen schwiegen endlich. Leicht ließen sich die ersten Ziegel lösen.
Gemeinsam zogen sie einen nach dem anderen aus der Mauer heraus.
Neben ihnen wurden die Stapel an gelösten Ziegeln immer größer und
höher, bis sie den Eingang zu einem weiteren Raum freigelegt hatten.

Kreidebleich wandte sich Ryan zu Erinya, versuchte halbherzig zu
verhindern, dass auch sie einen Blick in den dahinter liegenden Raum
warf. Ähnlich ehemals klösterlicher Beinhäuser lagen verschieden große
Gebeine und Schädelknochen auf- und übereinander. Ausgebleicht, frei
von jeglichen Fasern, ließ sich nicht einmal ansatzweise deren wahres
Alter einschätzen.
Nach wie vor schwiegen die Stimmen. Angst begann sich
breitzumachen.

„Soll das eine Grabkammer sein?"
„Sieht fast so aus."

„Störung der Totenruhe brachte nie etwas Gutes mit sich."
„Glaubst du etwa an die alten Ammenmärchen?"
„Das meinte ich nicht. Kannst du dich an die Geschichten um den
Pharaonenfluch erinnern? Die ersten Forscher, die die Gräber fanden,
starben einige Zeit später an geheimnisvollen Krankheiten."
„Also doch Ammenmärchen!"
„Nein. Die haben einfach nur Unmengen an Bakterien freigelassen.
Daran sind sie draufgegangen! Jener Fluch, von dem so gern erzählt
wurde, waren nichts anderes, als alte, eingeschlossene Bakterien."

„Du glaubst, das trifft auch hier zu?"
Schlagartig wurde Ryans Gesicht aschfahl. Bakterien, das hatte man
ihm in der Grundausbildung nahezu überdeutlich klargemacht, waren
weit mehr als ein mächtiger Gegner. Sie konnten ganze Legionen
auslöschen. Vor ihnen empfand er durchaus Respekt.
„Schön und gut. Nur wenn deine Vermutung zutrifft, dann sind sie
ohnehin schon frei."
„Stimmt auch wieder!"
„Und es hilft uns auch nicht weiter. Oder siehst du hinter den Knochen
einen Ausgang? Ich jedenfalls nicht."

Schaudernd wandte sich Ryan längst von der kleineren Kammer ab-
und Erinya zu. Doch auch diese fühlte sich nicht sonderlich wohl in
der Situation.
„Schön. Das stimmt schon. Nur, wenn der vorherige Eingang weg
ist, das hier eine Knochenkammer ist. Was sollen wir dann machen?
Willst du hier sterben? Ich hab dazu jedenfalls keine große Lust."
„Ich doch auch nicht!"
„Gut, was also machen wir dann? Doktor Lazaar wird sich vermutlich
nicht in die Höhle begeben, der wird den Zugang wohl lieber
zumauern, als nach uns suchen. Ich verlass mich lieber auf uns selber."
„Da geb ich dir durchaus recht."
„Gut. Lass uns mal nachdenken. Die Kammer hinter der Mauer ist
nicht sonderlich groß. Die Höhle hier hingegen verhältnismäßig riesig.
Es gibt keinerlei Unterschiede in der Struktur der Wand. Meinst du, es
könnten noch andere Ausgänge hinter der Mauer sein?"

„Möglicherweise."

„Denk nach! Wir haben beide die Kenteroy und ihren Umgang mit den
Sklaven erlebt. Denen ist es doch völlig egal, wie
es ihren Untergebenen wirklich geht. Nimm einmal an, das sind die
Knochen der Ureinwohner. Gehe ich nach den Recherchen, dann
mussten die Ureinwohner als Sklaven schuften. Glaubst du,
die Kenteroy geben jedem Sklaven ein eigenes Grab? So wie
ich sie kennengelernt habe, landen sie in Massengräbern. Hier scheint
es ganz ähnlich zu sein."

Erneut kroch Kälte ihre Glieder hinauf, brachte sie beinahe zum
Weinen. Selbst Ryan nahm allmählich etwas davon wahr. Es fühlte sich
für ihn nach Irrsinn an.
„Sie schreien. Ich verstehe nicht, was sie von sich geben, aber anders
kann ich es mir nicht erklären."
„Du träumst. Fantasierst vielleicht. Das sind Tote. Die können nicht
reden."
„Vielleicht doch. Du weißt nicht, wie es nach dem Tod zugeht."

Langsam zog sich Ryan von den Knochen zurück. Etwas schien aus
der Kammer zu strömen, brüllte ihnen den Tod entgegen. Alles in ihm
schrie danach, er sollte sich in Sicherheit bringen.
Eine Lösung suchend, sah er sich in der Höhle noch einmal um,
stolperte beinahe über ein Loch im Boden, das er zuvor nicht
wahrgenommen hatte.
Ohne nachzudenken, ging er vor dem Loch in die Hocke, leuchtete mit
seiner Lampe hinein. So stark der Leuchtstrahl auch war, so wenig
vermochte er damit, den Boden zu erkennen.
„Leuchte du mal! Meine versagt allmählich!"
Folgsam kniete sich Erinya neben ihn, beugte sich mit der Lampe in
der Hand nach vor, doch wie bei seiner Lampe erlosch auch bei ihr der
Lichtstrahl.

„Das hab ich auch noch nicht erlebt!"
Völlig verständnislos blickte sie Ryan an, und stand auf.
Bevor sie richtig mitbekam, was passierte, waren ihre Füße bereits am

Rand der Grube. Panisch ließ sie die Lampe los, griff nach dem Rand
der Grube, versuchte sich festzuhalten. Mangelndes Training machte
sich nun bemerkbar. Noch bevor Ryan zugreifen konnte, schlitterte sie
bereits vom Rand, bis die Dunkelheit sie verschluckte.
„Erinya?“
Wieder und wieder rief er nach ihr, erhielt jedoch keine Antwort.
Langsam, aber unaufhaltsam, begann das Licht an den Wänden zu
schwächeln. Was zuvor noch in der Beinkammer geblieben war,
strömte immer näher zu Ryan. Anfänglich versuchte er noch, sich
dagegen zu stemmen.
Schatten begannen, um ihn herum zu tanzen, griffen nach ihm, bis er
das Bewusstsein verlor.

Kapitel 13

Prustend rang Ryan nach Luft, blickte direkt in Erinyas Gesicht. Tropfnass schmiegte sich ihr Kleid an ihren schlanken Körper.
„Steh auf!"
„Was …"
Sich aufsetzend, griff er in zentimetertiefes, brackiges Wasser, setzte sich auf. Nicht nur ihre, sondern auch seine Kleidung hing wie ein nasser Sack an ihm.

„Geht es dir soweit gut?"
Schmerzen verspürte er keine. Allmählich nahm er auch seine Umgebung wieder wahr. Modriger Geruch drang in seine Nase.
„Es stinkt wie auf einem Schiffswrack! Widerlich!"
Am Rande eines stinkenden Wasserbeckens liegend, musste dieses wohl seinen Sturz aufgefangen haben. Dezent leuchteten auch hier die Wände. Erstaunt stellte er fest, dass seine Lampe wieder funktionierte.

„Ich komme mir langsam vor wie im alten Ägypten, bevor sie die Pyramiden gesprengt haben. Als hätten sie versucht, die Toten vor etwas zu schützen!"
„Dann soll das also … WAS … sein?"
„Eine Falle vielleicht oder ein verborgener Mechanismus!"
„Ist mir alles egal, ich will hier nicht sein."
„Pech gehabt. Irgendwie müssen wir hier einen Ausweg suchen. Nur wenn das auch nur halbwegs wie im alten Ägypten ist, wird das sehr schwer werden!"
„Spitze!"

Vorsichtig zog sich Ryan aus der Wasserfläche zurück, bis er auf trockenem Felsboden hockte. Mühsam darauf bedacht seine Kleidung auszuwringen, achtete er vorerst nicht auf sein Umfeld. Erinya schien die Nässe weniger auszumachen, untersuchte diese doch längst erneut die Wände.
„Ähnliche Struktur, aber sieh dir mal die Bilder hier an."

Einfache Wandbilder zeigten Szenen, die Ryan erst nicht richtig
erkannte. Zu sehr brannten noch die Wassertropfen in seinen Augen.
Betroffen sah er die Bilder an. Weinend saß Erinya am Boden. Sie
ertrug die Bilder nicht länger.

Sich von den Wänden lösend, tauchten er regelrecht in sie ein. Sah
lachende Gestalten, die typische Merkmale der Kenteroy aufwiesen,
wie sie auf kleinere Gestalten mit Stöcken einschlugen. Gestalten, die
völlig verängstigt versuchten Kunststücke für ihre Herren auszuführen.
Und unter Gelächter geschlagen wurden, wenn sie versagten. Andere
hockten in Käfigen, hungernd und durstend. Die Kleinsten
unter ihnen, vielleicht handelte es sich dabei um Kinder, trugen
Klammern um den Hals, verbunden mit einer nahezu riesigen Kette,
die an einem winzigen Käfig befestigt war. Vor Angst zitternd
hielten sie einander so fest, dass sie beinahe wie ein einziges Lebewesen
wirkten.

Von all diesen Bildern strömten tiefste Ängste auf die beiden ein.
Kleinste Käfige, in denen diese armen Wesen gefangen waren, kein
Platz zum Stehen oder Liegen. Überall Stöcke, mit denen sie geschlagen
wurden, vielfach so sehr, dass sie dem Tode nahe, nur noch am Boden
lagen, ihr Leben nicht einmal mehr versuchten zu verteidigen sondern
den Tod schon als Erlösung herbei sehnten. Und über allem lag das
Gelächter der anderen, denen das Leiden Vergnügen bereitete.
Längst hatte sich Erinya in einer Ecke mehrmals übergeben. Selbst
Ryan musste stark an sich halten, um sich nicht ebenfalls zu übergeben.
Sich hochkämpfend zog er Erinya an sich, bis sie zu schluchzen
aufhörte.

„Beruhig dich. Das ist lange her! Hast du etwas Derartiges in den
Unterlagen gefunden?“
„Nein!“
„Es ist nicht auszuschließen, aber auch nicht sicher. Also, wir sollten
jetzt mal versuchen, aus dem Stollensystem heraus zu finden. Heulen
hilft uns nicht weiter! Verstehst du?“
Sich die Tränen trocknend blickte sie ihn an, nickte. Wusste, er hatte

recht.

„Lass uns die Sache noch einmal in Ruhe durchgehen! Nimm an, es hängt alles mit den Kenteroy zusammen. Irgendwie. In allen Unterlagen, selbst den Märchen, verschwanden sie, nachdem der Planet ausgeplündert war. Richtig soweit?"
Lediglich ein Kopfnicken erhielt sie als Antwort.

„Worauf willst du hinaus?"
„Im Normalfall graben nicht die Eroberer, sondern die dort ansässigen Einheimischen. Sieh dir die Tunnel an. Glaubst du ernsthaft, die Kenteroy hätten das getan? Das ist zu karg und viel zu bescheiden für ihren Stil."
Nachdenklich ging Ryan auf und ab, vermied es dabei aber erneut in die Wasserpfützen zu treten.

„Die Kenteroy verschwanden, aber wohin sind die Ureinwohner verschwunden? Die sind doch nicht alle in der einen kleinen Kammer abgeblieben. Selbst karge Planeten haben doch mehr Leben als ein paar ganz wenige Individuen. Vor allem erzähltest du von blühenden Kulturen. Wo also ist das alles hin verschwunden?"
„Du meinst, sie haben sie in den Tunneln vergraben? So wie die Leichen Tausender chinesischer Bauarbeiter in der alten Chinesischen Mauer gefunden wurden?"
„Ja. Warum Tote verbrennen oder mitnehmen, wenn sie in alten, längst unbrauchbaren Stollen verschüttet werden können?"
„Da ist was dran. Und die Kammer?"
„Hast du wirklich gesehen, was dahinter war? Ich hab nur einen Haufen alter Knochen gesehen."

„Hier, sieh dir das mal an!"
Aus der Tasche seiner Kleidung zog Ryan etwas, das er ihr in die Hand drückte. Ein kleines Stückchen Stoff, darin eingewickelt ein Blatt Pergament. Als sie es öffnete, blickte sie direkt auf eine Gestalt. Eine Mischung aus Frosch und Qualle.

„Ist dir aufgefallen, wie glatt die Wände hier sind?"
Ohne auf eine Antwort zu warten, fuhr er fort.

„Sieh dir die Gestalt einmal genau an! Fallen dir die Arme auf?"
„Das sind keine Arme, sondern eher etwas wie Flossen!"
„Stimmt genau. Und ich hab mich noch ein wenig mit anderen unterhalten auf Kenteroy. Es gibt da ein kleines Märchen, das von Wesen erzählt, deren Flossen eine Art Säure aussondern, die in sämtliche Gesteine vorzudringen in der Lage ist. Mit den üblichen Grabwerkzeugen hätten die Kenteroy es niemals geschafft so tiefe Tunnel zu graben. Ein Gutteil des Planeten bestand einst aus Materialien, so hart wie Diamanten. Über und über im Meer versunken."

„Du willst sagen, dass die Ureinwohner diese Wesen waren?"
„Genau. Die Kenteroy sind nicht gerade für ihr zartfühlendes Wesen bekannt, vielmehr als ganz schön dekadente Spezies. Als Eroberer, die Planeten ausplündern. Auch wenn die letzten Generationen diesbezüglich müde geworden sind. Ihre Vorfahren verhielten sich um nichts besser als die Kolonialisten der Erde, als sie Afrika übernahmen, oder als die Spanier, die die Indianer zu Tode quälten."

Vor Erinyas Augen erstand ein Bild. Zerschundene Geschöpfe, die mit ihren flossenartigen Fortsätzen die Wände der Tunnel berührten, und säureartige Tränen weinten, und langsam, sehr langsam, immer tiefer in das Herz des Planeten vordrangen. Viele von ihnen, die nach ihren Kindern schrien, die in den Käfigen litten und geschlagen wurden.

„Diese Monster!"
„Du hast dich auf Kenteroy nie wohlgefühlt. Es war dir anzusehen, wenn man dich etwas besser kennt."
„Ich wollte, wir könnten etwas für diese Geschöpfe tun."
„Wir Menschen waren lange Zeit auch nicht besser. Grausam, selbst gegen unsere eigene Spezies. Sieh dir die Tunnel unter dem Areal an, dort ist es auch nicht besser. Erinnere dich!"
„Nein, ich will mich nicht erinnern. Ich kann nicht!"
„Wir können für die Toten hier nichts mehr tun. So leid es mir tut. Wir müssen dafür Sorge tragen, dass wir hier mit heiler Haut rauskommen. Du verstehst?"

Wortlos blickte sie Ryan an, nickte aber. Sie verstand sehr gut, was er sagte, auch wenn sie es innerlich nicht wahrhaben wollte.Unruhig sah sie durch den Raum, versuchte sich von all dem Leid abzulenken, selbst das Stück Pergament glitt ihr aus den Händen und auf die Wasseroberfläche. Ohne offensichtliche Wellenbewegung trieb es hinein in den kleinen unterirdischen See.
Sich danach bückend, rutschte Erinya aus, fiel zu Boden, mit dem Gesicht in die brackige Brühe. Prustend und spuckend setzte sie sich auf, erneut hatte sie Wasser in die Augen bekommen.
Schlagartig begriff sie, sah sich um, entdeckte Bilder, die ihr kurz zuvor noch verborgen geblieben waren.

„Das Wasser ist der Schlüssel!“
„Wie meinst du das?“
Verwirrt sah Ryan sie an, begriff nicht im Geringsten, was sie da von sich gab.
Erinya hingegen sah völlig fasziniert auf die Symbole an den Wänden. Schlicht und einfach gehalten, so gar nicht dem Stil der Kenteroy entsprechend, wirkten sie hypnotisierend, verwirrend und ineinander übergreifend auf sie. Jedes von ihnen spiegelte sich im Wasser wieder.
„Mach deine Augen nass!“
„Wie funktioniert das?“
„Ich habe keine Ahnung, nur eine Vermutung. Und die gefällt mir ganz und gar nicht.“

Leises Wispern erklang, einem Trauergesang gleich, düster, voller Trauer über Schmerz und Verlust. Je länger sie sich hier aufhielten, das Wasser nach wie vor in den Augen, drängten die Stimmen ohne Antworten zu geben.
Stundenlang saßen sie da, betrachteten die Bilder, versuchten zu verstehen, was sie hörten. Jammer lag über allem, Traurigkeit und Sehnsucht, die einfach nicht vergehen wollte.
„Was wollt ihr von uns? Was sollen wir tun?“
Wispern drang erneut an ihre Ohren, als versuchten, die Stimmen ihnen Antworten auf ihre Fragen zu geben. Doch es gab

keine. Nichts geschah, keine Idee, die sich ihnen einbrannte, kein Gedanke, der ihnen helfen wollte.

Stundenlang saßen sie da, hörten die Stimmen, die sie ermüdeten, bis sie nichts mehr wahrnahmen, alles in einem einzigen Rauschen unterging. Selbst die Bilder an den Wänden verschwammen. Müdigkeit trieb ihnen den Schlaf in die Augen, selbst die Angst verlor sich mit den Stunden.

Immer wieder nickten sie ein, selbst Ryan, der standhaft versuchte wach zu bleiben, schlief bald schon tief und fest. Der Tag hatte ihnen beiden viel Energie gekostet. Wie lange sie schliefen, konnten sie schließlich nur noch vermuten. Vielleicht waren es Minuten gewesen, möglicherweise auch Stunden. Das konnten sie nicht einmal annähernd beantworten.

Als Erinya erschöpft aus einem traumlosen Zustand wieder erwachte, gähnend die Augen öffnete, erkannte sie langsam, das Ausmaß ihrer Situation. Zum einen spürte sie Niedergeschlagenheit, selbst Hoffnungslosigkeit, die sich in ihr breitmachten. Zeitgleich schienen sich die Stimmen zu einer einzigen zu vereinen, ihr etwas mitteilen zu wollen.

„Was ist es? Was wollt ihr mir sagen?“
Noch einmal begann sie, die Wände zu untersuchen. Anfänglich erschien alles wie zuvor, wie sie es auch im oberen Bereich schon bemerkt hatte. Dann jedoch stolperte sie über eine Unebenheit. Eine winzige Kleinigkeit nur. Im ansonsten glatten und ebenmäßigen Wandbereich eine absonderliche Abnormität.
„Komm mal her, Ryan!“
Leicht berührten seine Hände die Wand, genau wie Erinya fühlte auch er den leichten Unterschied an der Wand.
„Da ist etwas, aber was?“

Ohne großartig nachzudenken, drehte Erinya ihre Lampe um, hieb mit dem anderen Ende auf die Wand ein.
Einige Hiebe später, begann die Wand dahinter zu zerbröseln. Selbst

hier fand sie einige Knochen. Wenige, aber doch. Weitaus älter als die anderen wirkten diese, zerbrechlicher und bröseliger. Einige der Knochen zerfielen beinahe unter ihren Fingern.

„Was wollt ihr nur? Was sollen wir denn tun?"
Nachdenklich blickte sie Ryan an, ratlos, ohne Idee, sah sie in weite Ferne, nahezu durch ihn hindurch.

„An was kannst du dich bei den Wesen erinnern? Was war das Besondere an ihnen?"
„Ihr Äußeres?"
„Genau. Wie haben sie deiner Meinung nach ausgesehen?"
„Du hast mir doch das Stück in die Hand gedrückt, schon vergessen?"
„Ja, sicher, aber woran erinnern sie dich?"
„Ich weiß es nicht. Woran sollen sie mich denn erinnern?"
„Sieh noch mal genauer hin, ich habe da so eine Idee. Der Planet soll doch einst mit Wasser bedeckt gewesen sein. War es Süß- oder Salzwasser?"
„Das weiß ich nicht. Stand nirgendwo. Es war immer nur von Wasser die Rede!"
„Gut, und die Wesen selber sahen aus, als hätten sie die meiste Zeit im Wasser verbracht. Siehst du das ähnlich?"
Endlich machte es klick in ihrem Kopf. Selbst die Stimmen begannen eine andere, leicht veränderte Frequenz zu nutzen. Gleichzeitig kam ihnen der gleiche Gedanke. Sie nahmen einige der Knochen, vorsichtig, mit dem mulmigen Gefühl im Magen, sie könnten ihnen unter den Fingern zu Staub zerrinnen. Doch nichts dergleichen geschah.

Diese Handvoll brachten sie zum Wasser, legten sie in das feuchte Nass und warteten.
„Wollt ihr das? Eine Beerdigung?"
Aufregung kam in die Stimmen, die sie nach wie vor nicht verstand. Weitere Knochen folgten, bis die Kammer dahinter völlig leer war. Je mehr der Knochen sie in das Wasser legten, umso höher stieg auch der Wasserspiegel, auch wenn es nicht mehr als nur einige Zentimeter

waren.

Bald schon entdeckten sie weitere Kammern voller Knochen. Stunden später lag jeder einzelne der Knochen im Wasser. Heulen veränderte sich zu einem sanften Singsang.

„Wir kennen zwar eure Gebräuche und Sitten nicht, aber Beerdigungen sind sich oft sehr ähnlich. Ich gebe euch noch etwas mit, als kleines Geschenk, für eine Reise, die ihr längst schon angetreten habt."
Unter ihrem Kleid zog sie den kleinen, smaragdgrünen Anhänger hervor, den sie vor langer Zeit auf dem Markt entdeckt hatte. Zu den Knochen ließ sie ihn in das Wasser gleiten, sah noch, wie er seine Farbe ins Purpurne veränderte.
„Möget ihr Frieden finden!"
Vor ihnen, direkt über dem Wasser, formte sich Licht. Sanft, Sphärenhaft, schimmerte es über der Flüssigkeit. Es streckte ihnen eine seiner Tentakeln entgegen, berührte sie leicht. Prickelnd fuhr eine Woge des Friedens durch sie beide hindurch.

Lächelnd verschwand das Geschöpf wieder, als wäre es niemals zuvor hier gewesen. Was sie nun zu sehen bekamen, sollte ihnen vielleicht Angst machen, tat es aber nicht, im Gegenteil.
Der Wasserstand hob sich, langsam, aber doch deutlich merkbar. Mit ihm schwammen sie nach oben, bis der Pegel den Rand der oberen Höhle erreichte. Ryan zog sich als Erster aus dem Wasser, reichte Erinya die Hand und zog sie mit sich.

Ohne weiter darüber nachzudenken, brachten sie auch die Knochen dieser Kammer in das Wasser, wie ein Versprechen, das sie noch einzulösen gedachten.

Endlich, viele Stunden später, hatten sie den letzten der Knochen in das Wasser gelegt. Erneut sahen sie, wie der Wasserspiegel sacht nach oben anstieg. Langsamer als zuvor, als wollte der Planet sein altes Ich zurück. Frieden kehrte in ihre Herzen ein, die Stimmen verschwanden.

Ein letztes Wispern schien ihnen noch ein Danke zuzurufen, danach gab es nichts mehr, das sie von den Stimmen noch vernahmen.

Langsam, erschöpft und müde, kehrten sie beide nach oben zurück,
hier würden sie nichts mehr finden.

Ihnen folgte das Wasser, bis beinahe zum Eingang, wo
Doktor Lazaar leise schnarchend in seinem Gleiter auf sie wartete.
Längst war es Nacht geworden, deutlich zeigten sich die Sterne
über ihnen.
Kaum hatten sie den Tunnel verlassen, sah Doktor Lazaar auf und
reichte jedem von ihnen ein kühles Getränk.
„Schön euch wieder zu sehen, meine Lieben. Also, was
habt ihr gefunden?“
„Nichts. Nur ein paar Knochen und verdammt viel Staub.“
„Die Geräte! Bitte!“
Die Ergebnisse der Geräte betrachtend, seufzte er dann wenig später
auf. Er hatte andere Daten erwartet.

„Die Kenteroy waren wirklich ausgesprochen gründlich! Verdammt!“
„Also, was wollen Sie jetzt noch von uns?“
„Hinsetzen!“
Schweigend setzten sie sich in den Wüstensand ihm gegenüber. Tief
blickte er sie an, danach sah er auf ein kleines Gerät, das er seit Stunden
in seiner Hand zu halten schien.
„Ihr habt euch verändert. Eure Gene sind nicht mehr rein. Und ich
weiß nicht, warum. So kann ich euch nicht mehr brauchen.
Verdammter Mist!“
Erstaunt blickten sich die beiden in die Augen, bevor sie sich wieder
Doktor Lazaar zuwandten.

„Nun ja, schön und gut. Bestätigt nur meine Vermutung, dass noch
weitere Experimente folgen müssen!“
„Sicher nicht mit uns!“
Leise, gefährlich leise hatte sich Hator an sie herangepirscht. Er hatte
alles mit angehört. Gnadenlos, mit eisiger Schärfe in der Stimme, hielt
er Doktor Lazaar eine Waffe an den Kopf.

„Mein lieber Doktor, Sie werden mit niemandem mehr auch nur
irgendwelche Experimente machen. Dafür werden wir Sorge tragen!“

„Lächerlich!“

„Tatsächlich?“

„Jada ist ein Planet des Friedens und Zuflucht für alle. Sie sind hier nicht mehr willkommen. Sie werden gehen und nie mehr wiederkehren. Haben wir uns verstanden?“

Kreidebleich nickte Doktor Lazaar nur noch. Stolperte aber augenblicklich in seinen Gleiter zurück.

„Sie können mit den beiden doch ohnehin nichts mehr anfangen. Lassen Sie sie in Ruhe!“

Naserümpfend blickte Doktor Lazaar sie der Reihe nach an, bevor er wortlos in den Gleiter stieg. Lautlos entschwand er damit, flog hinauf zu seinem Schiff.

Hators Blick erschien unverständlich, einerseits hartherzig, andererseits schwang ein Funke einer eigenartigen Entschlossenheit darin mit. Minuten später tauchte der Sternenhimmel in eine wahre Feuerexplosion, ließ Myriaden von Sternschnuppen regnen.

„Wünscht euch etwas, meine Lieben. Der kommt nicht mehr wieder!“

Hators Lächeln wirkte zufrieden, als er sie ansah.

„Oh, nicht dass ihr glaubt, sein Gleiter sei zerstört. Er lebt nach wie vor, doch er wird nie mehr den Weg nach Jada finden. Seht euch um!“

Lächelnd trat er einige Schritte zurück, blickte auf eine Wüste, die zu leben begann. Wasser trat aus dem Tunnel.

„Wollt ihr sehen, wohin Jada geht?“

Überrascht blickten sich die beiden an. Ja, das wollten sie, der Planet und sie selber hatten eine Chance auf eine gute neue Zukunft mehr als nur verdient.